Treibsand

Max Zorn

Treibsand

Krimi

Weltbild

MIX
Papier | Fördert gute Waldnutzung
FSC® C083411

Besuchen Sie uns im Internet:
www.weltbild.de

Genehmigte Lizenzausgabe für Weltbild GmbH & Co. KG,
Ohmstraße 8a, 86199 Augsburg

Dieses Werk wurde vermittelt durch die litmedia.agency, Offenburg
Projektleitung und Redaktion: usb bücherbüro, Friedberg/Bay.
Umschlaggestaltung: Johannes Frick, Neusäß
Umschlagmotiv: © Johannes Frick unter Verwendung von Motiven von Trevillion Images (© Silas Manhood) und iStock (© A-Tom)
Satz: Datagroup int. SRL, Timisoara
Druck und Bindung: CPI Moravia Books s.r.o., Pohorelice
Printed in the EU
ISBN 978-3-98507-328-3

Für Wolfgang, den Ermittler
mit der goldenen Nase,
und Teddy, den unfehlbaren Fährtensucher

Der Mensch ist ein Raubtier mit Händen und Verstand,
doch im Gegensatz zu den Tieren
ist er grausam und weiß meist, was er tut…

Prolog

...nahe Wismar im Mai 2011

Sie hatte die Nase voll. Dieser lüsterne alte Sack ging ihr zunehmend auf den Geist. Nie konnte er seine Hände bei sich lassen! Jetzt war endgültig Schluss. Warum betrachteten die Männer eine Frau wie sie als Freiwild, nur weil sie aus dem Osten kam und fremd hier in diesem Land war? Klar, sie besaß nicht viel, die Kleidung am Leib, die wenigen Utensilien in ihrem Rucksack und die goldene Kette mit dem Kreuz um ihren Hals, die sie von ihrer Großmutter zur Taufe geschenkt bekommen hatte. Aber sie besaß ihren Stolz. Und den konnte ihr niemand nehmen.

Auch wenn sie für kleines Geld den ganzen Tag schuftete, meist mehr als zwölf Stunden, so hatte niemand das Recht, sie zu betatschen, auch wenn dieser alte und senile Sack meinte, dass er der Chef im Ring war und jeder nach seiner Pfeife tanzen musste.

Carina hatte es da einfacher, sie war kaum größer als eins sechzig und wog an die neunzig Kilo. Sie hatte ihre Ruhe vor dem aufdringlichen Kerl. Um sie machte er einen großen Bogen.

Eigentlich hasste sie es, hier zu sein. In diesem fremden Land unter all den fremden Menschen, die vor sich hin lebten und nur an sich selbst dachten. Geh nach Deutschland, hatte Irina damals gesagt. So wie du aussiehst, hast du keine Probleme, einen reichen Mann zu finden. Der wird dich auf Händen tragen, und du musst nie mehr arbeiten. Tja, Männer gab es genug um sie herum. Jeden Abend trafen sie sich in der Gaststube, redeten miteinander, warfen ihr aufreizende Blicke zu, ehe sie sich betranken und dann immer aufdringlicher wurden.

Klar, für eine Nacht, für puren Sex, da hätte sie genügend dieser Kerle haben können, aber nicht fürs ganze Leben. Noch dazu waren die meisten von ihnen Hungerleider. Fühlten sich wie Könige, wenn sie mal einen Euro als Trinkgeld auf den Tisch legten.

Das wirkliche Deutschland findest du nicht hier, da musst du weiter in den Westen, hatte Carina ihr erzählt, als sie ihr wieder einmal ihr Leid klagte. Geh nach Hamburg oder nach München, eine Frau wie du wird doch sicher jemanden finden, der es ernst meint.

Eigentlich gar keine schlechte Idee, hatte sie damals gedacht; dennoch war sie geblieben. Vielleicht war es reine Bequemlichkeit. Hier hatte sie ein Dach über dem Kopf, warmes Essen, genügend zu trinken und einen Job, der sie zwar nicht reich machte, der aber gut genug war, damit sie jeden Monat ein paar Hundert Euro an ihre Familie überweisen konnte. Viel brauchte sie sowieso nicht zum Leben, und wer weiß, vielleicht würde ihr doch einmal hier der Mann ihrer Träume über den Weg laufen.

Doch nach dem gestrigen Vorfall hatte sie sich endgültig entschieden, sich davonzumachen. Das hätte er nicht tun dürfen, auch wenn er betrunken war, das ging entschieden zu weit. Er hatte ihr beinahe die Bluse vom Leib gerissen. Sie schämte sich nicht dafür, dass sie, kurz bevor sie gegangen war, in die Kasse gegriffen hatte. Viel Geld hatte sich darin nicht befunden, doch für eine Fahrkarte nach München und für ein paar Tage in einer billigen Pension würde es reichen. Vielleicht würde sie auch gleich einen neuen Job finden. Gute Kräfte wurden in der Gastronomie immer gebraucht, und gut war sie, das konnte sie mit Fug und Recht von sich behaupten.

Als sie aus dem Bus stieg und in dem kleinen Wartehäuschen Platz nahm, wunderte sie sich, weil sie die Einzige war, die offenbar auf den Anschlussbus nach Wismar wartete. Verwundert erhob sie sich und schaute auf den Busfahrplan – und musste entsetzt feststellen, dass der letzte Bus nach Wismar vor zwanzig Minuten abgefahren war. Verdammt, was sollte sie hier in diesem kleinen, gottverlassenen Dorf? Irgendwie musste sie versuchen, von hier wegzukommen. Ein Taxi fuhr in diesem ausgestorbenen Kaff sicherlich nicht herum. Sie zog ihr Handy hervor und stellte fest, dass sie kein Netz hatte. Heute ging auch wirklich alles schief! Weit und breit keine Telefonzelle und auch niemand, den sie hätte fragen können. Es war Mai, die Tage waren warm, aber in der Nacht wurde es teilweise noch empfindlich kalt. Draußen konnte sie auf keinen Fall bleiben, und einen Gasthof mit Zimmern schien es hier nicht zu geben. Das Einzige, das ihr auffiel, war das Verkehrszeichen, das auf die nahe Autobahn hinwies. Zwei Kilometer, stand auf dem Wegweiser. Eine halbe Stunde zu Fuß. In Lettland hatte sie schon weitaus längere Strecken am Stück bewältigen müssen, also schulterte sie ihren Rucksack und machte sich auf den Weg. Autostopp, das hatte sie früher oft gemacht, warum nicht auch jetzt. Pfefferspray hatte sie in der Tasche, und nicht jeder Kerl war ein reißendes Raubtier. In ihrer engen Jeans und mit den langen blonden Haaren würde sie sicher nicht lange warten müssen, bis sich eine Mitfahrgelegenheit ergab. Sie ging die Straße Richtung Autobahn entlang. Kein einziges Auto kam ihr entgegen oder fuhr an ihr vorbei. Hier war tatsächlich niemand unterwegs. Wie ausgestorben war dieser Landstrich.

Als sie sich der Autobahn näherte, sah sie schon von Weitem den Rastplatz. Dort würde sie sicherlich jemanden finden, der sie bis nach Wismar, vielleicht sogar bis nach Schwerin mitnehmen würde. Und von dort aus ging morgen in aller Frühe ihr Zug nach München.

*

Sie hatte jemanden gefunden, der sie mitnahm. Nur nicht so, wie sie es sich vorstellte. Das Pfefferspray hatte nichts genützt, als er zudringlich geworden war. Sie hatte sich gewehrt, hatte nach ihm geschlagen, hatte ihn gebissen, sodass er am Arm blutete, doch das alles hatte nichts gebracht, er war viel stärker als sie. Nun rächte es sich, dass sie auf diese blöde Idee gekommen war und nicht einfach gewartet hatte. Sie lag in ihrem dunklen Verlies, es roch nach Benzin, und der Motor dröhnte. Ihre Hände und ihre Beine waren gefesselt, und die Fesseln schnitten ihr tief in die Haut.

Zweimal hatte er sich an ihr vergangen, sie hatte nichts dagegen tun können. Zweimal hatte er sie bis zur Bewusstlosigkeit gewürgt, doch sie war immer wieder zu sich gekommen. Nun lag sie gefesselt in der Dunkelheit und hoffte, dass er sie frei lassen würde. Sie zitterte am ganzen Leib. Zu schreien hatte sie aufgehört, denn niemand konnte sie hören, ihr Hals kratzte und war ausgetrocknet wie ein Flussbett in der Wüste.

Würde er sie am Leben lassen? Ihr blieb nichts weiter als dieses kleine bisschen Hoffnung.

Als der Wagen abbremste und sich die Drehzahlen des Motors verringerten, zuckte sie zusammen. War ihre letzte Stunde gekommen?

Es holperte spürbar, als der Wagen nach rechts abbog. Sie konnte sogar die Pflastersteine spüren, über die er fuhr. Dann stoppte der Wagen, und der Motorenlärm erstarb.

Tränen liefen ihr über die Wangen. Sie war ihm hilflos ausgeliefert, ein Spielball in den Händen eines Scheusals. Dabei war er anfangs durchaus freundlich und mitfühlend gewesen, als sie ihn fragte, ob er sie bis nach Schwerin mitnehmen konnte. Er hatte gelächelt. Ein falsches Lächeln, an diesem Mann war alles falsch, er war ein Teufel in Menschengestalt.

Sie hörte seine Schritte, dann wurde der Kofferraumdeckel des Wagens geöffnet. Ein Licht flammte auf, denn draußen war es bereits dunkel. Er grinste diabolisch.

»Lassen Sie mich frei«, stammelte sie in gebrochenem Deutsch. »Ich werde niemand etwas sagen, nur lassen Sie mich frei, tun Sie mir nichts.«

Er beugte sich über sie und sie konnte deutlich riechen, dass er getrunken hatte. Er fasste nach ihrem Körper und riss sie nach oben.

»Komm!«, knurrte er im Befehlston.

»Tun Sie mir bitte nichts, lassen Sie mich frei!«, bettelte sie, doch er grinste nur.

Sie erhob sich. Es war kalt. Erst jetzt wurde ihr klar, dass sie nackt war, splitterfasernackt. Er griff nach ihr und zog sie aus dem Kofferraum. Sie stürzte auf das kalte Pflaster.

»Dummes Weib«, raunte er, als er sich zu ihr herabbeugte und mit einem Messer die Fessel an den Beinen zerschnitt.

»Lassen Sie mich frei!«, unternahm sie erneut einen Versuch, den Kerl milde zu stimmen. »Ich tue alles, was Sie sagen.«

Sie schaute sich um, doch weit und breit herrschte nur Dunkelheit. Kurz war der Motor eines schnell fahrenden Wagens zu hören, der unweit entfernt an ihnen vorüberfuhr, ansonsten war sie allein. Allein mit einem Teufel.

Grob riss er sie vom Boden auf. Sie sackte erneut zusammen, die Beine versagten ihr den Dienst. Schließlich packte er zu und hob sie hoch. Er warf sie über die Schulter, doch sie hatte keine Kraft mehr, um sich zu wehren. Sie fühlte den nahen Wald, der sie beide verschluckte. Schließlich ließ er sie wie ein lästiges Gepäckstück zu Boden fallen. Der Schmerz ließ sie aufschreien, doch schon war er über ihr und hielt ihr den Mund zu. Dann legte er sich auf sie und schob ihr, wie die beiden Male zuvor, einen kalten Strick oder eine Leine über den Kopf, den er zu einer Schlinge gebunden hatte. Schließlich zog er seine Hose herunter und drang erneut in sie ein. Er ächzte wie ein Tier, und sie ließ es über sich ergehen. Das Ächzen wurde lauter und lauter, erneut zog er die Schlinge um ihren Hals zusammen. Sie versuchte zu atmen, doch es gelang ihr nicht. Als er kam, stieß er einen gutturalen Laut aus, doch sie hörte ihn nicht mehr.

Diesmal löste er die Schlinge nicht. Dunkelheit kam über sie. Der letzte Gedanke, der ihr beim Sterben durch den Kopf ging, galt ihrem Zuhause und ihrer Mutter, die sie über alles liebte.

*

Er saß vor dem Fenster und betrachtete die Regentropfen, die langsam an der Scheibe herabliefen. Einer dieser Tropfen hatte sich einen besonders kurvigen Weg gesucht, bis er schließlich am Ende des Fensters ankam und sich mit den anderen Regentropfen vereinigte, um einen kleinen See an der Einfassung der Scheibe zu bilden. Er dachte an früher. Oft hatte er alleine am Fenster gesessen und in die öde und triste Welt geblickt, in der alles grau in grau und schmutzig gewesen war. Er hatte dort gesessen, auf der alten zerschlissenen Eckbank der Küche, und aus dem Fenster geschaut. Sehnsüchtig hatte er gewartet, bis seine Mutter um die Ecke kam, nach einem langen, harten Arbeitstag endlich wieder zu Hause bei ihm war und ihm zärtlich durch die Haare fuhr. Manchmal musste sie aber auch die Wunden kühlen, die die Schläge seines Vaters hinterlassen hatten. Jeden Tag saß er dort am Fenster, oft stundenlang, wenn er nicht zuvor in das dunkle Verlies im Keller gesperrt worden war.

Er erinnerte sich genau an die Worte aus dem Mund dieses Mannes, die fast immer mit einer Alkoholfahne verbunden waren. »Ich bin nicht dein Vater, ich habe dich nie gewollt.« Jeden Tag musste er sich das anhören, morgens, mittags oder abends, wann immer der Vater, meist betrunken, von der Arbeit nach Hause kam. Und niemand war da, um ihm zu helfen, niemand außer seiner Mutter, wenn sie nicht wieder arbeiten musste.

Damals als Kind hatte er geglaubt, das Leben der Erwachsenen bestehe nur aus Arbeit und Schlaf. Dazwischen gab es nur wenige Momente, in denen sie glücklich waren. Meist waren es die Augenblicke, in denen er allein mit seiner Mutter war, in ihren Armen lag und ihre Wärme spürte. Auch sie litt unter dem Vater, denn auch vor ihr machte er keinen Halt. Er schlug ihr ins Gesicht, trat ihr in den Bauch oder stieß sie einfach weg, sodass sie stürzte. Wieso war dieser böse Mann überhaupt da, warum lebte er mit ihm und seiner Mutter in diesem alten, tristen und grauen Haus? Wieso schickte ihn die Mutter nicht einfach weg?

Er ist dein Vater, hatte sie immer wieder gesagt. Er liebt dich, auch wenn er es dir nicht zeigen kann. Aber was nutzte ihm ein Vater, der ständig betrunken war, der schlug und den ganzen Tag verschlief? Es wäre wirklich besser, er würde einfach gehen.

Einmal hatte er es sogar zu ihm gesagt, als er ihn wieder einmal geschlagen hatte. Geschlagen, obwohl es überhaupt keinen Grund dafür gab. Doch diesmal musste Mutter sogar von der Arbeit geholt werden, und er lag mit Schmerzen und einem angebrochenen Arm wochenlang im Bett. Diese Wochen waren gute Wochen, denn sein Vater mied das Zimmer, ließ ihn in Ruhe und beachtete ihn nicht einmal.

Aber auch diese Tage vergingen, und bald war alles wie zuvor. Er saß auf der Eckbank, blickte aus dem Fenster und wartete mit Tränen in den Augen darauf, dass seine Mutter endlich um die Ecke bog. Wie alt mochte er damals gewesen sein? Fünf Jahre, sechs Jahre, er wusste es nicht mehr. Eines Tages, da war er schon sieben Jahre alt, wartete er vergeblich. Seine Mutter kam nicht. Sie kam einfach nie mehr, bog nie mehr um die Ecke, um auf dem gepflasterten Weg entlang zum Haus zu laufen. Sie ist weggegangen, erklärte ihm der Vater. Ein für alle Mal. Er glaubte ihm nicht und hasste ihn dafür.

Das Hupen eines Autos riss ihn aus seinen düsteren Gedanken. Er blickte auf in den Himmel, die dunklen und schweren Wolken lagen über der Stadt und der Regen nahm zu. Heute würde sich die Sonne wohl nicht mehr zeigen. Es blieb bei einem kühlen, tristen und verregneten Tag.

1

Elf Jahre später, nahe Ravensruh bei Wismar

Die alte Kiesgrube ein paar Kilometer nördlich der Autobahn war bis kurz nach der Wende betrieben worden, dann lohnte sich der Abbau nicht mehr. Da es ein paar Kilometer südlich viel größere Vorkommen gab, verlagerte sich der Betrieb in das knapp drei Kilometer entfernte Zurow. Die Grube wurde der Natur überlassen, und die Becken füllten sich nach und nach mit Wasser, bis ein Biotop entstand, in dem sich Flora und Fauna entwickelten. Der alte morsche Zaun um das Gelände vermoderte, und die Naturschutzbehörde stellte die Grube und den nahen Wald unter Naturschutz, da dort seltene Pflanzen gediehen und Eidechsen und Molche eine Heimat fanden. In den steilen Abhängen des alten Steinbruchs brüteten Vögel, eine Vielzahl verschiedener Insektenarten schwirrte umher. Sie liebten diese Mischung aus Stein, Kies, Wasser mit all den Blumen und dem üppigen Gebüsch.

Doch seit einigen Monaten litt das Idyll unter der unbändig anwachsenden Zahl an Wildschweinen, die sich rund um die Grube in den Wäldern eingenistet hatten. Genau deswegen hatte Dr. Bernhard Brand, in dessen Jagdrevier die Grube lag, sich am frühen Morgen auf den Weg in das Gebiet nahe Ravensruh aufgemacht, denn in der Dämmerung waren die Wildschweine gerne aktiv, suhlten sich im Wasser oder gruben nach schmackhaften Wurzeln der seltenen Pflanzen. Heute war er wohl zu spät gekommen. Die Schweinskuhlen auf der Wiese oberhalb der schroffen Felswand waren unübersehbar. Doch diesmal zog er nicht gleich wieder unverrichteter Dinge ab, denn die Schweine hatten etwas ausgegraben, über das man nicht so einfach hinwegsehen konnte.

Er empfing die Polizeistreife auf dem Feldweg am Waldrand und fuhr voraus. Mit seinem alten Geländewagen hatte er keine Probleme, dem unebenen Weg zu folgen, doch der Passat der Polizisten kam bald an seine Grenzen. Zu Fuß setzten sie ihren Weg fort, der noch knapp einen Kilometer durch den Wald führte.

»Und Sie sind sich wirklich sicher?«, fragte der übergewichtige Polizist, dem der leichte Anstieg zur Kiesgrube sichtlich Mühe machte. Seine junge Kollegin hingegen hatte damit keine Probleme.

»Ich bin mir sicher«, erklärte Brand. »Sie können mir glauben. Ich bin Arzt, genauer gesagt Chirurg, und arbeite in Wismar in der Hanseklinik. Ich kann den Knochen eines Menschen vom dem eines Tieres unterscheiden, sonst wäre ich in der Klinik wohl fehl am Platz.«

Der Polizist keuchte, nahm die Mütze ab und fuhr sich mit der flachen Hand über die Stirn.

Es war Mai geworden, und für den Tag waren Temperaturen über 25 Grad gemeldet. Obwohl es erst kurz nach zehn war, lag an diesem Freitagmorgen bereits eine feuchte Schwüle in der Luft.

Nach einem sanften Anstieg erreichten sie die Kiesgrube. Der Polizist musste erst einmal verschnaufen, die Kollegin schaute sich derweil um. An das Tor, das einmal den Zugang zur Grube verwehrt hatte, erinnerten nur noch zwei verrostete Pfosten.

»Das Gelände ist nicht abgeschlossen?«, fragte sie den Doktor.

»Schon seit Jahren nicht mehr«, erklärte Brand. »Ich glaube, es war zwei Jahre nach der Wende, als die Betreiber den Betrieb hier einstellten. Die sind jetzt bei Zurow und betreiben dort größere Gruben. Nur auf der anderen Seite gibt es noch eine Schranke. Das Gelände gehört wieder dem Landkreis. Hier verfiel alles, jetzt steht es unter Naturschutz. Das ist auch gut so, denn es gibt Rotbauchunken, Feuersalamander und Waldeidechsen, und da hinten wachsen Emmer, Herzlöffel und ein paar Moorveilchen. Leider statten auch Wildschweine der Grube regelmäßige Besuche ab, und das verträgt sich gar nicht mit der seltenen Flora.«

Der Polizist hatte sich von der Anstrengung wieder erholt und setzte seine Mütze auf. »Wo ist denn jetzt der Knochen?«, fragte er.

Dr. Brand zeigte auf eine Hecke, die sich an einem Pfad entlangzog. »Wir müssen auf die andere Seite der Hecke«, erklärte er. »Aber immer auf dem Pfad bleiben, das Gelände ist teilweise morastig, und hier und da gibt es sogar Stellen mit lockerem Sand.«

Auf der anderen Seite der Hecke standen niedere Bäume, dann folgte der steile Abhang. Zum Glück für den Polizisten blieb das Gelände eben.

»Hier haben sie gewütet, die Schwarzkittel, leider kam ich zu spät«, sagte der Doktor und blieb stehen.

Direkt neben der Hecke, vor ihren Füßen, lag ein bleicher Ast, knapp fünfzig Zentimeter lang und mit einer seltsamen Rundung am oberen Ende.

»Da ist er«, sagte der Arzt.

Der Polizist kniete sich nieder und betrachtete das bleiche Teil. »Und Sie sind sich sicher, dass das ein Knochen ist?«, fragte er skeptisch.

»Os femoris, zweifellos«, bestätigte Dr. Brand selbstsicher.

»Für mich sieht das aus wie ein Ast«, bemerkte der Polizist.

Brand schüttelte den Kopf. »Ganz sicher, das ist ein Femur.«

»Femur?«

»Ein Oberschenkelknochen, rechts würde ich sagen.«

»Haben Sie ihn angefasst?«, fragte die Polizistin.

Der Doktor hob abwehrend die Hand. »Nein, keineswegs. Aber hier gehört er sicher nicht hin. Ich gehe davon aus, dass die Schweine ihn ausgegraben und hierher geschleift haben.«

Der Polizist richtete sich auf und schaute über die mit Kuhlen zerfurchte Wiese, die vor ihnen lag. »Woher könnte er stammen?«

Der Doktor wies auf die Wiese. »Sie sehen ja selbst, wie die Schweine hier gewütet haben.«

Der Polizist setzte die Mütze ab und fuhr sich erneut mit der Hand über die Stirn. »Wie alt ist das Ding?«

Der Doktor kniete sich nieder, wobei er darauf achtete, den Knochen nicht zu berühren. Er warf einen abschätzenden Blick darauf, ehe er sich räusperte. »Hm, ich bin zwar kein ausgesprochener Spezialist, aber ich denke, der liegt hier bestimmt schon mehr als fünf Jahre. Im Normalfall ist nach fünfundzwanzig Jahren nichts mehr übrig, wobei es tatsächlich möglich ist, dass sich Knochen nie vollständig zersetzen. Das kommt auf die Beschaffenheit des Bodens an.«

Der Polizist wandte sich seiner Kollegin zu. »Vielleicht wurde hier Erdraum aus einem Friedhof abgeladen«, mutmaßte er. »Wäre doch möglich, um die Gruben aufzufüllen.«

Der Arzt richtete sich wieder auf, ehe er vehement den Kopf schüttelte. »Das ist auszuschließen. Ich sagte doch, das hier ist ein Naturschutzgebiet, hier darf kein Abraum abgelagert werden. Zumindest in den letzten vierzehn Jahren nicht. So lange gibt es dieses Biotop bereits.«

»Was meinst du?», fragte der Polizist an seine Kollegin gewandt.

Die Polizistin zuckte mit der Schulter. »Ich denke, wir sollten die Kripo verständigen.«

Der Polizist nickte.

»Gibt es hier noch eine andere Zufahrt?«, fragte die Polizistin.

Der Doktor trat einen Schritt zur Seite und zeigte auf das südliche Ende der Wiese. »Dort hinten gibt es noch einen Feldweg, der bis zur Grube führt, aber den muss man von Schmakentin aus über die Dorfstraße anfahren.«

»Würden Sie mir das bitte zeigen?«

Der Arzt nickte.

*

Die Suche war in vollem Gange. Nachdem die Kriminalpolizei eingetroffen und der Knochenfund von einem hinzugerufenen Rechtsmediziner des Instituts aus Rostock vor Ort in Augenschein genommen worden war, gab es keinen Zweifel mehr daran, dass es sich hierbei um einen Femur, einen Oberschenkelknochen eines Menschen handelte. Nach erster Einschätzung des Spezialisten dürfte es sich um den Knochen einer Frau handeln, der bereits seit zehn Jahren hier lag. Der Boden war locker und sandig und hatte die Zersetzung der Leiche begünstigt, doch bislang hatte man den Rest des Skeletts noch nicht gefunden.

Die Einsatzkräfte waren über den westlichen Zufahrtsweg zum Gelände gelangt. Zwar gab es dort eine Schranke, doch diese war mit einem einfachen Vierkantschlüssel zu öffnen. Bereitschaftspolizisten aus Waldeck, Kollegen von den zuständigen und benachbarten Revieren, Hundeführer und sogar eine Drohne mit Wärmebildkamera waren zur alten Kiesgrube unweit von Zurow beordert worden, doch bislang hatte die Suche auf dem etwa zehn Hektar großen Areal keinen Erfolg gehabt.

»Es kommt noch die Hunderettung aus Wismar, die haben zwei Leichenspürhunde dabei, und ein Hubschrauber ist auch auf dem Weg«, meldete Oberkommissar Modrow seinem Chef.

Hauptkommissar Willig, der die Einsatzleitung vor Ort übernommen hatte, quittierte die Meldung seines Mitarbeiters mit einem mürrischen Blick. Dieser Einsatz so kurz vor dem Wochenende passte überhaupt nicht in sein Konzept, hatte er doch für den morgigen Tag einen Ausflug ins Hansastadion nach Rostock geplant, wo seinem Verein ein wichtiges Spiel gegen den Halleschen FC bevorstand. Ein Lokalderby, wenn man so wollte. Daraus würde jetzt wohl nichts werden, denn die Suche konnte sich noch bis in die Nacht hinein ziehen.

»Das THW, hast du auch an das THW gedacht?«, fragte er Modrow. »In drei Stunden wird es dunkel, da brauchen wir Licht. Ich hab keine Lust, mir hier morgen auch noch die Beine in den Bauch zu stehen.«

Modrow nickte. »THW und Feuerwehr sind verständigt, die kommen.«

»Dann ist ja gut.«

Ein uniformierter Beamter kam auf die beiden Ermittler zu, die am Zugang des Geländes neben ihrem zivilen Dienstwagen standen.

»Die Taucher sind in einer halben Stunde hier«, meldete der uniformierte Kollege, ehe er sich wieder davonmachte.

»Das ist gut«, murmelte Willig. »Mit dem Tümpel sind die hoffentlich schnell durch.«

Mit Tümpel meinte er den knapp drei Ar großen See, der sich unterhalb der nackten Felswände aufgestaut hatte.

Modrow wiegte abschätzend den Kopf. »Da wäre ich mir nicht so sicher, da unten gibt es bestimmt jede Menge Schlamm, sodass man kaum die Hand vor den Augen sieht.«

»Fund!«, hallte der lauten Ruf eines Kollegen durch den alten Steinbruch.

»Na endlich«, seufzte Willig. »Dann wird es vielleicht doch noch was mit der Hansa.«

»Bitte?«, fragte Modrow.

Willig winkte ab. »Nicht so wichtig.«

Sie gingen den Weg entlang, der über die Wiese führte. Am südlichen Ende des Geländes hatte sich eine Gruppe von der Bereitschaftspolizei versammelt. Ein Hundeführer stand dort, dessen Hund bellte und hin und wieder mit den Pfoten im Boden scharrte.

»Da muss was sein«, empfing sie der Hundeführer, als Willig und Modrow die Gruppe erreichten.

Willig lächelte. »Gut, dann fangen wir mal an, vorsichtig zu graben.«

Modrow blickte sich um, ehe er sich verdutzt durch die Haare fuhr.

»Was ist?«, fragte Willig.

Modrow atmete tief ein. »Hier gibt es überhaupt keine Wildschweinspuren. Ich frag mich, wie die an den Knochen gekommen sein sollen.«

Willig winkte ab. »Nach zehn Jahren Liegezeit und all dem Getier, das hier durch die Wälder und Wiesen schleicht, finden wir bestimmt nicht mehr alles am Stück.«

Die Kollegen der Bereitschaftspolizei gruben unterdessen vorsichtig mit ihren Klappspaten in dem lockeren Boden.

»Fund!«, hallte es erneut durch die Kiesgrube.

»Was ist denn jetzt?«, fragte Willig und wandte sich um. Diesmal kam der Ruf von der östlichen Seite des Geländes. Offenbar hatte der Drohnenpilot eine unbekannte Wärmequelle entdeckt. Auch dort hatten sich inzwischen mehrere Kolleginnen und Kollegen von der Bereitschaftspolizei versammelt.

»Bleib hier«, sagte Willig zu seinem Mitarbeiter. »Ich schau mal dort drüben nach.«

Er wandte sich um und ging zur etwa zweihundert Meter entfernten Fundstelle, die sich ebenfalls direkt vor einer lang gezogenen Hecke befand.

Als Willig dort eintraf, landete die Drohne direkt neben ihm. Der Drohnenpilot kam auf ihn zu und zeigte ihm das eingefrorene Bild auf dem Display seiner Fernbedienung.

»Hier muss was liegen, was Wärme abstrahlt«, sagte er und fuhr mit dem Finger über den Bildschirm. Willig erkannte die Verfärbung erst, nachdem er seine Brille aufgesetzt hatte. Tatsächlich war der Bereich rund um die Hecke grünlich gefärbt.

»Bei einem Skelett, da verwest doch nichts mehr, dachte ich«, murmelte er.

Der Drohnenpilot, ein junger Oberkommissar von der Bereitschaftspolizei, zuckte mit der Schulter. »Trotzdem ist da eine Wärmequelle.«

Willig nickte und wandte sich den umstehenden Kolleginnen und Kollegen zu. »Also gut, Spaten raus und graben. Aber vorsichtig, wenn ich bitten darf.«

Ein junger Kollege klappte seinen Spaten auf und steckte ihn achtsam in den lockeren Boden. Angesichts des lockeren und sandigen Bodens und des mageren Bewuchses hatte er mithilfe von zwei weiteren Kollegen schnell ein Loch gegraben.

Willig wischte sich mit einem Taschentuch über die Stirn. Der Wetterdienst hatte sich nicht geirrt, beinahe 27 Grad hatte das Thermometer erreicht, die Luft war schwül. Von Osten näherten sich dunkle Wolken.

»Da ist was!«, sagte der Kollege mit dem Spaten.

»Vorsicht!«, mahnte Willig.

Modrow eilte herbei. »Ich glaube, wir haben das Skelett gefunden, zumindest den Kopf und Teile des Oberkörpers«, berichtete er ganz außer Atem.

Mit Bedacht schob der Kollege von der Bereitschaftspolizei den Spaten in die Erde, und als er die Schaufel wieder hob, trat er einen Schritt zurück.

»Da!«, stammelte er.

Willig und auch Modrow blickten zusammen in die Grube, wo eine Hand aus der Erde ragte. Doch diese war nicht vollständig skelettiert, noch hingen Hautreste und Gewebe daran. Der Geruch des Todes stieg aus der Grube auf; die Kolleginnen und Kollegen wandten sich ab.

»Aufhören!«, befahl Willig den Männern mit dem Spaten. »Wir brauchen die Spurensicherung, und ruf gleich mal beim LKA an, wir brauchen Unterstützung. So wie es aussieht, haben wir es hier mit zwei Leichen zu tun.«

Er griff zu seinem Handy und informierte die Dienststelle. Die Hansa konnte er vergessen, offenbar würden sie noch eine ganze Weile hier in dieser stillgelegten Kiesgrube bei der Suche nach Leichen verweilen.

2

RMZ – Lokalredaktion Wismar, Krämerstraße

Pia Stein hatte alle Hände voll zu tun. Für die morgige Samstagsausgabe der RMZ war im Lokalteil eine Sonderbeilage zum Kriegsende und der dazugehörigen Ausstellung im Schabellhaus geplant. Zur Eröffnungsfeier der einwöchigen Ausstellung mit diversen Veranstaltungen wie Lesungen, Konzerten und einem großen Gedenkgottesdienst am kommenden Sonntag in St. Georgen würde sogar die Ministerpräsidentin des Landes anreisen, die zusammen mit dem Bürgermeister die Schirmherrschaft übernommen hatte. Für Pia bedeutete dies eine Sonderschicht am heutigen Freitag, denn die vierseitige Sonderbeilage sollte mit allerlei Fotos, Berichten und Kurzreportagen auf die Gedenkwoche einstimmen. Natürlich durfte auch die Werbung hiesiger und in der Region ansässiger Firmen nicht zu kurz kommen. Eigentlich hatte sie Material, um die doppelte Anzahl an Seiten zu füllen, doch Papier und Druck kosteten Geld, deshalb war die Zeilenzahl begrenzt. Vier Seiten und nicht mehr, das war ihr Auftrag, und daran musste sie sich halten.

Mehrere Berichte und Kurzreportagen hatte sie bereits eingekürzt, etliche Fotos verworfen, doch noch immer war das verbliebene Material zu umfangreich. Wieder überflog sie die Seiten, wieder löschte sie Fotos, kürzte Texte und überarbeitete den Satz. Dennoch blieben am Ende einige Zeilen übrig, die sich im digitalen Satzprogramm ihres Computers auf die verflixte fünfte Seite schoben, die es nicht geben durfte. Sie fluchte, als sie sich erhob und zum Kaffeeautomaten ging. Schon kurz nach vier, eigentlich wollte sie längst zu Hause sein. Seit drei Stunden arbeitete sie an dieser Sonderbeilage, die immer noch 1229 Zeichen zu lang war.

Sie schob eine Tasse unter den Automaten und drückte auf den Knopf. Mit lautem Rattern setzte sich das Mahlwerk in Bewegung. Es war wohl bald mal wieder an der Zeit für eine Generalüberholung der Maschine. Das Teil war immerhin schon sieben Jahre alt.

Als der dampfende Kaffee in ihre blaue Tasse mit dem RMZ-Symbol floss, klingelte das Telefon. Bestimmt Albert Scheu, der Chefredakteur, der bereits ungeduldig auf die Sonderbeilage wartete; dabei hatte sie noch über eine Stunde Zeit. Erst um 17 Uhr musste die Datei bei der Druckerei vorliegen. Aber sie kannte ihren Chef, ihm konnte es nie schnell genug gehen.

Sie griff nach ihrer Tasse, ging zurück an ihren Schreibtisch und nahm den Hörer ab. »Pia Stein, Rostocker Morgen, Büro Wismar«, meldete sie sich förmlich und stellte fest, dass sie sich getäuscht hatte. Es war nicht Albert Scheu, der am anderen Ende der Leitung sprach, es war ihre Mutter, und die fragte sie ohne Umschweife, ob sie Überstunden wegen der Leichen mache, die bei Zurow gefunden worden waren.

»Welche Leichen?«, fragte sie ihre Mutter. »Wovon redest du?«

»Hast du denn noch nichts davon gehört? Ich denke, du bist bei der Presse?«

»Würde ich fragen, wenn ich es wüsste?«

Einen Augenblick herrschte Schweigen.

»Bei Zurow haben sie in einer alten Kiesgrube drei Leichen gefunden«, erklärte ihre Mutter dann seufzend. »Drei Frauenleichen, wie es heißt. Sie sollen ermordet und dort verscharrt worden sein. Von einer Leiche sind nur noch Knochen übrig.«

»Und woher weißt du das?«

Ein kurzer Atemzug war zu hören, ehe ihre Mutter antwortete. »Monika hat es mir erzählt, und die weiß es von Adelheid, ihr Sohn ist Feuerwehrmann und dort im Einsatz.«

»Drei Frauenleichen, sagst du?«

»Ja, so heißt es.«

»Weiß man schon, wer die Toten sind?«

»Wohl nicht, die sind noch dort und suchen weiter«, entgegnete ihre Mutter. »Da könnten ja noch mehr Leichen liegen. Das Gebiet ist riesig.«

»Weißt du, wie die Leichen gefunden wurden?«

»Doktor Brand aus Dargetzow ist dort Jäger, du kennst ihn doch. Es heißt, Wildschweine hätten die Knochen ausgebuddelt, und Doktor Brand war auf der Pirsch und hat die Knochen gefunden.«

Pia schrieb Brands Namen auf ihren Notizblock. »Danke dir, dass du angerufen hast, ich muss Schluss machen.«

»Du kannst mich heute Abend ja mal besuchen, wenn du willst.«

»Mal sehen«, entgegnete Pia, ehe sie das Gespräch beendete. Dann griff sie nach ihrem Handy und suchte nach der Nummer von Ronny Rönning, der in der Polizeistation auf Poel arbeitete. Nach mehrmaligem Klingeln meldete er sich, und Pia fragte ihn ohne lange Vorrede nach den Frauenleichen bei Zurow. Rönning bestätigte die Geschichte, jedoch ohne Details zu kennen, schließlich war er für die Region um Zurow nicht zuständig. Allerdings wusste er, dass dort ein Großaufgebot an Polizei, Feuerwehr und THW im Einsatz war. Auch das LKA war informiert worden.

»Glaubst du, dass Falk hier auftaucht?«, fragte Pia.

»Kann schon sein«, entgegnete Rönning. »Da steckt bestimmt ein Serienkiller dahinter, und das ist ja genau sein Metier.«

Sie bedankte sich bei Rönning und legte auf. In Windeseile machte sie die Sonderbeilage fertig und entfernte drei Bilder und einen Bericht über den englischen Leutnant, der auf dem Kirchturm von St. Georg damals nach der friedlichen Besetzung Wismars die britische Fahne gehisst hatte. Schließlich würden sich sowieso nur wenige Leser für diese Sonderseite interessieren. Bei den meisten landeten diese Seiten unberührt im Mülleimer. Der Leichenfund war wichtiger. Zehn Minuten später schickte sie die Datei an die Druckerei. Dann griff sie nach ihrer Kamera, nahm ihre Jacke und verließ das Büro. Drei Frauenleichen bei Zurow, das würde die Leser der RMZ weitaus mehr beeindrucken als eine Sonderseite über das Ende des Zweiten Weltkriegs rund um Wismar. Und wer weiß, vielleicht würde sie an der Kiesgrube ja tatsächlich auf Falk treffen.

Kiesgrube bei Ravensruh

Sie hatten drei Leichen gefunden. Kurz bevor es dunkel wurde, hatte ein Leichenspürhund auch noch an der nördlichen Grenze des Areals angeschlagen. Dort entdeckten sie knapp einen Meter unter der Erde eine weitere Leiche. Die Verwesung war sehr weit fortgeschritten, beinahe schon abgeschlossen, weshalb der Rechtsmediziner von einer Liegezeit zwischen ein und drei Jahren ausging.

»Wir haben alles eingesammelt, was wir gefunden haben«, meldete Modrow, der sich um die skelettierte Leiche kümmern sollte.

Willig beobachtete einen Feuerwehrmann, der mit einem Metalldetektor eine mit Absperrband begrenzte Fläche absuchte. Zum Glück hatten sich die dunklen Wolken verzogen, es war trocken geblieben. Dennoch hatte die Spurensicherung dafür gesorgt, dass über den drei Gräbern Pagodenzelte errichtet worden waren.

Eines hatten alle drei Leichen gemeinsam – alle drei waren Frauen. Sie waren nackt und ohne jegliche Kleidungsstücke vergraben worden, was eine Identifizierung sicherlich erschweren würde. Während Willig hier vor Ort die Grabungen leitete, gingen die Kolleginnen und Kollegen in den Büros die Vermisstenmeldungen der letzten Jahre aus Wismar und Umgebung durch.

»Habt ihr auch wirklich alles gefunden?«, fragte Willig.

Modrow zuckte mit der Schulter. »Alles, was in der Grube

war. Wir haben die Erde gesiebt, aber da waren tatsächlich schon Wildschweine dran, mehr war nicht zu finden, und die Hundeführer meinen, dass bei alten Knochen der Leichengeruch nicht stark genug ist, damit die Hunde anschlagen.«

Willig blickte in den Himmel. Die Dämmerung senkte sich über das Land, und aus der Ferne wehte der leichte Wind die Geräusche der nahen Autobahn zu ihnen herüber. In kaum einer halben Stunde würde es vollkommen dunkel sein. Vor den Gruben waren mobile Lichtmasten der Feuerwehr und des THW in Stellung gebracht worden; nach und nach starteten die lauten Motoren der Stromgeneratoren.

Die Kollegen der Spurensicherung in ihren weißen Papieranzügen hatten noch alle Hände voll zu tun. Die Leichen waren geborgen und würden in Kürze nach Rostock in die Rechtsmedizin transportiert. Für den morgigen Tag hatten sich die Kolleginnen und Kollegen des LKA angekündigt, darunter auch Forensiker und Spezialisten für Todesfallermittlungen, denn ein Tatzusammenhang zwischen den Leichen war sehr wahrscheinlich. Es wäre schon ein großer Zufall, wenn sich drei Mörder unabhängig voneinander diese Kiesgrube als Ablageort für ihre Leichen ausgesucht hätten.

»Die Spurensicherer brauchen noch eine ganze Weile«, fuhr Modrow fort. »Die beiden Züge der Feuerwehr und des THW rücken ab. Nur noch die Techniker bleiben, wir brauchen ausreichend Licht.«

Willig nickte. »Okay, machen wir für heute Schluss, wir setzen die Suche morgen fort.«

»Sollen ein paar Kollegen von der Schutzpolizei die Kiesgrube in der Nacht bewachen?«

»Klar sollen sie das«, entgegnete Willig. »Das hier ist ja eher ein Friedhof als eine Kiesgrube. Morgen werden wir sehen, ob es noch weitere Leichen gibt.«

Willig wandte sich um und ging ein paar Schritte in Richtung des Dienstwagens, ehe ihn der Ruf eines Kollegen von der Schutzpolizei zurückhielt. Er kehrte um und ging hinüber zu dem Kollegen, der neben dem Feuerwehrmann mit dem Metalldetektor stand und im Halbdunkel der Dämmerung winkte. Kaum zehn Meter entfernt befand sich die Grube, in dem das Skelett gefunden worden war.

»Hier liegt was«, sagte der Kollege und leuchtete mit seiner kleinen, aber starken Stableuchte auf den Boden. Dort hatten sie ein Loch gegraben, kaum einen halben Meter tief.

Modrow kam heran und warf einen Blick über die Schultern seines Chefs.

»Das ist ein Schlüsselbund«, sagte er.

Kollegen von der Spurensicherung eilten herbei. Einer nahm die Kamera und fotografierte. Erst als die Spurensicherungsbeamten den Fund ausreichend dokumentiert, fotografiert und vermessen hatten, hob einer der weiß gekleideten Kollegen vorsichtig den Schlüsselbund aus der Grube und steckte ihn in eine Sicherstellungstüte.

Willig wartete geduldig, bis die Prozedur abgeschlossen war, ehe er die Hand ausstreckte. Im Schein der Taschenlampe betrachteten sie den unverhofften Fund. Zwei Schlüssel befanden sich an dem Schlüsselring. Einer davon war ein alter Bartschlüssel, der andere Schlüssel gehörte zu einem Sicherheitsschloss. Die Schlüssel hatten kräftig Rost angesetzt. Viel interessanter als die beiden Schlüssel war jedoch die messingfarbene Plakette am Schlüsselring, die überraschenderweise noch sehr gut erhalten war.

»Da steht was drauf«, sagte Modrow und beugte sich vor. »Da ist eine Vierzehn, und darunter steht … Klosterkrug, ja, Klosterkrug heißt das.«

»Ein Hotel oder eine Pension«, murmelte Willig nachdenklich.

Modrow nickte. »Leider steht kein Ort dabei«, brummte er.

»Na, aber Klosterkrug …«, meinte Willig. »Da wird sich doch sicher was finden lassen.«

3

Leezen-Zittow, Wiesenweg

Falk stand im Flur vor seinem Koffer und nahm seine leichte Sommerjacke von der Garderobe. Für das Wochenende war schönstes Maiwetter gemeldet, mit Temperaturen jenseits der 20-Grad-Marke. Ideales Wetter für ein Familienfest.

Stefanie hatte dieses Wochenende keine Zeit, sie war nach Berlin gefahren, wo der Bundesparteitag ihrer Partei stattfand, an dem sie als eine der stellvertretenden Landesvorsitzenden zwingend teilnehmen musste. Und das, obwohl sie überhaupt keine Lust auf diese meist langweilige und nervenzehrende Veranstaltung hatte.

Wer Macht haben will, muss leiden, hatte Falk gesagt, als sie sich am gestrigen Abend verabschiedeten. Heute war er vor dem Schweriner Landgericht Stefanies Noch-Ehemann begegnet. Im Vorübergehen hatte dieser ihm einen geringschätzigen Blick zugeworfen, doch Falk war einfach weitergegangen. Inzwischen wusste Helmut Westphal, Richter am Oberlandesgericht, dass Falk und Stefanie ein Paar waren. Die Ehe existierte sowieso nur noch auf dem Papier und wurde lediglich zum Schein aufrechterhalten, weil Westphal gute Aussicht auf den Posten des Generalstaatsanwalts hatte und eine Scheidung in dieser Phase nicht infrage kam. Außerdem war es Stefanie ganz recht, dass sie noch einen Ehering trug, das wehrte schon mal aufdringliche Kollegen ab. Dennoch, alles hatte seine Zeit.

Falks Handy klingelte. Er zog es aus der Tasche und warf einen Blick auf das Display.

Die linke Hand des Teufels stand auf dem Display: Seine Chefin war am Apparat. Zum Glück wusste sie nicht, unter welchem Kürzel er sie in seine Kontaktliste eingetragen hatte.

Einen Augenblick überlegte er, den Anruf einfach zu ignorieren, doch irgendwie hatte er kein gutes Gefühl dabei. Mit einem lauten Seufzer nahm er das Gespräch an.

»Falk hier, ich bin nicht mehr erreichbar und auf dem Weg ins Wochenende«, meldete er sich, bevor seine Chefin zu Wort kam.

»Warum hast du dann abgenommen?«

»Reine Höflichkeit.«

»Schön«, entgegnete Hanna Pauli. »Leider habe ich keine guten Nachrichten, was die Aussichten auf ein tolles Wochenende angeht. Du wirst nämlich gebraucht.«

Falk runzelte die Stirn. »Spaß beiseite, ich bin tatsächlich auf dem Sprung. Ich fahre nach Kiel, meine Nichte feiert ihren sechsten Geburtstag, und ich bin ihr Pate. Da muss ich hin.«

»Sagt dir die Gemeinde Zurow etwas?«, fuhr Hanna Pauli fort, ohne auf Falks Erklärung einzugehen.

Falk zog die Stirn kraus. »Nie gehört, wo soll das sein?«

»Ein paar Kilometer östlich von Wismar, und dort wirst du gebraucht. Gleich morgen früh. Ich schicke dir die Wegbeschreibung auf dein Handy.«

»Du hast doch gehört, wir haben eine Familienfeier.«

»Die muss leider für dich ausfallen, mit Sicherheit wird deine Nichte noch mehrere Geburtstage feiern.«

Falk schüttelte den Kopf. »Du weißt schon, dass ich Halbitaliener bin und bei uns die Familie über alles geht.«

»Keine Chance, Falk«, entgegnete die Chefin. »Du bist nicht der Einzige, den es trifft. Die Kripo Wismar hat unsere gesamte Abteilung zur Unterstützung angefordert. Außerdem dachte ich, es gefällt dir, wenn ich dir sage, dass du gebraucht wirst. Allzu oft kommt das ja nicht vor.«

Falk schlenderte durch den Flur ins Wohnzimmer und ließ sich mit einem lauten Seufzer auf der Couch nieder.

»Sag mir erst einmal, was passiert ist.«

»Die Kollegen aus Wismar haben in einem alten Steinbruch

bei Zurow drei Leichen gefunden und vermuten, dass dort noch mehrere liegen könnten.«

»Dann sollte ich vielleicht meinen Spaten mitnehmen«, unkte Falk.

»Lass die blöden Witze«, fuhr Hanna Pauli dazwischen. »So wie es aussieht, handelt es sich um Frauenleichen mit unterschiedlichen Liegezeiten. Irgendein Triebtäter hat sich dort seinen eigenen Friedhof geschaffen.«

»Und das hat keiner bemerkt?«

»Der Steinbruch ist schon seit Jahren außer Betrieb. Außerdem ist das jetzt ein Naturschutzgebiet, da verirrt sich nur selten jemand hin. Vermutlich haben Wildschweine einen Knochen ausgegraben, sonst wären die Leichen dort wohl nie aufgefallen.«

Falk kratzte sich am Kinn. »Ein Serientäter, der sich in der Gegend auskennt. Liegen denn auch entsprechende Vermisstenmeldungen vor?«

»Schön, dass du dich schon mit dem Fall beschäftigst«, bemerkte die Chefin. »Willig bearbeitet den Fall. Die haben eine Soko gegründet. Sie stehen erst am Anfang, über Vermisstenmeldungen kann ich dir noch nichts sagen.«

Falk atmete tief ein. »Wann soll ich dort sein?«

»So früh wie möglich. Die Suche geht weiter, sobald es hell genug ist.«

»Okay.«

»Und jetzt ruf deine Nichte an und bring ihr bei, dass du leider nicht zu ihrem Fest kommen kannst, aber schonend bitte. Und melde dich bei mir, sobald ihr die Arbeit aufgenommen habt und du eingewiesen bist. Bis morgen.«

»Ciao«, entgegnete Falk und beendete das Gespräch. Aus dem geplanten Familientreffen würde wohl wieder mal nichts werden.

Kiesgrube bei Ravensruh

Falk hatte auf dem Routenplaner den Weg nach Zurow programmiert und traf gegen neun Uhr an der Zufahrt zur Kiesgrube ein. Er war über Schmakentin zur Grube gefahren. Mehrere Mannschaftstransporter der Bereitschaftspolizei, Wagen der Feuerwehr und des THW und einige Zivilfahrzeuge parkten auf der Wiese vor dem mit einer Schranke gesicherten Areal. Ein Streifenwagen stand quer auf dem Feldweg und versperrte den Weg. Eine junge Kollegin saß darin. Sie stieg aus, nachdem Falk seinen Wagen direkt hinter einem der THW-Transporter abgestellt hatte. Langsam ging er auf das Gelände zu. Die Kollegin trat ihm in den Weg; erst jetzt bemerkte er den uniformierten Polizisten, der abseits vor einem Gebüsch stand und dort wohl seine Notdurft verrichtet hatte.

»Guten Morgen, was wollen Sie hier?«, fragte die Kollegin.

Falk griff in seine Hosentasche und zog seinen Dienstausweis hervor. »Falk, LKA, ich gehe davon aus, das ist der Steinbruch, in dem die Leichen gefunden wurden.«

Die Kollegin nickte und trat zur Seite.

»Ist Willig hier?«

»Irgendwo dahinten«, antwortete die junge Frau und wies in das Gelände. Er nickte und ging weiter. An der Schranke blieb er stehen und betrachtete sich die Verriegelung. Ein einfacher Vierkantschlüssel reichte zum Öffnen. Bevor er seinen Weg fortsetzte, schaute er sich noch einmal um. Der Feldweg, auf dem er gekommen war, führte unweit der Grube zu einer kleinen Brücke, die die Autobahn überquerte. Von dort aus gelangte man direkt zum Autobahnkreuz Wismar. Nachdenklich ging er weiter. Uniformierte Polizisten durchkämmten in einer Reihe den westlichen Bereich des Geländes. Vor ihm auf dem kleinen Pfad waren Feuerwehrleute mit einem Metalldetektor zugange, und über dem Gelände schwebte eine Drohne.

Niemand schien von ihm Notiz zu nehmen, als er den Pfad entlangging. Dichte Hecken durchzogen das Gelände; links von ihm gab es einen Abhang, der mindestens zehn Meter steil nach unten zu einem kleinen See führte. Dort waren Leute in einem Schlauchboot am Werk. Ein Hundeführer der Polizei mit einem großen Schäferhund kam ihm auf dem Pfad entgegen, hinter dem Gebüsch stand ein blaues Pagodenzelt. Darunter waren mehrere Kollegen in weißen Papieranzügen und mit Mundschutz bei der Arbeit.

Er blieb stehen und ließ den Hundeführer passieren. Zum Glück trug der Hund einen Maulkorb.

»Willig?«, fragte er den bärtigen Kollegen, doch der zuckte nur mit der Schulter.

Falk ging weiter und stieß auf ein zweites Pagodenzelt, wo noch mehr Kollegen von der Spurensicherung zugange waren.

»Wer schlappt uns hier durch die Spuren?«, hörte er eine laute Stimme rufen. Als er sich umwandte, sah er Willig, der abseits des Pagodenzelts auf einem Campingstuhl saß. Modrow saß direkt daneben.

»Ah, Falk, Sie haben uns gerade noch gefehlt«, stöhnte Willig.

Falk ging auf die beiden zu und nickte kurz. »Wie ich hörte, werde ich hier gebraucht.«

Willig erhob sich und reichte Falk die Hand. »Sie haben wohl auch keine Lust auf ein geruhsames Wochenende?«

»Hätte ich schon, aber Sie haben mich angefordert«, entgegnete Falk.

»Ich schau dann mal, wo die Ablösung für die Hundeführer bleibt«, bemerkte Modrow, ehe er sich erhob und davonging.

»Das ist eine schöne Scheiße hier und bestimmt nicht vergnügungssteuerpflichtig.« Willig rieb sich mit beiden Händen über die Wangen.

Falk nickte. »Ich weiß, ich hab mir die Kurzmeldung durchgelesen. Drei Leichen, Frauen, unterschiedliche Liegezeiten. Habt ihr sonst noch was gefunden?«

Willig seufzte, ehe er sich wieder niederließ. »Bislang nicht, aber wir suchen natürlich weiter. Auch nach der Kleidung. Das Einzige ist ein Schlüsselbund, der in der Nähe der skelettierten

Leiche am westlichen Ende lag. Darauf standen eine Zimmernummer und das Wort *Klosterkrug*, mehr haben wir bislang nicht.«

»Klosterkrug«, wiederholte Falk nachdenklich. »Eine Pension oder ein Hotel, hier in der Gegend?«

»Da sind wir noch dran«, entgegnete Willig. »Hier in der Nähe leider Fehlanzeige, aber im Internet sind wir auf insgesamt sieben Hotels und Gasthäuser alleine in Meckpomm gestoßen. Deutschlandweit gibt es sicher noch viel mehr.«

Falk blickte sich um. »Ist die Kollegin Sauter auch hier?«

Willig lächelte. »Ihr wart ja ein gutes Team damals beim Plastbachschlitzer, aber nein, bedauere, sie gehört nicht mehr zu uns. Ist an die Polizeischule gewechselt.«

»Polizeischule?«

»Angenehmere Arbeitszeiten, keine schlaflosen Nächte mehr und dazu noch bessere Aufstiegsmöglichkeiten. Man muss sich für die nächste Beförderung nicht die Hacken auf der Straße ablaufen.«

Falk nahm auf dem zweiten Campingstuhl Platz. »Na ja, das Land hatte schon immer mehr für die übrig, die es gerne warm und gemütlich haben.«

Eine Weile herrschte Schweigen, ehe sich Willig räusperte. »Und, wie lautet die erste Einschätzung des Fachmanns?«

Falk zuckte mit der Schulter. »Wie soll sie sein? Ein Serientäter, der das Gelände gut kennt. Die Autobahn ist nicht weit entfernt und ehrlich gesagt, die Schranke ist kein wirkliches Hindernis. Einen Vierkantschlüssel kann man sich überall besorgen.«

Willig lächelte. »Dann sind wir uns diesmal mit der Einschätzung der Lage einig. Jetzt gilt es festzustellen, ob die drei Leichen tatsächlich zusammenhängen oder ob es ein obskurer Zufall ist, dass die drei Toten hier vergraben wurden.«

»Ist Brunner hier?«, fragte Falk.

»Er ist in Rostock«, entgegnete Willig. »Er unterstützt die Rechtsmediziner. Aber seine Leute sind hier irgendwo.«

Falk erhob sich. »Ich würde mich gerne noch ein klein wenig umschauen«, sagte er.

»Nur zu, ich bin schon genug herumgelatscht. Ich bleibe hier sitzen und warte, bis die was gefunden haben. Aber bleiben Sie auf dem Pfad und machen Sie die Hunde nicht verrückt. Es kommen noch ein paar Leichenspürhunde aus Anklam und Klinken, und ein Hubschrauber mit Spezialkamera soll ebenfalls noch über das Gelände fliegen.«

»Alles klar«, bestätigte Falk. Auf dem Pfad ging er weiter zum dritten Pagodenzelt im östlichen Bereich des Geländes. Auch dort herrschte reges Treiben. Er ging weiter und kam auf der gegenüberliegenden Seite an, wo ein Weg direkt in den anschließenden Wald führte. Auf dem Waldweg, in einiger Entfernung, stand ein Streifenwagen, doch diesmal handelte es sich um einen Geländewagen der Bereitschaftspolizei. Es gab also zwei Zufahrten, doch dieser Weg war die letzten 500 Meter so uneben und zerfurcht, dass ein normaler PKW wohl kaum den leichten Anstieg schaffen konnte. Eine Schranke gab es nicht, nur zwei rostige Pfosten. Die beiden jungen Kollegen stiegen aus, als sich Falk näherte. Wortlos zeigte er ihnen seinen Dienstausweis.

»Wohin führt dieser Weg?«, fragte er.

Der junge Beamte mit den dunklen Haaren wies den Weg entlang. »Etwa zwei Kilometer durch den Wald zu einem kleinen See und dann weiter nach Ravensruh. Das ist ein kleiner Ort, der …«

»Ich weiß«, würgte Falk die Erklärung des jungen Kollegen ab. »Gibt es vorher eine Abzweigung?«

Der Bereitschaftspolizist zuckte mit der Schulter. »Also mir ist keine aufgefallen.«

»Danke«, entgegnete Falk freundlich, ehe er sich umwandte und zurück auf das Gelände des Steinbruchs ging. Diesmal winkte ihm Willig zu, der aufgestanden war und mit Modrow sprach.

Falk beeilte sich. »Noch was gefunden?«, fragte er, als er bei den beiden ankam.

Willig schüttelte den Kopf. »Nein, aber eine Nachricht aus Rostock. So wie es aussieht, ist die Identität einer der Leichen geklärt. Unter Vorbehalt natürlich.«

»Interessant«, entgegnete Falk.

»Es müsste sich um eine Rumänin namens Bogdana Iunescu handeln. Sie war Erntehelferin in Satow und gilt seit dem siebten April als vermisst. Offenbar gab es dort Probleme mit dem Vorarbeiter. Eine Freundin hat sie vermisst gemeldet.«

Falk kratzte sich am Kinn. »Satow, wo ist das?«

»Zwanzig Kilometer östlich von hier«, mischte sich Modrow in die Unterhaltung ein. »Sie konnte identifiziert werden, weil an ihrer linken Hand zwei Fingerglieder fehlten.«

»Wie sicher ist das?«, fragte Falk.

Willig räusperte sich. »Wir müssen das noch verifizieren.«

Falk lächelte. »Okay, worauf warten wir?«

4

Gemeinde Satow, Hofgut am Arrerberg

Der Gutshof lag außerhalb der Gemeinde am Fuß eines bewaldeten Hügels, eingebettet in ein Karree aus hohen Birken, Buchen und Ahorn. Er war von Feldern umgeben, auf denen die langen Halme des Korns langsam ihre satte grüne Farbe verloren, um den nächsten Schritt im Reifeprozess zu vollziehen. Falk folgte einem hölzernen Hinweisschild; der Weg schien kein Ende nehmen zu wollen.

Modrow war mit ihm zu dem Gehöft gefahren. Unterwegs sprachen sie ausschließlich über den Fall und die Vermisstenmeldung. Falk wusste seit ihrer letzten Zusammenarbeit unweit der Halbinsel Poel, dass er und Modrow wohl keine innigen Freunde mehr werden würden.

Endlich erreichten sie das Ende des Weges, der nach einer scharfen Rechtskurve direkt auf den Gutshof zu führte. Das Gut bestand aus einer Scheune, einem riesigen Stall und einem mondänen Wohnhaus mit grünen Fensterläden. Auf dem Hof herrschte hektische Betriebsamkeit. Ein Tieflader fuhr mit Mist beladen hin und her. Vor der Stallung stand ein Milchlaster, zu dem ein schwarzer Schlauch führte, und vor der Scheune hatten einige Arbeiter den vorderen Teil eines Traktors in seine Einzelteile zerlegt.

Falk stoppte den Wagen. Ein angeleinter schwarzer Hofhund empfing sie mit lautem und heißerem Gebell.

»Schauen wir zuerst im Haus nach«, schlug Modrow vor, doch das schien nicht mehr notwendig, denn einer der Arbeiter am Traktor löste sich aus der Gruppe und kam auf Falk und seinen Begleiter zu. Der Mann war groß und kräftig, hatte einen dunklen Vollbart und trug eine blaue Latzhose über einem schmuddeligen gelben Shirt.

»Moin«, grüßte er Mann. »Ihr seid von der Versicherung?«

Modrow schob sich an Falk vorbei, schüttelte den Kopf und zeigte dem Bärtigen seine Dienstmarke. »Modrow, Kripo Wismar.«

»Polizei?«

Modrow nickte. »Wir sind hier wegen Bogdana Iunescu, könnten wir mit Frau Tatjana Janoschka sprechen?«

Der Mann kratzte sich am Bart. »Ah, wegen Bogdana.«

»Wer sind Sie, wenn ich fragen darf?«, schaltete sich Falk in die Unterhaltung ein.

»Ich bin Milos, der Vorarbeiter.«

»Milos?«

»Milos Rakow«, vervollständigte der Bärtige seine Antwort.

»Können wir uns irgendwo ungestört unterhalten?«, fragte Falk.

Rakow nickte und wies auf eine hölzerne Sitzgruppe, die vor einem kleinen Schuppen stand. Er ging voran, Modrow und Falk folgten ihm.

»So wie es aussieht, haben wir Bogdana gefunden«, sagte Modrow, noch während er sich setzte, und handelte sich damit einen bösen Blick von Falk ein, der es ganz und gar nicht schätzte, wenn man dermaßen mit der Tür ins Haus fiel.

»So, wo denn?«

»Es ist noch nicht sicher«, zog Falk abermals die Gesprächsführung an sich und nahm damit Modrow den Wind aus den Segeln, der gerade zu einer Antwort angesetzt hatte. »Können Sie uns etwas zu den Umständen sagen, unter denen Bogdana verschwunden ist?«

Der Bärtige zuckte die Schulter. »Umstände … was heißt Umstände«, sagte er und wies in den Hof. »Sie war absolut unzuverlässig und faul. So was können wir hier nicht brauchen, hier muss man anpacken können und nicht in den Tag träumen.«

»Gab es Streit?«

Der Bärtige atmete tief ein. »Streit, nein, angeschissen habe ich sie. Sie sollte den Futterautomat füllen, doch die Dame hatte ja wieder mal was Besseres zu tun. Den ganzen Tag hing sie am Handy, da habe ich ihr gesagt, dass ich so eine nicht brauchen kann.«

Modrow richtete sich auf. »Sie haben ihr gekündigt?«

Rakow winkte ab. »Gekündigt, Quatsch! Ich habe ihr nur gesagt, dass sie beim nächsten Mal fliegt. Wissen Sie, wir haben hier dreizehn Arbeiter und dazu kommen bis zu vierzig Saisonarbeiter. Manche sind drei Monate zur Erntezeit hier, andere ein ganzes Jahr. Da muss man schon schauen, dass der Betrieb läuft.«

»Und Sie schauen danach?«, hakte Modrow nach.

Rakow nickte.

»Gibt es denn hier auch einen Chef, ich meine, den Besitzer des Hofes?«, mischte sich Falk ein.

»Der wohnt im Westen«, entgegnete Rakow. »Der will, dass hier alles läuft, dafür hat er mich eingestellt.«

»Und bei Bogdana lief es eben nicht.«

Rakow kratzte sich am Kopf. »Ganz und gar nicht.«

»Was ist passiert?«

Ein weißer Jeep fuhr auf den Hof. Rakow schaute auf. »Das ist wohl der Mann von der Versicherung, da muss ich hin.«

»Wir sind noch nicht fertig«, entgegnete Falk entschieden. »Also, was ist passiert?«

Rakow blies die Backen auf. »Ich sagte doch schon, sie hatte wieder mal nicht das getan, was sie tun sollte, da habe ich sie angebrüllt und ihr gesagt, wenn das noch mal vorkommt, dann muss sie gehen. Das war bestimmt schon das dritte oder vierte Mal.«

»Und dann?«

Rakow wies auf die Zufahrt. »Sie hat geweint, und dann ist sie einfach abgehauen. Da raus, und weg war sie.«

Modrow blätterte in seinem Notizblock. »Frau Janoschka hat am achten April bei der Polizeistation im Ort Vermisstenmeldung erstattet«, zitierte er aus seinen Aufzeichnungen. »Warum haben Sie das nicht getan?«

»Ich dachte, die kommt schon wieder, wenn sie sich beruhigt hat.«

»Und als sie doch nicht wiederkam?«

Rakow zuckte mit der Schulter. »Da dachte ich, dass sie es wohl eingesehen hat, dass sie nicht für diese Arbeit taugt«, fuhr er fort. »Das sind Wanderarbeiter, sie hatte ein Visum für drei Monate. Die sind mal hier und mal da. Erst als Tatjana am nächsten Tag kam und sagte, dass sie nicht hier geschlafen hatte, aber ihre Klamotten noch hier sind, da sagte ich ihr, dass sie mal bei der Polizei nachfragen soll, ob ihr was passiert ist.«

»Diese Tatjana, war das eine Freundin von Bogdana?«, fragte Modrow.

Rakow schüttelte den Kopf. »Nein, Tatjana schaut nach den Unterkünften und hält hier alles in Schuss. Eine Freundin hatte Bogdana nicht, sie war meist allein. Ist auch allein hergekommen. Ich glaube nicht, dass die jemanden hier hatte.«

Falk lehnte sich auf dem Stuhl zurück. »Wohin sie ging, das wissen Sie nicht?«

Rakow wies noch einmal auf die Zufahrt zum Gehöft. »Da ist sie rausgelaufen, und weg war sie.«

»Wann war das genau?«

Rakow wiegte den Kopf hin und her. »Abends gegen sieben, denke ich, es war noch hell. Kann ich jetzt mit dem Versicherungsfritzen reden?«

»Eine Frage noch«, sagte Falk. »Wissen Sie, woher sie ihre Verletzungen an der Hand hatte?«

Rakow nickte. »Sie sagte, sie habe in einen Vollernter gefasst, dabei sei es passiert. Und ehrlich gesagt, so schusselig, wie sie sich hier anstellte, würde mich das nicht wundern. Sie war eben nie bei der Sache.«

»Dann würden wir gerne noch mit Frau Janoschka sprechen«, meldete sich Modrow zu Wort.

Rakow erhob sich und stieß einen lauten Pfiff aus. »Holt Jana her!«, rief er einem Arbeiter zu, ehe er sich Falk zuwandte. »Was ist jetzt mit Bogdana, wo haben Sie sie gefunden?«

»Nicht weit von hier«, entgegnete Falk trocken. »So wie es aussieht, wurde sie ermordet.«

Rakows Augen verengten sich. Für den Bruchteil einer Sekunde strich ein leichter Anflug von Mitgefühl durch seine Gesichtszüge, ehe er sich wieder der Arbeit zuwandte.

Tatjana Janoschka war eine ältere Frau, die offenbar hier auf dem Hof den Haushalt führte und sich um das Anwesen und die Wäsche kümmerte. Sie war erschüttert, als sie vom Tod der jungen Frau erfuhr, bestätigte jedoch weitgehend die Aussage des Vorarbeiters. Demnach war Bogdana eine Einzelgängerin gewesen, die keinen Anschluss suchte und sogar den abendlichen Gelagen der Arbeiterinnen und Arbeiter fern blieb. Sie hatte eine große Einkauftasche einer schwedischen Möbelfirma zurückgelassen, in der sich vorwiegend abgetragene Kleidung und ein paar Turnschuhe befanden. Auch ihre Haarbürste hatte sie zurückgelassen, die für eine DNA-Bestimmung sicherlich nützlich war. Nur ihr Handy hatte sie offenbar mitgenommen.

»Was soll ich mit den Klamotten jetzt machen?«, fragte die Frau mit dem russischen Akzent in der Stimme.

Falk nahm die Tüte an sich. »Wir werden uns darum kümmern.«

Kiesgrube bei Ravensruh

Falk fuhr über die nahe A 20 wieder zurück zur Kiesgrube bei Ravensruh. Viel hatten sie auf dem Gutshof über das Verschwinden von Bogdana Iunescu nicht erfahren, allerdings hatte Falk den Ausflug genutzt, um die Umgebung nahe Satow zu erkunden, und festgestellt, dass es kaum 4 Kilometer vom Ort entfernt einen Parkplatz namens Quellental an der Autobahn gab, den man fußläufig erreichen konnte. War Bogdana nach dem Streit zu diesem Parkplatz gegangen, und war sie dort auf ihren Mörder getroffen?

»Sie glauben doch nicht im Ernst, dass die zur Autobahn gelaufen ist«, widersprach Modrow Falks Theorie. »Das war einer von hier, der sich in der Gegend gut auskennt. Wahrscheinlich hat er sie im Ort oder auf der Landstraße aufgegabelt. Möglicherweise ist sie getrampt. Autostopp, das machen doch viele von ihrer Sorte, die kein Geld für ein Taxi haben.«

»Das schließt die Autobahn nicht aus«, entgegnete Falk.

Modrow schüttelte den Kopf. »Trotzdem, das ist einer von hier. Wir gehen gerade unser Strafregister durch. Hier wohnen genügend, die für so etwas infrage kommen. Wir gehen die Strafakten durch, dann wird schon was hängen bleiben.«

»Tun Sie das, Modrow, tun Sie das.«

Eine halbe Stunde später bog Falk wieder auf das Gelände der alten Kiesgrube bei Ravensruh ab. Vor der Zufahrt hielt er an und wartete, bis sich Modrow abgeschnallt hatte.

»Sie kommen nicht mit?«, fragte Modrow, als Falk den Rückwärtsgang einlegte.

Falk schüttelte den Kopf. »Ich fahre nach Wismar, ich muss mir noch eine Bleibe suchen. Wir treffen uns heute Abend auf der Dienststelle, und wenn es etwas Neues gibt, dann rufen Sie an, meine Nummer haben Sie ja sicher noch.«

Modrow nickte, bevor er ausstieg und die Tür schloss.

Ehe Falk den Weg nach Wismar einschlug, erkundete er die nähere Umgebung, fuhr Feldwege ab und schaute sich die Verkehrsanbindungen der Kiesgrube an die vorbeiführenden Straßen an. Ganz in der Nähe gab es den Autobahnparkplatz Selliner See an der A 20, unweit des Sees, dennoch hatte sich der Täter dazu entschieden, die Leichen in der Kiesgrube zu entsorgen. Sicher sprach sehr viel dafür, dass er sich hier auskannte, und klar war auch, dass es kein Lastwagen, selbst ohne Anhänger, über die unbefestigten Wege zur Kiesgrube schaffen würde. Außerdem wäre so ein Fahrzeug auf einem Waldweg neben der Autobahn viel zu auffällig. Also blieb die Frage: Woher wusste der Täter von dieser Grube, und welches Fahrzeug hatte er benutzt?

Drei Leichen, vollkommen verschiedene Liegezeiten, und dennoch wäre es ein großer Zufall, wenn die Taten nicht zusammengehören würden.

Als Falk Wismar erreichte, klingelte sein Telefon. Pia Stein war am Apparat.

»Hallo, Falk, ich gehe davon aus, du hast schon von den Leichen bei Ravensruh gehört?«

»Hab ich«, bestätigte Falk.

»Kannst du mir was darüber sagen?«

»Tut mir leid, ich bin im Wochenende.«

»Quatsch, ich weiß, dass du hier in der Gegend bist und an dem Fall arbeitest, und ich weiß auch, dass dort die Leichen von drei Frauen gefunden wurden. Eine davon ist eine Rumänin, die seit einem Monat vermisst wird.«

»Woher weißt du das?«, fragte Falk. »Ach so, ja, ich vergaß, du hast so deine Quellen.«

Einen kurzen Augenblick herrschte Schweigen. »Wenn ihr wollt, dass nichts an die Öffentlichkeit dringt, dann solltet ihr keine Feuerwehrleute aus der Region einsetzen«, erklärte Pia. »Aber Spaß beiseite, es gibt auch eine offizielle Verlautbarung der Wismarer Polizei und der Staatsanwaltschaft Schwerin dazu. Offenbar hat man diesmal die Taktik geändert und geht in die Offensive. Daher weiß ich auch, dass du bei der Soko Kiesgrube mit an Bord bist, die aus der Wismarer Polizei und Spezialisten des LKA besteht. Heute Abend um acht ist übrigens eine Pressekonferenz anberaumt. Bist du auch dabei?«

Falk runzelte die Stirn. Davon hatte er noch nichts gehört.

»Wenn das so ist«, sagte er. »Ich fahre gerade in die Stadt, um mir eine Bleibe zu suchen. Lust auf einen Kaffee?«

»Dann würde ich im *Stern* absteigen, das liegt zentral«, entgegnete Pia. »Da hast du es nicht weit zu meinem Büro, und das Kommissariat liegt am Ende der Straße.«

»Wie teuer?«

»Schätze, so um die achtzig Euro. Noch ein klein wenig näher liegt das *Vienna House*, aber da zahlst du schon hundertfünfzig.«

»Dann nehme ich das *Stern*, schließlich zahlt der Steuerzahler meine Zeche«, beschloss er. »Treffen wir uns in einer Stunde. Ich will noch duschen und mich umziehen.«

»Alles klar, dann komm ich in einer Stunde bei dir vorbei.«

»Bis dann«, antwortete Falk, beendete dann das Gespräch und fuhr in die Stadt.

5

Stadthotel Stern, Wismar

Pünktlich um vier Uhr am Nachmittag saß Falk frisch geduscht und mit Anzug im Restaurant des Hotels und wartete auf Pia Stein, die Journalistin der Rostocker Morgen Zeitung. Er musste nicht lange warten. Pia war pünktlich. In ihrem geblümten Kleid und mit der neuen Kurzhaarfrisur mit den rötlich getönten Haaren sah sie aus wie eine Teenagerin bei ihrer ersten Verabredung.

Falk erhob sich, als sie das Restaurant betrat, und schob ihren Stuhl zurecht. »Oh, alte Schule, ein Gentleman eben«, bemerkte Pia lakonisch. »Und heute mit Anzug! Bist du etwa auf Brautschau?«

Falk lächelte; spitzfindige Bemerkungen ihrerseits war er ja gewohnt. Er wartete, bis Pia Platz genommen hatte, ehe er sich auf der gegenüberliegenden Seite niederließ.

»Wie geht es dir?«, fragte er.

»Gut, wieso?«

Falk blinzelte verlegen. »Na ja, ich dachte …«

»Ein halber Tag in einer Kiste bringt eine echte Tochter der Stadt nicht aus der Spur.«

Falk nickte anerkennend. »Gut, aber diesmal würde ich gerne auf solch ein Intermezzo verzichten.«

Pia überging die Bemerkung. »Was hast du heute noch vor, weswegen der Anzug?«

»Pressekonferenz, ich wurde inzwischen angerufen.«

Eine Kellnerin kam an den Tisch. Falk bestellte Kaffee und Kuchen. »Du bist natürlich eingeladen«, bemerkte er. »Jetzt, wo wir ausnahmsweise an einem Strang ziehen.«

Pia lächelte. »Es hat mich überrascht, dass die Polizei diesmal gleich die Presse mit ins Boot nimmt. Wir sind eher Nachrichtensperren gewohnt. Also, weshalb braucht ihr unsere Hilfe?«

»Was weißt du bislang?«

Pia griff in ihre Handtasche, die sie über die Stuhllehne gehängt hatte, und zog ein Dokument hervor. Es handelte sich um die vorläufige Presseverlautbarung der Schweriner Staatsanwaltschaft. Falk las die Meldung, ehe er sie zurückgab.

»Viel steht da nicht«, bemerkte Pia. »Drei Frauenleichen, Liegezeiten von zehn Jahren, einem Jahr und vier Wochen. Eine vermisste Rumänin aus der Gegend und der alte Steinbruch bei Ravensruh, das ist nicht üppig.«

»Mehr wissen wir bislang nicht«, bestätigte Falk und lehnte sich zurück, als die Kellnerin Kaffee und Kuchen servierte.

»Diese Rumänin, wer hat die als vermisst gemeldet?«

Falk erzählte Pia, was sie heute auf dem Gutshof bei Satow erfahren hatten.

»Das ist auch mager.«

»Da magst du recht haben, aber wir stehen ja auch erst am Anfang.«

Pia verzog die Mundwinkel. »Jetzt lass mal diese Floskeln, wie denkst du über die Sache?«

»Eigentlich dachte ich, dass wir hier gemütlich einen Kaffee trinken und unser Wiedersehen feiern.«

»Mensch Falk, jetzt lass dir nicht alles aus der Nase ziehen!«, entgegnete Pia genervt. »Diesmal darfst du sogar mit mir sprechen, also komm schon, wie ist dein erster Eindruck, haben wir es hier mit einem Serienkiller zu tun?«

Falk räusperte sich. »Ich bin gerade erst angekommen. Natürlich wäre es schon ein großer Zufall, wenn mehrere Täter zufällig den gleichen Ort aufsuchen, um sich ihrer Opfer zu entledigen.«

»Also ein Serientäter.«

Falk hob die Schultern. »Wir stehen erst am Anfang und fahren alle dieses Wochenende Sonderschichten. Trotzdem werden wir vor Montag nicht viel mehr über die Todesumstände wissen.«

»Serientäter, ja oder nein?«, beharrte Pia auf ihrer Frage.

Falk seufzte. »Du bist ganz schön hartnäckig, weißt du das?«

Pia lächelte süffisant. »Ich bin von der Presse, ich kann niemanden verhaften und zwingen, dass er mit mir redet, also bediene ich mich anderer Werkzeuge. Unter anderem bin ich für meine Beharrlichkeit bekannt. Aber das weißt du ja.«

Falk blickte nachdenklich aus dem Fenster. »Ich denke schon, dass die Fälle irgendwie zusammenhängen, aber eine Serie? Zehn Jahre, ein Jahr, ein Monat. Das sind recht große Abstände für einen Serientäter. Erst mal muss zweifelsfrei feststehen, dass alle Leichen zusammengehören.«

»Du meinst das Skelett?«

Falk nickte.

»Ein hiesiger Täter aus der Umgebung?«

»Er kennt den Steinbruch und wusste, dass dieser Ort zum Verstecken der Leichen hervorragend geeignet ist. Wären nicht zufällig die Wildschweine auf die Knochen gestoßen, wüssten wir bis heute nicht, was dort in der Grube verborgen lag.«

»Also ist er von hier?«

»Bist du irgendwie mit Modrow verwandt?«

Pia sah ihn erschrocken an. »Gott behüte, nein, wieso?«

»Weil der ebenfalls voreilige Schlüsse zieht«, entgegnete Falk. »Er denkt, wir starten unseren Polizeicomputer, und schon wirft er den Täter aus, wir müssen ihn nur noch verhaften. Ich hingegen glaube, das ist nicht so einfach.«

»Und was glaubst du sonst so?«

Falk fuhr sich nachdenklich über die Haare. »Ich glaube, der Täter ist viel beweglicher, als meine Kollegen hier denken. Ich glaube auch, dass es noch weitere Leichen gibt und wir bislang nicht alle gefunden haben. Trotzdem kennt er diesen verdammten Steinbruch.«

Pia überlegte. »Ich habe mich über die Grube natürlich erkundigt. Vor der Wende gehörte der Steinbruch zum VEB Erden und Metalle in Rostock. Die wurde zerschlagen, und ein Investor aus dem Westen übernahm hier. Die Firma hieß

Klaisner Baustoffe und hatte ihren Stammsitz in Bebra. In den guten Zeiten arbeiteten hier bis zu siebzig Leute in den drei Brüchen. 1995 verkaufte Klaisner an die ZSW hier in Zurow. Die machten den Steinbruch bei Ravensruh zu und bauten die Gruben südlich der Autobahn aus. Die sind wohl ergiebiger und auch einfacher auszubeuten. Damals wurden zwanzig Leute entlassen. Ich habe einen alten Bericht darüber in unserem Archiv gefunden.«

»Du hast nicht zufällig Listen der entlassenen Mitarbeiter?«

Pia schüttelte den Kopf. »Das nicht, aber einer der führenden Köpfe des Widerstands gegen den Verkauf und die Entlassungen war damals der Vater des Bürgermeisters von Neukloster. Karl Brau heißt er, er war Gewerkschaftsführer und lebt noch immer hier in Zurow.«

»Wie alt ist er, könnte man noch mit ihm reden?«

Pia nickte. »Mitte siebzig müsste er jetzt sein. Er ist noch rüstig und kennt natürlich den Steinbruch und die Umgebung wie seine Westentasche.«

Falk notierte den Namen auf einer Serviette. »Dann sollte ich mal mit ihm sprechen.«

»Nichts zu danken, man hilft ja, wo man kann«, entgegnete Pia. »Meine Telefonnummer hast du, falls du dich revanchieren willst.«

»Ja, die habe ich«, scherzte Falk. »Aber du weißt ja, bei sensiblen Ermittlungen gibt es oft eine Nachrichtensperre, über die man sich nicht hinwegsetzen darf.«

Kriminalkommissariat Wismar, Rostocker Straße

Die Pressekonferenz im Kommissariat dauerte beinahe eine Stunde. Geleitet wurde sie von Oberstaatsanwalt Damme von der Staatsanwaltschaft Schwerin. Falk hatte neben Willig, dem Ermittlungsführer, der Polizeidirektorin Reimann und dem Pressesprecher der Wismarer Polizei einen Platz auf dem Podium gefunden. Nur einmal hatte er antworten müssen, nachdem er von einem Journalisten nach seiner Rolle in diesem Fall gefragt worden war. Ansonsten hatte Damme die Konferenz weitestgehend alleine bestritten. Neuigkeiten gab es nicht zu berichten.

Nachdem sich der Saal geleert hatte, zogen sich Reimann, Willig und Falk in das Besprechungszimmer im zweiten Stock zurück. Die Suche im Steinbruch würde morgen fortgesetzt, doch bislang waren keine weiteren Funde zu verzeichnen.

»Falk, Sie sind Profiler, und wir schätzen ihre Mitarbeit«, wandte sich die Polizeidirektorin an den LKA-Beamten. »Was halten Sie von der Sache. Suchen wir einen Serientäter?«

Falk atmete tief ein. »Ich will es mal vorsichtig formulieren. Ein Serientäter steht natürlich im Raum, aber seriöse Aussagen sind erst möglich, wenn wir die Todesumstände aller drei Leichen kennen.«

»Ehrlich gesagt, glaube ich nicht mehr, dass wir im Steinbruch noch was finden«, schob Willig nach.

»Ich sagte schon, wir müssen das Ergebnis der Obduktion abwarten«, fuhr Falk fort. »Die Intervalle sind schon ungewöhnlich für eine Serientat. Es könnte noch weitere Leichen geben. Vielleicht nicht hier, irgendwo anders, in Autobahnnähe.«

»Die Autobahn spielt also eine Rolle?«

Falk nickte und erhob sich. Er ging an die Pinnwand, an der eine Karte der Umgebung hing. »Das identifizierte Opfer verschwand in Satow«, sagte er und wies auf die Karte. »Dort führt die A 20 vorbei und genau dort ist ein Autobahnparkplatz, so wie auch in Zurow. Ich glaube, das ist ein wesentlicher Punkt in diesem Fall.«

Willig schüttelte den Kopf. »Modrow hat mir bereits erzählt, dass Sie an einen überregionalen Täter glauben. Wir sollten das Täterwissen über den Steinbruch aber nicht außer Acht lassen.«

Falk zuckte mit der Schulter. »Ein überregionaler Täter hat

immer auch einen regionalen Bezug. Das heißt, er kommt aus einer bestimmten Gegend und kehrt auch immer wieder dorthin zurück. Oder er war einmal hier, arbeitete vielleicht sogar hier und weiß deshalb, dass es dort einen aufgelassenen Steinbruch gibt.«

Katja Reimann hörte aufmerksam zu. »Falks Einschätzung klingt einleuchtend, finden Sie nicht auch?«

Hauptkommissar Ralf Willig kratzte sich am Kinn. »Sicher, und genau deswegen müssen wir zweigleisig fahren. Wir müssen unsere regionalen Täter unter die Lupe nehmen, und wir müssen die Autobahn im Hinterkopf behalten. Dazu benötigen wir mehr Leute.«

»Die Sonderkommission umfasst vierzig Leute, das ist alles, was wir haben«, entgegnete die Kriminaldirektorin.

»Vierzig Leute sind nicht viel«, widersprach Willig. »Wir werden Zeugen ausfindig machen und befragen müssen, die Leichen sind noch nicht identifiziert, und wir werden überprüfen müssen, ob es noch weitere Leichen gibt. Wir müssen Vermisstenfahndungen sondieren und alle Opfer, die in das Profil passen, genau unter die Lupe nehmen.«

»Und wir müssen uns um den Steinbruch kümmern«, schob Falk nach. »Wem gehörte er, wer arbeitete dort, wer wusste, dass er sich hervorragend als Versteck für die Leichen eignet?«

Reimann überlegte. Schließlich räusperte sie sich. »Also gut, ich werde sehen, ob wir die Soko noch durch Kräfte aus den umliegenden Präsidien aufstocken können. Willig, wie hoch, meinen Sie, sollte der Kräfteansatz sein?«

»Das Doppelte«, entgegnete der Angesprochene trocken. »Zumal die Presse mit im Boot sitzt und sich aufgrund der Pressemeldungen Zeugen melden werden. Das ist zusätzliche Arbeit.«

»Doktor Damme wollte, dass die Presse eingeschaltet wird, schließlich liegen die Taten ja schon eine Weile zurück.«

Falk nickte. »Das finde ich auch gut so, selbst wenn es einen Mehraufwand bedeutet.«

Katja Reimann machte sich Notizen auf ihrem Block. »Was hat eigentlich die Befragung der Zeugen auf diesem Gutshof erbracht, gibt es da verwertbare Umstände?«

Willig warf Falk einen fragenden Blick zu. »Leider nichts Konkretes«, erwiderte der. »Es gab Ärger, daraufhin ist die junge Frau weggelaufen. Ich nehme an, in Richtung der Autobahn. Sie hatte ihr Handy bei sich, aber das ist über ein Jahr her, eine Funkzellenauswertung wird da nichts mehr bringen.«

»Die Funkzellenauswertung würde uns sowieso nicht weiterbringen«, wandte Willig ein. »Der Steinbruch liegt so nahe an der Autobahn, dass beide Standorte im selben Funkmast erfasst werden. Die Datenmenge wäre enorm und ohne Aussagekraft. Das würde uns nur zusätzlich belasten.«

Katja Reimann nickte. »Gut, ich sehe, ob ich über das Präsidium noch Kräfte bekomme. Machen wir morgen weiter. Vielleicht sind bis dahin auch die Gerichtsmediziner einen Schritt weiter.«

*

Er drehte das Radio auf und lenkte seinen Wagen an den Straßenrand. Der Verkehr war mäßig, und seine Pause stand an. Er lenkte in die Ausweichbucht und stellte den Motor ab. Ostseewelle-Hit Radio hatte er eingeschaltet. Die Sprecherin kündigte einen Kommentar zur Pressekonferenz der Wismarer Polizei anlässlich der Leichenfunde in einer Kiesgrube bei Zurow im Landkreis Nordmecklenburg an der Autobahn A 20 an. Er wurde hellhörig.

Jemand hatte sie gefunden. Dabei war das doch eigentlich unmöglich, in einem Naturschutzgebiet waren doch jegliche Bautätigkeiten untersagt, noch nicht einmal Campen war dort erlaubt. Er lauschte dem Bericht des Reporters mit der tiefen Stimme, der über die Pressekonferenz der Wismarer Polizei informierte. Offenbar waren Wildschweine auf die skelettierten Reste einer weiblichen Leiche gestoßen und hatten sie ausgegraben. Ausgerechnet Wildschweine, jetzt wandte sich schon die Natur gegen ihn! Fieberhaft überlegte er, ob diese Nachricht Folgen für ihn haben könnte. Von drei weiblichen Leichen war die Rede, von denen die Identität noch nicht feststand.

»Das erfahrt ihr nie«, murmelte er und verfolgte weiter die Meldung des Reporters, der davon berichtete, dass auch das Landeskriminalamt an den weiteren Ermittlungen beteiligt war.

… bislang tappt die Polizei noch im Dunkeln. Zeugen, die Beobachtungen an der alten Kiesgrube bei Zurow nördlich der Autobahn A20 gemacht haben, selbst wenn sie schon Jahre zurückliegen und noch so belanglos erscheinen, sollen sich mit der Polizei Wismar oder jeder anderen Polizeidienststelle in Verbindung setzen. Auch über Instagram oder facebook unter »polizeiwismar können Hinweise zu den Leichenfunden bei Zurow abgegeben werden …

Hannes Förter für die Ostseewelle-Hitradio … live aus Wismar …

Damit endete die Reportage. Nach einem Werbespot für ein Autohaus in Wismar wurde wieder Musik gespielt. Er saß nachdenklich auf dem Fahrersitz und überlegte. Gab es überhaupt Hinweise? Hatte er Spuren hinterlassen?

Die Polizei tappt im Dunkeln, hatte der Moderator gesagt. Das beruhigte ihn ein klein wenig, wenngleich ihn der Bericht über die Kiesgrube zutiefst erschütterte. Sie waren gefunden worden, das Unmögliche war geschehen. Er würde vorsichtiger agieren müssen.

Als seine Mutter spurlos verschwand, hatte niemand nach ihr gesucht. Sie ist nach Polen zurück, hatte ihm Vater erklärt. Doch er glaubte ihm nicht, sie hätte ihn nie im Stich gelassen. Auch wenn ihm Vater das beharrlich einzureden versuchte. Niemals wäre sie freiwillig ohne ihn gegangen, niemals!

Er wandte den Kopf und schaute zurück, die Straße war frei. Er startete den Motor und fuhr wieder an. Langsam fädelte er wieder in die Straße ein, dann gab er Gas.

Was auch immer diese Polizisten dort draußen in der alten Kiesgrube gefunden hatten, konnte ihn nicht belasten. Er war sorgfältig darin, keine Spuren zu hinterlassen, und nichts würde sie zu ihm führen, auch wenn Spezialisten vom Landeskriminalamt an den Ermittlungen beteiligt waren. Er konnte gelassen bleiben und war absolut sicher.

Außerdem stand die nächste Tour nach Südfrankreich an. Erst in vierzehn Tagen würde er wieder zurückkommen. Diese Polizisten wussten gar nichts, und dabei würde es bleiben, egal wie sehr sie sich auch anstrengten. Eines hatte er von seinem Vater gelernt: Wenn du etwas tust, dann mach es gründlich. Das hatte er sich gemerkt, daran hatte er sich immer gehalten.

Als er bei Hornstorf nach rechts in Richtung Wismar abbog, hatte er die Reportage über den Leichenfund in der Kiesgrube bei Zurow schon beinahe wieder vergessen, und die Selbstsicherheit war zurückgekehrt. Nichts und niemand würde ihm etwas anhaben können, nichts und niemand, dessen war er sich sicher.

6

Kriminalkommissariat Wismar, Rostocker Straße

Für Falk war es eine kurze Nacht gewesen. Nach der Pressekonferenz hatte er sich noch mit Pia in der Hotelbar getroffen und einen Schlummertrunk mit ihr eingenommen. Schon um acht Uhr traf man sich im großen Sitzungssaal wieder. Und das am heiligen Sonntag! Falk war an einem Sonntag schon lange nicht mehr so früh aufgestanden, und dementsprechend fühlte er sich auch. Wie durchgekaut und ausgespuckt. Möglicherweise lag das an den Martinis am vergangenen Abend.

Als er den großen Saal betrat, quoll der beinahe über vor Kolleginnen und Kollegen in Uniform und Zivil. Trotz der schräg gestellten Fenster war es im Saal stickig und laut. Er blickte auf die Empore: Oberstaatsanwalt Damme war ebenfalls anwesend, doch der Platz rechts neben Direktorin Reimann war besetzt. Dort, wo er gestern während der Pressekonferenz noch gesessen hatte, befand sich eine Frau im mausgrauen Kostüm, mit schwarzer Hornbrille und strengem Blick. Ihre grauen Haare hatte sie nach hinten gekämmt und zu einem Zopf gebunden. Ihr Alter war schwer zu schätzen, Falk kam das Gesicht irgendwie bekannt vor. Auch Willig hatte seinen Stuhl neben der Direktorin räumen müssen. Ein groß gewachsener Mann mit dichten schwarzen Haaren im gediegenen dunkelblauen Anzug hatte dort Platz genommen. Falk erkannte ihn sofort: Hilmar Koller, Leitender Kriminaldirektor des Polizeipräsidiums Rostock, noch nicht einmal fünfzig Jahre alt und schon in höchster leitender Funktion. Ein Karrierebeamter der das Gros seiner Dienstzeit in Kommissionen und Arbeitsgruppen im Innenministerium verbracht hatte und durch seine Herkunft – sein Vater war ehemaliger Staatssekretär im

Innenministerium – und seine Verbindungen in kurzer Zeit ganz nach oben gespült worden war. Als Falk vorüberging, würdigte er ihn keines Blickes und starrte stur geradeaus.

Willig saß links außen, neben ihm war noch ein Stuhl frei. Welches Spiel läuft hier, dachte sich Falk, als ihm Willig zuwinkte und auf den freien Stuhl neben sich zeigte. Die vielen Menschen im Saal heizten den Raum auf, sodass Falk seine Jacke auszog. Er bahnte sich seinen Weg durch die Kolleginnen und Kollegen und nahm neben Willig Platz.

»Was ist denn los, wieso hat man uns hier draußen platziert?«, fragte er den Wismarer Kollegen.

»Der Koller vom Präsidium soll die Soko leiten«, entgegnete Willig. »Befehl vom Präsidenten. Er will, dass die Sache so rasch wie möglich aufgeklärt wird.«

»Aha, und wir hätten das nicht gekonnt«, bemerkte Falk lakonisch.

»Sie wissen doch, wenn man durch die Kaderschmiede gegangen ist, dann kann man alles, wahrscheinlich sogar mit einem Fahrrad zum Mond radeln.«

»Und wer ist die Frau neben der Reimann?«

»Das ist Doktor Hilde Sonntag, sie ist die Polizeipsychologin von der Fachhochschule in Güstrow. Koller will sie als psychologische Beraterin an seiner Seite haben. Also nicht nur mich hat man abgesägt.«

Falk lächelte. »Eine Psychologin! Da bin ich mal gespannt, wie sie die Sache sieht.«

Die Direktorin griff nach einer Glocke, die vor ihr auf dem Tisch stand. Als sie läutete, suchten die Kolleginnen und Kollegen ihre Plätze auf, und die Gespräche verstummten. Reimann begrüßte die Anwesenden, berichtete über den Fall und die bisherigen Erkenntnisse, ehe sie das Wort an Koller übergab. In der ersten Reihe saß Brunner, der Falk zuwinkte. Falk erwiderte den Gruß. Koller erhob sich und schaltete den Laptop ein. An der Leinwand war zuerst ein heller Fleck zu sehen, bis der Beamer betriebsbereit war. Erst dann wurde ein Organigramm sichtbar.

»Wie Sie alle sehen, habe ich mir die Freiheit genommen, die Ermittlungsgruppen in sechs Abschnitte einzuteilen«, begann Koller mit seinem Vortrag. »Presse und Kommunikation sowie die psychologische Begleitung des Falles sind direkt meinem Stab zugeordnet. Abschnitt eins befasst sich mit der Identifizierung der Leichen und wird von Professor Dr. Schmieg vom Rechtsmedizinischen Institut Rostock geleitet. Der Abschnitt zwei, Umfeldrecherchen, untersteht den Hauptkommissaren Willig und Falk, Abschnitt Spurensicherung leitet Oberrat Kunze vom LKA, die Logistik übernimmt Polizeirat Mecheler von der BPA Schwerin, Kriminaloberrätin Hausler wird mit ihrer Gruppe die Auswertung übernehmen, und Polizeirat Nöthe koordiniert die Fahndung und die Kontrollabschnitte.«

»Umfeldrecherche, das ist ein weites Feld«, flüsterte Falk.

»Ja, das ist es, und genau deswegen hat die Reimann uns in diese Gruppe gesteckt«, erklärte Willig. »Sie will später mit uns sprechen.«

Die Einweisung dauerte noch beinahe zwei Stunden, bis alle Kräfte eingeteilt waren und ihre Aufgabe kannten. Nachdem auch noch der Oberstaatsanwalt zu Wort gekommen war, leerte sich der Saal. Als Direktorin Reimann an Willig und Falk vorüberging, bedeutete sie ihnen mit einem Fingerzeig, ihr zu folgen. In ihrem Büro bot sie ihnen Platz an.

»Das war ja mal ein toller Auftritt«, bemerkte Falk lakonisch. »Besonders der Teil, in dem Sie den Staffelstab an Koller übergaben, war sehr gelungen.«

»Sparen Sie sich diese Bemerkungen, Falk. Das hier ist nicht auf meinem Mist gewachsen. Der Präsident hat mir Koller auf das Auge gedrückt. Koller ist eben ein Wunderkind, da kann ich nichts machen.«

»Frau Sonntag auch?«

Reimann nickte. »Auch die, eine komische Person. Soll angeblich gar nicht schlecht sein. Hat promoviert und sogar ein Buch über Psychologie im polizeilichen Alltag verfasst. Ist im Polizeiverlag erschienen, haben Sie es schon gelesen?«

»Ich glaube nicht.«

»Umfeldrecherche, ein weites Feld mit reichlich Freiheiten«, fuhr die Direktorin fort. »Ich glaube, in diesem Abschnitt sind Sie gut aufgehoben. Sie machen einfach weiter wie bisher.«

Falk zuckte mit der Schulter.

»Sie wissen, dass ich Ihnen damit freie Hand lasse, obwohl Koller alles auf seinem Schreibtisch haben will«, schob die Direktorin nach. »Er ist ein Kontrollfreak, also übertreiben Sie es nicht.«

»Wir haben freie Hand?«

Reimann nickte. »Wie gesagt, übertreiben Sie es nicht, keine Alleingänge und keine Journalistinnen, die Ihretwegen in dunklen Kisten verschwinden.«

Falk lächelte und erhob sich. »Ich werde mich bemühen.«

»Warten Sie, ich meine es ernst!«, mahnte die Direktorin noch einmal eindringlich. »Sprechen Sie sich mit Willig ab, das ist keine Bitte. Es wäre nicht das erste Mal, dass Koller jemanden aus seiner Ermittlungsgruppe wirft. Ich habe mich für Sie eingesetzt und keine Lust, Ihretwegen irgendwo im Führungsstab zu landen.«

Falk nickte. »Alles klar, ich habe verstanden. War das alles?«

Direktorin Reimann runzelte die Stirn. »Was haben Sie vor, Falk?«

»Sie sagten es doch, Umfeldrecherche«, entgegnete er. »Im Büro fängt man keine Verbrecher, dazu muss man raus auf die Straße.«

Direktorin Reimann atmete tief ein. »Falk, Sie ändern sich wohl nie. Halten Sie sich an unsere Abmachung!«

Zurow, Amt Neukloster-Warin

Er hatte Willig über seinen kleinen Ausflug nach Zurow informiert. Auf Modrows Begleitung verzichtete er. Willig war es ganz recht, dass er im Büro bleiben konnte. Die zwei Tage in der Kiesgrube hatten ihm gereicht, und die Arthrose in seinen Gelenken wurde nicht besser.

»Ich besuche nur einen ehemaligen Gewerkschafter, der mir etwas über die Grube erzählen kann«, hatte er zu Willig gesagt, ehe er die Dienststelle verließ und in seinem Wagen nach Zurow in die Hauptstraße fuhr.

Karl Brau wohnte in einem kleinen Häuschen am Ortsrand. Er war überrascht, als sich Falk als Polizist auswies und ihm erklärte, weshalb er mit ihm sprechen wollte. Der rüstige Rentner war alleinstehend und genoss den sonnigen Tag zusammen mit seinem Hund im Garten. Der Labrador mit dem glänzenden hellen Fell gehorchte aufs Wort und stellte sofort das Bellen ein, als Falk dem Mann in den Garten zu einer Sitzecke im Schatten folgte.

»Darf ich Ihnen einen Kaffee anbieten?«, fragte Brau.

Falk nahm dankend an, und der Mann verschwand in seinem Haus. Kurz darauf war das Brummen eines Kaffeevollautomaten zu hören. Mit zwei dampfenden Tassen kehrte Brau zurück.

»Man gönnt sich ja sonst nichts«, bemerkte er, als er eine Tasse vor Falk abstellte. »Ich kann mir schon vorstellen, weshalb Sie hier sind«, fuhr er fort, als er sich setzte. »Das ist schrecklich, was dort passiert ist.«

»Sie haben davon gehört?«

»Die Zeitungen sind ja voll davon. Und was nicht in der Zeitung steht, das erzählt man sich im Ort. Schließlich liegt die Grube direkt vor unserer Haustür.«

Falk griff nach der Tasse.

»Zucker, Milch?«

Falk schüttelte den Kopf. »Ich hörte, Sie haben einmal in dieser Grube gearbeitet.«

Der Rentner machte große Augen. »Macht mich das verdächtig?«

Falk lächelte. »Ausschließen kann man nichts, aber ich bin nur zu Ihnen gekommen, um mehr über diese Grube zu erfahren.«

Brau nickte. »Was wollen Sie wissen?«

»Fangen Sie einfach mal an zu erzählen, ich melde mich schon, wenn ich gezielte Fragen habe.«

»Also gut«, entgegnete der Rentner. »Früher, vor der Wende, gehörte die Kiesgrube zum VEB Erden und Metalle in Rostock. Da florierte noch das Geschäft. Beinahe siebzig Leute arbeiteten hier. LKW-Fahrer, Baggerfahrer, Raupenfahrer, Abräumer, Maschinisten, Hilfskräfte, eben alles, was man so braucht, denn vieles war Handarbeit. Es gab zwei große Förderbänder, die betrieben und gewartet werden mussten. Zwei Ladestellen, die Kantine, das war mal ein großer Betrieb hier.«

»Und nach der Wende?«

Brau lächelte sarkastisch. »Da ereilte uns das Schicksal, das viele Betriebe hier im Osten mit uns teilten. Zuerst wurde der Betrieb zerschlagen, der VEB aufgelöst. Die Grube Ravensruh wurde an eine Firma im Westen verkauft. Symbolisch natürlich. Angeblich sollte der Betrieb erhalten bleiben. Das galt für ein Jahr. Und das war nicht einmal um, als zuerst die beiden Förderbänder abmontiert wurden.«

»Das war die Firma Klaisner aus Bebra, hörte ich.«

»Richtig«, bestätigte der Rentner. »Die hatten überhaupt kein Interesse an der Grube, die kamen so günstig an die Maschinen, mehr wollten die gar nicht.«

Falk griff erneut zur Tasse und trank einen Schluck. Der Kaffee war stark und tat angesichts der fehlenden Nachtruhe sehr gut.

»1995 kaufte die ZSW die Grube«, fuhr Brau fort. »Südlich der Autobahn hatten die zwei Gruben. Das war jetzt eine Firma aus dem Osten und wir dachten, jetzt wird es besser, vor allem auch deswegen, weil man Schotter für die Autobahnen und Gleise brauchte. Doch da täuschten wir uns. Drüben bei Ravensruh gab es immer wieder Probleme mit dem Wasser. Es floss nicht ab, wahrscheinlich waren wir schon zu tief gekommen. Die ZSW schloss die Grube und bekam dafür sogar noch Fördergeld aus einem Renaturierungsfond. Die Grube ging an den Landkreis und wurde Naturschutzgebiet. Und dann begannen die Entlassungen. Zuerst wurden die Hilfskräfte gefeuert. Das heißt, die Leute in der Kantine, die Maschinisten, dann kamen Abräumer dazu, die Baggerfahrer, und am Ende waren mehr als die Hälfte der Leute entlassen. Damals war ich Betriebsratsvorsitzender und Gewerkschafter. Wir versuchten alles, aber Sie wissen, wie das geht. Über allen Hilfsprogrammen, Sonderfonds und Beschäftigungshilfen steht der Profit. Ob Sie es glauben oder nicht, es war billiger, Schotter aus Polen und der Tschechei hier ranzukarren, als den eigenen vor Ort abzubauen.«

»Das heißt, die Grube wurde geschlossen, die Leute entlassen, und aus war es mit der Förderung.«

»Richtig, in Zurow ging es weiter, allerdings mit mehr Maschinen und weniger Mitarbeitern. Zwar hat man eine Auffanggesellschaft gegründet, um den Anschein der Solidarität zu wahren, doch kaum zwei Jahre später waren die Leute arbeitslos oder Frührentner. Schwer vermittelbar eben.«

»Und dagegen haben Sie sich gewehrt«, bemerkte Falk.

»Zumindest haben wir es versucht«, erklärte der Rentner. »Wir konnten manches verzögern, aber aufhalten konnten wir die Entwicklung nicht. Wissen Sie, ich bin in der DDR aufgewachsen und groß geworden. Damals war es die Partei, die immer recht hatte, aber später war es das Kapital, das am Ende siegt. Eigentlich hatte sich für uns nicht viel geändert. Allerdings lebte man als Rentner in der DDR besser als heute.«

»Haben Sie noch Listen von Leuten, die damals in der Grube Ravensruh arbeiteten und entlassen wurden?«

Brau kratzte sich am Hals. »Ah, Sie meinen, derjenige, der die Leichen dort versteckte, hat mal dort gearbeitet.«

»Er hat sich auf alle Fälle gut ausgekannt«, wich Falk der Frage aus.

»Na ja, Listen habe ich nicht, aber einige Namen weiß ich schon noch. Viele sind schon gestorben oder zurück nach Polen, Russland oder in die Ukraine gegangen. Und die anderen sind jetzt so alt wie ich. Ich bin neunundsiebzig, und glauben Sie mir, ich schleppe keine Leichen mehr durch das Gehölz, zumal dort drüben alles nahezu zugewuchert ist. Das ist ein Banngebiet, da lässt man alles so, wie es die Natur vorsieht. Und das Betreten ist nicht erlaubt.«

»Vielleicht gibt es ja Jahrbücher oder Gewerkschaftslisten, Zeitungen, irgendetwas aus der Zeit, als die Grube noch betrieben wurde, was uns weiterhelfen könnte.«

Der alte Mann überlegte. »Ja, das kann sein, ich hab da noch ein paar Kisten auf dem Speicher. Aber das dauert, bis ich die geholt habe.«

»Kein Problem«, entgegnete Falk. »Ich habe Zeit und könnte auch beim Tragen helfen.«

»Dann machen wir es so.«

»Sie erhalten die Unterlagen auch wieder zurück, sobald wir sie ausgewertet haben.«

»Ach, machen Sie sich keinen Kopf. Ich hab sie die letzten zwanzig Jahre nicht gebraucht und werde sie auch die nächsten Jahre nicht brauchen. Das Kapitel ist ja endgültig abgeschlossen.«

Gemeinsam gingen sie in den Speicher, der nur über eine enge Stiege zu erreichen war. Mit drei vollen Umzugskartons im Kofferraum verließ Falk beinahe zwei Stunden später das Haus des Rentners, um nach Wismar zurückzufahren.

7

Kriminalkommissariat Wismar, Rostocker Straße

Hauptkommissar Willig staunte nicht schlecht, als Falk mit einem Schiebewagen, beladen mit drei großen Umzugskartons, das Büro betrat.

»Mensch, Falk«, raunte Willig überrascht. »Was haben Sie vor, wollen Sie bei uns einziehen?«

Falk lächelte. »Ich hab Arbeit mitgebracht.«

Willig erhob sich und wies auf die Kartons. »Was ist da drin?«

»Sagen wir, ein kleiner Teil unserer Umfeldrecherche«, antwortete Falk. »Alte Akten über den Steinbruch bei Ravensruh. Unterlagen über ehemalige Mitarbeiter, über die unselige Abwicklung des Betriebs, die Auffanggesellschaft, den darauffolgenden Arbeitskampf und die Entlassungen.«

»Und woher haben Sie das?«

»Ich sagte doch, ich fahre nach Zurow zu einem ehemaligen Betriebsrat und Gewerkschafter, der in der Grube arbeitete. Das hatte er auf dem Dachboden. Mal sehen, ob es uns weiterbringt.«

Willig wies in die Ecke des Büros. »Stellen Sie es dort hinten ab.«

Falk bugsierte den Wagen an den Schreibtischen vorbei und parkte den Schiebewagen in der Ecke.

»So, so«, murmelte Willig. »Und ich dachte, Sie glauben nicht an einen regionalen Täter.«

Falk winkte ab. »Moment, ich sagte, dass ich annehme, dass der Täter überregional tätig ist und diese Leichen dort nicht die einzigen sind, die er hinterlassen hat. Aber ich sagte auch, jeder überregionale Täter hat einen regionalen Bezug. Und diese

Grube liegt so abgeschieden und ist so ideal für seine Zwecke, dass er sie nicht aus Zufall ausgewählt hat. Also schließe ich einen regionalen Bezug nicht aus.«

Willig schüttelte den Kopf. »Wer soll aus Ihnen noch schlau werden.«

Falk zuckte mit der Schulter.

Willig ging auf den Schiebewagen zu und öffnete die obere Kiste. Sie war vollgestopft mit vergilbten grauen Aktenordnern. »Und jetzt erwarten Sie, dass wir diese Ordner durchgehen …«

»… durchgehen und die darin vorkommenden Personen überprüfen«, vervollständigte Falk. »Es könnte ja sein, dass der Täter dort mal gearbeitet hat, womöglich nur für kurze Zeit, und im Zuge der Abwicklung entlassen wurde. Ich gehe davon aus, dass der Täter gute Ortskenntnisse hat, aber auch weiß, dass aus der Grube ein Banngebiet wurde, in dem die Natur sich selbst überlassen bleibt.«

Willig schüttelte den Kopf und zeigte auf die Kisten. »Mensch, Falk, das ist jetzt beinahe dreißig Jahre her! Die meisten, die in den Akten stehen, leben wahrscheinlich gar nicht mehr.«

»Sechsundzwanzig Jahre«, berichtigte Falk. »Einer, der damals Anfang zwanzig war, ist heute noch nicht mal fünfzig. Und eine der Leichen hat zehn Jahre …«

Willig atmete tief ein. »Gut, ich werde Modrow den Auftrag weitergeben. Er soll ein paar Zusatzkräfte damit beschäftigen, die Kisten durchzugehen.«

Falk runzelte die Stirn. »Wo ist Modrow überhaupt?«

»Er ist mit zwei Gruppen in den Orten draußen unterwegs und befragt die Leute«, entgegnete Willig. »Heute ist Sonntag, da gehen wir davon aus, dass wir relativ viele Anwohner zu Hause antreffen. Vielleicht wurde etwas Ungewöhnliches beobachtet. Die jüngste Leiche liegt ja noch nicht so lange, da könnte es sein, dass sich noch jemand erinnert.«

»Gute Idee«, bestätigte Falk. »Wir müssen außerdem das Schotterwerk in Zurow überprüfen.«

Willig nickte. »Das steht morgen auf dem Plan. Sie sehen, wir denken mit.«

Falk trat an Willigs Seite und klopfte ihm auf die Schulter. »Das habe ich nie bezweifelt, und ein für alle Mal, es gibt hier keinen Konkurrenzdruck zwischen uns, wir arbeiten alle am selben Ziel und müssen diesem Kerl das Handwerk legen. Dabei ist es gut, wenn sich jeder seine Gedanken macht. Uns hilft es nicht, wenn wir uns argwöhnisch beäugen und gegeneinander arbeiten.«

Willig hob beschwichtigend die Hände. »Streichen Sie einfach meine letzte Bemerkung. Sie haben ja recht.«

Falk lächelte. »Gut, dann mache ich mich wieder auf den Weg.«

Willig sah ihn fragend an. »Wohin jetzt?«

»Nach Rostock in die Rechtsmedizin«, antwortete Falk. »Brunner hat mich angerufen, zwei der Leichen sind obduziert, und ich will sie mir ansehen.«

Willig verzog die Mundwinkel. »Warum warten Sie nicht einfach auf den Obduktionsbericht?«

Falk zuckte mit der Schulter. »Irgendwie habe ich es mir zur Gewohnheit gemacht, solche Dinge mit eigenen Augen zu betrachten. Bislang war es nie von Nachteil.«

Willig ging zurück zu seinem Schreibtisch und setzte sich. »Tun Sie, was Sie nicht lassen können. Ich warte noch, bis sich Modrow meldet, dann wird es Zeit für den Feierabend, damit ich wenigstens noch etwas vom Sonntag habe. Wir sehen uns morgen in alter Frische.«

»Alles klar, dann bis morgen«, entgegnete Falk und wandte sich zum Gehen.

Institut für Rechtsmedizin, Rostock, Sankt-Georg-Straße

Das Institut für Rechtsmedizin lag in der Stadtmitte von Rostock, nur wenige Hundert Meter vom Hauptbahnhof entfernt, und gehörte organisatorisch zur Universitätsmedizin der

Stadt. Sämtliche Parkplätze vor dem weißen Gebäude waren frei. Brunner erwartete Falk draußen vor dem Gebäude und führte ihn durch den langen Flur in den hinteren Bereich, wo sich die Obduktionssäle befanden.

»Habt ihr schon was rausgefunden?«, fragte der Spurensicherungsbeamte, der dem Abschnitt Identifikation zugeordnet war, als er das Büro aufschloss.

»Klar, wir haben den Täter«, entgegnete Falk. »Der Fall ist praktisch gelöst.«

Brunner blickte Falk entgeistert an. »Du machst Witze.«

Falk lächelte. »Wer hat denn angefangen?«

Brunner öffnet die Tür und führte Falk in das karg eingerichtete Arztzimmer. An der Wand stand eine gepolsterte Arztliege mit schwarzem Lederbezug und auf der anderen Seite ein einfacher weißer Behördenschreibtisch, der etwas in die Jahre gekommen war. Dahinter standen ein einfacher Schreibtischstuhl mit brüchiger Oberfläche aus Kunstleder, der ebenfalls schon bessere Zeiten gesehen hatte, und eine schmutzig weiße metallene Vitrine, in der allerlei historisches Obduktionsbesteck ausgestellt war. Einen zweiten Stuhl suchte man vergeblich. Dafür gab es an der Wand hinter dem Schreibtisch Schwarz-Weiß-Fotos verdienter Mitarbeiterinnen und Mitarbeiter des Instituts aus längst vergangenen Zeiten. Falk schaute sich um und schüttelte den Kopf. »Das ist jetzt wohl endgültig das Abstellgleis«, scherzte er.

Brunner runzelte die Stirn. »Wieso, mir gefällt es hier. Ist mal was anderes.«

»Dann ist es ja gut; was habt ihr rausgefunden?«, kam Falk zur Sache.

Brunner wies auf die Arztliege. »Willst du dich setzen?«

Falk schüttelte den Kopf.

»Leider ist der Professor schon nach Hause gegangen und hat den Kopf von unserer Lucy Nummer eins mitgenommen«, erklärte Brunner und trat hinter den Schreibtisch. Neben den Fotos der verdienten Honoratioren des Instituts waren vier

Röntgenbildprojektoren an der Wand verschraubt. Brunner schaltete die Beleuchtung ein und klemmte das Röntgenbild eines Kopfes an den Projektor.

»Das ist Lucy Nummer drei, unsere frischeste Leiche«, fuhr Brunner fort.

Falk hob abwehrend die Hand. »Moment, du sagst, der Professor hat den Kopf einer der Leichen mit nach Hause genommen? Was will er denn zu Hause damit?«, fragte Falk voller Unverständnis.

»Professor Schmieg ist ein Fuchs, er macht den Job ja auch schon ein paar Jahre«, erklärte Brunner. »Er fährt morgen in aller Frühe damit nach München.«

»Was zum Teufel will er damit in München?«, fiel ihm Falk ins Wort.

»Ich sagte doch, er ist ein alter Fuchs, und er hat ausgezeichnete Kontakte. Er kennt dort einen Spezialisten, der macht aus dem skelettierten Kopf wieder einen, den man vorzeigen kann. Gesichtsrekonstruktion, verstehst du?«

Falk nickte.

»Mit unserem digitalen Programm kommen wir da leider nicht voran, das packt die Datenflut nicht, der Kopf ist einfach schon zu alt und hat zu viele Bissspuren und Verformungen.«

Falk nahm nun doch auf der Liege Platz. »Und der Münchner Spezialist hat bessere Programme?«

»Der macht das ganz ohne Strom und Computer, mit Knet, und er hat ausgezeichnete Erfolge, aber dazu später«, erklärte Brunner und platzierte die Röntgenaufnahme eines weiteren Schädels neben dem ersten Bild.

»Das ist Lucy Nummer zwei.«

»Wie kommt ihr eigentlich auf Lucy?«

Brunner schüttelte unverständig den Kopf. »Na, Lucy eben, du weißt schon, ältester Mensch der Welt, über drei Millionen Jahre alt, gefunden in Afar in Afrika.«

Falk verzog seine Mundwinkel. »Ich verstehe, dann ist Lucy Nummer drei also Bogdana, richtig?«

Brunner nickte. »Davon können wir ausgehen, wobei die DNA-Analyse noch nicht vorliegt.«

Er nahm einen Kugelschreiber aus der Brusttasche, zog das obere Teil heraus, sodass ein Zeigestock daraus wurde, und wies auf das erste Bild. »Lucy Nummer drei oder Bogdana, wenn du so willst, können wir erst einmal ignorieren. Lucy Nummer zwei ist ebenfalls weiblich und dürfte zwischen fünfundzwanzig und dreißig Jahre alt gewesen sein. Und jetzt schau mal hier!«

Falk erhob sich und trat vor die Projektionstafel. Brunner wies auf die Halswirbel unterhalb des Unterkiefers. »Erkennst du das?«

Falk beugte sich vor und betrachtete die Stelle, auf die Brunner zeigte. »Sieht aus, als wäre der Wirbel vorne angebrochen«, murmelte er.

Brunner wies auf dem Bild daneben auf dieselbe Stelle. »Und hier?«

Falk betrachtete auch diese Wirbel genau, ehe er sich wieder aufrichtete.

»Auch angebrochen, richtig«, bemerkte Brunner.

»Das bedeutet?«

»Professor Schmieg ist sich da ziemlich sicher«, erklärte Brunner. »Beide Frauen wurden mit einem Gegenstand gewürgt, der etwa vier bis sechs Zentimeter breit war. Und das so massiv, dass sogar die Wirbel angebrochen wurden. So etwas könnte eine Gürtelschnalle verursachen. Sie waren offenbar gefesselt und konnten sich nicht dagegen wehren. Bei Lucy Nummer eins ist eine Fesselung nicht mehr feststellbar.«

»Ist das auch die Todesursache?«, fragte Falk.

Brunner schüttelte den Kopf und tauschte die beiden Aufnahmen mit Bildern aus, die den Kopf von der Seite zeigten. Dort waren deutliche Brüche zu erkennen. »Also, wenn sie durch das Würgen nicht schon tot waren, dann haben die beiden Schläge auf das Scheitelbein mit Sicherheit zum Tod geführt.«

Falk überlegte einen Augenblick. »Bei Lucy Nummer eins habe ich aber keine sichtbaren Schädelfrakturen bemerkt.«

»Lucy Nummer eins ist ebenfalls eine Frau, schätzungsweise zwischen dreißig und vierzig Jahre alt«, erklärte Brunner. »Da gibt es keine sichtbaren Schlagverletzungen, dennoch könnte sie erdrosselt worden sein. Der Professor hat dort auch Abriebspuren an den oberen Halswirbeln entdeckt. Nur können wir das nicht mit Sicherheit sagen, dazu lag sie schon zu lange dort draußen in der Grube.«

Falk wies auf die beiden Fotos. »Die Wunden stimmen überein?«

Brunner ging zum Schreibtisch, öffnete die oberste Schublade und zog einen Laptop hervor. Er klappte ihn auf und aktivierte den Bildschirm. Darauf wurde das Bild eines Werkzeugs sichtbar. »Das könnte das Tatwerkzeug sein. Ein sogenannter Engländer, massiv, Maulbreite drei bis vier Zentimeter.«

»Wie sicher seid ihr euch dabei?«, fragte Falk.

»Ziemlich sicher«, bestätigte Brunner. »Ein Spezialschlüssel zum Öffnen großer Sechskantschrauben.«

»Oder Radmuttern«, fügte Falk hinzu.

»Auch das.«

»Wie groß sind eigentlich die Radmuttern an einem Auto?«, fragte Falk beiläufig.

Brunner überlegte einen Augenblick. »Zwanziger, würde ich sagen.«

»Und beim LKW?«

»Da könnten es schon Dreißiger sein.«

Falk ging zurück zur Liege und setzte sich. »Okay, was habt ihr noch herausgefunden. Wurden sie vergewaltigt?«

Brunner nickte. »Bei Lucy Nummer drei, also Bogdana, sind wir uns ziemlich sicher, sie hat Verletzungen im Unterleib. Bei Lucy Nummer zwei könnte es sein, und bei unserer skelettierten Leiche ist es leider nicht mehr feststellbar.«

»Klar«, bestätigte Falk. »Dann suchen wir also nach einem Triebtäter.«

Brunner setzte sich an seinen Schreibtisch und tippte auf dem Laptop herum.

»Hast du sonst noch etwas für mich?«, fragte Falk.

Brunner zögerte einen Augenblick, ehe er den Laptop zu Falk drehte. »Das will ich meinen«, sagte er. »Wir sind uns ziemlich sicher, dass Lucy Nummer zwei zu Lebzeiten so aussah wie auf dieser Rekonstruktion.«

Falk betrachtete das computergenerierte Bild der jungen Frau.

»Sie war hübsch.«

»Hübsch und so wie es aussieht mit slawischen Wurzeln«, bestätigte Brunner.

»Was die Sache für uns nicht einfacher macht«, seufzte Falk. »Kann ich das Bild haben?«

Brunner drehte den Laptop zu sich und tippte etwas auf der Tastatur. Falks Handy vibrierte.

»Jetzt hast du es«, sagte Brunner und blickte auf seine Armbanduhr. Es war bereits kurz vor acht am Abend. »Ich mach jetzt Schluss für heute«, sagte er und klappte den Laptop zu. »Hast du Hunger?«

Falk nickte.

»Dann gehen wir jetzt in den Hopfenkeller, ich geb ein Bier aus.«

»Klingt gut«, entgegnete Falk.

8

Kriminalkommissariat Wismar, Rostocker Straße

Das Wetter am Montag war so trüb wie die Stimmung auf der Dienststelle. Offenbar mussten Montage im Behördenalltag immer trist und öde daherkommen, denn es stand ja noch die ganze Arbeitswoche bevor. Falk hatte sich in sein improvisiertes Büro zurückgezogen und knabberte lustlos an einem Butterbrötchen. Sein heißer, starker schwarzer Kaffee dampfte. Auf dem Computerbildschirm war ein Bild des aufgefundenen Schlüsselbundes zu sehen. Falk spielte nachdenklich mit der Computermaus. *Klosterkrug,* murmelte er vor sich hin. Eigentlich war es Aufgabe der Spurenauswertung, herauszufinden, zu welcher Pension oder welchem Gasthof dieser Schlüsselbund passte, der neben der skelettierten Frauenleiche aufgefunden worden war, doch bislang hatten sie noch keinen Erfolg gehabt. Diese Bezeichnung für eine Gastwirtschaft kam eher in Niedersachsen und um Hamburg oder in einigen Harzgemeinden vor, hier in der Gegend war ein solcher Name ungewöhnlich. Falk drückte auf die Enter-Taste seiner Tastatur, und der Farbdrucker setzte sich mit einem lauten Knacken in Bewegung. Falk glaubte allerdings nicht, dass der Schlüsselbund eine so weite Reise hinter sich hatte; sicher stammte er irgendwo aus der Gegend. Bei einer Liegezeit der Leiche von zehn oder mehr Jahren wäre es durchaus denkbar, dass es die Pension längst nicht mehr gab.

Es klopfte an der Tür.

»Herein!«, rief Falk und griff nach seiner Tasse.

Modrow öffnete die Tür und trat ein. »Guten Morgen, Falk«, grüßte er und schwenkte einen Zettel in der Hand. »Sie müssten mich zu einer Überprüfung begleiten, Ralf kommt erst gegen Mittag.«

»Eine Überprüfung?«, fragte Falk.

Modrow nickte und legte den Zettel vor Falk auf den Tisch. »Kommt direkt vom Stab, die Obduktion hat Anzeichen auf ein Sexualdelikt ergeben, deshalb sollen wir alle auffälligen und einschlägig registrierten Personen überprüfen.«

»Wieso wir, ich denke, wir sollen die Umfeldrecherche abdecken?«

»Wir sind nicht die Einzigen mit einem Überprüfungsauftrag. Insgesamt wohnen zweiundvierzig einschlägig bekannte Personen in der Region zwischen Wismar und Rostock. Die Fahndung packt das nicht alleine, deswegen hat Soko-Leiter Koller angeordnet, dass wir die Fahndung unterstützen und denen unter die Arme greifen.«

»Was macht meine Auswertung?«

»Welche Auswertung?«, fragte Modrow.

»Die ehemaligen Mitarbeiter des Steinbruchs.«

Modrow winkte ab. »Das wurde zurückgestellt. Die Einschlägigen haben erst einmal Vorrang. Wir wissen ja, in welchem Zeitraum die Iunescu verschwand, deswegen hat diese Ermittlung absolute Priorität.«

»Sagt wer?«

Modrow zuckte mit der Schulter. »Soweit ich weiß, kommt das von der Psychologin, die ist sich sicher, dass der Täter schon mal einschlägig in Erscheinung getreten ist. Also, was ist jetzt, kommen Sie?«

Falk atmete tief ein und griff erneut zu seinem Kaffee. Offenbar hatte sich Koller von seiner zugeordneten Profilerin ordentlich um den Finger winkeln lassen.

»Ich komme«, stöhnte er widerwillig, ehe er sich erhob. Das angebissene Brötchen nahm er mit.

Auf dem Flur kam ihm Brunner entgegen. »Kann man so früh schon wach sein?«, fragte er grinsend, nachdem sie am gestrigen Abend bis kurz nach Mitternacht im Hopfenkeller sitzen geblieben waren.

»Was machst du denn hier?«, fragte Falk.

»Ich war hier zum Rapport.«

»Wie ich höre, gehen wir von einem Sexualdelikt aus«, sagte Falk. »Habt ihr weitere Anhaltspunkte gefunden?«

Brunner nickte. »Schmieg ist sicher, die Verletzungen am Hals stammen von sexuell motivierten Halskompressionen. Als Tatwerkzeug wurde ein Gürtel mit einer breiten Schnalle verwendet. Zumindest bei den beiden noch nicht komplett skelettierten Leichen hat er identische Verletzungsmuster gefunden. Demnach dürfte die Schnalle etwa vier Zentimeter breit und kantig gewesen sein. Aber das ist noch nicht alles, auch am Skelett hat er im Bereich des Halswirbels ein ähnliches Muster gefunden. Am C3 sind leichte Abriebspuren vorhanden. Er kann heute ans Elektronenmikroskop, dann wissen wir mehr.«

Falk fuhr sich mit der Hand übers Kinn. »Für mich ist das eindeutig, die drei Leichen gehören zusammen.«

»Sieht sehr danach aus«, bestätigte Brunner. »Nur wurde die erste Leiche nicht mit dem Schraubenschlüssel erschlagen.«

Falk nickte. »Weil Würgen allein verdammt lange dauert und kraftraubend ist, selbst mit einem Gürtel. Er hat nach seiner ersten Tat dazugelernt.«

»Meinst du?«, gab Brunner zurück.

Falk blickte nachdenklich an die Wand.

»Was überlegst du?«, fragte Brunner.

»Wir sollten los«, mahnte Modrow. »Wir müssen nach Kröpelin, und das heute noch.«

»Was macht ihr in Kröpelin?«

Falk winkte ab. »Nicht so wichtig.«

»Okay, dann will ich euch nicht weiter aufhalten.«

»Bis wann weiß Schmieg Bescheid, ob die Spuren übereinstimmen?«

Brunner zuckte mit der Schulter.

»Los jetzt, Falk, ich will bis zum Mittag wieder hier sein!«, nörgelte Modrow herum, weil Falk sich noch immer nicht regte.

»Heute Mittag, spätestens morgen, wieso ist das so wichtig?«

Falk lächelte. »Verstehst du nicht, Lucy Nummer eins ist das erste Opfer. Vor zehn Jahren hat er damit angefangen. Sie war sicher ein Zufallsopfer, und er nutzte die Gelegenheit. Er muss sie irgendwo getroffen haben. Als er sie zu Tode würgte, hat er wohl nicht damit gerechnet, wie schwer das ist und wie viel Kraft er dazu braucht, deshalb der Schraubenschlüssel bei Lucy Nummer zwei und drei.«

Brunner kratzte sich an der Stirn. »Das leuchtet ein.«

»Auf jetzt, Falk!«, mischte sich Modrow erneut ein.

»Lucy Nummer zwei und drei sind nicht allein, da muss es noch mehr geben.«

»Bislang haben wir keine Hinweise auf weitere Leichen.«

»Ist die Anfrage nach Vermisstenfällen an das BKA schon raus?«, wandte sich Falk an Modrow.

»Nicht unsere Sache«, entgegnete der knapp.

»Wessen Sache denn?«

Brunner wiegte den Kopf hin und her. »Das läuft über den Stab …«

»… und erfolgt schriftlich«, vervollständigte Falk Brunners Satz.

»Natürlich auf dem offiziellen Dienstweg.«

»Dann werden wir wohl noch ein paar Wochen auf Antworten warten müssen, bevor der Amtsschimmel kräftig wiehert.«

Bützower Straße, Kröpelin

Er hieß Jens Meier, war vierzig Jahre alt und bereits drei Mal einschlägig wegen Sexualvergehen in Erscheinung getreten. Das letzte Mal vor zwei Jahren, als er in Rostock einer jungen Frau sein Geschlechtsteil präsentierte und davonlief, als sie auf ihn zuging. Zwei Jahre zuvor hatte er in Neubukow einer Frau in einem Einkaufszentrum an den Hintern gefasst, und wiederum zwei Jahre zuvor war er wegen sexueller Beleidigung angezeigt worden. Die Delikte hatten natürlich eine vollkommen andere Qualität und waren weit von Mord entfernt.

Falk hatte sich die Akte des Mannes während der Fahrt angesehen und war zum Schluss gekommen, dass er nicht in das Täterprofil passte. Auch wenn er bereits einschlägig auffällig geworden war und zuletzt zu drei Monaten Haft auf Bewährung mit der Auflage einer psychiatrischen Behandlung verurteilt worden war, so waren seine Vergehen eher von geringer krimineller Energie geprägt. Im Gegenteil, die Sachverhaltsschilderungen waren eher von einem defensiven Tathergang geprägt. Er lebte noch immer mit seiner siebzigjährigen Mutter unter einem Dach.

»Wir sind da«, sagte Modrow und stoppte den Wagen.

Das kleine Häuschen aus den Fünfzigerjahren wirkte trist und schmucklos. Der Rasen und die Büsche hätten längst wieder einen Schnitt vertragen können.

»Dann wollen wir mal!«, knurrte Modrow entschlossen, als er sich abschnallte und die Fahrertür öffnete. Falk folgte ihm über die verwitterten Steinplatten zur Tür. Kurz nachdem er geklingelt hatte, öffnete eine alte Frau in dunkelblauer Schürze die Tür. Sie hatte ihre grauen Haare zu einem Dutt hochgesteckt und wirkte kränklich.

»Guten Tag«, stellte sich Modrow vor. »Kripo Wismar, wir würden gerne mit Jens Meier sprechen.«

Die Frau warf ihren beiden Besuchern einen abfälligen Blick zu. »Was wollt ihr von ihm?«

»Wir wollen nur mit ihm reden«, versuchte Falk die Frau zu beruhigen. »Ihr Sohn ist doch sicherlich zu Hause. Es geht um eine reine Routineüberprüfung, dann sind wir auch schon wieder weg.«

»Geht es um die toten Frauen aus der Kiesgrube?«

Modrow baute sich vor der Frau auf. »Jetzt holen Sie ihn …«

Falk trat einen Schritt vor. »Glauben Sie mir, es wird nicht lange dauern, und es ist wirklich reine Routine in einem solchen Fall.«

Die Frau atmete tief ein. »Es ist immer Routine, wenn so was ist«, klagte sie. »Immer kommt ihr zu ihm, und immer heißt es, es ist reine Routine. Aber wissen Sie, wie man sich als Mutter fühlt, wenn der Sohn verdächtigt wird? Das hier ist ein kleiner Ort, und jeder weiß es. Das ist, als wenn man ein Schild um den Hals trägt.«

Falk nickte einfühlsam. »Das glaube ich Ihnen, aber wir müssen den Dingen eben auf den Grund gehen. Dürfen wir hereinkommen, ich denke, es ist besser, wenn wir diese Unterhaltung drinnen fortsetzen.«

Die Frau trat zur Seite. Falk ging ein paar Schritte in den Flur hinein.

»Geradeaus, dort ist die Stube.«

Falk ging voraus, Modrow und die Frau folgten.

»Es ist schon schlimm«, fuhr die alte Frau fort. »Ich bin froh, dass mein großer Sohn Dieter keine Probleme macht. Er ist verheiratet und sogar Ingenieur geworden. Er hat inzwischen zwei Kinder. Ich habe Jens immer gesagt, nimm dir ein Beispiel an deinem älteren Bruder, aber er versteht es einfach nicht. Vielleicht auch, weil er es gar nicht richtig verstehen kann.«

Die Frau führte ihre beiden Besucher in die Stube und bot ihnen Platz an.

»Die Geburt von Jens verlief nicht normal«, fuhr sie mit ihrer Erzählung fort. »Er bekam keine Luft, wegen der Nabelschnur. Ich wollte kein Kind mehr, mein Mann war damals schon krank. Sehr krank, müssen Sie wissen. Zwei Jahre nach der Geburt ist er gestorben, und dann hatte ich die beiden. Bei Dieter war alles toll, aber Jens machte nur Probleme. In der Schule, keine Freunde und keine Beziehungen, und auch mit dem Beruf lief es nicht. Jetzt jobbt er als Packer und hat meistens Nachtschicht. Ich frage mich, wie es wird, wenn ich mal nicht mehr da bin.«

»Ist Ihr Sohn hier?«, fragte Modrow erneut.

Die Frau nickte und wies nach oben. »Ich hole ihn.«

»Hat Ihr Sohn einen Wagen?«, fuhr Falk fort.

Die Frau nickte. »Einen Gebrauchten, sonst käme er ja nicht nach Papendorf. Er fängt um zehn in der Nacht an und hat um fünf Uhr früh Feierabend. Da wartet man vergeblich auf einen Bus.«

»Ja, das ist wohl auf dem Land so«, pflichtete Falk der Frau bei. »Würden Sie ihn bitte holen?«

Die Frau nickte und verließ das Zimmer.

Jens Meier war groß und hager, fast schon dürr. Seine rotblonden kurzen Haare bildeten einen Kontrast zu einer fast auffälligen weißen Gesichtsfarbe. Er wirkte unsicher und schaute wie ein schuldbewusster Grundschüler zu Boden. Seine Augen zuckten hin und her, so als habe er einen Tic. Er sah weitaus jünger aus, als er tatsächlich war.

»Jens Meier, wir sind von der Kripo Wismar«, sagte Modrow mit strenger Stimme. »Wir sind hier wegen der Toten von Ravensruh, Sie haben sicherlich schon davon gehört?«

»Gehört … ja … hab ich«, stotterte Meier unsicher.

»Wir müssen feststellen, wo Sie am siebten April im letzten Jahr gewesen sind«, fuhr Modrow fort. »Das war ein Mittwoch, so gegen neunzehn Uhr.«

Jens Meier schaute Modrow ungläubig an. »Letztes Jahr«, wiederholte er einfältig.

Meiers Mutter hatte inzwischen das Zimmer verlassen und war in die Küche gegangen. Falk erhob sich. »Du kommst hier sicher allein zurecht«, sagte er zu Modrow, ehe er das Zimmer verließ und sich zur Mutter in die Küche gesellte. Sie wusch einen großen Topf in der Spüle ab.

»Mein Sohn bringt niemanden um, der kann keiner Fliege was zuleide tun«, sagte sie und spülte weiter.

»Manche haben es im Leben schwer«, bestätigte Falk.

»Er hatte noch nie eine Freundin und ist schon vierzig. Ich glaube, das wird auch nichts bei ihm. Keine Freunde, keine Frau, nur mich, und ich bin eine alte Frau und auch nicht mehr lange auf dieser Welt. Wenn ich daran denke, dann wird mir … ach, was erzähle ich Ihnen davon, Sie machen ja auch nur Ihre Arbeit.«

»Wir würden ihn gerne von unserer Liste streichen, glauben Sie mir.«

Sie nahm den Topf aus der Spüle und stellte ihn in ein Abtropfgestell.

»Wann soll das mit diesen Toten gewesen sein?«, fragte sie.

»Bislang wissen wir den etwaigen Todeszeitpunkt nur von einem der Opfer«, erklärte Falk. »Sie verschwand am siebten oder achten April letzten Jahres.«

Die Frau nickte und ging in den Flur. Sie winkte Falk zu sich heran. Vor einem Bilderrahmen mit mehreren Hochglanzfotos blieb sie stehen und wies auf eines der Fotos, auf dem zwei Männer und eine Frau an der Reling eines Schiffes abgelichtet waren. Jens war einer der Männer.

»Das sind Dieter und seine Frau Helga«, erklärte die alte Frau. »Und daneben steht Jens an Bord der MS Fram vor Norwegen. Ich bin froh, dass sich wenigstens sein Bruder um ihn kümmert. Drei Wochen waren sie unterwegs. Los ging es in Bremerhaven am dritten April und zurück kamen sie am dreiundzwanzigsten April, falls Ihnen das was nutzt.«

Aus einer Schublade der Garderobe zog sie das entsprechende Ticket der Hurtigruten-Reederei und reichte es Falk.

»Das erspart uns einiges«, sagte er, nachdem er es eingehend betrachtet hatte. »Schön, dass sich sein Bruder so um ihn kümmert.«

Die Frau winkte ab. »Die Tickets bekommt er hin und wieder geschenkt. Meist in der Zeit, in der die Masse an Urlaubern noch nicht die Häfen ansteuert. Er baut die Schiffe, er ist nämlich Schiffsbauingenieur.«

Falk lächelte und reichte das Ticket zurück. »Vielen Dank, dann hat sich die Sache auch schon erledigt.«

Schon wollte er sich umdrehen, da fiel sein Blick auf ein Schwarz-Weiß-Foto, das sich ebenfalls im Fotorahmen befand. Ein Gebäude mit einer Fassade aus Fachwerk war darauf abgelichtet, davor standen zwei Frauen. Eine davon war Frau Meier, deutlich jünger und auch deutlich besser gekleidet. Über dem Eingang des Hauses prangte ein Schild. *Gasthof-Pension Klosterkrug* stand darauf geschrieben.

Falk atmete tief ein. »Dieses Haus, ich meine, diese Pension ...«

»... gibt es nicht mehr«, beendete Frau Meier den angefangenen Satz. »Da habe ich mal gearbeitet. Geputzt und in der Küche ausgeholfen. Aber das ist schon beinahe zwanzig Jahre her. Die Frau, die neben mir steht, war meine Chefin. Sie ist gestorben. Ich glaube, danach wurde es abgerissen und jetzt steht da eine Lagerhalle.«

»Wo war das?«

»In Bützow.«

»Wann haben Sie dort gearbeitet?«

Die Frau überlegte. »Das war von dreiundneunzig bis zweitausend. Irgendwie musste ich ja die Kinder durchbringen. Dieters Studium war teuer.«

»Was aus dem Gasthaus wurde, wissen Sie nicht zufällig?«

»Ich sagte schon, es wurde inzwischen abgerissen. Die Tochter und Erbin von Frau Merz hatte wohl keine Lust, es weiterzuführen.«

Falk zückte seinen Notizblock und notierte die entsprechenden Daten, die Frau Meier noch aus dem Gedächtnis wusste.

»Sie haben uns sehr geholfen«, sagte er, als er den Block wegsteckte und zurück zum Wohnzimmer ging, wo sich Modrow noch immer mit Jens Meier unterhielt.

»Modrow, wir sind hier fertig«, sagte er.

Modrow warf ihm einen ungläubigen Blick zu. »Was heißt hier fertig, er kann oder er will sich nicht daran erinnern, wo er im April des letzten Jahres war. Ich würde ihn am liebsten auf die Dienststelle mitnehmen.«

Falk winkte ab. »Quatsch, kommen Sie jetzt, wir müssen nach Bützow.«

Modrow warf Falk einen fragenden Blick zu.

»Er hat ein Alibi, er war in Norwegen, auf einer Schiffsreise.«

Jens Meier schaute auf. Ein Lächeln lief über sein Gesicht. »Ja, das Schiff, mit Dieter und Helga, jetzt weiß ich es wieder.«

9

Bützow, Bahnhofstraße, an der Warnow

Sie waren über die L 11 von Kröpelin in das knapp 30 Kilometer entfernte Bützow gefahren und hatte dabei die Autobahn A 20 überquert. An der angegebenen Adresse, unmittelbar an der Warnow gelegen, gab es tatsächlich keine Pension mehr. Ein metallverarbeitender Betrieb und ein Discountmarkt waren an ihre Stelle getreten, so wie es Frau Meier gesagt hatte. Überhaupt war in dieser Gemeinde, die von der Warnow und ihren Nebenflüssen und Kanälen in mehrere Teile zerschnitten wurde, in den letzten Jahren sehr viel gebaut worden. Neue Einfamilienhäuser, Fabriken und Einkaufsmärkte waren überall zu sehen.

»Was sollen wir hier?«, fragte Modrow ungeduldig, der die Fahrt nach Bützow für überflüssig hielt und wieder zurück auf die Dienststelle wollte.

»Warum so ungeduldig?«, entgegnete Falk lakonisch. »Wir machen gerade das, wofür wir bezahlt werden.«

»Und das wäre?«

Falk lächelte und öffnete die Tür. »Umfeldrecherche«, antwortete er und steig aus. »Warten Sie hier auf mich.«

Falk betrat zuerst den Discounter. Dort traf er auf mehrere jüngere Angestellte, doch keine der Verkäuferinnen konnte ihm etwas zu der ehemaligen Pension sagen, die einmal hier an diesem Ort gestanden hatte. Er verließ den Discounter und betrat das Fabrikgelände, das direkt am Ufer der Warnow lag. Ein Arbeiter, der ihm im Hof über den Weg lief und den er nach der ehemaligen Pension Klosterkrug fragte, zuckte ebenfalls nur mit der Schulter und schickte ihn in das Hauptgebäude. Dort wäre der Chef in seinem Büro, der würde vielleicht etwas darüber wissen. Falk bedankte sich und betrat das Geschäftsgebäude, wo ihn eine ältere Frau, etwa Mitte fünfzig, in mintgrünem Kostüm hinter einem Empfangspult sitzend, mit einem freundlichen Lächeln empfing.

»Guten Tag«, grüßte sie. »Wie kann ich Ihnen weiterhelfen?«

Falk griff nach seinem Dienstausweis. »Falk mein Name, Landeskriminalamt«, stellte er sich vor. »Ich hätte gerne eine Auskunft.«

Die Frau betrachtete Falks Dienstausweis, ehe sie wieder aufblickte. »Es ist doch hoffentlich nichts passiert?«, fragte sie betroffen.

Falk winkte ab. »Nein, ich hätte nur eine Frage zu einer ehemaligen Pension, die vor Jahren mal hier stand.«

»Der Klosterkrug«, antwortete sie spontan.

»Sie kannten das Gasthaus?«

Die Frau nickte lächelnd. »Sicher kannte ich es. Ich war sogar früher oft zum Essen dort, als es die Maria noch führte und man noch hingehen konnte. Es wurde vor sieben Jahren abgerissen, und nun sind wir mit unserer Firma hier.«

»Dann kannten Sie auch die Besitzerin?«

»Klar, wir Bützower kennen uns. Wen meinen Sie, die Mutter oder die Tochter?«

»Eine Frau Merz soll es mal geführt haben, aber die ist wohl schon vor ein paar Jahren verstorben««, entgegnete Falk. »Ihre Tochter hat es geerbt, so hieß es.«

»Richtig, die Maria«, bestätigte die Frau, auf deren Namenschild der Name May zu lesen war. »Sie hat es etwa um die Jahrtausendwende übernommen und sieben Jahre geführt, bevor sie schwer krank wurde und kurz darauf starb. Ihre Tochter Viktoria hat es geerbt und anschließend verpachtet, bevor sie es verkaufte. Weshalb fragen Sie?«

»Wo finde ich diese Viktoria?«, wich Falk der Frage aus.

Die Frau überlegte kurz. »Viktoria hatte nicht viel mit der Gastronomie am Hut. Sie arbeitete als Beamtin beim Amt

Bützow–Land und ist nach ihrer Heirat in den Westen gezogen. Soweit ich weiß, lebt sie in der Nähe von Hannover.«

»Und was geschah mit der Pension, nachdem Viktoria sie geerbt hatte?«

Die Frau überlegte kurz. »Da wurde sie verpachtet, an einen aus dem Westen. Aber das tat nicht lange gut. Schlechtes Essen, hohe Preise, und als er die Pacht nicht mehr zahlen konnte, stand die Pension beinahe zwei Jahre leer.«

Falk zückte seinen Notizblock. »Wissen Sie, wo dieser ehemalige Pächter abgeblieben ist?«

Die Frau überlegte. »Ich glaube, der ist wieder zurück in den Westen.«

»Wissen Sie noch, wie der Mann hieß und ob er Personal hatte?«

»Franz, er hieß Franz, aber an den Nachnamen kann ich mich nicht mehr erinnern«, erklärte die Empfangsdame. »Das war so ein schmieriger Typ. Wir sind dann auch nicht mehr hingegangen. Da liefen immer ein paar Frauen herum, die aus dem Osten waren.«

Falk war enttäuscht. Er hatte gehofft, von der Frau hinter dem Empfangspult mehr zu erfahren, doch offenbar endete seine Recherche vorerst an diesem Punkt.

»Wenn Sie mehr darüber wissen wollen, dann fragen Sie die Magda, die kann Ihnen vielleicht weiterhelfen.«

»Magda?«, wiederholte Falk.

»Magda Baumeister«, entgegnete die Empfangsdame. »Sie ist jetzt fünfundsiebzig und arbeitete als Küchenhilfe und Zugehfrau dort, bis es geschlossen wurde. Sie finden sie in der Pflegepension am Rühner Landweg. Sie kann zwar nicht mehr richtig gehen, aber geistig ist sie noch ganz gut beieinander.«

Falk notierte sich den Namen und die Adresse. Vielleicht war dies doch keine Sackgasse und die Identität der skelettierten Frauenleiche wäre mit etwas Glück bald aufgeklärt.

Pflegepension am Langen See, Rühner Landweg

Unmittelbar in der Nähe des Langen Sees, an der Landstraße nach Rühn, wurden Falks Bemühungen belohnt. Magdalena Baumeister saß in einem Rollstuhl unter einem Sonnenschirm im Garten und genoss den warmen, sonnigen Tag. Der Pfleger, der Falk zu ihr führte, besorgte einen Gartenstuhl und servierte sogar noch Zitronenwasser, ehe er davonging.

Magda Baumeister musterte Falk mit wachen Augen, ehe sie den Blick wieder in den Garten wandte. »Hier sitze ich meist den ganzen Tag und warte darauf, dass endlich meine Zeit abläuft«, seufzte sie und tippte sich an die Stirn. »Es ist schlimm, wenn man sich nicht mehr richtig bewegen kann, aber da oben noch alles funktioniert.«

»Das tut mir leid«, entgegnete Falk.

»Das muss Ihnen nicht leidtun, bin ja selbst schuld«, fuhr die alte Frau mit dem faltigen Gesicht fort. »Ich hätte mir eben auch einen Mann suchen sollen, einen Reichen, dann hätte ich es jetzt bestimmt besser. Aber genug davon, weshalb will die Polizei mit einer alten Frau wie mir sprechen? Für einen Banküberfall bin ich viel zu langsam.«

Sie klopfte dabei auf ihren Rollstuhl und lachte frei heraus. Der Witz schien ihr gut zu gefallen.

»Es geht um den Klosterkrug«, sagte Falk.

Sie nickte. »Ja, der Klosterkrug. Beinahe mein ganzes Leben habe ich da geschuftet, und am Ende reichte die Rente noch nicht einmal für eine kleine Wohnung. Jetzt sitz ich hier im Rollstuhl und muss mich vom Staat aushalten lassen. Vierundvierzig Jahre habe ich dort geackert, jeden Tag und fast kein freies Wochenende. Wissen Sie was ich an Rente kriege?«

Falk schüttelte den Kopf.

»Nicht einmal siebenhundert Euro. Und das soll zum Leben reichen? Manchmal frag ich mich, was diese Bonzen denken, die da Millionen kassieren und eine Firma nach der anderen in den Ruin treiben.«

Falk nahm einen Schluck Wasser. »Wie gesagt, das tut mir sehr leid. Aber vielleicht können Sie mir weiterhelfen.«

Sie winkte ab. »Ja, der Klosterkrug. Damals unter der Elisabeth und der Maria, da war das noch was. Gutes Essen, günstige Übernachtungsmöglichkeiten und ordentliches Trinkgeld. Aber dann musste Maria gehen, viel zu früh. Der Krebs, verstehen Sie. Viktoria, das war ihre Tochter, die war Beamtin und hatte nichts mit dem Gasthaus am Hut. Die hatte das richtige Schaffen auch nie gelernt. Wie denn, als Beamtin. Da sitzt man jeden Tag am Schreibtisch und wartet, bis die Zeit vergeht.«

»Sie hat es verpachtet, hörte ich«, unterbrach Falk, bevor ihm das Gespräch vollkommen entglitt.

Magda Baumeister nickte. »Ja, an so einen Besserwessie, so einen, der den Kopf ganz oben trägt. Aber da war nichts dahinter. Er habe Koch gelernt und in noblen Restaurants gearbeitet, hat er immer behauptet, aber ich hab ihn sofort durchschaut. Ein Aufschneider war er, zu dumm, um Wasser zu kochen. Noch heute würde ich das Geld für das letzte halbe Jahr von ihm kriegen. Aber dann war er plötzlich weg. Über alle Berge, und die Pension war pleite.«

»Wissen Sie denn noch, wie er hieß und wo er abgeblieben ist?«, fragte Falk und goss sich aus der Karaffe nach.

»Bahr hieß er, Franz Bahr aus Hamburg«, entgegnete die Frau im Rollstuhl. »Bahr, wie Bar nur mit H in der Mitte, stellte er sich immer vor. Dabei hätte er sich das H auch schenken können, denn meistens saß er an der Bar ohne H und war selbst sein bester Kunde.«

»Wo er sich aufhält, wissen Sie nicht zufällig?«, hakte Falk nach.

»Sicher weiß ich das«, fuhr die Frau fort. »Sie finden ihn auf dem Friedhof in Bad Doberan. Aber suchen Sie nach einem Armengrab, denn er war nichts, er konnte nichts, und er hatte auch nichts.«

Falk war überrascht, dass die Frau so gut Bescheid wusste. »Er ist also gestorben und begraben?«

»Überfahren wurde er, hatte beinahe drei Promille im Blut.«

»Sie wissen aber gut Bescheid darüber.«

Die Frau im Rollstuhl nickte. »Die Polizei hat nach ihm gesucht. Er hat weder die Pacht noch seine Angestellten bezahlt und Steuern offenbar auch nicht. Aber das müssen Sie doch wissen, Sie sind doch auch bei der Polizei.«

Falk zuckte mit der Schulter. »Tut mir leid, ich bin aus anderen Gründen hier«, entgegnete er.

Die Frau blickte Falk fragend an. »So, weshalb sind Sie denn hier?«

»Ich will nicht lange um den heißen Brei herumreden«, erklärte Falk. »Wir haben die skelettierte Leiche einer Frau bei Zurow gefunden. Sie haben vielleicht schon davon gehört, es kam im Radio und stand auch in allen Zeitungen.«

Die Frau schüttelte den Kopf und klopfte entrüstet auf ihren Rollstuhl. »Wie soll ich hier was hören? Morgens rollen die mich raus, mittags gibt es im Saal das Essen, und am Nachmittag kommt die Flötengruppe oder die wollen, dass wir zusammen Liedchen singen. Wie soll man da noch was von der Welt erfahren? Hier ist man lebendig begraben.«

»Diese skelettierte Leiche hatte einen Schlüsselbund bei sich«, fuhr Falk fort, zückte sein Handy und zeigte der alten Dame das entsprechende Bild mit dem metallenen Schlüsselanhänger. Sie griff nach dem Handy und betrachtete das Bild lange und eingehend.

»Das ist Anna«, sagte sie schließlich mit belegter Stimme.

»Anna?«

»Anna Rogoff«, fuhr die alte Frau fort und kratzte sich an der Stirn. »Sie arbeitete im Klosterhof. Kümmerte sich um die Pension, machte die Zimmer und half mir beim Putzen.«

»Wie kommen Sie darauf?«, fragte Falk.

»Sie arbeitete schon dort, als Maria die Pension noch führte. Bahr hat die Pension und auch das Personal übernommen. Das ist ihr Schlüsselbund, und das war ihr Zimmer. Sie wohnte dort, irgendwann ist sie dann aber abgehauen und nahm auch noch Geld aus der Kasse mit.«

»Wissen Sie noch, was damals passiert ist?«, hakte Falk nach.

Die alte Frau nickte. »Wie gesagt, der Franz konnte nicht mehr zahlen, er blieb uns den Lohn schuldig. Ab und zu steckte er uns zehn oder zwanzig Euro zu und vertröstete uns, aber wir wussten ja, dass das nicht mehr lange gut geht. Die Anna war groß und hübsch, und der Franz schaute immer tiefer ins Glas. Irgendwann hat er dann versucht, sie anzutatschen, aber das hat sich die Anna nicht gefallen lassen.«

»Er hat versucht, sie zu vergewaltigen?«

»Nein, das nicht, die konnte sich wehren, sie hatte eine enorme Kraft, obwohl sie schlank und ansehnlich war«, widersprach die alte Frau. »Wahrscheinlich kam das durch die schwere Arbeit.«

»Wann ist sie denn dort verschwunden?«

Die alte Frau überlegte. »Ja, ich weiß noch genau, wie das damals war«, sagte sie. »Es war im Mai, im Jahr zweitausendelf muss das gewesen sein. Ein Donnerstag, weil Anna immer donnerstags nach Güstrow zum Markt fuhr. An diesem Tag fehlte der Transporter, und Bahr war auch nicht da. Er kam am späten Nachmittag mit dem Taxi und war sturzbetrunken. Carina musste ihn ins Zimmer schleppen, weil er nicht mehr alleine stehen konnte.«

»Carina?«

»Carina arbeitete im Service, wenn es überhaupt mal was zum Arbeiten gab. Aber wo die abgeblieben ist, das weiß ich nicht. Als die Pension schloss, ist sie nach Rostock gegangen, mehr weiß ich nicht von ihr.«

»Gut, und was passierte dann?«

»Anna hat ihn zur Rede gestellt, da gab es dann einen Riesenkrach«, fuhr die alte Frau im Rollstuhl fort. »Er hatte den VW-Bus für einen Appel und ein Ei verscheuert, damit er irgendwelche Schulden bezahlen konnte. Wie sollten wir nun zum Einkaufen fahren? An diesem Abend ist Anna dann verschwunden. Sie hat noch in die Kasse gegriffen und zweihundert Euro genommen, obwohl das Doppelte drin war. Sie sagte noch, sie will nichts geschenkt, aber das stehe ihr zu, und dann ist sie gegangen. Nur einen Rucksack hatte sie bei sich. Zu mir hat sie gesagt, dass es auch für mich besser wäre, ich würde mir eine neue Arbeit suchen. Hier im Klosterkrug würden bald die Lichter für immer ausgehen. Und sie hatte recht, zwei Monate später war Schluss.«

Falk hatte sich Notizen gemacht und blickte auf, als die Erzählung der alten Frau endete. »Hat sie gesagt, wo sie hinwill?«

Die Frau überlegte. »Nach München, glaube ich. Sie sagte, in der großen Stadt findet man genug Arbeit.«

»Einen Wagen hatte sie nicht?«

Frau Baumeister schüttelte den Kopf.

»Können Sie mir noch sagen, woher sie kam und wie alt sie war?«

Die Frau atmete tief ein. »Sie war Ende dreißig und kam nicht aus Russland. Ich bin mir ziemlich sicher, dass sie aus Lettland war. Dort gab es offenbar noch eine jüngere Schwester, mit der sie manchmal telefonierte.«

Falk nickte dankbar.

»Halt, ich bin noch nicht fertig. Der Alte bekam es nämlich noch mit, dass Anna gegangen ist, und auch das mit der Kasse hat er bemerkt. Er hat dann die Polizei gerufen und Anzeige erstattet. Er sagte, die Russin hat wieder mal geklaut. Aber am nächsten Tag zog er seine Anzeige wieder zurück.«

»Eine Anzeige, bei der Polizei?«

»Ja, es kam ein Streifenwagen. Zuerst wollte der Polizist die Anzeige gar nicht aufnehmen, weil Bahr besoffen war. Als er deshalb herumschrie, hat der Polizist alles aufgeschrieben. Als er ging, sagte ich ihm im Vertrauen, dass sie gar nichts gestohlen hatte, nur Geld aus der Kasse genommen, das ihr zustand, weil der alte Bahr uns so lange keinen Lohn gezahlt hatte. Am nächsten Tag nahm Bahr die Anzeige zurück. Der Polizist hat ihm offenbar die Pistole auf die Brust gesetzt und ihm erklärt, dass es strafbar ist, jemanden ohne Grund anzuzeigen.«

Falk nickte. »Das ist korrekt.«

Als sich Falk ein paar Minuten später von der alten Frau verabschiedete, winkte sie ihm freundlich zu. »Kommen Sie einfach mal wieder vorbei«, rief sie. »Es tut gut, wenn man noch von Nutzen sein kann.«

Weniger freundlich empfing ihn Modrow, der griesgrämig im Wagen saß und mit den Fingern auf dem Lenkrad trommelte.

»So, wohin darf ich den Herrn Hauptkommissar jetzt fahren?«, fragte er zynisch.

»Gut, dass Sie fragen, Modrow«, entgegnete Falk. »Wissen Sie, wo hier in Bützow das zuständige Polizeirevier ist?«

Modrow wusste es, und keine zehn Minuten später standen sie direkt davor.

10

Kriminalpolizei, Rostocker Straße

Sie hieß Anna Rogoff, war neununddreißig Jahre alt und in Balvi in Lettland geboren. Die jüngere Schwester von ihr wohnte noch immer im knapp 30 Kilometer entfernten Gulbene und arbeitete dort in einer Polizeistation. Falk hatte ihre Geburtsdaten auf dem Bützower Polizeirevier erfahren, denn noch immer lagerte dort im Keller eine alte Ermittlungsakte. Über den kleinen Dienstweg, den Bekannten einer LKA–Kollegin, der bei der Rigaer Kriminalpolizei arbeitete, kam die Nachricht, und kurz vor Feierabend wusste Falk, dass Anna Rogoff seit dem August 2011 zumindest in Lettland vermisst gemeldet war. Sogar ein DNA-Muster der Vermissten war hinterlegt und wurde umgehend per Mail übersandt. Doch schon jetzt war sich Falk sicher, dass hiermit die Identität des skelettierten Opfers feststand. Sie hatte ihre Arbeitsstelle verlassen und war kurz danach ihrem Mörder in die Hände gefallen.

»Gibt es schon Hinweise auf weitere Todesfälle mit diesem Modus operandi?«, fragte Falk, als er vor Reimanns Schreibtisch Platz genommen hatte.

»Bislang hat uns das BKA noch keine weiteren Datensätze übermittelt«, erklärte die Wismarer Kripochefin. »Frau Sonntag ist aber der Meinung, dass sich das Umfeld des Täters auf diese Ecke hier begrenzt.«

»Soso, das glaubt Frau Sonntag also.«

»Was glauben Sie, Falk?«

»Ich glaube, er ist beweglicher, als wir denken«, entgegnete er. »Aber ich stimme ihr zu, dass er in dieser Gegend hier verwurzelt ist. Entweder weil er hier wohnt oder gewohnt hat. Oder weil er diese Gegend durch seine Tätigkeit gut kennt.«

»Dann sind Sie sich wenigstens darin einig«, seufzte die Direktorin. »Morgen veröffentlichen wir das Bild des noch unbekannten Opfers, vielleicht gibt es ja jemanden, der sich an die junge Frau erinnert.«

Falk zückte sein Handy und rief ein Bild auf, das ihm der Kollege aus Lettland geschickt hatte. »Das ist Anna Rogoff«, erklärte er. »Das Bild kommt von ihrer Schwester. Es wurde zwei Jahre vor ihrem Verschwinden aufgenommen. Wir sollten es ebenfalls veröffentlichen. Vielleicht erinnert sich jemand an die Frau und wir erhalten Hinweise auf ihren Verbleib, nachdem sie Bützow verlassen hatte. Laut ihrer Schwester und dieser Frau Baumeister wollte sie nach München.«

Nachdenklich betrachtete Direktorin Reimann das Foto. »Es ist schon sehr lange her, aber schaden tut es sicher nicht.«

»Eben«, bestätigte Falk. »Einen Versuch ist es wert.«

»Die Pressestelle hat die Meldung schon über den Verteiler verschickt, ich muss mit Koller darüber sprechen, er muss es autorisieren. Vielleicht lässt sich rechtzeitig vor Drucklegung noch was nachsteuern.«

Falk winkte ab. »Lassen Sie das meine Sorge sein. Ich kenne da jemand bei der Presse. Beim BKA sollte man noch einmal nachhaken, sonst dauert es Wochen, bis die sich melden.«

»Tut mir leid, Falk«, entgegnete Direktorin Reimann. »Das muss über unsere Pressestelle laufen, und Koller muss zustimmen. Da sind mir die Hände gebunden.«

»Das ist doch Schwachsinn, uns läuft die Zeit davon, in zwei Stunden gehen die in Druck.«

Die Direktorin seufzte. »Ich hab die Regeln nicht gemacht, trotzdem müssen wir uns daran halten. Koller ist der Boss.«

Falk verzog die Mundwinkel. Was sollte er tun? Ihm blieb nichts weiter übrig, als sich mit der Auskunft zufriedenzugeben.

»Wie sieht es eigentlich mit den Personalakten aus, die Sie von dieser Erdbaufirma mitgebracht haben?«, fragte Direktorin Reimann.

»Das liegt derzeit auf Eis, wir sollen die Fahndung bei der Überprüfung von Einschlägigen unterstützen, wobei ich allerdings der Meinung bin, es wäre lohnend, damit weiterzumachen. Der Täter muss gewusst haben, dass die Kiesgrube als sicheres Versteck taugt. Ich würde deshalb gerne daran festhalten.«

Polizeidirektorin Reimann lächelte. »Wie ich hörte, ist Kollege Modrow da anderer Ansicht. Er sagt, wir vergeuden damit nur Zeit.«

»Modrow ist oft anderer Ansicht«, entgegnete Falk. »Nur sieht er manchmal den Wald vor lauter Bäumen nicht. Diese Akten könnten für uns nützlich sein.«

»Deshalb würde ich mit Ihrer Zustimmung die Akten an die zugeordneten Kolleginnen und Kollegen der Bereitschaftspolizei zur Auswertung übergeben. Die Leute in dieser Region sind sehr beunruhigt und machen sich Sorgen. Das geht natürlich auch nicht spurlos an der Politik vorbei. Der Polizeipräsident steht erheblich unter Druck.«

Falk nickte. »Dafür erhält er auch ein sattes Gehalt, da kann er ruhig mal ein paar Tage schwitzen.«

Die Direktorin lächelte. »Das habe ich nicht gehört, Falk. Also, an die Arbeit, machen Sie weiter. Ich rede mit Koller und sorge dafür, dass das Bild des ersten Opfers ebenfalls in der Meldung erscheint. Lassen Sie die Finger davon. Koller hält gerne die Fäden in der Hand und toleriert keine Alleingänge.«

Falk nickte, ehe er sich erhob und das Büro verließ.

Rostock, Walter-Husemann-Straße

Es war ein Mehrfamilienhaus im Stadtteil Reutershagen. Ein Plattenbau nach altem Baustil, allerdings mit einem freundlichen und farbenfrohen Anstrich. Der schmale begrünte Streifen vor dem Haus wirkte gepflegt, und eine breite, vierstufige Treppe führte zum Eingang.

Oberkommissar Kleinert und seine junge Kollegin Jasmin Grewe warfen einen Blick auf die unzähligen Klingelknöpfe neben der Tür. Sie waren in ziviler Kleidung unterwegs und der Fahndungsabteilung der Sonderkommission Kiesgrube zugeordnet.

Den Namen Thorsten Hoppe suchten sie vergeblich. Einige Klingeln waren allerdings ohne Namensschilder. Und der Mann, der bereits mehrfach wegen sexuell motivierter Vergehen auffällig geworden war, wohnte hier, zumindest hatte das die Nachfrage im Melderegister ergeben.

Kleinert drückte einfach auf einen der Klingelknöpfe und musste gar nicht lange warten, bis der elektrische Türsummer schnarrte. Er zog die Tür auf, und die beiden betraten das Treppenhaus. Eine junge Frau mit Kopftuch öffnete ihre Wohnungstür und streckte ihren Kopf heraus.

»Hoppe, wissen Sie, wo der wohnt?«, fragte Kleinert.

Die Frau nickte und zeigte nach oben. »Stock drei, Wohnung in Ecke dort.«

»Dritter Stock, alles klar.«

Hoppe war siebenundvierzig Jahre alt und hatte insgesamt drei Einträge in seinem Polizeiregister. Eine versuchte Vergewaltigung aus dem Jahr 1989, eine sexuelle Beleidigung aus dem Jahr 2003 und zuletzt, 2017, ein weiteres Sexualdelikt, bei dem er in einem Schwimmbad eine Vierzehnjährige belästigt hatte, bevor ihn der Bademeister im wahrsten Sinne des Wortes in die Flucht schlug. Er wurde zu einer knapp einjährigen Haftstrafe verurteilt, die zur Bewährung ausgesetzt wurde, weil er an einer Therapie teilnahm.

Kleinert und seine Kollegin gingen über das Treppenhaus in den dritten Stock. Vor der angegebenen Wohnung im rechten Flügel des Gebäudes blieben sie stehen. Dort gab es ebenfalls kein Namensschild an der Tür.

Kleinert ignorierte den Klingelknopf und klopfte kräftig gegen die hölzerne Tür. Seine Kollegin trat einen Schritt zur Seite, doch nichts tat sich. Erneut pochte Kleinert mit der Faust gegen das Holz, lauter und kräftiger als zuvor. Noch immer tat sich nichts. Jedoch öffnete die Nachbarin ihre Tür und musterte Kleinert und seine Kollegin skeptisch.

»Was machen Sie hier für einen Krach?«, beklagte sich die ältere Dame, die bestimmt schon an die Siebzig war.

»Wir suchen nach Herrn Hoppe, haben Sie ihn heute schon gesehen?«, fragte Kleinerts Kollegin.

»Die Polizei?«, fragte die Frau.

Kleinerts Kollegin nickte.

»Der ist da, aber der macht nie auf«, gab die Frau zu verstehen, bevor sie sich wieder in ihre Wohnung zurückzog und die Tür schloss. Beinahe gleichzeitig öffnete Hoppe die Wohnungstür einen Spalt weit. Die Sicherheitskette war vorgelegt.

»Ja, was ist?«, fragte er schüchtern.

Kleinert stellte seinen Fuß vor und zog seinen Dienstausweis aus der Hosentasche. »Polizei, wir müssen mit Ihnen sprechen, Herr Hoppe. Können wir reinkommen?«

Der Mann nickte nur und schob die Tür wieder vor, damit er die Kette entfernen konnte.

Noch bevor die Tür ganz geöffnet war, stürmte Hoppe voran. Ein Baseballschläger lag in seiner Hand. Mit voller Wucht schlug er zu und erwischte Kleinert knapp neben der Schläfe am Kopf. Kleinert wurde gegen die Wand geschleudert und ging zu Boden. Blut schoss aus einer Platzwunde und lief ihm über die Stirn, bevor er mit einem Seufzer die Augen schloss.

Schreckensstarr blickte Jasmin Grewe auf ihren Kollegen, der zu Boden gegangen war. Einem Impuls folgend, griff sie nach ihrer Waffe. Hoppe trat einen Schritt vor, ließ den Baseballschläger fallen und umklammerte die junge Polizistin. Die Waffe fiel zu Boden. Mit den Ellbogen versuchte die junge Frau ihren Widersacher zu treffen, doch ihre Schläge gingen ins Leere. Mit voller Wucht schubste Hoppe die junge Frau gegen die gegenüberliegende Wand, ehe er nach der Waffe griff. Jasmin Grewe stolperte über ihren Kollegen und ging ebenfalls zu Boden, während Hoppe die Waffe hob.

Plötzlich wurde die Tür der Nachbarwohnung geöffnet, und die alte Frau trat in den Flur. »Was ist denn hier …«

Weiter kam die Frau nicht. Hoppe wirbelte herum und zog den Abzug. Ein Schuss brach, die alte Dame zuckte zusammen und fasste sich an die Brust, ehe sie wie in Zeitlupe, die Tür im Rücken, zu Boden glitt. Ein gurgelnder Laut kam über ihre Lippen, bevor sie mit weit geöffneten Augen zur Decke blickte. Einen Augenblick lang herrschte Stille. Regungslos stand Hoppe im Flur, die Waffe noch immer auf die alte Frau gerichtet. Jasmin Grewe schaute fassungslos auf den Mann, der soeben seine Nachbarin mit ihrer Dienstwaffe erschossen hatte. Weitere Türen im Haus wurden geöffnet. Hoppe war der Erste, der sich aus der Starre löste, die Beine in die Hand nahm und mit großen Schritten auf die Treppe zu rannte.

Ein weiterer Nachbar kam aus seiner Wohnung. Er trug eine Jogginghose und ein weißes Unterhemd und sah verschlafen aus. Er kniete sich neben Jasmin Grewe und fragte sie, ob er ihr helfen könne.

»Rufen Sie den Notarzt und die Polizei!«, stammelte sie, bevor sie sich um ihren verletzten Kollegen kümmerte, der inzwischen blutüberströmt neben der Tür lag.

Weitere Bewohner des Hauses fanden sich ein. Eine Krankenschwester war darunter, die Kleinerts Verletzungen notdürftig versorgte und ihn zusammen mit weiteren Helfern in eine stabile Seitenlage brachte. Kleinert war ohnmächtig, sein Puls ging schwach, aber regelmäßig.

Der alten Dame aus der Nachbarwohnung hingegen war nicht mehr zu helfen. Der Schuss hatte sie mitten in die Brust getroffen. Die Wunde war kaum zu erkennen, denn nur wenig Blut trat aus, dennoch war allen klar, die Frau war tot: Hoppe hatte sie erschossen. Jasmin Grewe durfte gar nicht daran denken, was geschehen wäre, wenn die Frau nicht plötzlich aufgetaucht wäre. Als sie zusammenklappte, fingen starke Hände sie auf. Helfer brachten sie in die Nachbarwohnung, wo man sie in einen Sessel setzte und ihr Wasser reichte. Sie war vollkommen aufgelöst und zitterte am ganzen Körper. Von Thorsten Hoppe gab es nicht die geringste Spur.

Es dauerte kaum fünf Minuten, bis die erste uniformierte Streife am Tatort eintraf. Der Notarzt und die Rettungskräfte kamen wenig später hinzu. Kurz darauf war das gesamte Gebäude von der Polizei umstellt. Oberkommissar Kleinert wurde umgehend in das nächste Krankenhaus eingeliefert. Nach Auskunft des Notarztes bestand akute Lebensgefahr. Auch seine Kollegin musste umgehend in ärztliche Behandlung, denn auch ihr ging es zunehmend schlechter.

Schnell stand fest, dass Hoppes Wagen fehlte. Ein roter Mitsubishi war auf ihn zugelassen. Der Mann war auf der Flucht, und in seinem Gepäck befand sich eine Heckler und Koch Automatik–Pistole mit vierzehn Patronen im Magazin. Die Fahndung lief auf Hochtouren, und es stand außer Frage, dass der Mann sehr gefährlich war und wahrscheinlich rücksichtslos von der gestohlenen Schusswaffe Gebrauch machen würde, wenn er sich in die Enge getrieben fühlte.

Zwanzig Minuten später traf die Spurensicherung am Tatort ein. Was man bei der ersten oberflächlichen Durchsicht in Hoppes Wohnung fand, erhärtete den Verdacht, dass es sich bei Thorsten Hoppe um den gesuchten Frauenmörder von Zurow handelte.

11

Kriminalinspektion Wismar, Rostocker Straße

Nach dem Gespräch mit Direktorin Reimann war Falk in sein Büro gegangen. Der Obduktionsbericht lag vor. Falk studierte aufmerksam das siebzigseitige Dokument, das neben allerlei medizinischen Fachbegriffen eine Menge Fotos enthielt. Modrow, der ihn erneut aufsuchte, um mit ihm eine Personenüberprüfung in Hornsdorf durchzuführen, erteilte er eine Absage. »Suchen Sie jemand anderen, ich hab zu tun«, fertigte er ihn ab.

Modrow war perplex. »Aber der Chef hat …«

»Das ist mir egal, was der Chef gesagt hat«, stoppte Falk Modrows Einwand. »Nehmen Sie jemanden von der Fahndung. Ich habe noch einen Termin, und außerdem betreibe ich aktive Umfeldrecherche, so wie es mein Auftrag ist. Jetzt habe ich keine Zeit für solche Sachen.«

Beleidigt trollte sich der Kollege, allerdings nicht, ohne die Tür mit entsprechender Lautstärke zuzuschlagen.

Falk widmete sich wieder dem Bericht. Zum Glück gehörte das große Latinum zu seinem Repertoire, sodass er die Fachbegriffe richtig deuten konnte. Demnach stammte das bislang noch unbekannte zweite Opfer tatsächlich aus den Osten. Ein Gentest hatte diese Annahme bestätigt.

Das hieß, alle drei Frauen waren aus Osteuropa. Falk legte die Füße auf den Schreibtisch und betrachtete die Pinnwand, die er in seinem Büro aufgestellt hatte und an der die Fotos der drei Frauenleichen prangten, wobei es sich bei Lucy Nr. 2 um ein computeranimiertes Bild handelte, das morgen in sämtlichen Zeitungen der Region abgelichtet sein würde.

Ein Auszug aus dem Vermisstenregister des BKA lag dem Bericht bei. Doch das brachte die Ermittlungen kaum weiter. Falk erschrak, als er die hohe Zahl an Vermisstenfällen alleine in Deutschland las. Über elftausend Personen galten demnach als verschwunden. Bei den meisten handelte es sich um Jugendliche, die früher oder später wieder auftauchten. Aber auch die Anzahl der jungen Frauen zwischen sechzehn und fünfunddreißig war noch immer beachtlich; sie lag bei über dreihundert. Falk war sich bewusst, dass hinter diesen statistischen Werten harte und traurige Einzelschicksale standen und dass manche der jungen Frauen wohl nie mehr auftauchen würden. Im vorliegenden fall brachte ihn diese Erkenntnis nicht weiter, denn zwei der aufgefundenen Toten galten offiziell nicht einmal als vermisst. Auf die Überprüfung nach Fällen mit gleichgelagerter Auffindesituationen sowie einem ähnlichen Modus operandi des Täters musste er wohl noch eine Weile warten, es sei denn …

Falk griff zum Telefon und rief einen Kollegen beim LKA an, der jahrelang in der Koordinierungsstelle des BKA gearbeitet hatte, bevor er nach Leezen zum LKA in den Bereich Glücksspiel gewechselt war.

»Hallo Stürmer, Falk hier am Apparat, hast du eine Minute?«, fragte er seinen Kollegen vom LKA.

»Wenn du anrufst, dann bedeutet das nichts Gutes«, entgegnete Stürmer. »Was willst du von mir?«

»Ich brauche deine Hilfe.«

»Meine Hilfe?«, wiederholte Stürmer.

»Besser gesagt, deine Verbindungen zum BKA.«

»Wird ja immer besser. Was willst du genau?«

»Hör gut zu«, fuhr Falk fort. »Ich benötige eine Anfrage, inoffiziell natürlich und wenn es geht sofort.«

»Du kennst den Dienstweg.«

»Genau deshalb rufe ich dich an. Aber wenn du keine Zeit hast …«

»Das letzte Mal, als ich dir half, habe ich mich ganz schön in die Nesseln gesetzt«, fiel ihm Stürmer ins Wort.

»Dafür hab ich dich da wieder rausgeholt, und jetzt hast du einen guten Job im Büro. Stets warm und trocken und rechtzeitig Feierabend, freie Wochenenden inklusive.«

»Schon gut, was soll ich tun?«

»Eine Abfrage nach gleichgelagerten Fällen in Deutschland, Österreich und in der Schweiz«, erklärte Falk. »Kriterien sind: Opfer weiblich, achtzehn bis fünfunddreißig Jahre alt, verscharrt an unzugänglichen Stellen, sexueller Hintergrund, erotische Hypoxyphilie beim Akt und erschlagen mittels Gewalt gegen den Kopf mit einem Werkzeug, einem Schraubenschlüssel oder, besser gesagt, einem Engländer.«

Einen Augenblick schwieg Stürmer, ehe er sich räusperte. »Erschlagen und Würgen und das Alter der Opfer sind nicht sehr ungewöhnlich, da sind bestimmt viele Fälle in den Akten. Und im Wald verscharren, das tut ja mittlerweile jeder.«

»Gut, dann beschränken wir die Opfer auf osteuropäisch, wie findest du das?«

»Schreib mir eine E–Mail, ich schau mal, was ich machen kann.«

»Das Ergebnis ausschließlich an mich oder an Hauptkommissar Willig von der PI Wismar, du findest ihn in der Übersicht.«

»Das kann aber dauern.«

»Das weiß ich, ich brauche es aber so schnell es geht«, entgegnete Falk, ehe er das Gespräch beendete.

Kaum hatte er den Hörer aufgelegt, klopfte es an seiner Tür. Er erhob sich und öffnete. Soko-Leiter Koller stand vor der Tür. »Ähm, Falk, gut dass Sie da sind«, sagte er. »Sie haben der Pressestelle das Bild einer Frau zugesandt, das morgen in der Presse veröffentlicht werden soll.«

Falk nickte. »Richtig, das Bild dürfte unser erstes Opfer sein, das dort in der Kiesgrube abgelegt wurde.«

Koller winkte ab. »Das meinen Sie, aber das ist noch nicht verifiziert, da müssen wir warten, bis wir uns wirklich sicher sind.«

»Ich bin …«

»Nein, Herr Falk«, fiel ihm Koller ins Wort. »Mir reichen Vermutungen nicht aus, so arbeite ich nicht. Das Bild wird zuerst einmal nicht veröffentlicht, bevor wir keine gesicherten Erkenntnisse mittels DNA haben. Außerdem möchte ich künftig, dass Sie mich über alle Dinge informieren, die den Fall betreffen. Ich leite diese Sonderkommission und trage die Verantwortung, Alleingänge werde ich nicht dulden. Ich hoffe, wir verstehen uns.«

Falk verstand, was Koller von ihm wollte. Er wusste auch, dass es keinen Sinn machen würde, mit Koller darüber zu diskutieren. Er nickte kurz und blickte ihn fragend an. »Ist sonst noch etwas?«

Koller atmete tief ein. »Ich hoffe, Herr Falk, dass wir uns verstanden haben. Sie sind Teil dieses … Sie sind Teil meines Teams, und da erwarte ich, dass Sie sich an meine Vorgaben halten. Keine Extrawürste, Herr Falk.«

Falk runzelte die Stirn. »Das heißt?«

»Hören Sie auf, Falk. Ich kenne Ihren Ruf, und ich weiß auch, dass Sie gerne quertreiben. Bei mir gibt es so etwas nicht, haben Sie verstanden?«

Bevor Falk antworten konnte, kam Frau Sommer, die Polizeipsychologin, den Flur entlang. »Hallo, Herr Koller, ich habe Sie überall gesucht«, rief sie schon von Weitem.

»Ich war auf den Weg zu Ihnen«, entgegnete Koller.

»Dann will ich nicht weiter stören«, murmelte Falk und versuchte, seine Bürotür zu schließen, doch Koller machte keinerlei Anstalten, auch nur einen kleinen Schritt zu weichen.

»Ich bin mit meiner Persönlichkeitsanalyse durch und hätte gerne mit Ihnen darüber gesprochen«, erklärte die Psychologin und nickte Falk kurz zu, als sie an Kollers Seite trat.

»Ich komme, ich hatte hier gerade noch zu tun, aber ich denke, wir sind fertig«, entgegnet er und wandte sich wieder Falk zu.

»Guten Tag, Herr Falk«, grüßte die Psychologin mit gespielter Freundlichkeit. »Erst vorhin habe ich Ihre Einschätzung der

Lage und Ihre These zur Persönlichkeit des Täters gelesen. Vielen Dank für die Aspekte, die Sie einfließen ließen. Es ist immer gut, wenn man sich auf fachlicher Ebene eine Zweitmeinung einholen kann, allerdings denke ich, dass wir den Bewegungsradius des Täters nicht so weit zu fassen brauchen. Schon alleine der Ablageort der Leichen spricht eine eindeutige Sprache, meinen Sie nicht auch?«

Falk schüttelte den Kopf. »Unbestritten kannte der Täter diese Kiesgrube, doch das schränkt ihn in seinem Bewegungsradius nicht ein. Ich glaube nach wie vor, dass er überregional tätig ist und wir die Abfragen über das BKA und Interpol intensivieren und beschleunigen sollten.«

»Herr Falk, ein triebgesteuerter Mensch ist sicher nicht unbeweglich und örtlich fixiert, das will ich gar nicht bestreiten. Doch in diesem Fall dürfte der Täter im direkten Umfeld des Ablageortes zu suchen sein, denn dieses Insiderwissen über eine stillgelegte Kiesgrube, die darüber hinaus noch als Naturschutzgebiet ausgewiesen ist, verlangt mehr als die normale Personen- und Ortskenntnis, da stimmen Sie mir doch zu.«

»Ich stimme zu, dass er über Insiderwissen verfügt und einen direkten Bezug zu diesem Gebiet haben muss«, entgegnete Falk. »Doch das schließt nicht aus, dass er auch anderweitig seine Taten verübt haben kann. Er kann sich auch über andere Gebiete und Regionen Wissen angeeignet haben. Die Frequenz von drei Leichen innerhalb eines Zeitraums von zehn Jahren ist für einen triebgesteuerten Täter doch ungewöhnlich, das leuchtet doch selbst Ihnen ein.«

Bevor die Psychologin antworten konnte, klingelte Kollers Handy. Er zog es hervor und meldete sich. Das Gespräch war nur kurz. Er steckte das Handy weg und warf der Psychologin einen entschuldigenden Blick zu. »Tut mir leid, wir müssen den Termin verschieben«, sagte er kurz angebunden. »Bei der Überprüfung eines möglichen Tatverdächtigen kam es zu einem Schusswechsel.«

Noch bevor Falk Weiteres fragen konnte, wandte sich Koller um und spurtete den Flur entlang. Die Psychologin und Falk schauten ihm fragend nach. Doch dann klingelte auch Falks Handy.

Rostock, Walter-Husemann-Straße

Überall standen bewaffnete Polizisten in den Fluren. Mit weißblauem Flatterband war der Korridor abgeriegelt. Die Leiche der Nachbarin war inzwischen abtransportiert und in die Rechtsmedizin nach Rostock gebracht worden. Falk war angesichts der Entwicklung sprachlos. Bei der routinemäßigen Überprüfung von registrierten Sexualtätern war es zu einem Schusswaffengebrauch gekommen. Der Tatverdächtige befand sich im Besitz einer Polizeiwaffe mit weiteren vierzehn Patronen auf der Flucht und war, dessen war sich Falk sicher, in einer absolut chaotischen Ausnahmesituation. Der Mann war zweifellos gefährlich. Aber war er auch der Frauenmörder von Zurow, wie manche Kollegen schon munkelten? Falk war nicht sicher.

Manches sprach dafür, denn in der kleinen Zweizimmerwohnung in der Walter-Husemann-Straße im Rostocker Stadtteil Reutershagen waren einige Indizien entdeckt worden, die diesen Verdacht erhärteten. Unter anderem hatte sich Hoppe, kurz bevor die beiden Polizisten an seiner Wohnungstür geklingelt hatten, damit beschäftigt, aus einigen Tageszeitungen der Region die Artikel über die Leichenfunde in der Kiesgrube bei Zurow auszuschneiden. Schere, Schnipsel und die Artikel lagen noch auf dem Tisch in der Stube. Doch auch anderes Material wurde bei der anstehenden Wohnungsdurchsuchung gefunden. Unter anderem eine Pornosammlung aus Videos und DVDs, die vor allem abstoßende und gewaltverherrlichende Pornografie zeigten. Angefangen von Bondage über Slave- und Rape-Videos. Das war aber noch nicht alles. Handschellen und Kabelbinder in einer Schublade der Kommode im

Wohnzimmer sowie ein daneben liegendes Butterflymesser verstärkten den Eindruck, dass es sich bei Hoppe um einen sexuell gestörten Menschen handelte. In einem Ordner, der unter dem Bett versteckt lag, waren weitere Zeitungsartikel über Sexualstraftaten aus der Region abgeheftet, die Hoppe wohl sehr interessierten.

Falk hatte einen kurzen Blick auf das Beweismaterial geworfen, bevor Frau Sommer, die Psychologin, in der Wohnung erschien und zusammen mit Koller die weitere Begutachtung an sich riss. Falk und Brunner, die sich zur Sicherung der Spuren vor Ort befanden, verließen zusammen die Wohnung, nachdem Koller mit seinem Stab aufgetaucht war. Draußen vor dem Haus ließen sie sich gemeinsam auf einem großen Quaderstein nieder.

»Glaubst du auch, dass wir den Mörder gefunden haben?«, fragte Brunner und stöhnte, als er sich auf dem Stein niederließ.

Falk zuckte mit der Schulter. »Es spricht einiges dafür, dass der Kerl nicht ganz normal ist, aber bislang haben wir nichts gefunden, was ihn konkret mit den Leichen und der Kiesgrube in Verbindung bringt.«

Brunner griff in seine Jackentasche und zog eine Packung Kaugummis hervor. »Auch einen?«

Falk nickte und griff zu.

»Er soll eine Zeit lang bei einem Paketservice namens JIT gearbeitet haben und stellte zwischen Lübow und Neukloster Pakete zu. Da liegen doch auch Zurow und die Kiesgrube dazwischen.«

»Wer sagt das?«, fragte Falk.

Brunner wies mit dem Daumen nach oben in Richtung der Wohnung. »Wir haben einen Arbeitsvertrag gefunden«, erklärte er. »Offenbar hat er ein paar Jahre dort gearbeitet, bevor er vor dreizehn Monaten entlassen wurde.«

»Entlassen?«, wiederholte Falk. »Weswegen?«

Brunner zuckte mit der Schulter. »Keine Ahnung, es lag nur eine fristlose Kündigung im Kuvert.«

»Die haben ihn rausgeschmissen?«, entgegnete Falk. »Dann sollte ...«

»Ich weiß, was du denkst, es sind schon mehrere Streifen nach Neubukow ins Hauptbüro der Niederlassung unterwegs.«

Falk war beruhigt. Einem Mann in einer solchen Lage war alles zuzutrauen, vor allem, wenn er bewaffnet war und sich in einem Ausnahmezustand befand.

»Wie geht es den Kollegen?«, fragte Falk.

»Kleinert und die Kollegin sind in der Notfallklinik. Bei ihm besteht Lebensgefahr.«

Plötzlich brach Hektik aus. Uniformierte Polizisten und Kripobeamte stürmten aus dem Haus, allen voran Koller, der sich in seinen Dienstwagen setzte und mit quietschenden Reifen davonfuhr.

»Was ist denn passiert?«, rief Brunner einem Kollegen zu.

»Hoppe wurde gesehen, irgendwo bei Warnemünde«, erhielt er zur Antwort.

Er seufzte. »So schnell, wie sie gekommen sind, verschwinden sie wieder. Also dann, ich mach mich wieder an die Arbeit. Tut ja sonst keiner, wenn das Jagdfieber erwacht. Was machst du?«

»Ich glaube, ich sollte auch mal einen genauen Blick in die Wohnung werfen, bevor die alles einsacken.«

Brunner nickte. »Gute Idee.«

12

Irgendwo an der Autobahn A 20 ...

Er war vollkommen außer sich. In einer Ausnahmesituation. Wie hatte das nur passieren können? Er hatte die Kontrolle verloren und war ausgerastet. So etwas durfte ihm nicht geschehen. Er war wütend: wütend auf sich selbst, wütend auf die Umstände und wütend auf die Art und Weise, wie alles verlaufen war. Und dabei durfte er nicht auffallen. Nicht auffallen, um keinen Preis. Keine Angriffsfläche bieten, unscheinbar und im Verborgenen bleiben, so wie eine Wachtel sich im Feld versteckt, unsichtbar. Das hatte ihm sein Vater immer eingebläut. Wenn man nicht auffällt, dann kommt man leicht durchs Leben. Niemals gegen den Strom schwimmen. Wer gegen den Strom schwimmt, der macht auf sich aufmerksam, der fällt auf, und wer auffällt, auf den richten sich alle Blicke. Wenn man den Kopf zu hoch hebt, muss man damit rechnen, dass er einem abgeschlagen wird.

Komisch, er dachte in letzter Zeit oft über seine Kindheit und seinen Vater nach. Als Mutter verschwunden war und nicht mehr auftauchte, nie mehr, litt er Tag für Tag. Er konnte nichts mehr essen, er konnte nicht mehr schlafen, und bald hatte er auch keine Tränen mehr. Meist saß er teilnahmslos am Fenster und schaute auf die Hausecke, um die Mutter immer gekommen war, doch sie kam nicht mehr.

»Sie hat dich nie geliebt«, hatte Vater zu ihm gesagt. »Sie ist wie Treibsand, der vom Wind auf den Weg geblasen wird. Eine Zeit lang bleibt er liegen, bis neuer Wind aufkommt und ihn mit sich davonträgt, und niemand weiß, wo er wieder landen wird.«

Treibsand, das hatte Vater gesagt. Und kaum ein paar Monate später tauchte eine neue Frau auf und zog in die kleine Wohnung im Erdgeschoss ein. Sie hieß Zdenka und stammte aus der Tschechoslowakei. Sie arbeitete in der Lackfabrik am Ende der langen und trostlosen Straße. Sie war ein wenig älter, als Mutter es gewesen war und ihre Züge waren strenger, doch sie roch genauso, wie Mutter immer gerochen hatte, wenn sie von der Arbeit nach Hause kam. Im Gegensatz zu Mutter trug sie aber keine Liebe in sich, und er bekam es zu spüren, jeden Tag. Sie blieb nicht einmal ein halbes Jahr.

Als sie gegangen war, brachte Vater Olga mit nach Hause. Olga war der leibhaftige Teufel, und es wurde noch schlimmer.

Mit Vater ging es mehr und mehr bergab, meist kam er bereits betrunken von der Arbeit, und wenn ihm etwas nicht passte, dann flippte er aus. Das bekam auch Olga zu spüren. Oft genug schlug, trat und demütigte er sie und auch seinen Sohn, der manche Stunden eingesperrt im kalten und engen Verlies im Keller verbrachte.

Eines Tages kamen Männer. Sie klopften an der Tür und trugen braune Mäntel. Als Vater öffnete, war er lammfromm. So hatte er ihn noch nie erlebt. An diesem Tag nahm er ihn sogar in den Arm. Stundenlang redete er mit den Männern, die Fragen stellten und sich im Haus umschauten. An diesem Tag war er freundlich und nett gewesen und hatte ihm sogar über die Haare gestreichelt.

Lieb und nett und unauffällig, und dann waren die Männer in den Mänteln wieder gegangen, und alles war wie zuvor.

Ein Lastwagen donnerte an ihm vorbei und riss ihn aus seinen düsteren Gedanken. Er blickte auf, der Laster hielt direkt vor ihm an. Er richtete sich im Fahrersitz auf und beobachtete den Fahrer in dem roten Hemd, der aus dem LKW ausgestiegen war und in den angrenzenden Büschen verschwand. Verdammt, warum hatten sich die beiden ausgerechnet ihn ausgesucht? Warum war er nicht ruhig geblieben, freundlich und nett, so wie Vater damals, als die Männer in den braunen Mänteln gekommen waren? Damals war nichts passiert. Sie waren einfach wieder gegangen und nie mehr aufgetaucht. Wenn er weiterhin in dieser grauen und namenlosen Masse von Menschen unentdeckt bleiben wollte, dann musste er an sich arbeiten. So etwas durfte nie mehr passieren. Beherrschung, Selbstkontrolle, Gelassenheit, all dies ließ sich lernen, all diese Eigenschaften waren wichtig, damit man nicht auffiel.

Er drehte den Zündschlüssel um und startete den Motor. Gurgelnd und ächzend setzte sich der Anlasser in Bewegung. Es dauerte eine Weile, bis das Aggregat durchzog. Die Batterie, dachte er bei sich. Schon alt, sollte längst gewechselt werden. Doch dazu hatte er keine Zeit, er musste weiter. Diese junge Frau hatte ihm direkt ins Gesicht geblickt. Er legte den Gang ein, und der Wagen rollte langsam an. Er blickte sich um, die Fahrspur war frei. Langsam schob er sich an dem LKW vor ihm vorbei und beschleunigte.

Es war besser, wenn er nicht mehr anhalten würde, die Rasthöfe mied und einfach weiterfuhr. So schnell und so weit weg wie möglich.

Rostock, Walter-Husemann-Straße

Bei den Kollegen an der Küste hatte die Meldung von Hoppes Sichtung bei Warnemünde das Jagdfieber entfacht. Unzählige Streifen- und Zivilwagen der Polizei rasten an den vermeintlichen Ort, an dem ein Zeuge, nachdem die Suchmeldung der Polizei auf Anordnung der Staatsanwaltschaft nicht nur über Radio, sondern auch über die sozialen Medien in der Bevölkerung verbreitet worden war, den vermeintlichen Fluchtwagen auf dem Parkplatz am Bahnhof erkannt haben wollte.

Die Zentrale Einsatzführung im Polizeipräsidium hatte Mühe, allen Streifen einen entsprechenden Fahndungsraum zuzuordnen, weil offenbar alle den einen Gedanken im Kopf hatten: so schnell wie möglich zum Warnemünder Bahnhof zu fahren.

Falk nutzte die Gelegenheit und schaute sich in Hoppes Wohnung um, in der nur noch Brunner und die Spurensicherung, unterstützt von zwei uniformierten Streifenpolizisten zur Absperrung, zugange waren. Eine Wohnung war ein höchst privater Lebensbereich und sagte viel über ihren Bewohner aus, wenn man sich mit entsprechender Kenntnis und der notwendigen Aufmerksamkeit darin umsah. Zunächst einmal fiel Falk auf, dass beinahe überall die Lichter brannten, obwohl es mitten am Tag war. Das lag daran, dass alle Rollläden halb bis ganz geschlossen waren. Nach der Eingangstür folgte ein kleiner Flur, in dem eine Garderobe mit zwei Jacken stand: eine Windjacke und eine schwere Winterjacke mit Lammfellbesatz am Kragen. Auf der Garderobe stand ein einfaches mobiles Festnetztelefon. Falk nahm den Hörer ab. Es funktionierte, das Freizeichen ertönte. Er wechselte in das Betriebsmenü und rief die Anruferliste auf. Es war nicht überraschend, dass seit Langem niemand mehr angerufen hatte. Auch das Kontaktmenü war überschaubar. Insgesamt zehn Einträge, mehr waren nicht vorhanden. Einer davon gehörte zu Hoppes ehemaligem Arbeitgeber, dem Paketdienst JIT aus Neubukow, vier Nummern konnte Falk Gasthäusern mit Lieferservice aus der Umgebung zuordnen, und drei weitere Kontakte gehörten Ämtern wie dem Arbeitsamt, dem Sozialamt und dem Bürgermeisteramt. Hinter einer weiteren Nummer aus der Stadt war der Name *Herbert* vermerkt, und bei der letzten Nummer, einer langen Nummer mit der Vorwahl 0180, hatte Falk keine Idee, denn dort fehlte jeglicher Vermerk. Er drückte auf die grüne Taste, nahm das Telefon ans Ohr und wartete, bis sich das Gerät eingewählt hatte.

Hallo, hier ist Biggi, schön, dass du mich anrufst, aber du weißt, ich bin erst wieder heute Abend gegen achtzehn Uhr für dich da …

Eine zarte Frauenstimme hauchte diese Worte in den Hörer; Falk war sofort klar, wen er dort an der Strippe hatte. Er beendete das Gespräch und rief erneut das Kontaktmenü auf. Diesmal wählte er die Nummer von Herbert, wer auch immer das sein sollte. Es dauerte eine Weile, bis sich der Angerufene meldete.

»Hallo, Toto«, sagte die krächzende Stimme eines alten Mannes mit vertrauensvollem Timbre in den Hörer. »Hast dich ja lange nicht mehr gemeldet, was ist los bei dir?«

»Hallo … Herr … Herr …«

»Wer ist da?«

Das Timbre der Stimme war sofort umgeschlagen, eine angespannte Skepsis lag darin.

»Falk ist mein Name, Herr …«

»Wo ist Toto?«

»Sie meinen Herrn Hoppe?«

»Klar, Sie sprechen doch von seinem Apparat, wo ist er?«

»Vielleicht sagen Sie mir erst einmal Ihren Namen und in welchem Verhältnis Sie zu Herrn Hoppe stehen, es ist nämlich etwas passiert und wir …«

»Hat er wieder was angestellt?«, fiel ihm der alte Mann ins Wort. »Sind Sie von der Polizei?«

»So könnte man sagen«, entgegnete Falk.

»Dieser dumme Kerl«, ärgerte sich der Mann am Telefon. »Ich habe es ihm immer gesagt, er soll das sein lassen, sonst sitzt er eines Tages hinter schwedischen Gardinen.«

»Darf ich fragen, wer Sie sind?«, versuchte Falk erneut herauszufinden, mit wem er sich hier am Telefon unterhielt.

»Thiel, Herbert Thiel«, sagte der Mann. »Ich bin sein Großonkel. Eigentlich der einzige Verwandte, den er noch hat. Aber jetzt sagen Sie mir schon, was ist passiert?«

»Könnten Sie mir Ihre Adresse nennen? Ich halte es für besser, wenn wir uns treffen.«

Der Mann zögerte einen Augenblick. Schließlich räusperte er sich. »Ich wohne gerade mal zwei Straßen weiter, in der Bonhoefferstraße.« Er nannte die Hausnummer.

»Sie sind zu Hause?«

»Klar, wo soll ich sonst sein?««

»Dann komme ich persönlich bei Ihnen vorbei, wenn es recht ist.«

»Das ist mir sogar sehr recht, wenn Sie am Telefon nicht darüber reden wollen«, bestätigte der Mann. »Ich gehe davon aus, dass es etwas Schlimmes ist, was er angestellt hat.«

»Richtig, aber gesehen oder gesprochen haben Sie ihn heute noch nicht?«, fragte Falk, um sicherzugehen.

»Vor einem Monat zuletzt, seitdem hat er sich nicht mehr bei mir blicken lassen.«

»Bis gleich«, beendete Falk das Gespräch. Zufrieden stellte er den Handapparat zurück in die Basisstation, bevor er die beiden Türen der Garderobe öffnete und einen Blick hineinwarf. Zwei Paar Schuhe befanden sich darin. Halbhohe schwarze Winterstiefel, und daneben standen alte zerschlissene Turnschuhe einer Kaufhausmarke. Er schloss die Türen und schaute sich in dem petrolfarben gestrichenen Flur um. An einem Schlüsselbrett hingen mehrere Schlüssel, einer darunter wohl der Ersatzschlüssel des Autos, daneben ein Briefkastenschlüssel sowie ein kleiner Schlüssel für ein Burg-Sicherheitsschloss.

»Er hat wohl auch einen Keller«, rief Falk Brunner zu, der sich gerade in der Küche zu schaffen machte und Konservendosen aus einem der Hängeschränke auf den Tisch stellte.

»Alles klar, wir kümmern uns darum«, rief er zurück und wies auf die Dosen. »Die ganzen Schränke sind voll. Erbseneintopf, Gulasch, Nudeltopf, alles was das Herz begehrt, aber ausgewogen war die Ernährung scheinbar nicht. Dafür hätte er wohl ein ganzes Jahr hier in diesem Bunker überlebt.«

»Was ist mit dem Geschirr?«, fragte Falk.

»Alles doppelt, zwei Teller, zwei Tassen, zwei Suppenteller, viel Besuch scheint er nicht gehabt zu haben. Aber dafür ist sein Kühlschrank prall gefüllt mit billigem Dosenbier.«

»Für eine kleine Party hätte es gereicht«, scherzte Falk und betrachtete das Schwarz-Weiß-Foto in DIN-A4-Größe, dass zwischen den beiden Türen hing, die in den Wohn- bzw. Schlafbereich führten. Darauf waren drei Personen abgelichtet: eine hager und ausgemergelt wirkende Frau in einfacher Kleidung, die auf einem Stuhl saß und einen kleinen Jungen, wohl so um die drei bis vier Jahre, auf dem Schoß sitzen hatte, und dahinter wohl der Vater in einem festlichen schwarzen Anzug mit Krawatte und einem Hut auf dem Kopf. Imposant war der üppige Vollbart, der das Gesicht des Mannes schmückte. Das Bild stammte wohl aus den frühen Achtzigern und zeigte Hoppe samt Familie. Er war ein Einzelkind gewesen, das mit einer Behinderung zur Welt gekommen war. Das wusste Falk aus den Akten.

Er betrat das Wohnzimmer. Die Möblierung war spärlich, zwei einfache Sessel und ein hölzerner Beistelltisch in der einen Ecke, eine Kommode an der fensterlosen Wand, darauf ein alter Billigfernseher. Einzig der Laptop und die Videokamera auf dem Tisch schienen neueren Datums zu sein. Vorhänge gab es nicht, dafür waren die Rollläden herabgelassen. An der gegenüberliegenden Wand, über einer weiteren Kommode, die natürlich nicht zu der anderen passte und mit weißer Folie beklebt war, hing ein riesiges Poster, das einen Sandstrand mit Palmen und herrlichem blauem Wasser zeigte. Direkt neben dem Poster hingen drei verblasste Farbfotos, die Hoppe nebst Familie am Meer zeigten. Darunter eine Sammlung unbenutzter Postkarten mit Motiven der italienischen Mittelmeerküste. Falk betrachtete die Fotos und die Postkarten und bemerkte den Kollegen der Spurensicherung zuerst nicht, der sich an seine Seite gesellt hatte.

»Das ist Italien«, bemerkte der Kollege im weißen Papieranzug.

»Sicher?«

»Ganz sicher«, bestätigte der Mann. »Die Gegend um den Monte Canero an der Adriaküste.«

»Wo ist das?«

»Der Berg liegt zwischen Gargano und Venedig. Soll sich übrigens um den höchsten Berg an der Küste handeln.«

Falk nickte. Diese Gegend schien es Hoppe angetan zu haben. Die Bilder waren der einzige Lichtblick in der Düsternis seiner Wohnung, die ihrem Zustand und ihrer Ausstattung nach förmlich zu Depressionen einlud.

Der Spurensicherungsbeamte wandte sich um und nahm den Laptop vom Tisch. Falk zeigte auf die Kisten, die daneben standen und voller DVDs und Videos waren. Viele davon waren selbst gebrannt.

»Habt ihr schon Material gesichtet?«, fragte Falk.

»Ein paar DVDs«, erklärte der Spurensicherungsbeamte und wies auf die kleine Panasonic–Kamera. »Einige sind selbst gedreht. Spannervideos, da hat er Frauen aufgenommen. In der Fußgängerzone, am Bahnhof oder durch geschlossene Fenster. Scheinen heimlich gemacht. Ansonsten jede Menge Pornofilme der übelsten Sorte. Gewalt und Vergewaltigungspornos und sogar mit Tieren. Ich glaube, die hat er aus dem Internet gezogen und auf DVD gebrannt. Die Qualität ist nicht besonders. Nur wenige davon hat er im Handel gekauft, meist harmlosere Dinge.«

Falk nickte und machte den Weg frei, damit der Kollege von der Spurensicherung den Laptop und die Kisten abtransportieren konnte.

Er ging weiter und betrat das schmuddelige Schlafzimmer. Als Bett diente eine alte und schmutzige Matratze auf dem Boden. Das Laken und die Bettdecke sahen auch nicht besser aus. Ein altersschwacher Schrank, bei dem die Türen schon einmal mit schmucklosen Scharnieren repariert worden waren, sowie ein einfacher Holzstuhl in der Ecke komplettierten die Einrichtung.

Brunner trat an Falks Seite. »Muss ein armer Schlucker gewesen sein, der sich nicht einmal ein richtiges Bett leisten konnte. Übrigens haben wir ein Stiletto unter der Matratze gefunden.«

Falk wandte sich dem Schrank zu.

»Im Schrank haben wir schon nachgeschaut. Da ist nichts drin außer zerschlissener Unterwäsche, löchrigen Strümpfen, ein paar T-Shirts und Kapuzenpullis. Eine Jeans noch, die ein großes Loch im Schritt hat, und zwei Jogginganzüge. Genauso jämmerlich wie die restliche Einrichtung hier.«

Falk lächelte. »Tja, nicht jeder kann bei der Polizei arbeiten und ein dickes Gehalt einstreichen.«

»Dickes Gehalt«, widersprach Brunner. »Wovon redest du? Mein Schwager arbeitet als Facharbeiter in der Werft und hat gut fünfhundert netto mehr als ich im Monat. Und der muss sich nicht mit Leichen und Verbrechern herumschlagen.«

Falk winkte ab. »War nur ein Scherz«, sagte er und zeigte an die Wand. »Fällt dir noch etwas auf?«

Brunner blickte sich um. »Die Rollläden sind zu«, sagte er.

Falk nickte. »Noch was?«

Brunner zuckte mit der Schulter. »Ich weiß nicht, worauf du hinauswillst.««

»Keine Bilder hier im Zimmer«, erklärte Falk. »Nur draußen im Flur das alte Familienfoto und im Wohnzimmer die Bilder vom Meer. Sonst nichts.«

Brunner blies die Luft durch den Mund. »Er hatte wohl nicht viele Freunde.«

»Sieht so aus«, bestätigte Falk. »Er hatte keine Bezugspersonen, lebte ruhig und zurückgezogen und eigentlich unauffällig.«

»Hör auf mit dem Psychoquatsch, das kannst du der ollen Sonntag erzählen.«

Falk lächelte. »Schon gut, seid ihr fertig?«

Brunner nickte zustimmend. »Wir räumen aus, tauschen noch das Schloss, dann fahren wir zurück auf die Dienststelle. Was machst du?«

Falk warf einen Blick auf seine Armbanduhr. »Ich habe noch einen Termin.«

13

Rostock, Bonhoeffer-Straße

Herbert Thiel wohnte tatsächlich nur fünf Gehminuten von Hoppe entfernt. Das Gebäude glich dem Haus, in dem sich Hoppes Wohnung befand, wie ein Ei dem anderen. Im Jahr 1958 waren viele solcher Plattenbauten im Einheitsstil der damaligen DDR im Stadtteil Reutershagen errichtet worden, um relativ schnell an die zehntausend Wohnungen für junge Familien im sozialistischen Arbeiter- und Bauernstaat zu schaffen. Um zum Eingang zu gelangen, musste Falk einen Fußweg nehmen, der an einem Asia–Grill vorbeiführte, aus dem es verführerisch nach Essen duftete. Falks Hungergefühl meldete sich, denn nach dem Vorfall mit Hoppe in der Walter-Husemann-Straße war alles in Aufruhr, und er hatte das Mittagessen ausfallen lassen müssen. Mehr als eine Wurststulle hatte er noch nicht zu sich genommen. Aber das Essen musste warten, schließlich hoffte er, von Herbert Thiel mehr über Thorsten Hoppe zu erfahren.

Herbert Thiel wohnte im vierten Stock des Mehrfamilienhauses, in dem es zu Falks Überraschung sogar einen Fahrstuhl gab. Nach der Fahrt in den vierten Stock fand er Thiels Wohnung im Nordflügel des Gebäudes. Er klingelte und musste eine ganze Weile warten, bis ihm geöffnet wurde. Der Grund dafür war schnell zu erkennen:

Der Mann saß in einem Rollstuhl.

»Herbert Thiel?«, fragte Falk den Mann mit den schüttereren grauen Haaren, der bestimmt schon weit über achtzig Jahre alt war.

»Und Sie sind Herr Falk von der Polizei«, entgegnete der alte Mann.

Falk zeigte seinen Dienstausweis und wartete, bis Thiel ein Stück zur Seite gefahren war.

»Gehen wir in die Stube«, sagte Thiel und wies auf die offene Zimmertür rechts im Flur. Falk nickte und ging voran.

Thiel folgte ihm und wies auf den einzigen Sessel im Raum neben dem Tisch. Bis auf eine Kommode, auf der ein übergroßer Fernseher stand, war das Zimmer leer. An den Wänden hingen einige Fotos, die wohl Thiel mit Frau zeigten. Auf einigen Bildern trug Thiel die Uniform eines NVA-Soldaten.

»Was hat er denn wieder angestellt?«, fragte Thiel, nachdem sich Falk auf dem Sessel niedergelassen hatte.

»Er sollte heute im Rahmen einer Routineüberprüfung von Kollegen befragt werden und ist dabei komplett ausgerastet«, eröffnete Falk das Gespräch. »Er hat die Kollegen angegriffen, eine Dienstpistole in die Hände bekommen und damit eine Nachbarin erschossen, die zufällig im Flur stand. Anschließend ist er geflüchtet. Die Pistole hat er mitgenommen.«

Der alte Mann im Rollstuhl fasste sich an die Stirn. »Das ist ja furchtbar! Der dumme Junge«, stammelte er.

»Sie sind der Großonkel von Thorsten Hoppe?«, fuhr Falk fort.

Der Mann brauchte eine Weile, ehe er sich wieder fasste. »Ja«, krächzte er. »Seine Großmutter und ich waren Geschwister. Leider ist Elfriede viel zu früh von uns gegangen. Sie hat sich sehr um ihn gekümmert. Hanne, seine Mutter, war dazu nicht in der Lage. Als Rolf, das war sein Vater, bei einem Unfall ums Leben kam, wurde Hanne alles zu viel. Sie war schon immer depressiv. Thorsten war damals sechs Jahre alt. Er hat viel von seiner Mutter abbekommen, deswegen hatte er auch immer diese Probleme.«

»Sie meinen die Probleme mit seiner Sexualität?«

Herbert Thiel nickte. »Sollte er deswegen von der Polizei überprüft werden?«

Falk räusperte sich. Auf dem Tisch lag eine aktuelle Ausgabe der Rostocker Morgenzeitung. Falk wies auf die Zeitung. »Sie haben doch sicher von den Leichenfunden in der Kiesgrube von Ravensruh bei Zurow gelesen oder gehört.«

Thiel winkte ab. »Damit hat er bestimmt nichts zu tun. Das passt nicht zu Toto, so ist er nicht.«

»Wie ist er dann?«, fragte Falk. »Zumindest steht er bei uns im Computer, weil er schon mehrere Straftaten im Sexualbereich auf dem Konto hat.«

Der alte Mann nickte. »Ich weiß, aber das … das war alles nicht so. Sehen Sie, Herr Falk, Toto ist ein klein wenig zurückgeblieben …«

»Entwicklungsverzögert, meinen Sie.«

»Nennen Sie es, wie Sie wollen«, entgegnete der alte Mann. »Damals hat er in einem Schwimmbad ein behindertes Mädchen angefasst, und die Polizei hat da sofort ein großes Fass aufgemacht …«

»Das war aber nicht die einzige Sache, bei der er auffiel.«

»Ich weiß«, erwiderte Thiel. »Toto … ich meine Thorsten ist in manchen Dingen eben ein plumper und einfältiger Kerl. Aber eine Frau töten, nein, so etwas gibt es bei ihm nicht. Sicherlich, heimlich beobachten und fotografieren, das kam schon vor, aber mehr war nicht. Für eine offene Konfrontation mit einer Frau oder gar einen Mord ist er viel zu feige. Wenn es ernst wird und man ihn nur scharf anschaut, dann haut er ab. So ist der Toto. Aber ein Mörder ist er nicht.«

»Diesmal ist er nicht einfach abgehauen«, widersprach Falk. »Diesmal hat er jemanden erschossen.«

»Ich war nicht dabei«, erklärte der alte Mann, »aber das muss eine absolute Ausnahmesituation gewesen sein. Ich habe schon lange befürchtet, dass etwas passiert. Dachte immer, dass er sich selbst etwas antut. In den letzten Wochen war er … wie soll ich sagen, da war er komplett von der Rolle. Seit er seine Medikamente abgesetzt hatte. Er ist auch zum Arzttermin nicht erschienen.«

»Er war in Behandlung?«, fragte Falk.

»Ja, bei Frau Doktor Rosenbaum. Die hat ihre Praxis in der

Reuterpassage. Da war er einmal im Monat. Das war eine Auflage seit dem letzten Zwischenfall. Offenbar ging er in letzter Zeit nicht mehr hin, deshalb hat sie mich letzte Woche angerufen.«

»Hatten Sie einen guten Kontakt zu Thorsten?«

Der alte Mann im Rollstuhl fuhr sich mit der Hand über den Mund. »Schon, würde ich sagen. Er kam früher einmal die Woche, kaufte für mich ein und putzte auch schon mal meine Wohnung.« Thiel klopfte auf seinen Rollstuhl. »Ich komme ja fast nicht mehr raus«, schob er nach.

»Aber seit einem Monat haben Sie ihn nicht mehr gesehen?«

Thiel nickte. »Ich merkte, dass es ihm schlechter ging. Ich sagte, er solle mit seiner Ärztin sprechen, aber irgendwie … was blieb mir übrig, ich habe ihn mehrfach angerufen, aber er hat nie abgenommen, dabei musste er zu Hause sein. Ich dachte mir, der brütet etwas aus, was nicht gut für ihn ist. Was soll ich tun? Ich bin hier, und er wohnt gerade ein paar Straßen weiter, aber da gibt es keinen Fahrstuhl. Freunde oder Bekannte gibt es nicht, die ich bitten kann, nach ihm zu sehen.«

»Sie leben allein?«, fragte Falk und blickte sich in der Wohnung um.

Thiel wies auf ein Foto, das ihn und seine Frau zeigte. »Marta ist schon vor zwanzig Jahren gestorben, und Kinder haben wir nicht. Marta bekam keine. Toto war der Einzige, der sich noch um mich kümmerte, ich bin sein letzter noch lebender Verwandter. Jetzt macht das so ein sozialer Dienst. Ich bin schon neunzig, und alles, worauf ich noch warte, ist die Erlösung, verstehen Sie, Herr Falk.«

Falk nickte. »Dann hat Toto keine weiteren Bezugspersonen hier in der Gegend, zu denen er gegangen sein könnte?«

Der Mann schüttelte den Kopf. »Nein, niemand. Er hat sich in seiner Bude vergraben, so wie ich. Einzig Frau Doktor Rosenbaum, sonst wüsste ich niemanden, nachdem er vor knapp einem Jahr seinen Job als Paketzusteller verloren hat.«

»Wissen Sie, warum er entlassen wurde?«

Der alte Mann atmete tief ein. »Er hat mir gesagt, dass die Firma rationalisieren muss. Der Konkurrenzdruck ist zu groß. Firmen wie Hermes, der Paketdienst oder auch die Post bieten günstigere Konditionen, und die Kunden haben immer weniger bei JIT geordert.«

»Verstehe«, entgegnete Falk.

Er hatte genug gehört. Zehn Minuten später verließ er Thiels Wohnung. Irgendwie passte das, was er von dem alten Mann erfahren hatte, nicht zu einem kaltblütigen Frauenmörder, der geplant und scheinbar auch koordiniert bei seinen Taten vorging. Allerdings konnte ein erster Eindruck täuschen. Vielleicht wäre ein Gespräch mit Doktor Rosenbaum sinnvoll.

Als er erneut am Asia–Grill vorbeiging, konnte er nicht widerstehen. Das Hungergefühl war beinahe übermächtig.

Kriminalkommissariat Wismar, Rostocker Straße

Falk war an diesem Tag nicht mehr ins Büro gegangen. Nachdem er den Asia–Grill verlassen hatte, dämmerte es bereits. Er fuhr in sein Hotel und genehmigte sich noch ein paar Drinks an der Bar. Dort traf er auf eine Gruppe Frauen, die einen Chorausflug von Jena nach Rostock unternommen hatten und mit denen er sich köstlich amüsierte.

Nur einmal wurde er an diesem Abend wieder an den Dienst erinnert, als ihn nämlich Brunner anrief und darüber informierte, dass die Auswertung des skelettierten Kopfes aus München vorlag und Falk recht gehabt hatte. Das Bild, das von einem computergestützten Spezialprogramm der TU München nach Vermessung der Rekonstruktionsmerkmale erstellt worden war, zeigte eindeutig die Gesichtszüge von Anna Rogoff.

»Ruf das nächste Mal an, wenn du etwas Neues erfahren hast«, brummte Falk. »Das weiß ich doch längst.«

»Okay, aber du weißt nicht, dass der Einsatz am Warnemünder Bahnhof ein Schlag ins Wasser war. Der Wagen dort war zwar auch ein roter Mitsubishi Colt und hatte fast dasselbe Kennzeichen wie das von Hoppe, doch die Zahlen waren genau andersherum. Beide Autos stammen aus dem gleichen Autohaus, deswegen ähneln sich die Autonummern. Die Leute dort sind ganz schön erschrocken, als dann auch noch ein Hubschrauber auftauchte.«

»Und Hoppe?«

»Von ihm und seinem Wagen fehlt bislang jede Spur.«

»Dann findet endlich heraus, wer die dritte Leiche aus der Kiesgrube ist, und stör mich nicht, wenn ich meine Ruhe brauche.«

Im Hintergrund lief Musik, und das Lachen der Chorfrauen war unüberhörbar, obwohl sich Falk ein Stück von der Bar entfernt hatte.

»Ich hör schon, von welcher Art Ruhe du sprichst«, entgegnete Brunner. »Brauchst du noch Unterstützung?«

Falk drücke auf den roten Knopf seines Displays, nachdem er Brunner noch einen schönen Abend gewünscht hatte. Kurz nach ein Uhr trat er den Weg in sein Zimmer an.

Als er am nächsten Morgen gegen acht Uhr in sein Büro kam, traf ihn beinahe der Schlag. Mehrere Kisten standen vor, auf und neben seinem Schreibtisch. Sogar auf dem Stuhl waren zwei Kartons abgestellt. Falk wandte sich um und rief Modrows Namen durch den Flur. Es dauerte nicht lange, da ging eine Bürotür auf und Modrow trat in den neonlichtdurchfluteten Gang.

Falk wies in sein Büro. »Was soll das?«, fragte er den Wismarer Kriminalbeamten, der näher kam und Falk verdutzt ansah.

Modrow warf einen Blick in das Büro und lächelte. »Ach das, das sind diese Personalakten aus dem Steinbruch, die brauchen wir ja jetzt nicht mehr.«

»Sagt wer?«

»Koller.«

»Und weswegen brauchen wir sie nicht mehr?«

Modrow zuckte mit der Schulter. »Wir haben doch unseren Mann, jetzt müssen wir ihn nur noch fassen.«

Falk runzelte die Stirn. »Wie kommen Sie darauf, Modrow?«

»Die Sommer hat die ganze Nacht durchgearbeitet und das sichergestellte Material sondiert«, erklärte Modrow. »Sie ist ganz sicher, dass Hoppe der Täter ist. Koller ist mit ihr einer Meinung; er sagte, dass wir uns nun auf die Ergreifung von Hoppe konzentrieren. Irgendwann kommt jede Ratte aus ihrem Bau.«

»Und das Bärenfell sollten wir erst verteilen, wenn der Bär erlegt ist«, konterte Falk.

Modrow verzog die Mundwinkel. »Das mit den Akten müssen Sie mit Koller klären.«

Die laute Unterhaltung im Flur hatte Willig auf den Plan gerufen, der ebenfalls sein Büro verlassen und die Unterhaltung verfolgt hatte. Modrow machte ohne weiteres Wort auf dem Absatz kehrt.

»Koller ist ganz sicher, dass Hoppe der Mörder ist«, sagte Willig.

Falk wandte sich zu ihm um. »Koller ist unfähig, genauso wie diese Sommer. Die hat überhaupt keine Ahnung von forensischer Psychologie. Die ist Polizeipsychologin an der Polizeischule, mehr nicht.«

»Das sagen Sie mal dem Präsidenten, der baut auf Koller. Er ist sein bester Mann.«

Falk atmete tief ein. »Und was machen wir jetzt?«

»Wir suchen Hoppe«, erklärte Willig. »Koller hat angeordnet, dass sich die Umfeldrecherche auf das aktuelle Tagesgeschehen beziehen soll. Wir sondieren die Berichte der Streifendienste und richten unser Augenmerk auf Vorkommnisse, die irgendwie mit Hoppe im Zusammenhang stehen könnten.«

»Laufburschenarbeit«, entgegnete Falk.

»Wenn Sie so wollen«, bestätigte Willig. »Koller hat angeordnet, dass Sie das heute übernehmen. Ich habe um neun einen Termin beim Zahnarzt. Wurzelbehandlung, ich glaube nicht, dass ich heute noch mal ins Büro komme. Er will bis dreizehn Uhr die Auswertung vorliegen haben, da ist eine Besprechung anberaumt, bei der Sie mich vertreten müssen.«

Falk schüttelte den Kopf. »So ein Mist, da gehe ich ja lieber zum Zahnarzt!««

Willig winkte ab. »Keine Chance«, sagte er, ehe er sich umwandte und wieder in seinem Büro verschwand.

»Tagesberichte auswerten, so ein Blödsinn«, fluchte Falk, ehe er die Kisten zur Seite räumte und sich hinter seinen Schreibtisch setzte. Der Computer brauchte ein paar Minuten, ehe er hochgefahren war, und Falk holte sich währenddessen einen Kaffee am Automaten. Dann setzte er sich an seinen Schreibtisch und rief das elektronische Tagebuch auf, in dem die Polizeiberichte des gesamten letzten Tages aus sämtlichen Präsidien abgespeichert waren. Falk nahm sich zuerst Rostock vor. Alle Einsätze, bei denen die Polizei tätig geworden war, und seien sie noch so nichtig, rief er aus diesem Revierbereich auf. Unfälle, Hausstreitigkeiten und andere Dinge wie Ladendiebstähle oder Sachbeschädigungen hatte es dort gegeben, in Gehlsdorf musste ein angefahrener Fuchs von seinen Leiden durch einen Schuss aus der Polizeiwaffe erlöst werden, und in Kessin wurde ein verletzter Raubvogel durch die Tierrettung in Obhut genommen. Wenn alle Revierbereiche so viele Einsätze hatten wie Rostock, dann wäre er noch bis zum späten Abend mit der Auswertung beschäftigt, dachte Falk bei sich. Doch es half nichts, Auftrag war Auftrag, und bis dreizehn Uhr hatte er noch knapp fünf Stunden Zeit.

Beim Lesen der Tageberichte des Autobahnpolizeireviers bei Metelsdorf stieß er allerdings auf einen Vorfall, der ihm durchaus interessant erschien. Eine junge Frau, eine Tramperin wohl, war auf der Suche nach einer Mitfahrgelegenheit von einem Autofahrer angegangen worden. Offenbar war es nicht nur bei verbalen Attacken geblieben, der Autofahrer war handgreiflich geworden. Zwei LKW-Fahrer, die ebenfalls den Rastplatz Mölenbarg Nord an der A 20 angesteuert hatten, waren auf den Vorfall aufmerksam geworden und der jungen Frau zur Hilfe geeilt. Sie hatten über Notruf die Polizei gerufen. Der Autofahrer hatte sich daraufhin davongemacht, und als die Polizeistreife der Autobahnpolizei auf dem Rastplatz eintraf, war überdies auch die junge Frau verschwunden, nur noch der LKW-Fahrer, der den Notruf abgesetzt hatte, war dort geblieben und hatte auf die Kollegen gewartet.

Der Vorfall hatte sich am frühen Nachmittag ereignet, und mehr als eine vage Beschreibung des vermeintlichen Täters lag nicht vor. Die Polizisten hatten daraufhin auch den LKW–Fahrer weitergeschickt, der aus der Ukraine stammte und auf dem Weg nach Hamburg war. Zumindest hatten sie seine Personalien und seine Telefonnummer notiert und einen Eintrag über den Vorfall im Tagesbericht gefertigt.

Konnte dieser vermeintliche Autofahrer, von dem weder der Name bekannt war, noch welchen Wagen er fuhr, vielleicht Hoppe gewesen sein? Nach der Beschreibung wäre es zumindest möglich. Er fügte den Bericht zu den weiteren hinzu, die er bislang gefunden hatte und in denen es um einen gestohlenen Wagen aus einer Tiefgarage bei Bad Doberan und zwei gestohlene Kennzeichen vom Parkplatz eines Supermarktes in Nienhagen ging. Ansonsten berichteten die Kollegen von Unfällen, kleineren Ordnungsstörungen und Kleinstkriminalität, alles Dinge, die nicht weiter von Belang waren.

Es war kurz vor zwölf Uhr, als sein Handy klingelte. Pia Stein, die Journalistin der RMZ, war am Apparat.

»Hallo, Falk«, grüßte sie. »Ich habe gerade eure Pressemeldung auf den Tisch bekommen. Gratuliere, das ging ja schnell.«

Falk runzelte die Stirn. »Was ging schnell?«

»Ich lese gerade, der Frauenmörder von Zurow ist überführt und auf der Flucht. Er sieht auf dem Bild irgendwie gefährlich aus, finde ich.«

Falk war ratlos. Von welchem Bild und von welchem Pressebericht sprach Pia?

»Ich weiß nicht, wovon du redest«, bemerkte er.

»Die Pressemeldung der Sonderkommission Kiesgrube der Polizei Wismar«, erklärte Pia. »Kam gerade bei uns rein.«

»Dann weißt du mehr als ich.«

»Hast du Zeit, wollen wir zusammen essen gehen?«

Falk warf einen Blick auf den Computer, bevor er zustimmte. »Wo?«, fragte er. »Ich habe um dreizehn Uhr eine Besprechung.«

»Im Krohn, in zehn Minuten. Ich bin gerade im Rathaus.«

»In zehn Minuten bin ich da«, entgegnete Falk.

14

Unweit von Zurow …

Er saß im Dämmerlicht in einer Laube unweit des Seeufers und studierte die Tageszeitungen. Eine Gaslampe verbreitete ein kaltes weißes Licht. Die Ostseezeitung und die RMZ hatte er bereits durch, jetzt suchte er in der Rostocker Zeitung nach einem entsprechenden Artikel, doch zum Glück fand er mit keiner Zeile den Vorfall auf dem Rastplatz an der A 20 erwähnt. Zufrieden schlug er die Zeitung zu, griff nach der Tasse mit dem dampfenden Kaffee, trank einen Schluck und dämpfte das Licht an der Stellschraube des kleinen Brenners.

Offenbar hatte niemand Notiz von ihm genommen. Und das war gut so. Immer im Verborgenen bleiben, nicht den Kopf zu hoch heben, damit man nicht gesehen wurde. Das waren immer die Worte seines Vaters gewesen.

Er blickte sich um. Hier in der Laube von Onkel Fritz hatte sich nichts verändert. Den Schlüssel hatte er, wie üblich, draußen auf der Veranda unter dem Gartenzwerg mit dem Akkordeon gefunden. Das Schloss hakte etwas, und auf dem Boden lag eine dicke Staubschicht. Hier war schon lange niemand mehr gewesen. Das sah man auch an den verwilderten Büschen draußen im Garten. Onkel Fritz konnte ja nun nicht mehr, und Kinder hatte er nicht. Seine Frau war längst gestorben, und auch sonst hatte niemand Interesse an der alten Laube.

Hier hatte er einen großen Teil seiner Kindheit verbracht. Nachdem Mutter und später auch Zdenka gegangen waren und Vater Olga in der Wohnung aufnahm, die ihn immer streng und ungerecht behandelte, war das Laubengrundstück von Onkel Fritz der einzige Platz, an dem er sich geborgen fühlte. Onkel Fritz war nicht sein richtiger Onkel, er war ein

Freund und ehemaliger Arbeitskollege seines Vaters, der aufgrund eines Unfalls nicht mehr arbeiten konnte, doch irgendwie hatte er ein Faible für ihn gehabt. Im Garten hatte er Onkel Fritz geholfen, Beete angelegt, Tomaten angepflanzt, Gurken und Kartoffeln geerntet oder einfach nur mit ihm zusammen gesessen oder in einer Hängematte gelegen und hin und her geschaukelt. So manche Tage saßen sie hier, Vater und Onkel Fritz, tranken Bier, redeten oder starrten einfach nur schweigend ins Feuer, während er seine Freiheit genoss. Hier benahm sich Vater anders als zu Hause. Zwar trank er auch seine vier, fünf oder auch mal zehn Bierchen, aber er blieb friedlich, ließ ihn in Ruhe. Nein, mehr sogar, er war manchmal der liebenswerte und fürsorgliche Vater, den er sich so sehnlich wünschte. Bestimmt lag es an dem Einfluss, den Onkel Fritz auf Vater hatte. Manchmal, wenn es zu Hause zu viel wurde, erzählte er Onkel Fritz, wie Olga oder auch Vater mit ihm umging. Onkel Fritz beruhigte ihn und sprach mit Vater, und tatsächlich war er dann anders zu ihm, liebevoller, verständnisvoller. Doch meist hielt es nicht lange. Ein paar Tage oder ein, zwei Wochen vielleicht, dann war alles wieder so wie zuvor.

Tante Gerda, die Frau von Onkel Fritz, war anders. Bei ihr spürte er, dass sie nicht viel für ihn übrig hatte. Er merkte es genau, wenn auch sie auf dem Laubengrundstück anwesend war. Zum Glück war das nicht allzu oft der Fall, denn sie hatte eine hohe Stellung in einem Kombinat und kam oft erst spät und müde nach Hause.

Draußen bellte ein Hund. Er löschte das Licht und ging zum Fenster. Trübe war die Scheibe, und durch die hohen und verwucherten Büsche war der kleine Weg zwischen den Laubengrundstücken nicht einsehbar. Er schaute auf den großen Baum, der links neben der Hütte stand und ebenfalls längst hätte geschnitten werden müssen. Er dachte an Vater, und ihm fiel wieder ein, wie er diesen Nussbaum zusammen mit Onkel Fritz gepflanzt hatte. Damals gab es wieder Ärger mit Olga. Er hatte es vorgezogen, das Haus zu verlassen. Mit seinem alten, klapprigen Rad, das viel zu groß für ihn gewesen war, fuhr er hinaus zu der Laube. Onkel Fritz hatte bereits ein großes Loch gegraben, denn die Wurzeln mussten mindestens einen Meter mit Erde bedeckt werden, hatte er gesagt. Er erinnerte sich noch, als wäre es gestern gewesen. Er griff zur Schaufel und grub. Dann war er tief genug. Onkel Fritz überließ es ihm, den Baum zu pflanzen, und er war stolz wie Oskar. Als sie das Loch wieder zugeschaufelt hatten und Wasser darüber gossen, war plötzlich Vater aufgetaucht. Viel zu früh, denn eigentlich hätte er auf Arbeit sein sollen. Bestimmt hatte Olga ihn hierhergeschickt, um ihn nach Hause zu holen und ordentlich die Leviten zu lesen. Es würde wieder eine saubere Abreibung geben, und er würde die Nacht im Keller in seinem Verlies verbringen müssen. Schon wollte er sich verstecken, doch Onkel Fritz nahm ihn bei der Hand und beruhigte ihn. Vater war angetrunken, das merkte man sofort. Als Onkel Fritz auf ihn zuging und mit ihm redete, nahm Vater auf einem der Stühle Platz, streichelte ihm zärtlich über den Kopf und fragte, ob es noch Bier gab. Es stand auf dem Tisch, kaum dass er ausgesprochen hatte.

»Du bist früh dran, habt ihr schon Feierabend gemacht?«, fragte Onkel Fritz.

»Wir wurden nach Hause geschickt«, erklärte der Vater. »Die haben eine tote Frau in der Ostgrube gefunden. Die ist vermutlich abgestürzt.«

»Abgestürzt«, wiederholte Onkel Fritz. »Wie denn das?«

Der Vater nickte. »Dreißig Meter, da war alles voller Blut. Die ist vermutlich durch den Wald gelaufen und wollte den Weg nach Schmakentin abkürzen. Die soll aus Nevern gewesen sein. Eine polnische Vertragsarbeiterin bei den Rübenbauern.«

Onkel Fritz hatte genickt. »Ja, das ist schlimm, so was.«

»Jetzt ist die Vopo da und hat uns alle nach Hause geschickt. Feierabend für heute, haben die gesagt. Dabei sind wir weit entfernt vom Plansoll, der Sommer war zu nass.«

Sie redeten noch eine ganze Weile miteinander, und am

Abend beim Nachhausegehen musste er seinen Vater stützen, weil er so schwankte.

Der Hund bellte erneut, diesmal ein ganzes Stück weiter entfernt. Er warf einen Blick auf seine Armbanduhr. Es wurde langsam Zeit. Bis zu seinem Wagen, den er im Industriegebiet geparkt hatte, brauchte er bestimmt zwanzig Minuten.

Kriminalkommissariat Wismar, Rostocker Straße

Vito Falk hatte gut gegessen und sich herzlich von Pia Stein verabschiedet. Sie war überrascht, dass Falk und seine Kollegen den Frauenmörder von Zurow so schnell ausfindig gemacht hatten.

»Sei dir da mal nicht so sicher«, hatte Falk geantwortet, doch dann war das Essen serviert worden, und er hatte geschwiegen.

»Dann ist er doch nicht der Täter?«

Falk zuckte mit der Schulter. »Ich weiß es nicht, jedenfalls noch nicht.«

»Sei es, wie es will, morgen steht eure Pressemeldung in der Morgenausgabe«, entgegnete sie unbeirrt.

Nach dem Essen hatte es Pia eilig. Sie hatte einen wichtigen Termin beim Baubürgermeister der Stadt. Auch Falk sputete sich nach einem kurzen Blick auf die Uhr. Er sollte doch Willig bei der anstehenden Dienstbesprechung vertreten.

Als er den Konferenzraum ansteuerte, war er überrascht, dass die Türen bereits geschlossen waren. Leise öffnete er die Tür. Drinnen war die Unterredung bereits in vollem Gange. Soko-Leiter Koller, die Psychologin Sonntag, Kunze von der Spurensicherung, Hahn vom Stab, Michalski von der Pressestelle, Polizeidirektorin Reimann und der junge Polizeirat Nöthe waren anwesend.

… *ist zweifelsfrei in einer nach außen gerichteten stressbedingten Ausnahmesituation, deshalb ist bei einem Zugriff mit dem Schlimmsten zu rechnen. Hoppe reagierte bei der Ansprache extra-*

vertiert, andere ziehen sich in sich selbst zurück. Doch wie uns die Realität zeigte, ist er äußerst gefährlich und noch dazu bewaffnet.

Falk ging leise zu einem noch freien Stuhl, um den Vortrag von Frau Sonntag nicht zu stören. Kaum hatte er Platz genommen, meldete er sich auch schon zu Wort. »Werte Kollegin«, sagte er, ohne dass ihm Koller das Wort erteilt hatte. »Das ist Ihre Einschätzung der Lage. Ich halte dagegen, dass …«

»Herr Falk«, fiel ihm Koller ins Wort. »Für solcherlei Diskussionen ist jetzt keine Zeit. Sie haben Ihre Aufgabe, und Frau Dr. Sonntag kümmert sich um ihren Bereich. Dabei wollen wir es auch belassen. Kollege Kunze, auch bei Ihnen gibt es Neuigkeiten, wie ich hörte?«

»Wurde denn bei der Durchsuchung von Hoppes Wohnung ein Gürtel gefunden, der als Tatwaffe in Betracht kommt?«, schob Falk nach.

»Herr Falk, das tut jetzt nichts zu Sache«, wies ihn Koller erneut zurecht. »Wenn wir ihn erst einmal haben, dann werden wir ihn schon knacken. Und jetzt, Kollege Kunze, was gibt es für neue Erkenntnisse?«

Falk runzelte die Stirn und breitete die Hände aus, doch der Blick der Direktorin, die ihm direkt gegenübersaß, war deutlich. Es war wohl erst einmal besser, zu schweigen. Er lehnte sich in seinem Stuhl zurück.

Der Angesprochene räusperte sich. »Tja, so wie es aussieht, stehen wir kurz davor, die noch unbekannte Leiche zu identifizieren. Es soll sich wohl um eine Tschechin namens Gabriela Rada aus Ostrawa handeln. Sie war siebenundzwanzig Jahre alt, als sie verschwand. Sie wird seit dem 20. Juli 2020 vermisst. Das korrespondiert mit der Liegezeit, die der Gerichtsmediziner annimmt. Den ersten Erkenntnissen nach war sie auf dem Weg nach Grimmen zu einer Arztfamilie, um dort als Au-pair zu arbeiten. Dort hat sie sich auch vorgestellt, doch irgendwie passte es nicht zusammen, deswegen kam es zu keiner Anstellung. Am späten Nachmittag rief sie noch einmal bei ihrer Familie an und teilte mit, dass sie dennoch in Deutschland bleiben wolle, um eine andere Arbeitsstelle zu finden. Das war das letzte Lebenszeichen von ihr, und wenn unsere Nachforschungen stimmen, dann hat sie damals von einer Telefonzelle in Grimmen angerufen.«

»Ist das sicher?«, fragte Michalski.

»Wir warten noch auf die DNA«, erklärte Oberrat Kunze. »Bei Anna Rogoff steht die Identität inzwischen zweifelsfrei fest.«

Koller nickte zufrieden. »Also gut, dann ist ja alles besprochen. Abfahrt ist in zwei Stunden, ein Bus der Bereitschaftspolizei steht bereit, außerdem nehmen wir drei Zivilwagen mit, damit wir in unserer Mobilität unabhängig sind. Die Thüringer Kollegen haben uns eine Turnhalle reserviert.«

Falk horchte auf.

»Sie, Frau Reimann, übernehmen hier vor Ort meine Stellvertretung, ansonsten bleiben alle Maßnahmen wie abgesprochen bestehen«, fuhr Koller fort, ehe er sich erhob. Es wurde laut im Raum, als auch die anderen Anwesenden mit ihren Stühlen rückten.

»Entschuldigen Sie, Herr Koller«, meldete sich Falk zu Wort. »Ich dachte, ich sollte Herrn Willig vertreten. Wir haben die Tagesberichte wie gewünscht ausgewertet …«

Koller winkte ab. »Das tut jetzt nichts mehr zu Sache«, entgegnete er. »Sie hätten Ihr Handy nicht abschalten sollen, dann wüssten Sie Bescheid. Sie bleiben hier und unterstützen Frau Reimann bei ihrer Tätigkeit. Sie wird Sie informieren«

Noch bevor Falk antworteten konnte, war Koller verschwunden. Mit ihm verließ Frau Dr. Sonntag den Raum. Falk blieb verwirrt zurück. Tatsächlich hatte er beim Mittagessen sein Handy stumm geschaltet. Die Polizeidirektorin blieb auf ihrem Platz sitzen und wartete entspannt, bis sich der Raum geleert hatte.

»Tja, Falk«, bemerkte sie. »So ist es, wenn man zu spät kommt.«

Falk schüttelte den Kopf. »Ich war pünktlich«, antwortete er.

»Sie haben die Entwicklung der Lage innerhalb der letzten Stunde verpasst. Hoppes Wagen wurde bei Erfurt auf dem Parkplatz des dortigen Flughafens entdeckt.«

»Und jetzt fahren alle nach Erfurt?«

»Zumindest Koller, die Sonntag und sein Stab«, entgegnete die Direktorin. »Wir bleiben hier und kümmern uns um den Rest. Sie haben es ja selbst gehört. Übrigens, Willig wird diese Woche nicht mehr in den Dienst kommen. Er ist nach seiner Zahnoperation außer Gefecht.«

»So wie beim letzten Mal«, seufzte Falk. »Ist besser so, ich habe sowieso keine Lust, einem Phantom nachzujagen, das nichts mit den Toten in der Kiesgrube zu tun hat.«

»Was macht Sie so sicher, Falk?«

Falk lächelte. »Frau Sonntag hat in einer Sache recht, er hat tatsächlich eine extravertierte Reaktion gezeigt, als die Kollegen bei ihm klingelten. Er muss unter immensem Druck gestanden haben. Ich glaube aber nicht, dass er ein kaltblütiger Mörder ist. Eigentlich handelt er meist nach innen gerichtet und zieht sich zurück.«

»Ein schwer verletzter Kollege, eine verletzte Kollegin und eine tote Nachbarin, das ist nicht besonders weit nach innen, Kollege Falk.«

»Ich sagte auch ›normalerweise‹«, erklärte Falk. »Sie haben doch schon von den Reaktionen der Menschen bei Gefahr gehört. Manche wachsen über sich hinaus und kämpfen wie Löwen um ihr Leben, andere rollen sich ein wie ein Igel, nehmen eine Embryonalstellung ein und lassen den Sturm über sich ergehen. Diese Reaktionen sind niemals voraussehbar. Es kommt immer auf die äußeren Umstände an.«

»Klar, Falk« stimmte Direktorin Reimann zu. »Aber es ist nun einmal so, wie es ist. Also machen wir, was Koller uns aufgetragen hat, er ist der Boss. Wenn Sie mehr als nur Thesen in der Hand haben, dann kommen Sie zu mir. Koller und diese Psychologin sind sich darin einig, den Mörder gefunden zu haben, und der Polizeipräsident ist gewiss froh und zufrieden über den raschen Ermittlungserfolg. Er muss auch an die Leute denken, die hier leben. Eine schnelle Verhaftung liegt sehr in seinem Sinn.«

Falk lächelte. Er wartete, bis die Direktorin den Raum verlassen hatte, ehe er zum Handy griff und Pia Stein anrief.

»Da hast du Glück, bin gerade aus dem Rathaus rausgekommen«, meldete sie sich. »Ich sage es aber gleich, heute Abend habe ich keine Zeit. Meine Mutter hat mich zum Essen eingeladen.«

Falk lächelte. »Beim Essen hast du gesagt, dass ich mich melden könnte, wenn ich noch etwas brauche.«

»So, und was brauchst du denn, Herr Hauptkommissar?«

»Deine Hilfe«, entgegnete Falk. »Hast du in einer Stunde Zeit auf einen Kaffee?«

»Wo, im Stern oder im Café Glücklich?«

»Bei dir im Büro«, entgegnete Falk.

15

Erfurt, Parkhaus am Domplatz

Erika Gerling arbeitete schon seit mehr als zwanzig Jahren im Geschäftszimmer des Notariats beim Landgericht in Erfurt unterhalb der Petersburg. In der letzten Zeit war es oft später geworden, denn das Programm zur Digitalisierung der Akten lief nicht so wie geplant. Zum einen machte die überalterte Computerausstattung meist einen Strich durch die Rechnung, zum anderen durfte auch das aktuelle Tagesgeschäft nicht auf der Strecke bleiben. Auch am heutigen Tag war es länger geworden als geplant. Eigentlich hatte sie ihre Arbeitszeit auf dreißig Stunden im Monat reduziert, und ihr Überstundenkonto wies bereits jetzt zwanzig Überstunden auf. Dabei war dieser Monat erst zehn Tage alt. So konnte es nicht weitergehen. Morgen würde sie das Gespräch mit ihrem Vorgesetzten suchen, schließlich hatte sie die Arbeitszeit nicht ohne Grund gekürzt.

Erika war geschieden, glücklich geschieden, wie sie immer zu sagen pflegte, doch seit mehreren Monaten hatte sie wieder Schmetterlinge im Bauch. Über das Internet hatte sie einen Mann kennengelernt, geschieden wie sie und im gleichen Alter, der ihr Herz höher schlagen ließ. Der Mann, Günter mit Namen, war selbstständig und führte einen kleinen privaten Baumarkt bei Arnstadt in unmittelbarer Nähe zu seinem Wohnhaus. Und genau dorthin würde sie jetzt fahren, denn Günter hatte ihr eine Nachricht geschickt und sie zu einem intimen italienischen Abend eingeladen. Günter kochte für sein Leben gern, und seine Kochkunst war durchaus bemerkenswert oder besser gesagt, äußert lecker und genussvoll. Diesen Abend wollte sie auf keinen Fall verpassen. Es würde ein klein wenig später werden, hatte sie ihm geantwortet.

Sie warf einen Blick auf ihre Armbanduhr, als sie den Fußweg zum Parkhaus unter dem Domplatz entlangging. Es war kurz nach sechzehn Uhr.

Sie wohnte in der Stollbergsiedlung ganz am anderen Ende der Stadt. Deshalb beschloss sie, von hier aus direkt nach Arnstadt zu fahren. Sie wollte nicht noch mehr Zeit verlieren. Über die Treppen am Busparkplatz ging sie hinunter in das Parkhaus. Sie hatte ihren Wagen, einen kleinen roten Honda Civic, im zweiten Untergeschoss geparkt und für die Ausfahrt eine Freikarte des Landgerichts, deshalb musste sie nicht vor dem Kassenautomaten warten, wo ein Mann im schwarzen Kapuzenpulli offenbar seine Taschen nach Bargeld durchsuchte.

Zielstrebig ging sie auf ihren Wagen zu, der im vorderen Bereich der Ausfahrt auf angemieteten Parkplätzen abgestellt war. Morgen würde sie erst am Mittag zur Arbeit kommen, das hatte sie mit ihrer Kollegin abgeklärt. Sie dachte an Günter und war gespannt, mit welchem Gericht er sie heute Abend überraschen würde. So in Gedanken versunken, merkte sie nicht, dass ihr der Mann mit dem schwarzen Kapuzenpulli heimlich gefolgt war. Erst als sie den Wagen per Knopfdruck öffnete, spürte sie seine Anwesenheit. Sie wandte sich um. Außer dem Mann, der die Kapuze tief ins Gesicht gezogen hatte, war weit und breit niemand zu sehen.

»Was wollen Sie?«, herrschte sie ihn an. Fieberhaft suchte sie mit der Hand in ihrer Handtasche nach dem Pfefferspray, das sie vor ein paar Monaten in einem Markt gekauft hatte. Der Mann blieb stehen und schaute sie stumm an.

»Hören Sie, wenn Sie Geld wollen …«

»Kein Geld!«, fiel er ihr ins Wort.

»Lassen Sie mich in Ruhe, oder ich schreie«, sagte sie laut und bestimmt.

Plötzlich zog der Mann eine Pistole aus der Bauchtasche seines Pullis.

»Ich muss hier weg … das Auto!«, sagte er.

Erikas Herz pochte; die Angst kroch in ihr hoch und ließ sie frösteln. Sie streckte ihm den Schlüssel entgegen, doch der Mann verharrte regungslos. Mit der Pistole wies er auf den Wagen. »Du fährst!«

Sie schüttelte den Kopf. Eine Träne rann über ihre Wange. »Lassen Sie mich gehen«, stammelte Erika mit zitternder Stimme. »Den Wagen können Sie haben.«

Sie fasste in ihre Tasche, zog den Geldbeutel hervor, nahm die Scheine heraus und streckte ihre Hand dem Mann im dunklen Pulli entgegen, es waren knapp einhundertfünfzig Euro.

»Ich habe nicht mehr, bitte lassen Sie mich gehen«, flehte sie.

»Du fährst!«, wiederholte er.

Seine Stimme klang unnachgiebig.

Langsam ging sie auf ihren Wagen zu. »Was … was haben Sie vor … was werden Sie mit mir tun … ich sage auch nichts … bitte!««

Er fuchtelte mit der Pistole vor ihr herum, und seine Gesten duldeten keinen Widerspruch. Sie stieg ein und setzte sich hinter das Steuer.

Er umrundete den Wagen. Einen kurzen Augenblick dachte sie daran, einfach den Motor zu starten und davonzufahren oder einfach nur die Tür zu verschließen, aber verdammt, der Mann hatte eine Pistole, und gegen eine Pistole war sie machtlos. Es blieb bei den Gedanken.

Er öffnete die Tür und ließ sich auf den Beifahrersitz fallen. »Losfahren!«

»Wohin soll ich fahren?«

Ihre Stimme klang weinerlich; Tränen rannen ihr über die Wangen.

»Ich tu dir nichts«, sagte der Mann mit den vorstehenden Zähnen, der bei näherer Betrachtung älter war, als sie anfangs vermutet hatte. »Ich muss nur hier weg, verstehst du!«

Erika startete den Wagen, legte den ersten Gang ein und fuhr an. Vor Aufregung würgte sie den Motor ab.

»Jetzt fahr schon!«, befahl er und presste ihr schmerzhaft die Pistole in die Rippen. »Fahr los!«

Sie riss sich zusammen. Was blieb ihr übrig? Er würde ihr nichts tun, hatte er versprochen. Sie musste auf seine Worte vertrauen. Sie fuhr in Richtung Ausfahrt. Mit ihrem Freifahrschein öffnete sie die Schranke und hoffte darauf, dass irgendjemand oder irgendeine Kamera diese Entführung beobachtet oder aufgenommen hatte.

»Wohin soll ich fahren?«, fragte sie.

Der Mann zeigte in Richtung der Domstraße. Von rechts kam ein Polizeiwagen angefahren. Der Mann duckte sich tief in den Sitz.

»Keinen Blödsinn!«, raunte er, und der Druck einer Pistole in ihrer Seite nahm zu. Der Streifenwagen fuhr vorüber. Erika fuhr wie angewiesen in Richtung Domstraße.

»Wohin wollen Sie?«, fragte sie noch einmal und hoffte, dass er bald wieder ihren Wagen verlassen würde und sie wirklich in Ruhe ließ.

»Ich will nach Süden, auf die Autobahn, jetzt fahr schon!«

Kriminalpolizeiinspektion Wismar, Rostocker Straße

Falk war zurück in sein Büro gegangen, hatte den Hausmeister ausrufen lassen und ihn anschließend gebeten, die Kisten mit den Personalakten in den Hof zu fahren. Der Hausmeister erschien mit einem Handschiebewagen und verstaute Kiste um Kiste darauf. Im Hof half er Falk, die Kisten in seinen BMW zu laden. Anschließend fuhr Falk in die Stadt. In der Böttcherstraße, Ecke Krämerstraße, bog er zu den Parkplätzen ab. Dort hatte Pia ihr Büro. Mit einer Kiste unter dem Arm ging er die Treppen hinauf und klingelte an ihrem Büro. Als sie öffnete, schaute sie überrascht auf die Kiste.

»Pünktlich, der Kaffee ist schon fertig«, begrüßte sie ihn und zeigte auf die Kiste, die die Maße eines großen Schuhkartons hatte. »Ist das alles, damit seid ihr nicht fertig geworden?«

Falk lächelte. »Hast du so etwas wie eine Schubkarre hier?«, fragte Falk.

»Ich habe einen Handwagen, für die Zeitschriftenausträger.«

»Gut, wo ist der?«

»Steht unten hinter der Tür.«

Falk wandte sich um. »Bin gleich wieder da«, sagte er, ehe er wieder verschwand, um eine Viertelstunde später mit dem Handwagen, prall gefüllt mit braunen Kartons, wieder aufzutauchen. Pia machte große Augen.

»Das sind die Akten?«, fragte sie ungläubig.

Falk nickte. »Das ist alles, das ganze Leben der Baugrube von Zurow vor und nach der Wende.«

»So eine Menge«, seufzte Pia. »Das dauert ja Jahre.«

»Dann musst du dich eben anstrengen. Ich hab vielleicht noch eine, wenn es gut läuft zwei Wochen, dann machen die den Deckel drauf und ich darf wieder zurück nach Leezen.«

Sie bat Falk in ihr Büro und ließ sich in der Kuschelecke auf einen Sessel fallen. »Ich weiß ja gar nicht, wonach ich suchen soll«, stammelte sie.

»Namen, Daten, besondere Vorkommnisse, Auffälligkeiten, eben nach allem, was interessant für den Fall sein könnte«, erklärte Falk. »Der Täter kannte sich gut aus, wusste, wie er zur Grube kommt und wo er am besten die Leichen verscharrt. Also muss er eine Beziehung zu dieser Grube haben. Und siebzig oder achtzig ist er auch nicht, da wäre er wohl schon zu gebrechlich. Also such nach einem Mann, der heute noch in Saft und Kraft steht, du kannst das, ich vertraue dir.«

Pia lächelte spöttisch. »Ja ja, ich weiß schon, ich darf dir die Drecksarbeit abnehmen, weil dir sonst keiner in deiner Abteilung unter die Arme greift.«

Falk wies auf die Akten. »Soll ich sie wieder mitnehmen?«

Pia seufzte. »Lass sie hier, ich tue, was ich kann. Aber ich warne dich, ich bin keine Polizistin.«

»Ich weiß, du bist besser, du bist Journalistin, und eine ganz passable sogar.«

Sie erhob sich und lächelte schnippisch. »Jetzt hör auf, mir Honig ums Maul zu schmieren, Herr Falk. Dein Kaffee wird kalt.«

Gemeinsam ließen sie sich in der Kuschelecke nieder. So nannte Pia den Bereich mit dem Glastisch und den weichen Sesseln, in dem sie ab und an Interviews mit hochrangigen Persönlichkeiten führte. Mit Falk führte sie kein Interview, dennoch interessierte es sie, weshalb Falk im Gegensatz zu seinen Kollegen der Überzeugung war, dass sie mit Hoppe den falschen Mann im Verdacht hatten.

Falk erklärte ihr, dass seiner festen Überzeugung nach die Morde nicht zu Hoppes Persönlichkeitsstruktur passten. Sie ließ es dabei bewenden.

»Ich werde mich um die Akten kümmern«, versprach sie, als er sich verabschiedete. »Ich kann dir nur nicht versprechen, dass ich rechtzeitig fertig werde.«

»Du machst das schon«, erwiderte Falk, bevor er sich verabschiedete und zurück zur Dienststelle fuhr. Schließlich wollte er sich nicht noch einmal nachsagen lassen, dass er nicht zur Stelle war, wenn er gebraucht wurde.

Bei der Wache fragte er, ob es Neuigkeiten aus Erfurt gab, aber der uniformierte Kollege zuckte nur mit der Schulter.

Er ging zurück ins Büro und rief Dr. Rosenbaum an, bei der Hoppe in Behandlung gewesen war. Die Frau meldete sich, doch zögerte sie zunächst, mit der Sprache herauszurücken, und berief sich auf die ärztliche Schweigepflicht.

»Ich kann Sie gut verstehen«, entgegnete Falk. »Sie haben sicher schon gehört, was passiert ist. Ich weiß auch, Sie dürfen eigentlich gar nicht mit mir über ihn sprechen, aber ich bin überzeugt, dass auch Sie von dieser Entwicklung vollkommen überrascht sind.«

»Da haben Sie recht, Herr Falk«, bestätigte Dr. Rosenbaum. »Ich bin aus allen Wolken gefallen. Wissen Sie, eigentlich kann ich nicht viel dazu sagen. Das erste Mal, als er bei mir war, hatte das Gericht die Behandlung angeordnet, das zweite Mal das Gesundheitsamt und die Fürsorgestelle. Das ist meist keine gute Basis, wenn er selbst nicht mitwirken will. Aber ehrlich gesagt, ich kann mir nicht vorstellen, dass er sich an Frauen heranschleicht und sie umbringt. Dazu ist er nicht der Typ.«

»Er ist eher introvertiert, meinen Sie?«

»So würde ich es einschätzen.«

»Er sollte von der Polizei überprüft werden, weil er Bestand in unseren Akten hat, dabei ist er ausgerastet«, erklärte Falk.

»Er muss unter einem immensen Druck gestanden haben, wenn er derart handelt. Gibt es denn konkrete Hinweise, dass er als Täter in Betracht kommt?«

»Indizien«, entgegnete Falk. »Nichts als Indizien.«

»Also wenn Sie mich direkt fragen, ob er dazu in der Lage ist, eine Frau zu entführen, zu vergewaltigen und umzubringen, hinterher dann gezielt zu verstecken und zu vergraben, dann würde ich sagen, nein, das ist er nicht.«

»Hatten Sie oft Termine? Und welche Medikamente nahm er, wir haben keine bei ihm gefunden«, fragte Falk.

»Wissen Sie, es war schwierig mit ihm«, erklärte Dr. Rosenbaum. »Wir versuchten eine Gesprächstherapie, aber meist saß er nur da und starrte vor sich hin. Es war schon viel, wenn er mal einen vollständigen Satz hervorbrachte. Er kam nur, weil er musste. Wie gesagt, das ist eine ganz schlechte Basis für eine psychologische Betreuung. Das änderte sich auch bei den weiteren Terminen nicht. Ich hatte das Gefühl, er sitzt bei mir nur seine Zeit ab.«

»Und die Medikamente?«, fragte Falk.

»Er bekam Tavor, und für seine Stimmung verschrieb ich Agomelatin, aber wie gesagt, er kam seit fünf Wochen nicht mehr. Sein neues Rezept liegt hier. Ich kann mir kaum vorstellen, dass er noch Medikamente übrig hatte.«

»Frau Dr. Rosenbaum, ich danke Ihnen für das Gespräch, das ich selbstredend vertraulich behandle«, verabschiedete sich Falk von der Frau, die seine Einschätzung teilte. Anders als Frau Sommer, die Hoppe recht zügig zum Täter abgestempelt hatte. Das war bestimmt ganz in Kollers Sinne, der, Falks Einschätzung nach, ein schlechter Kriminalist war.

Falk warf einen Blick auf die Uhr, es war kurz vor siebzehn Uhr. Eine gute Zeit, um Feierabend zu machen. Bevor er seinen Mantel vom Kleiderständer genommen hatte, klopfte es an seiner Tür und der Kollege von der Wache trat ein.

»Ich habe von Frau Reimann gehört, dass Sie den Kollegen Willig vertreten«, sagte der uniformierte Kollege. »Da ist jemand wegen einer Anzeige unten an der Wache.«

»Eine Anzeige«, wiederholte Falk. »Ist denn Modrow nicht da?«

»Der ist in Erfurt.«

»Okay, worum geht es?«

»Unten ist eine Mutter mit ihrer Tochter«, erklärte der Kollege. »Sie behaupten, dieser Hoppe habe sie begrapscht. Ich glaube, das ist wichtig.«

16

Autobahn A 71 bei Arnstadt

Sie hatte seine Anweisungen befolgt und war über die Arnstädter Chaussee und die Löbervorstadt aus der Stadt gefahren. Sie zitterte am ganzen Leib und war sich sicher, dass der sonderbare schweigsame Mann neben ihr auf dem Beifahrersitz auch Gewalt anwenden würde, wenn sie sich seinem Willen nicht fügte.

Bei Waltersleben fuhren sie auf die A 4 und wechselte kurz darauf seiner Anweisung folgend auf die A 71, die nach Süden führte. Die Autobahn war nur wenig befahren, der Feierabendverkehr war bereits durch, und die Dämmerung fiel über die östlichen Hügel auf das Land. Wie lange würde diese Tortur noch andauern? Hatte überhaupt jemand etwas von dieser Entführung mitbekommen?, fragte sie sich, als sie die Ausfahrt Arnstadt-Nord passierten. Der schweigsame Kerl neben ihr starrte nur stumm vor sich hin, die Waffe hielt er in seiner rechten Hand.

Sie wagte nicht, ihn anzusprechen, zu groß war ihre Angst. Zumindest hier auf der Autobahn, während sie mit einhundertdreißig über den grauen Asphalt fuhr, fühlte sie sich ein klein wenig sicher. Was hatte der Kerl vor, was würde er tun, wenn er ihr befahl, irgendwo im Nirgendwo die Autobahn zu verlassen?

Als sie Ilmenau hinter sich hatten und die Autobahn leicht anstieg, klingelte ihr Handy, das in ihrer Handtasche steckte.

»Wer ruft dich an, bist du verheiratet?«, fragte der Mann mit der Kapuze tief im Gesicht und dem schiefen Gebiss, dessen Alter schwer zu schätzen war.

Erika schüttelte den Kopf.

»Kinder?«

Erneut schüttelte sie den Kopf, vermied aber den direkten Blickkontakt. Irgendwie hatte sie das Gefühl, dass es besser für sie war, wenn sie ihm nicht direkt in das Gesicht blickte.

»Wer ruft da an?«, fragte er nochmals eindringlich und hob die Waffe an.

»Das … das ist mein Freund, wir wollten uns heute treffen«, beeilte sie sich zu sagen. Der Mann griff nach der Tasche der Frau, die auf der Rückbank lag, öffnete den Reißverschluss und zog nach einem kurzen Augenblick das Handy hervor. Er öffnete die Seitenscheibe und warf es einfach hinaus.

»Das … das können Sie nicht …«, stammelte Erika, doch als sie die Waffe wieder in ihrer Seite spürte, verstummte sie.

»Fahr!«

»Wohin soll ich fahren?«, fragte sie.

»Nach Süden!«

Sie warf einen Blick auf die Tankuhr, der Tank war noch zu einem Viertel gefüllt.

»Wenn ich noch weit fahren muss, dann ist der Tank bald leer«, sagte sie.

»Fahr einfach weiter und halt das Maul!«, herrschte er sie an. »Ich hab heute schon jemanden erschossen, willst du die Nächste sein?«

Erika wandte den Blick wieder nach vorne und schüttelte nur den Kopf. Es war besser, den Mann mit dem Pferdegebiss nicht zu reizen. Sie glaubte ihm jedes Wort. Dieser Mann war zu allem fähig.

Sie konzentrierte sich auf den Verkehr. Hier und da setzte sie zum Überholen an, wenn ein Lastwagen vor ihnen auftauchte, ansonsten versuchte sie die Geschwindigkeit zu halten. Der weitere Weg führte in die Höhe. Bald würden die Tunnels bei Oberhof auftauchen. Sie hoffte nur, dass sie diesen Tag und diese Situation überleben würde und ihr der Mann nichts antat. Verdammt, warum hatte sie heute länger gearbeitet? Hätte sie pünktlich Feierabend gemacht, dann wäre das alles nicht passiert und sie wäre längst zu Hause. Warum musste ausgerechnet ihr so etwas passieren? Sie hatte doch schon genug Pech in ihrem Leben gehabt. Fabian hatte sie durchweg mit anderen Frauen betrogen und dann auch noch mit Julia, ihrer besten Freundin. Und Kinder würde sie auch nie bekommen, obwohl es immer ihr sehnlichster Wunsch gewesen war, eine Familie zu gründen. Jetzt tauchte auch noch dieser unheimliche Kerl mit dem Pferdegebiss und der Waffe in der Hand auf. Warum nur, warum ausgerechnet sie?

»Wie lange können wir noch fahren?«, fragte der Kerl.

Sie wischte sich die Tränen von der Wange und warf noch einmal einen Blick auf die Tankuhr. »Hundert Kilometer vielleicht, ich weiß es nicht genau.«

»Hundert Kilometer ist gut«, entgegnete er. »Hast du Geld?«

Sie nickte.

»Wie viel?«

Sie wies auf ihre Handtasche. »Hundertfünfzig Euro etwa.«

Er durchsuchte erneut die Tasche und nahm die Geldbörse heraus. Er öffnete sie und zählte die Scheine.

»Hundertzwanzig sind das«, sagte er und hielt ihr die Scheine unter die Nase.

»Mehr habe ich nicht dabei«, stammelte sie.

Er holte eine Bankkarte aus der offenen Geldbörse. »Das ist so gut wie Bargeld«, sagte er. »An der nächsten Abfahrt fährst du raus, klar?«

Sie nickte.

»Du tust genau das, was ich dir sage, wenn du leben willst, klar?«

Erneut nickte sie.

Das Schild einer Rastanlage kam in Sicht.

»Soll ich …?«

»Weiterfahren, hier nicht!«

Sie befolgte die Anweisung und gab wieder Gas. Die Rastanlage ließen sie rechts liegen. Unmittelbar darauf folgte eine Autobahnabfahrt, doch auch dort schien es ihm nicht zu behagen und er forderte sie zum Weiterfahren auf. Schließlich folgten ein weiterer Anstieg und die Tunnel am Rennsteig. Auch Oberhof und Zella-Mehlis waren nicht nach seinem Geschmack; sie setzten sie Fahrt fort. Die Tankanzeige war nur kurz vor dem rot schraffierten Bereich.

Ein weiteres Schild einer Abfahrt kam in Sicht, Meiningen Nord.

»Jetzt fahr runter!«, befahl er ihr.

Sie ging vom Gas und bremste den Wagen langsam ab.

Kriminalpolizeiinspektion Wismar, Rostocker Straße

Falk war gespannt: ein Mädchen, das behauptete, von Hoppe begrapscht worden zu sein. Was hatte es damit auf sich? Er beeilte sich und ging nach unten. In der Schleuse saß ein aufgewecktes blondes Mädchen in eng anliegender Jeans. Dazu trug sie ein knappes schwarzes Bustier und darüber eine helle, flauschige Kunstfelljacke. Allein die schwarzen Springerstiefel passten nicht zu der zierlichen jungen Dame. Die Mutter daneben, mit ihren strähnigen dunkelblonden Haaren, war eher bieder gekleidet und wog mindestens achtzig Kilo. Falk öffnete die Schleusentür.

»Guten Abend, Kriminalpolizei, Falk mein Name«, stellte er sich vor. »Mein Kollege berichtete mir, Sie wollten Anzeige erstatten?«

Die Mutter erhob sich und stöhnte dabei, als liefe sie gerade einen Marathonlauf und wäre bei Kilometer vierzig angelangt.

»Seibold heißen wir. Meine Tamara muss Ihnen was sagen, wegen dem Kerl, den ihr sucht.«

Falk wandte sich dem Mädchen zu, das wohl Tamara hieß. »Was ist denn passiert?«

»Der hat mich angegrapscht, das Schwein«, entgegnete sie im breiten Jugendslang.

»Wer hat dich angegrapscht?«

»Der, den ihr sucht, dieser Hoppe oder wie der heißt.«

Falk runzelte die Stirn. »Hier in Wismar?«

Die Mutter drängte sich vor. »Wir sind aus Kritzmow, aber die Kollegen aus Rostock meinten, da seid ihr zuständig, deswegen sind wir gleich hierhergefahren.«

»Wie kommen Sie darauf, dass wir den Mann suchen?«, fragte Falk irritiert. Das junge Mädchen fasste in ihre Gesäßtasche und zog ihr Handy hervor. Sie aktivierte das Display und zeigte Falk die Fahndungsnotierung mit einem Bild von Hoppe auf Instagram. »Das ist doch von euch«, sagte sie.

Falk wusste zwar, dass ein Fahndungsaufruf in den morgigen Tageszeitungen erscheinen würde, aber an das schnelllebige Internet hatte er nicht gedacht.

»Und du bist dir ganz sicher, dass es dieser Mann war?«

Das Mädchen nickte. »Der sieht doch aus wie Quasimodo, die Fresse kann man sich merken, so bescheuert, wie der aussieht …«

»Tamara!«, wies sie die Mutter zurecht.

»Alles klar«, sagte Falk. »Dann kommt mal mit!«

Er führte sie in das Vernehmungszimmer neben der Wache und schloss die Tür. Nachdem er ihnen Platz angeboten hatte, setzte er sich hinter den Schreibtisch und zog seinen Notizblock hervor.

»Also gut, dann mal der Reihe nach. Wann war das denn?«

»Letzten Montag«, entgegnete das Mädchen. »So gegen acht.«

»Morgens oder abends?«

»Abends«, stellte Tamara klar. »Ich war mit Mika, Henny und Salo unterwegs …«

»Das sind ihre nichtsnutzigen Freunde«, mischte sich die Mutter ein.

»Mom, halt mal die Schnauze, er hat doch mich gefragt!«

Die Mutter schaute kurz auf, lehnte sich dann aber wieder im Stuhl zurück. Sie hatte die Erziehung ihres Sprösslings wohl längst aufgegeben.

»Na, junge Lady, so redet man aber nicht mit seiner Mutter, vor allem, wenn man noch ein Kind ist.«

»Ich bin schon fünfzehn und kein Kind mehr«, stellte die junge Dame klar. »Mit fünfzehn ist man strafmündig.«

Falk nickte. Er hatte keine Lust darauf, das Erziehungsdefizit auszugleichen. »Also gut, weiter im Text, wo war das?«

»An der Passage in Reutershagen.«

»Passage?«, wiederholte Falk.

»Die Reuterpassage«, stellte die Mutter klar.

»Wir haben dort ein bisschen abgehangen, und dann bekamen wir Durst«, bestätigte das Mädchen. »Mika, Henny und Salo sind in den Penny gegangen, und ich hab an der Passage gewartet …«

»Weil du im Penny Hausverbot hast«, mischte sich erneut die Mutter ein. »Sie hat dort versucht, Wodka zu klauen. Sie ist gerade mal fünfzehn und klaut Wodka, und alles nur wegen diesem Salo, der hat es faustdick hinter den Ohren.«

»Jaaaah, schon gut«, fiel Tamara ihrer Mutter ins Wort.

»Also, du bist nicht mitgegangen und hast gewartet«, wiederholte Falk.

Das Mädchen nickte. »Ich hab dort auf dem Geländer gesessen, da ist ne Baustelle, und da kam er angetrippelt mit seinen zwei Tüten.«

»Hoppe?«

»Ja, der Quasimodo«, antwortete das Mädchen. »Er ist stehen geblieben und hat mich angequatscht.«

»Was hat er denn gesagt?«

»Ganz alleine, schon dunkel und mitten in der Nacht und so einen Quatsch.«

»Was hast du gemacht?«

»Ich hab ihm gesagt, er soll sich verpissen.«

»Hat er aber nicht gemacht, oder?«

Sie schüttelte den Kopf. »Der Spast ist einfach stehen geblieben und hat weiter rumgekäst, und dann ist er auf mich zu und hat mich angegrapscht.«

»Wo hat er dich angegrapscht?«, fragte Falk.

Sie wies mit dem rechten Arm auf die linke Schulter. »Da,

und dann hat er sich runtergebeugt und so was gesagt wie, ich soll nach Hause gehen, oder so. Aus dem Maul hat der gestunken wie ein toter Fisch.«

»Was hast du gemacht?«

»Ich hab seine Hand weggeschlagen und ihn angeschrien, er soll mich in Ruhe lassen, sonst hole ich die Polizei und das alles.«

»Sonst noch was?«, fragte Falk.

Sie nickte und zog erneut ihr Handy aus der Hosentasche. »Das Handy hab ich rausgeholt und so getan, als ob ich eine Nummer wähle, dann ist er abgehauen. Salo, der wo jetzt mein Freund ist, und die anderen sind aus dem Penny gekommen, da ist er einfach weggerannt.«

»Wohin ist er gelaufen, und wo kam er denn her?«

Sie überlegte kurz. »Gekommen ist er aus der Passage, und da ist er auch wieder reingelaufen. Salo hat ihm noch nachgerufen, dass es eine aufs Maul gibt, wenn er sich noch mal blicken lässt. Da war er aber schon weg.«

»Und dann?«

»Wir sind dann an den Spielplatz gegangen, das war´s.«

»Kam er noch mal zurück?«

Sie schüttelte den Kopf.

»Und das ist dir wieder eingefallen, als du auf Instagram die Fahndung gesehen hast.«

»Ich hab ihn sofort wiedererkannt, das miese Schwein. Der soll einen abgemurkst haben, heißt es auf Insta.«

Falk lächelte.

»Er hat dich also an der Schulter angefasst und gesagt, du sollst nach Hause gehen?«

Das Mädchen nickte.

»Hat er vielleicht auch etwas tiefer gefasst?«

Sie lächelte. »An die Titten?«

Falk atmete tief ein. »Wenn du es so nennen willst.«

Sie lachte und schüttelte den Kopf. »Nein, da hätte ich ihm eine verpasst, dass es nur so klingelt. Ich lass mir doch von so einem Spast nicht an die Titten grapschen.«

Zur Verdeutlichung legte sie nochmals ihre rechte Hand auf die linke Schulter. »Da war das, aber das reicht doch. Mama hat gesagt, bei so einem, da reicht das schon.«

Falk nickte und erhob sich. »Ich danke dir für deine Mithilfe. Deine Aussage kommt zu den Akten.«

Die Frau räusperte sich. »Wann kriegen wir die Zehntausend, können wir die gleich mitnehmen?«

Falk runzelte die Stirn. »Welche Zehntausend?«

Die Frau zeigte auf das Handy ihrer Tochter. »Da steht doch drinnen, dass es zehntausend Euro für Hinweise gibt, deswegen sind wir doch hier.«

Falk hob entschuldigend die Hände. »Tut mir leid, von mir bekommen Sie leider nichts.«

»Und das Fahrgeld? Das sind sechzig Kilometer!«

»Auch damit kann ich nicht dienen, diese Aussage hätten Sie auch in Rostock bei der Polizei machen können.«

»Scheiße!«

Falk geleitete seine enttäuschten Besucherinnen nach draußen und wünschte ihnen eine gute Rückfahrt. Tamaras Aussage war sehr interessant. Konnte diese Begegnung vielleicht der Grund dafür sein, dass Hoppe bei der Routineüberprüfung derart ausgerastet war?

17

Meiningen, Dolmarstraße

Sie waren von der Autobahn abgefahren und hatten die Richtung nach Meiningen eingeschlagen. Zuvor zwang er sie kurz nach der Abfahrt, in einen Waldweg abzubiegen. Erika zitterte am ganzen Leib, als er sie aufforderte, mitten im Wald an einer Wegegabelung anzuhalten, den Motor abzustellen und das Licht auszuschalten. Es war dunkel geworden, kurz nach acht Uhr am Abend, und sie dachte, jetzt hätte ihre letzte Stunde geschlagen.

»Was tun wir hier?«, fragte sie mit angsterfüllter Stimme.

»Wir warten!«

Die Tankuhr stand kurz vor dem roten Bereich, weit wären sie mit der Menge Sprit an Bord nicht mehr gekommen.

»Lassen Sie mich gehen«, flehte sie, doch von ihm kam keine Antwort. Nur seine Atemzüge waren in der Dunkelheit zu hören, und noch immer spürte sie die Pistolenmündung in ihrer Seite.

»Wenn Sie mich jetzt einfach gehen lassen, dann … dann …, ich werde Sie auch nicht anzeigen, lassen Sie mich einfach hier raus, bitte … ich verspreche Ihnen, ich werde …«

»Halt endlich die Fresse!«

Der Druck der Pistolenmündung verstärkte sich.

»Aber …«

Jetzt drückte er so fest zu, dass es wehtat und Erika zurückwich. »Wir warten hier.«

Erika wagte nicht, der eindeutigen und unumstößlichen Anweisung zu widersprechen, und ergab sich in ihr Schicksal. Wenn er sie jetzt vergewaltigen oder am Ende sogar töten würde, dann fände diese Tortur endlich ein Ende. Sie war nahe davor, sich selbst aufzugeben. Schweigend starrte sie in die Dunkelheit, während die Minuten schier endlos wurden.

Der Druck der Pistole an ihrer Seite ließ nach, bis er schließlich überhaupt nicht mehr zu spüren war. Der Mann neben ihr hatte sich im Sitz zurückgelehnt, sein Atem ging gleichmäßig und ruhig.

Beinahe endlos verharrte sie regungslos auf dem Fahrersitz; der Sekundenzeiger der Uhr am Armaturenbrett schien stillzustehen. Sie gäbe alles dafür, wenn der Kerl neben ihr einfach die Beifahrertür öffnete und davonging, doch er dachte gar nicht daran.

Sie versank in ihren düsteren Gedanken, und erst als sie erneut die Mündung der Pistole an ihrer Seite spürte, kehrte die unheimliche Realität wieder in ihre Gedanken zurück.

»Wir fahren los.«

»Wohin soll ich fahren?«, fragte sie verdutzt.

»Wir wenden und fahren in die Stadt, dort tanken wir, alles klar?«

Sie nickte und startete den Motor. Auf der Feldweggabelung war ausreichend Platz zum Wenden, dennoch blieb sie beinahe an einem Baum hängen.

»Pass doch auf!«, fluchte er.

Der Druck mit dem Metall in ihren Lenden war schmerzhaft. Sie stöhnte auf und bemühte sich, den Schmerz zu unterdrücken. Langsam fuhr sie zurück zur Landstraße und bog nach links ab. Die Straße war frei.

Mittlerweile war es kurz vor zehn Uhr, und nur vereinzelt kamen ihnen Autos entgegen. Die Menschen waren wohl alle in ihre Häuser zurückgekehrt und genossen den Feierabend an diesem kalten und trüben Tag vor dem Fernseher und auf der Couch.

Auch als sie den Vorort Helba erreichten, schien es, als habe sich das Leben bereits zur Ruhe begeben. Die Straßen waren menschenleer, die Autos parkten an den Straßenrändern. Sie ließen den Ort zurück und näherten sich der nördlichen Stadtgrenze. Nach einer lang gezogenen Linkskurve kam eine Tankstelle am linken Fahrbahnrand in Sicht.

»Fahr da links rein, dort tanken wir!«, befahl ihr Geiselnehmer.

Sie setzte den Blinker und bremste ab, bevor sie in einem weiten Bogen auf das Gelände der Tankstelle fuhr. Sie waren zu dieser Zeit das einzige Fahrzeug, und das Tankstellengebäude war dunkel. Nur die Zapfsäulen waren beleuchtet. Zum Bezahlen hingen Kassenautomaten zwischen den Säulen. Erika stoppte den Wagen vor der ersten Säule.

»Los, volltanken«, befahl der Kerl neben ihr. »Und keinen Blödsinn, vergiss nicht, ich ziele mit der Waffe auf dich.«

Erika nickte stumm, bevor sie ausstieg. Sie schaute sich um. Weit und breit war niemand zu sehen, und die nächsten Häuser, in denen Lichter die Fenster erhellten, waren Hunderte von Metern entfernt. Er hatte eine Waffe und würde sie auch benutzen, hatte er gedroht, und sie war felsenfest davon überzeugt, dass er diese Drohung wahrmachen würde. Die zwei Stunden mitten im Nirgendwo auf einem Waldweg hatten ihr Mut gemacht. Wenn er sie vergewaltigen oder einfach nur umbringen wollte, dann hätte er dort die beste Gelegenheit dazu gehabt. Er hatte es nicht getan. Vielleicht konnte sie seinem Versprechen, ihr nichts anzutun, tatsächlich vertrauen. Vielleicht wollte er wirklich einfach nur weit weg Richtung Süden.

Die Tankpistole schaltete ab und riss Erika aus ihren Gedanken. Sie schaute sich um und sah die Kamera, die unter dem Dach hing und genau auf sie gerichtet war. Für achtzig Euro hatte sie getankt, der Tank war voll. Sie hängte die Zapfpistole ein und stieg in den Wagen.

»Wir fahren zurück auf die Autobahn«, sagte er zu ihr, und diesmal klangen seine Worte nicht wie ein Befehl. In seiner Stimme lag ein Hauch von Milde. Erika atmete tief durch und startete den Wagen. Sie legte den Gang ein und fuhr in Richtung Ausfahrt. Sie sah den alten Mann mit dem Hut nur aus den Augenwinkeln, der plötzlich direkt vor ihrem Wagen auftauchte, und trat instinktiv auf die Bremse. Der Wagen stand in Sekunden. Die Reifen quietschten.

»Mensch, pass doch auf!«, herrschte sie der Kerl auf dem Beifahrersitz an und hieb ihr den Lauf der Pistole in die Seite. Sie krümmte sich vor Schmerz. Der Mann mit dem Hut blickte sie erschrocken an und hob den Gehstock drohend in die Höhe. In der anderen Hand hielt er eine Hundeleine an deren Ende ein Dackel lauthals bellte.

»Jetzt fahr schon weiter!«

Sie schluckte den Schmerz hinunter, ließ die Kupplung langsam kommen und lenkte nach rechts an dem Mann vorbei. Als sie wieder auf der Straße war, gab sie Gas.

»Du hättest den Ollen beinahe überfahren«, sagte der Kerl auf dem Beifahrersitz.

»Ich … ich hab … ihn überhaupt nicht kommen sehen«, stammelte sie, als sie auf der B 19 wieder in Richtung der Autobahn fuhren.

Kriminalpolizeiinspektion Wismar, Rostocker Straße

Falk hatte in der Nacht schlecht geschlafen, offenbar war ihm das späte und dazu auch noch deftige Abendessen überhaupt nicht bekommen. Noch dazu erfuhr er jetzt, dass Willig noch länger ausfiel, dessen Zahnbehandlung offenbar nicht glatt verlaufen war. Das hieß, er musste weiterhin Willig als Abschnittsleiter vertreten.

Auf der Dienststelle holte er sich erst mal einen Kaffee, bevor er seinen Computer startete, um den Bericht über die Zeugenaussage seiner gestrigen Besucherin zu schreiben. Noch bevor er das Textverarbeitungsprogramm aktivierte, meldete ihm sein Mailprogramm, dass zwei neue Nachrichten in seinem Postkorb steckten. Er öffnete das Mailprogramm. Die erste Mail stammte von der Verwaltung, die ihm mitteilte, dass seine Spesenabrechnung der letzten Woche genehmigt worden war. Die zweite Mail war weitaus interessanter. Sie stammte vom Kollegen Stürmer, den er so eindringlich um eine Recherche nach ähnlich gelagerten Vermisstenfällen, insbesondere von weiblichen, osteuropäischen Opfern im Alter zwischen achtzehn und fünfunddreißig Jahren gebeten hatte. Und tatsächlich war Stürmers Kontaktmann beim BKA auf einen ähnlich gelagerten Mordfall gestoßen, bei dem die entsprechenden Parameter übereinstimmten. Falk öffnet den Anhang der Mail, in dem sich die Grundakte zu diesem Fall befand, und las interessiert den Sachverhalt. Demnach war vor drei Jahren die fünfundzwanzigjährige Maja Poremski, eine polnische Kellnerin, aus Buchau am Achensee in einem Seitental bei Maurach in Tirol unweit der Inntalautobahn A 12 ermordet aufgefunden worden. Dem Bericht nach war sie knapp sechs Monate zuvor von einem Gastwirt, für den sie arbeitete, vermisst gemeldet worden. Falk las weiter und stieß auf eine weitere Parallele zu den Morden an der Kiesgrube, denn offenbar war auch sie vergewaltigt und erschlagen worden. Nur aus Zufall stieß man in dem unwegsamen Gelände auf die Leiche der vermissten Frau, da im dortigen Bereich eine Lawine niedergegangen war und eine Stromleitung sowie zwei Strommasten repariert werden mussten. Das Sicherheitsbüro der Polizeiinspektion Achenkirch, konkret eine gewisse Majorin Obergfellner, bearbeitete den Fall, doch bislang gab es offenbar nur wenige Ansatzpunkte. Eine weibliche Leiche, noch dazu aus Osteuropa, vergewaltigt und erschlagen, dazu in unmittelbarer Nähe zur Autobahn: Hier gab es sehr viele Parallelen zu den Morden von Zurow. Zu viele, dachte er sich, bevor er zum Telefonhörer griff und die Nummer der österreichischen Kollegin anwählte.

Das Gespräch dauerte beinahe eine Stunde, und danach vermutete Falk noch mehr, dass diese Sache im Zusammenhang mit den Leichen in der Kiesgrube bei Zurow zu sehen war. Er trug die Akte unter dem Arm, als er das Büro von Kriminaldirektorin Reimann aufsuchte.

»Hallo, Falk«, begrüßte sie ihn und bot ihm einen Platz an. »Haben Sie es schon gehört, Hoppe hat wahrscheinlich eine Geisel genommen und fährt auf der Autobahn in Richtung Süden.«

Falk runzelte die Stirn. »Woher stammt diese Information?«

»Ich habe gerade mit Koller telefoniert«, erklärte sie. »Hoppe wurde in der Nacht an einer Tankstelle bei Meiningen gesehen. Der Zeuge ist sich ziemlich sicher, außerdem hatte er eine Frau dabei, die den Wagen fuhr. Hoppe hat sie mit einer Waffe bedroht.«

»Und es war tatsächlich Hoppe?«

»Da staunen Sie, was?«, entgegnete die Direktorin. »Er ist wohl doch nicht so harmlos, wie Sie vermutet haben. Frau Sonntag hatte wohl doch recht mit ihrer Einschätzung.«

»Hoppe befindet sich in einer absoluten Ausnahmesituation, da ist er zu allem fähig«, antwortete Falk. »Er fühlt sich wie ein Wild, das in eine Ecke gedrängt wurde, aus der es kein Entrinnen gibt. Er würde sogar schießen, wenn er glaubt, dass er damit freie Bahn hat. Aber er ist nicht unser gesuchter Frauenmörder.«

Direktorin Reimann lächelte. »Ach Falk, manchmal irrt man sich eben. Davor sind auch Sie nicht gefeit. Ich schätze Ihre Meinung sehr, aber diesmal scheinen Sie falschzuliegen.«

Falk schüttelte lächelnd den Kopf. »Das glaube ich nicht.«

Direktorin Reimann schaute ihn fragend an. »Wieso nicht?«

Falk legte die Akte vor der Direktorin auf den Schreibtisch. »Aus drei Gründen«, sagte er. »Zum Ersten habe ich mit seiner Psychologin gesprochen, die meine Auffassung teilt, zum Zweiten hatte ich gestern Abend Besuch von einer jungen Dame aus Rostock, die letzte Woche mit Hoppe aneinandergeraten ist und ihm mit einer Anzeige drohte. Und in dieser Akte steckt der dritte Grund, weshalb ich mir sicher bin, dass ich richtigliege.«

Die Direktorin griff nach der Akte. »Das mit der jungen Dame müssen Sie mir erklären.«

Falk berichtete ihr, was sich laut Tamaras Aussage vor dem Penny-Markt in Reutershagen zugetragen hatte. »Ich glaube, Hoppe rechnete damit, verhaftet zu werden, als die Kollegen bei ihm klingelten, deswegen ist er ausgerastet.«

Die Direktorin zuckte mit der Schulter. »Was Sie mir da erzählt haben, ist doch harmlos. Das war ja noch nicht einmal eine Straftat. Ich meine, er hat ihr an die Schulter gefasst ...«

»Richtig«, fiel ihr Falk ins Wort. »Das wissen wir, aber Hoppe weiß es nicht. Er weiß nur, dass er in die Klapse geht, wenn noch einmal etwas vorfällt, und dort will er unter keinen Umständen mehr hin.«

»Eine weitere Leiche, in Österreich?«, fragte die Direktorin, nachdem sie die Akte aufgeschlagen und die Kopfzeile gelesen hatte.

»Das ist Mord Nummer vier, der auf das Konto unseres Täters geht.«

Die Chefin las die Kopfzeile des Berichts. »Aber das ist doch in Österreich!«

»Genauer gesagt in Tirol, in der Nähe des Achensees. Da muss ich unbedingt hin, und Brunner muss mich begleiten. Ich bin sicher, unsere Fälle hängen mit diesem Fall zusammen.«

»Mensch, Falk, ausgerechnet Österreich«, entgegnete Direktorin Reimann. »Koller wird das niemals genehmigen.«

»Soweit ich weiß, leiten Sie die Soko, solange sich Koller auf seinem Jagdausflug befindet.«

»Österreich, verdammt, hätte es nicht auch Dresden oder Magdeburg sein können?«

Falk erhob sich. »Es liegt an Ihnen, Frau Reimann. Entweder wir klären den Fall restlos auf, mit allem, was dazugehört, oder wir folgen Koller, lassen uns hinterher feiern, bis ein paar Monate später die nächste Leiche auftaucht. Ich bin dann wieder in Leezen und fein raus. Aber ich denke, die Wismarer Journalisten werden in erster Linie die dortige Kripochefin fragen, wie es sein kann, dass ein Mörder erneut zuschlägt, der doch laut Polizeibericht längst gefasst ist. Das gibt sicher keine gute Presse.«

Kriminaldirektorin Reimann kratzte sich an der Stirn. »Wann soll es losgehen?«

»In einer Stunde brechen wir auf«, entgegnete Falk. »Mit der Majorin habe ich schon gesprochen, sie trifft sich heute Abend mit uns.«

»In Gottes Namen, fahren Sie!«, seufzte die Direktorin. »Aber steigen Sie nicht im Grandhotel ab.«

18

RMZ, Regionalbüro Wismar, Krämerstraße

Der Staub der letzten Jahrzehnte lag ausgebreitet vor Pia Stein, die den etwas ruhigeren Tag nutzte, um Falks Akten durchzugehen, die er ihr überlassen hatte. Akten aus einer längst vergangenen Zeit: Personalakten, Geschäftsberichte, Materialanforderungen, Abrechnungen, strategische Zielvorgaben und Rechenschaftsberichte der Kombinatsleitungen an das verantwortliche Ministerium für Energie und Wirtschaft. Sie klappte den nächsten Aktenreiter zu und fragte sich, was denn so interessant an dem Umstand war, dass im Jahr 1977 die Ausgaben für die Betriebsstoffe der Fahrzeuge im Kombinat um 12 Prozent zugenommen hatten und weshalb diese Erkenntnis unbedingt mit einem dringenden Sonderbericht an das Wirtschaftsministerium der ehemaligen DDR unter dem Vermerk *Geheim* berichtet werden musste.

Inzwischen hatte sie drei Kartons durchgearbeitet, weitere vier standen noch neben ihrem Schreibtisch. Zur Blütezeit des Grubenkombinats Zurow hatten einmal über einhundert Menschen in der Kiesgrube gearbeitet. Neben den Arbeitern und den Sprengmeistern, den Baggerfahrern und den Fahrern der Lastwagen gab es noch Ingenieure, Geologen, aber auch Köche und Köchinnen und allerlei Kantinenpersonal bis hin zur Reinemachefrau. Arbeiter aus der Umgebung, Geologen aus Berlin und aus Rostock und Ingenieure aus dem ganzen Rest der damaligen Republik. Aber auch Vertragsarbeiter aus Polen, der Tschechoslowakei und Bulgarien waren darunter.

Insgesamt hundertzwölf Namen standen inzwischen auf Pias Liste, von der sie dreiundsechzig wieder streichen konnte, da sie ihrer Recherche nach längst verstorben waren. Von vierzehn ehemaligen Vertragsarbeitern fehlte unterdessen jede Spur, und siebzehn der Personen auf der Liste waren Frauen, die sie ohne weitere Abklärung gestrichen hatte. Ansonsten wusste sie inzwischen, dass die Grube durchaus ertragreich gewesen war und beinahe 70 Prozent der Produktion in den Straßenbau und weitere 12 Prozent in die Grenzsicherung geflossen waren.

All dies war schön zu wissen, doch dürfte es Falk bei seinen Ermittlungen kaum von Nutzen sein. Überhaupt schien der Fall ja kurz vor der Auflösung zu stehen, die gesamte Polizei fixierte sich bereits auf die Jagd nach dem Verdächtigen, der – durfte man dem Buschfunk trauen – inzwischen eine Frau als Geisel genommen hatte und auf der Flucht in Richtung Süden war. Darüber zu berichten war ihr verwehrt, dafür war das Regionalbüro in Rostock zuständig.

Sie hatte sich gerade die nächste Akte gegriffen, als ihr Telefon klingelte. Albert Scheu, ihr Chefredakteur, war in der Leitung und meldete sich mit sonorer Stimme zu Wort.

»Na, ausgeschlafen? Oder träumst du noch in Wismar?«

Pia verzog ihre Mundwinkel. Scheu hatte wohl mal wieder schlechte Laune. »Ich arbeite«, entgegnete sie.

»Und warum merke ich davon nichts?«

»Meine Berichte sind schon draußen.«

Es raschelte im Telefon. »Ach ja, sehe ich. Ein Auffahrunfall mit zwei Verletzten bei Redentin, Joachim Schaller ist zum siebten Mal nacheinander Schützenkönig von Lübow, und die Literaturschwestern aus Wismar haben den Goldenen Füllfederhalter in diesem Jahr an Arno Hase für sein Lebenswerk als Heimatdichter verliehen. Das ist ja alles sehr interessant, meine Liebe. Da bin ich froh, dass ich eine meiner fähigsten Kräfte auf diese Topstorys angesetzt habe. Ich frage mich langsam, wofür bezahle ich dich überhaupt?«

»Nicht du bezahlst mich, sondern das Personalbüro«, widersprach Pia.

»Im Ernst, was tust du den ganzen Tag?«

»Ich sagte doch schon, ich arbeite.«

Ein zynisches Lachen war zu hören. »So, du arbeitest. Da läuft gerade eine Jagd nach einem flüchtigen Verbrecher vor unserer Nase ab, du hast eine Kiesgrube voller Leichen vor der Haustür, und inzwischen hört man gerüchteweise, es sei gar nicht sicher, dass dieser Hoppe tatsächlich der Frauenmörder von Zurow ist. Aber alles, was ich von dir zu lesen bekomme, ist ein Bericht über einen Heimatdichter, der für sein Blablabla einen Füllfederhalter überreicht bekommt. Wann hast du das letzte Mal mit Falk gesprochen?«

»Falk, wieso?«

»Ich dachte, er frisst dir aus der Hand?«

»Kriminaldirektor Koller leitet die Soko, und Hoppe stammt aus Rostock. Du hast Michael und Biggi die Story anvertraut, und auch Falk hat man aufs Abstellgleis manövriert. Aber wenn es dich beruhigt, er glaubt auch nicht, dass Hoppe der Täter ist.«

»Hilmar Koller, der Sohn vom Staatssekretär?«, fragte Scheu. »Der hat Falk abserviert?«

»Ich kenne nur den einen«, entgegnete Pia. »Und er hat Falk in die zweite Reihe versetzt.«

»Koller also. Der könnte den ganzen Tag im Sandkasten sitzen und Sandkuchen backen und würde trotzdem Karriere machen«, unkte Scheu. »Das lässt sich Falk doch nicht einfach so gefallen?«

Pia zögerte einen Augenblick und warf einen Blick auf die Akten, die auf dem Schreibtisch standen. Einen kurzen Moment dachte sie daran, Scheu davon zu berichten, dass sie mit Falk zusammenarbeitete, doch dann verwarf sie den Gedanken. Es wäre wohl keine gute Idee, ihrem Chef zu gestehen, dass sie einen großen Teil ihrer Arbeitszeit als Hilfspolizistin zubrachte.

»Du kennst Falk«, sagte sie im ruhigen Ton. »Der lässt sich so was nicht gefallen. Er meldet sich, wenn er was für mich hat.«

Scheu atmete tief ein. »Ähm, gut so, bleib auf alle Fälle am

Ball. Außerdem brauche ich morgen eine Viertelseite über die Grube und alles, was dort war. Nimm dir die Historie vor, dazu zwei oder drei Bilder und am Ende die Leichen. Wir dürfen die Story nicht kalt werden lassen, klar!«

Pia rollte mit den Augen. »Klar«, bestätigte sie.

»Morgen, Abgabe dreizehn Uhr, pünktlich!«

Es knackte in der Leitung. Scheu hatte grußlos aufgelegt, aber das war sie inzwischen gewohnt. Ihr Blick glitt über die Kisten und die Aktenberge.

»Soso, Historie der Grube«, wiederholte sie und lächelte. »Das habe ich hier, und zwar nicht zu knapp.«

Autobahn A 9 bei Allersberg, Fahrtrichtung Süden

Edelweiß 805 war der Funkrufname des Eurocopter-Hubschraubers der Bayerischen Polizeihubschrauberstaffel aus Roth nahe Nürnberg, der über der A 9 bei Allersberg seine Kreise zog und intensiv aus der Luft den fließenden Verkehr in Richtung Süden überwachte. Dazu hatte der Copilot die Zoomkamera aktiviert, denn inzwischen wusste jeder Polizist im Süden Deutschlands, dass ein bewaffneter und gefährlicher Mörder und Geiselnehmer in einem roten Honda mit Erfurter Kennzeichen auf dem Weg Richtung Süden unterwegs war.

»Erika Gerling ist neunundvierzig«, erklärte Kriminaldirektor Koller. »Sie kam vermutlich von der Arbeit, als sie entführt wurde. Der Täter hat wohl schon in der Tiefgarage auf sie gewartet.«

»Gibt es eine Vorbeziehung?«, fragte Kollers bayerischer Kollege, der den Fahndungsbereich im Bezirk Mittelfranken leitete.

»Eher nicht«, entgegnete Koller. »Wir gehen von einem Zufallsopfer aus. Hoppe ließ seinen Wagen am Flughafen in Erfurt zurück, der Tank war nahezu leer. Von dort fahren Busse in die Stadt. Er hat wohl den um vierzehn Uhr genommen, wir haben eine Person auf den Bildern der Überwachungskameras, die ihm sehr ähnlich sieht. Der Bus fährt bis zum Domplatz, und dort im Parkhaus hat er dann zugeschlagen. Er hat vermutlich bewusst eine Frau ausgewählt, damit er die Geisel leichter unter Kontrolle hat.«

»Unsere Streifen sind informiert, zwei Helis wurden in die Fahndung eingebunden.«

Koller hatte sich mit seinem Stab in Nürnberg auf dem Präsidium Mittelfranken eingefunden, nachdem der rote Honda am Autobahnkreuz Nürnberg Ost durch eine automatische Fahndungskamera gefahren und identifiziert worden war. Das war vor knapp einer Stunde gewesen. Koller, Pressesprecher Michalski und Stabschef Hahn hatten sich auf den Weg gemacht. Der Fahrer hatte Gas gegeben und für die Strecke von Meiningen nach Nürnberg gerade mal eine Stunde und zehn Minuten gebraucht. Das rotierende Blaulicht auf dem Dach des Wagens und das Martinshorn hatten einen wesentlichen Beitrag dazu geleistet.

»Die Grenzpolizei ist verständigt, und die Kollegen aus Augsburg haben Positionen entlang der Autobahn eingenommen«, meldete der Hauptkommissar aus der Einsatzzentrale via Videokonferenz. »Zwei SEK-Einheiten stehen bereit, und auch die Bundespolizei hat einen Hubschrauber im Einsatz. Sobald er auftaucht, nageln wir ihn fest.«

»Wir müssen verdeckt operieren«, widersprach Koller. »Der Geisel darf nichts geschehen. Unsere Psychologin ist davon überzeugt, dass er sich und wahrscheinlich auch der Geisel etwas antun wird, wenn wir ihn in die Enge treiben.«

Der bayerische Einsatzleiter runzelte die Stirn. »Wie stellen Sie sich das vor, Kollege? Wir können ja nicht nur hinter ihm herfahren. Eine mobile Lage ist unberechenbar. Wir gefährden damit nicht nur das Leben der Geisel, sondern auch unbeteiligter Passanten. Lassen Sie ihn nur in eine Stadt fahren, so wie damals in Gladbeck. So etwas wird es bei uns nicht geben, das kann ich Ihnen versichern.«

»Nach Analyse unserer Psychologin will er vermutlich ans Mittelmeer. Er hatte einen Haufen Fotos und Videos aus der Region Venedig in seiner Sammlung. Es könnte sogar sein, dass er, wenn er am Ziel ist, die Geisel einfach laufen lässt. Zumindest ist das die Einschätzung unserer psychologischen Beraterin.«

Polizeidirektor Korff schüttelte den Kopf. »Herr Kollege, ich glaube kaum, dass die österreichischen Kollegen daran interessiert sind, einen bewaffneten Geiselnehmer in ihr Land einreisen zu lassen. Von den Italienern will ich gar nicht reden. Wenn wir ihn bei uns ausfindig machen, dann werden wir es auch hier beenden!«

»Das halte ich für keine gute Idee.«

»Mag sein«, fuhr Korff ungerührt fort. »Er ist nun mal nach Bayern gefahren, und hier sind wir zuständig.«

Koller schwieg. Er spürte, dass er mit seinem Vorschlag bei diesem unnachgiebigen Kollegen nichts erreichte. Seiner Vorstellung nach wäre es durchaus die bessere Alternative, Hoppe verdeckt zu folgen und den Weg nach Italien frei zu machen. Er vertraute seiner psychologischen Beraterin und verließ sich auf ihre Einschätzung.

»Unser SEK hat solche Lagen schon mehrfach erfolgreich bereinigt«, schob Korff nach, der an Kollers Gesichtsausdruck merkte, dass dieser mit seiner Vorgehensweise nicht einverstanden war.

»Zuerst einmal müssen wir ihn überhaupt finden«, mischte sich Polizeirat Hahn ein. »Es könnte sein, dass er die automatische Fahndungsanlage auf der A 7 erkannt hat und längst auf Nebenstraßen unterwegs ist.«

Korff lächelte. »Auch das haben wir auf der Rechnung«, sagte er. »Die Streifen- und Verkehrsdienste der Landreviere sind natürlich informiert.«

Das Bild auf dem Monitor in der Zentralen Einsatzleitung für Großlagen am Jakobsplatz in Nürnberg, die nur bei speziellen Anlässen in Betrieb genommen wurde, verdunkelte sich.

Das Führungs- und Lagezentrum, das rund um die Uhr die Einsätze im Zuständigkeitsbereich des Präsidiums koordinierte, hatte offenbar abgeschaltet. Korff warf einen fragenden Blick auf den großen Monitor und stieß seinen Adjutanten an. »Fragen Sie mal, was da los ist!«

Noch bevor der Angesprochene den Hörer in die Hand genommen hatte, flackerte das Bild wieder auf. Doch diesmal war es nicht das Lagezentrum, sondern ein Luftbild von der Autobahn A 9.

»Edelweiß acht-null-fünf, haben den Wagen ausgemacht, Kilometer drei sechsundachtzig Komma fünf Fahrtrichtung Süden«, meldete der Copilot des Hubschraubers.

Das Bild auf dem Monitor zeigte einen roten Wagen, der in einer Fahrzeugkolonne im dichten Verkehr auf der mittleren Spur fuhr. Kurz darauf zoomte die Kamera näher heran. Zwar war das Bild ein wenig verschwommen, doch das Kennzeichen konnte man eindeutig ablesen.

»Das ist er!«, sagte Koller. »Ganz eindeutig, das ist Hoppe. Wo ist er jetzt?«

»Kurz vor Greding«, entgegnete Korff.

19

Irgendwo im Süden …

Er traute seinen Augen kaum, als der tiefschwarz lackierte Lastwagen mit Kastenaufbau dröhnend an ihm vorüberfuhr. Ein KrAZ 255B, ein russisches Kraftpaket mit einem Achtzylinder-Motor und 240 PS. Alle sechs Räder wurden an diesem Ungetüm angetrieben. Er war extrem geländegängig. Der Laster fuhr direkt vor ihm in die Lücke des Parkplatzes. Unzählige Aufkleber aus aller Herren Ländern klebten an der Rückseite des Kastenaufbaus, sogar Sticker aus Arabien und Afrika. Eine gute Idee, dieses kraftstrotzende Monster zum Wohnmobil umzubauen, denn die Technik war einfach und gut zu reparieren, wenn man nur ein klein wenig von Lastwagen und Motoren verstand. Der KrAZ war damals der größte Laster gewesen, der in der Kiesgrube eingesetzt worden war. In der russischen Armee war dieser Laster das Standardfahrzeug. Ob als Mannschaftstransporter, als Nachschubfahrzeug oder als Kipper bei den Pionieren, sogar als Raketenwerfer mit aufgeschraubter Lafette wurde der Lastwagen genutzt.

Der Standardtyp der DDR, der W50, war ein ganzes Stück kleiner und natürlich auch schwächer motorisiert. Sie waren im Automobilwerk Ludwigsfelde gebaut und für alles benutzt worden, wozu man einen Laster einsetzen konnte. In der Grube hatte es vier davon gegeben, drei rot lackierte und einen grünen. Vom KrAZ gab es nur ein einziges Exemplar.

Er lehnte sich auf seinem Sitz zurück und lächelte. Der Laster vor ihm hatte Kennzeichen aus der Schweiz und bestimmt noch einen langen Weg vor sich. Ein Mann mit langen blonden, zu einem Zopf gebundenen Haaren und Vollbart war ausgestiegen und rauchte eine Zigarette, während die Frau, ebenfalls blond und wohl Mitte dreißig, so wie der Mann, Turnübungen durchführte und sich reckte und streckte. Wo mochten die beiden wohl gerade herkommen? Bestimmt aus dem hohen Norden, denn direkt neben dem Kennzeichen war das schon oft gesehene gelbe Warnzeichen mit einem aufgedruckten Elch abgebildet. Der Aufkleber schien noch relativ neu, während die anderen bereits verblichen waren.

Als Kind hatte er sich sehr für Autos und Laster interessiert. Er wusste alles darüber. Anzahl der Zylinder, die Pferdestärken, die Extras und natürlich auch die zum Teil horrenden Preise und die langen Wartezeiten, die sich manchmal sogar über Jahre erstreckten.

Vater hatte auch lange auf seinen kanariengelben Trabi warten müssen. Sieben Jahre, hatte er immer erzählt, und dass er aufpassen solle, wenn er manchmal auf der engen und harten Rückbank mitfahren durfte. Aber das Schönste, das er damals mit seinem Vater erlebt hatte, war die Ausfahrt im roten W50, mit dem Vater eines Tages unverhofft in der Siedlung aufgetaucht war. Es war im Spätsommer gewesen, und die Sonne schien mit angenehmer Wärme, sodass sich viele aus der Nachbarschaft draußen aufhielten. Alle Jungen und Mädchen waren zusammengelaufen, und sogar manche der Alten blieben stehen und inspizierten interessiert den großen Laster, den man normalerweise im Viertel nicht zu Gesicht bekam. Ein vorbeifahrender Barkas oder ein Framo, das war ja normal, oder der Robur-Bus, der zwischen den Orten und der Stadt verkehrte, aber ein W50 war schon außergewöhnlich und weckte die Neugier. Stolz war er damals, als er Vater beim Beladen helfen durfte, nachdem der alte Schuppen abgerissen worden war. Und dann durfte er sogar mitfahren. Ganz ehrfürchtig nahm er damals im Führerhaus Platz. Die neidischen Blicke der anderen Jungs aus der Siedlung hatte er nicht vergessen. Vater fuhr aus der Siedlung hinaus und bog auf die Straße nach Warin ab. Hin und wieder musste er abbremsen und ausweichen, wenn ihm ein knatternder Trabi oder ein rauchender Wartburg entgegenkam, denn die Straße war nicht breit genug, nicht so wie heute, wo gleich drei Autos ohne Probleme aneinander vorbeikamen. In Warin war die Deponie, hatte Vater gesagt, doch er bog damals noch weit vor Warin in einen Feldweg ab, der zu einem See führte, wo er anhielt und sich zuerst aufmerksam umschaute, bevor er einen schweren Teppich von der Ladefläche nahm, über die Schultern legte und in den nahen Wald trug, wo er für beinahe zehn Minuten verschwand.

»Du wartest hier und bewachst den Laster«, befahl er. »Hier gibt es genug diebische Polen und Tschechen, die gerne klauen, Junge. Du bist jetzt für den Wagen und für die Ladung verantwortlich, hast du verstanden!«

Vaters Stimme klang hart und ließ keinen Zweifel daran aufkommen, dass er es ernst meinte. Und er wusste genau, was passierte, wenn er Vaters Anweisungen nicht befolgte.

»Aber wenn jemand kommt?«, hatte er damals ängstlich gefragt.

»Dann drück auf die Hupe!«

Dann verschwand der Vater mit dem Teppich über der Schulter hinter den Büschen und Bäumen. Er aber fand keine Ruhe und vergaß ganz und gar, sich hinter das Steuer zu setzen, denn Vaters Worte hatten ihm Angst gemacht. Nervös schaute er sich um, damit keiner dieser diebischen Polen und Tschechen die Ladung stehlen konnte. Obwohl die Ladung doch eigentlich nur aus Abfall bestand, der auf die Deponie nach Warin sollte.

Zehn Minuten später tauchte Vater wieder auf, und die Fahrt ging weiter. Diesmal zur Deponie, wo er eifrig beim Abladen half. Auf dem Rückweg bog Vater erneut auf einen Feldweg ab. Doch diesmal gab es nichts mehr zu entsorgen, diesmal durfte er sich auf Vaters Schoß setzen und selbst den Laster lenken. Das war der schönste Tag in seinem Leben. Acht oder neun dürfte er damals gewesen sein. Als er am nächsten Tag in die Schule kam und von seiner kleinen Ausfahrt berichtete, glaubte ihm keiner aus der Klasse. Doch das war ihm egal, diesen Moment konnte ihm niemand nehmen.

Drei Wochen später erzählten die Kinder in der Schule, dass man im Tramser See eine tote Frau gefunden habe, die dort wohl ins Wasser gefallen und ertrunken war. Zuerst glaubte er die Geschichte nicht, als sie der schmale Hans aus der zweiten Bankreihe in der Pause erzählte, doch dann erzählten sogar die Lehrerinnen und Lehrer davon und hoben mahnend den Zeigefinger in die Höhe, wenn sie sagten, dass man in dieser feuchten Jahreszeit nie zu nahe ans glitschige Ufer gehen sollte. Schwupps, ehe man sich versah, lag man mitten im See, und es würde einem genauso ergehen wie der unvernünftigen Frau vom Tramser See.

Als es laut knallte, schaute er auf und richtete seinen Blick nach vorne. Eine Fehlzündung, das kam schon mal vor. Der KrAZ qualmte, als er sich in Bewegung setzte und langsam aus der Parklücke rangierte. Ein KrAZ 255B im tiefsten Bayern, wie klein doch diese Welt geworden war!

Restaurant See-Eck, Achenkirch, Seestraße

Nach gut zehn Stunden Fahrzeit, in der er sich mit Brunner abgewechselt hatte, waren sie in Achensee eingetroffen. Zum Einchecken in der Pension blieb nur wenig Zeit, denn kaum eine halbe Stunde später wollten sie sich bereits mit Majorin Obergfellner vom Sicherheitsbüro Tirol, Außenstelle Achensee, im Restaurant See-Eck am südlichen Zipfel des Achensees treffen. Sie kamen pünktlich, die Majorin war noch nicht im Lokal eingetroffen. Im Restaurant waren nur wenige Gäste anwesend; Falk bestellte erst einmal ein kühles Bier gegen den Durst. Das Essen konnte noch warten.

Die Majorin kam zehn Minuten zu spät. Sie war groß, schlank, wohl Mitte dreißig und hatte ihre blonden Haare zu einem Zopf gebunden. Mit ihrer dunklen Bluse, dem beigen Rock und den hohen Stöckelschuhen wirkte sie eher wie eine

Versicherungsmaklerin als wie eine Frau, die sich mit Mord und Totschlag beschäftigte. Sie warf einen kurzen Blick in die Runde und kam direkt zum Tisch.

»Die Herren Falk und Brunner aus Deutschland, nehme ich an. Servus.«

Falk erhob sich und deutete eine Verbeugung an. »Vito Falk«, entgegnete er und wies auf seinen Tischnachbarn. »Und das ist mein Kollege Theo Brunner von der Spurensicherung. Es ist mir eine Ehre.«

Brunner nickte nur kurz und blieb sitzen.

»Vito … Sie sind Italiener?«, fragte sie, nachdem ihr Falk den Stuhl zurechtgerückt hatte.

»Eine gelungene Mischung, würde ich sagen«, erklärte er. »Meine Mutter stammt aus Kalabrien, mein Vater war ein waschechter Kieler, ebenfalls Polizist.«

Sie lächelte. »Da haben wir etwas gemeinsam. Mein Vorname ist Gina, meinem Vater zuliebe, denn der stammt aus Mailand. Meine Mutter ist von hier.«

Sie nahm Platz und stellte ihre große Tasche neben dem Stuhl ab.

»Es ist wirklich toll, dass Sie spontan dem Treffen zugestimmt haben, auch wenn Sie längst Feierabend haben«, fuhr Falk fort.

»Das Verbrechen schläft nie«, sagte sie, winkte die Kellnerin herbei und bestellte sich einen Weißwein, ehe sie sich erneut Falk zuwandte.

»Ich bin sehr gespannt, Herr Falk. So wie es sich am Telefon anhörte, scheint es eine mögliche Verbindung zwischen unseren Fällen zu geben. Ich bin für alle Hinweise dankbar, denn unsere Ermittlungen kamen damals zum Erliegen, und bislang gibt es keine neuen Erkenntnisse.«

»Vito, wenn es recht ist«, entgegnete Falk und griff nach seinem Aktenkoffer. Er öffnete ihn, entnahm die dicke Akte und reichte sie der österreichischen Kollegin.

»Sehr recht, Gina, wie gesagt«, antwortete sie und übergab

ihrerseits die Akte, die sie aus ihrer Tasche zog. Falk reichte die Akte an Brunner weiter, der schweigend am Tisch saß und das Gespräch verfolgte. Während Gina Obergfellner die Akte durchblätterte, berichtete ihr Falk über die Leichenfunde in der Kiesgrube bei Zurow und die bisherigen Ermittlungen.

»… stehe ich derzeit mit meiner Theorie ziemlich alleine da. Mein Chef glaubt felsenfest an einen regionalen Täter.«

Gina Obergfellner war inzwischen bei den Leichenbildern in der Akte angekommen und betrachtete das Bild der getöteten Bogdana Iunescu mit großem Interesse. Schließlich legte sie die Akte zur Seite.

»Maja Poremski starb unmittelbar nach ihrem Verschwinden, am zwölften Juni zwanzigneunzehn«, berichtete sie. »Das war an einem Mittwoch. Sie traf sich mit Freunden in der Tenne in Jenbach zum Tanzen und wollte gegen Mitternacht mit dem Bus zurück nach Maurach fahren. Sie arbeitete im Hotel Alpenland und hatte dort auch ihr Zimmer. Das letzte Mal wurde sie von einem Zeitungszusteller an der Bushaltestelle in der Achenseestraße gesehen. Das war gegen halb eins. Vermutlich hatte sie den Bus verpasst und wartete auf den nächsten, der nach Plan um ein Uhr fahren sollte. Dort ist sie aber nicht zugestiegen. An dieser Bushaltestelle verliert sich die Spur.«

»Sie arbeitete als Saisonkraft und kam aus Polen?«

Gina nickte. »Sie war seit Mai hier, aber schon das zweite Mal. Der Wirt vom Alpenland war zufrieden mit ihr und bot ihr an, das nächste Jahr wiederkommen zu dürfen. Sie kam aus Posen und studierte Musik und Tanz. Zwei Monate später fand man ihre Handtasche in der Nähe des Bahnhofs. Sie lag dort im Gebüsch. Alle ihre Papiere befanden sich darin, in der Geldbörse waren sogar noch knapp vierzig Euro.«

»Dort geht es zur Autobahn, richtig?«

Gina nickte. »Die Auffahrt ist kaum fünfhundert Meter entfernt.«

Brunner räusperte sich und reichte der Majorin ein Foto, das bei der Obduktion der Leiche aufgenommen worden war und Verletzungsmuster am Hinterkopf zeigte. »Gibt es davon weitere Bilder?«, fragte er. »Nahaufnahmen mit Maßstab und Formmuster der möglichen Tatwaffe?«

Gina betrachtete das Bild. »Das ist sicher alles noch vorhanden. Zusammen mit dem Obduktionsbericht, dem Bericht der Spurensicherung und den Aussagen der Zeugen. Wir haben etliche Ordner befüllt, aber zum Täter gibt es leider keinen einzigen konkreten Ansatzpunkt.«

Die Kellnerin näherte sich dem Tisch. »Wenns noch wos essen wollen, die Küchn schließt um neini«, sagte sie und servierte Gina den Wein.

»Ich nicht, ich habe bereits gegessen«, entgegnete Gina.

»Aber ich könnte etwas vertragen«, sagte Brunner. »Bringen Sie mir bitte den Schweinebraten.«

»Schweinsbroatn«, wiederholte die Kellerin und warf Falk einen fragenden Blick zu.

Falk nickte. »Okay, also zweimal und noch ein Bier, bitte.«

Die Kellnerin notierte die Bestellung, ehe sie sich umwandte und verschwand.

»Es war reiner Zufall, dass ihre Leiche gefunden wurde«, fuhr Gina fort. »Sie lag in einem kleinen Seitental unterhalb vom Stanzer Joch. Da ging eine Lawine ab und riss zwei Strommasten samt Fundament um. Wir gehen davon aus, dass sie dort bewusst vergraben wurde, damit sie nicht gefunden wird.«

»Führt eine Straße dorthin?«, fragte Falk.

»So in der Art«, entgegnete Gina Obergfellner. »Wenn man einen entsprechenden Geländewagen hat, wäre es möglich. Mit einem LKW hat man keine Chance.«

Da war es wieder, das Problem, für das Falk bislang noch jeglicher Lösungsansatz fehlte. Die Morde nahe der Autobahn, die Tatwaffe und die Entfernung zwischen Wismar und dem Achensee sprachen dafür, dass es sich bei dem Täter um einen LKW-Fahrer handelte. Doch die Fundorte der Leichen lagen in einem abgeschiedenen Gebiet, relativ weit entfernt von

Zugangsstraßen und für einen LKW unerreichbar. Auf welche Weise ließ der Täter seine Opfer verschwinden, und wie transportierte er die Leichen? Dorthin getragen hatte er sie wohl kaum.

»Es gibt wirklich sehr viele Parallelen zwischen unseren Fällen«, riss Gina Falk aus seinen Gedanken. »Wir sollten uns morgen um acht treffen. Ich hole euch ab, dann fahren wir zu Majas Fundort. Wo übernachtet ihr?«

»Wir sind im Landhaus Meyer abgestiegen, keine fünf Minuten von hier«, erklärte Falk.

»Das kenn ich, ich wohne nicht weit weg von hier. Und jetzt muss ich mich verabschieden, ich hab noch einen wichtigen Termin. Eine Fünfjährige zu versetzen, das kann ganz schön ins Auge gehen. Die Akte könnt ihr erst mal studieren. Wir sehen uns morgen.«

»Das gilt für unsere Akte ebenfalls und der Wein geht selbstverständlich auf mich«, entgegnete Falk. »Also, bis morgen.«

20

Haunstetter Forst bei Greding, Bayern

Der Polizeihubschrauber mit dem Funkrufnamen Edelweiß 805 war längst wieder auf seinem Flughafen in Roth bei Nürnberg zum Nachtanken gelandet. Von dem roten Wagen mit dem Erfurter Kennzeichen fehlte jede Spur. Bei Greding war der Wagen von der A 9 abgefahren und auf die Staatsstraße Richtung Hirschberg abgebogen. Nach Haunstetten hatte der Hubschrauber den Wagen in einem Waldgebiet aus den Augen verloren. Obwohl der Pilot beinahe eine halbe Stunde über dem Haunstetter Forst kreiste, blieb der rote Wagen verschwunden.

Zivilstreifen durchkämmten inzwischen das Gebiet, doch auch sie entdecken den Honda nicht. Konnte es sein, dass Hoppe den Hubschrauber bemerkt hatte?

Das Sondereinsatzkommando der zuständigen Polizeiinspektion stand Gewehr bei Fuß und wartete vergeblich auf den Einsatzbefehl.

»Es kann nicht anders sein, er muss den Hubschrauber bemerkt haben«, sagte Koller, nachdem das Überwachungsvideo endete, das von dem Polizeihubschrauber aufgenommen worden war und auf dem man den roten Honda Civic in das Waldgebiet eintauchen sah.

»Könnte sein, dass er einfach nur mal aufs Klo musste und Rasthöfe und Parkplätze meidet«, entgegnete Korff.

Sie befanden sich inzwischen an Bord eines Lastwagens der Mobilen Einsatzführung und parkten kurz hinter Greding unweit der Autobahn. Inzwischen hatte der Krisenstab des Innenministeriums verfügt, dass die Einsatzleitung in diesem Fall bei Korff verblieb, egal in welche Ecke Bayerns sie die Flucht des

Geiselnehmer auch führen würde. Korff war nur wenig begeistert von dieser Entscheidung, auch wenn Koller diese Maßnahme begrüßte.

»Wo sind unsere Wagen?«, fragte Koller.

Der Einsatzassistent schaltete den Monitor auf den großen Bildschirm an der Stirnseite, wo die einzelnen Fahrzeuge mittels roter Punkte mit dazugehörigem Rufnamen dargestellt wurden. Einige standen an den Straßen, andere bewegten sich im Waldgebiet.

»Wir haben den Forst umstellt und suchen die Waldwege und Parkplätze ab«, meldete der Einsatzassistent. »Wenn er noch da drinnen steckt, finden wir ihn.«

»Wie groß ist das Gebiet?«, fragte Koller, der sich aufgrund des Kartenausschnitts keine Vorstellungen vom Ausmaß des Waldes machen konnte. Der Einsatzassistent legte eine Übersichtskarte auf den Bildschirm, auf der das gesamte Gebiet nebst Straßen und Waldwegen verzeichnet war.

»Da gibt es viele Wege und auch zwei große Kiesgruben, die noch betrieben werden«, erklärte der Mann. »Ein Weg führt direkt hinunter zum Felsentor. Wenn er sich hier auskennt und diesen Weg genommen hat, dann könnte er schon längst wieder Richtung Denkendorf zur Autobahn unterwegs sein und unserem Zivilfahrzeug auffallen.«

»Es nützt nichts, der Hubschrauber muss wieder her«, mischte sich Korff ein. »Wir brauchen die Übersicht aus der Luft, so schnell es geht. Fragen Sie mal nach, wie lange es noch dauert.«

Der Einsatzassistent richtete die Anfrage über das Einsatzprotokoll an die Hubschrauberstaffel und erhielt kurz darauf Antwort über das System.

»Der Hubschrauber wird gerade betankt«, meldete er seinem Vorgesetzten. »In einer halben Stunde ist er wieder im Einsatzgebiet.«

»Eine halbe Stunde«, knurrte Koller ernüchtert. »Da kann er längst über alle Berge sein.«

Inzwischen hatte der Einsatzassistent wieder das Monitorbild des Einsatzleitrechners auf den großen Bildschirm gelegt.

»Ich glaube nicht, dass er uns durch die Maschen schlüpft«, beruhigte Korff seinen Mecklenburger Kollegen. »Er sitzt irgendwo im Wald fest und wartet ab. Selbst wenn er den Hubschrauber bemerkt hat, weiß er noch nicht, wie dicht wir an ihm dran sind.«

»Blödsinn, er hat den Hubschrauber gesehen und ist stiften gegangen, bevor wir da waren«, widersprach Koller.

»Hubschrauber auf der Autobahn sind Routine.«

»Trotzdem müssen wir davon ausgehen, dass er von der Fahndung weiß«, schob Koller nach. »Wir müssen unser Handeln entsprechend anpassen.«

Korff verzog die Mundwinkel. »Meine Leute sind in die Lage eingewiesen und wissen, wie man solche Konflikte löst«, entgegnete er bestimmt.

Naturschutzgebiet Bärenkopf bei Maurach in Österreich

Pünktlich um acht Uhr fuhr vor der Pension Meyer ein Geländewagen der österreichischen Polizei vor. Gina Obergfellner stieg auf der Beifahrerseite aus. Falk und Brunner warteten bereits vor der Pension. Ein uniformierter Polizist mit Vollbart saß hinter dem Steuer des Wagens und öffnete die Tür.

»Guten Morgen, Kollegen«, begrüßte Majorin Obergfellner die deutschen Kripobeamten. »Das ist Hauptmann Haser von der hiesigen Polizeistation. Er kennt das Tal wie seine Westentasche.«

Der uniformierte Kollege, an die zwei Meter groß und kräftig, nickte Falk und Brunner zu.

»Falls Herr Brunner sich mit dem Chef unserer Spurensicherungseinheit austauschen will, fahren wir ihn nach Buchau, bevor wir an den Bärenkopf zum Fundort der Leiche fahren.«

»Ich kann auch unseren Wagen nehmen, wenn Sie mir die Adresse nennen«, entgegnete Brunner.

Majorin Obergfellner winkte ab. »Das sind nur zehn Minuten Umweg. Kollege Leidinger ist in Buchau mit der Untersuchung eines Arbeitsunfalls beschäftigt, er nimmt Sie dann mit auf unser Revier. Dort treffen wir uns heute Mittag und besprechen den Fall. Am Abend nehme ich euch dann wieder mit hierher. Ich wohne ja kaum einen halben Kilometer entfernt.«

Brunner und Falk stimmten zu und nahmen im Fond des geräumigen Geländewagens Platz. Der Umweg über Buchau dauerte keine Viertelstunde. Als sie bei Maurach in Richtung des Taleinschnitts abbogen und eine kleine Siedlung namens Lärchenwiese hinter sich gelassen hatten, endete die geteerte Straße und ein geschotterter Weg führte unterhalb des Bärenkopfs entlang. Ein großes Schild wies auf das nahe Naturschutzgebiet und auf den Bannwald hin. Die Durchfahrt auf der Strecke war nur noch für Fahrzeuge der Land- und Forstwirtschaft erlaubt.

»Ist das Gebiet auch auf dem Navi als Naturschutzgebiet gekennzeichnet?«, fragte Falk neugierig.

»Klar«, bestätigte Gina Obergfellner.

»Auch der Bannwald?«

»Das glaub ich nicht, aber den kennt man hier«, mischte sich Haser in das Gespräch ein. »Der Wald ist sich selbst überlassen. Die Touristen wissen das. Der Wanderweg verläuft etwa zweihundert Meter südlich. Dort stehen alle paar Hundert Meter Hinweisschilder, dass es verboten ist, die Wanderrouten zu verlassen.«

Falk nickte.

Der Fahrweg war zunächst gut ausgebaut und stieg langsam an. Zwei Kilometer später änderte der Weg sein Gesicht. Aus dem Schotterweg wurde eine grasbewachsene Piste mit zwei Fahrspuren. Ein normaler PKW wäre schon längst auf der Grasnarbe inmitten des Weges aufgesessen. Auch die Zahl der

Schlaglöcher nahm zu. Links des Weges stieg das Gelände steil an.

»Kommt dahinten noch ein Haus oder eine Siedlung?«, fragte Falk.

»Da ist die Weissenbachalm«, erklärte Haser. »Der Berg zur Linken ist das Stanzer Joch, und auf der anderen Seite haben wir den Bärenkopf. Ganz hinten liegt der Weissenbachsattel, da kommt man runter nach Pertisau.«

Der Weg stieg weiter an, schließlich folgte eine scharfe Kurve. Kurz darauf stoppte Haser den Geländewagen. In einiger Entfernung konnte Falk eine Stromleitung durch das lichte Blätterdach erkennen.

»Wir sind da«, bemerkte Haser.

Falk schaute auf den Tachometer des Wagens.

»Kann das sein, sechs Kilometer?«, fragte er.

»Bitte?«, fragte Gina Obergfellner.

»Wir sind sechs Kilometer von Maurach entfernt?«, wiederholte Falk.

Haser nickte. »Kommt hin«, bestätigte er knapp und öffnete die Tür.

Sie stiegen aus und gingen zu Fuß in den Wald hinein, der hier im Gegensatz zum dem Bereich vor der Kurve aus jungen, halbhohen und weit auseinanderstehenden Nadelbäumen bestand.

»Wir sind jetzt genau unter dem Gipfelpunkt des Stanzer Jochs«, erklärte Haser und zeigte auf das steil ansteigende Gelände jenseits des Weges. »Hier ging damals die Lawine ab. Die Bäume standen davor ähnlich dicht wie am Beginn des Weges. Natürlich gab es hier auch Büsche. Die Lawine hat alles fortgerissen.«

Falk schaute sich um, dann gingen sie weiter und stießen auf einen Strommast mit Betonfundament, der kurz vor einer steil abschüssigen Böschung stand.

»Hier hat man sie gefunden«, berichtete Gina Obergfellner.

»Hier gab es früher eine Rückergasse, damit man ins Gehölz

einfahren konnte«, fügte Haser hinzu. »Ich nehme an, dass der Täter deshalb die Leiche hier vergrub, weil er gut an diese Stelle kommen konnte. Dazu brauchte er nur einen geländegängigen Wagen.«

Falk blieb vor dem Strommast stehen und blickte auf den Boden.

»Sie war nicht tief vergraben«, erklärte Haser. »Ein bis zwei Meter vielleicht. Der Waldboden ist weich, deshalb wurde das Fundament damals auch umgerissen. Mit einem Spaten hat man schnell die Tiefe.«

»Sie war in schwarze Plastikfolie eingewickelt«, fuhr Gina Obergfellner fort. »Ansonsten war sie nackt. Ihre Kleidung fehlt bis heute, deswegen ist es ungewöhnlich, dass wir die Handtasche gefunden haben.«

Falk umrundete das Fundament und stand vor einem schroff abfallenden Abhang, der etliche Meter in die Tiefe führte. Unterhalb dieses Abhanges war ein Trampelpfad zu erkennen. Gina trat neben ihn. »Da unten verläuft der Wanderpfad, der zur Alm führt.«

»Das ist immer noch Bannwald?«, fragte Falk.

Haser nickte. »Richtig, vor bis zur Alm. Wenn es die Lawine nicht gegeben hätte, dann hätte man die Leiche wohl nie gefunden.«

»Wie lange steht der Mast schon da?«, fragte Falk. »Ich meine natürlich den Vorgänger, den die Lawine mitgerissen hat.«

Haser überlegte. »Der versorgt die Alm und das Wohngebiet mit Strom. Ich würde sagen, der wurde vor fünf Jahren gebaut.«

»Also zwei Jahre vor dem Leichenfund.«

Haser nickte. »In etwa.«

»Ich gehe davon aus, so ein Fundament überdauert bestimmt mehrere Jahre, wenn nicht zufällig eine Lawine vorbeikommt.«

»Klar, eine halbe Ewigkeit«, bestätigte Haser.

Falk schaute sich noch einmal um, bevor er von dem Abhang zurücktrat. »Dann konnte der Täter wohl davon ausgehen, dass die Leiche unter normalen Umständen nicht gefunden wird«, bemerkte er.

»Schon«, bestätigte Haser.

»Noch eine Parallele zu den Morden in Zurow«, sagte Falk zu seiner österreichischen Kollegin. »In Zurow waren es Wildschweine, die uns auf die Spur der Leichen gebracht haben. Reiner Zufall, den niemand vorhersehen konnte.«

Gina Obergfellner nickte. »Ich habe die Akte gelesen. Fahren wir zurück nach Maurach.«

21

RMZ, Regionalbüro Wismar, Krämerstraße

Pia hatte ihren Chefredakteur nicht enttäuscht. Eine halbe Seite Bericht nebst Fotos über die Historie der alten Kiesgrube bei Zurow mit ausreichend Hintergrund – schließlich hatte ihr Falk genug Material zur Sondierung überlassen, mit dem sie den gesamten Lokalteil hätte füllen können. Scheu brauchte es nicht zu interessieren, woher sie die betriebsinternen Kenntnisse zur Kiesgrube erlangt hatte; Hauptsache, die Zeitung war voll und man hielt die Story um die Frauenmorde bei Zurow am Kochen. Schließlich fehlte ja noch der finale Akt oder besser gesagt, die Festnahme des flüchtigen Täters, der bei seiner Überprüfung eine unbeteiligte Nachbarin erschossen hatte. Derzeit gab es eine Nachrichtensperre seitens der Staatsanwaltschaft, doch Gerüchten aus Polizeikreisen zufolge hatten sie den Flüchtigen irgendwo in Bayern aus den Augen verloren.

Bei der Recherche zu ihrem Artikel war sie auf einen recht sonderbaren Monatsbericht eines Abschnittsführers namens Reinike aus dem Jahr 1982 gestoßen. Reinike hatte sich bitter über eine einstweilige Schließung der Grube beim Bezirksamt in Rostock beschwert, da durch die Maßnahme das Plansoll nicht erfüllt werden konnte. Grund dieser kurzfristigen Stilllegung durch das Ortspolizeiamt in Wismar war der ungeklärte Todesfall einer jungen Vertragsarbeiterin der nahen LPG, die in der Kiesgrube aufgefunden worden war.

Es gab also schon einmal einen Todesfall einer jungen Frau bei Zurow. Darüber musste sie unbedingt mehr erfahren. Pia bekam eine Gänsehaut. Sie war sich sicher, auf ein sehr wichtiges Ereignis in der Vergangenheit der Grube gestoßen zu sein, das vielleicht sogar bei den Leichenfunden in der Kiesgrube eine Rolle spielte. Sie griff nach ihrem Handy und wählte Falks Nummer. Es dauerte eine Weile, bis der Ansagetext aktiviert wurde, der erklärte, dass der angerufene Teilnehmer im Augenblick nicht erreichbar sei. Kopfschüttelnd beendete sie das Gespräch. Wo trieb sich Falk schon wieder herum? Immer wenn man ihn brauchte, war er nicht da.

Sie überlegte einen Augenblick und erinnerte sich, den Namen Reinike schon in den Personalakten gelesen zu haben. Sie erhob sich, ging zu den Kartons und zog die verstaubte Akte hervor. Vielleicht lebte der Mann ja noch und konnte ihr in dieser Sache weiterhelfen?

Anton Reinike, Abschnittsführer und Parteifunktionär, zweimal ausgezeichnet mit dem Banner der Arbeit und der Urkunde als Bestarbeiter für herausragende Arbeitsergebnisse bei der sozialistischen Planerfüllung sowie der Medaille als hervorragender Ausbilder, weilte leider nicht mehr unter den Lebenden. Er war kurz vor der Wende im Alter von fünfzig Jahren bei einem Unfall in der Grube verstorben. Sie griff erneut nach dem Monatsbericht. Eine weitere Unterschrift und ein weiterer Name waren auf dem Bericht vermerkt. Gottfried Mahler, Rechnungsleger, Kombinatsverwaltung Grube Zurow. Auch über diesen Namen war sie in den Personalakten gestolpert. Mahler wäre heute fünfundsiebzig Jahre alt; durchaus ein Alter, in dem man sich mit diesem Mann noch unterhalten konnte, um mehr über den mysteriösen Vorfall zu erfahren. Nach dem Eintrag wohnte er in der Gemeinde Schimm. Vielleicht war er ja noch am Leben. Erneut griff sie nach ihrem Handy und versuchte Falk zu erreichen, doch auch dieser Versuch schlug fehl.

»Verdammt, warum gehst du nicht ans Handy!«, fluchte sie und scrollte durch ihre Kontaktliste. Schließlich blieb sie bei Rönning hängen, der auf Poel in der Polizeistation arbeitete. Sie drückte das Anrufsymbol. Rönning meldete sich nach dem zweiten Klingelton.

»Hallo, Pia«, begrüßte sie ihr Bekannter. »Ich gehe davon aus, dass du mal wieder was von mir wissen willst. Aber ich sage dir gleich, es gibt eine Nachrichtensperre. Ich habe keine Ahnung, ob sie Hoppe schon haben und was da los ist. Und selbst wenn ich es wüsste, würde ich es dir diesmal nicht auf die Nase binden. Es reicht mir noch vom letzten Mal. Die haben gesagt, wenn ich noch mal mit der Presse rede, dann versetzen die mich nach Anklam, und darauf habe ich überhaupt keine Lust. Also, was willst du von mir?«

»Hey, chill mal und komm wieder runter«, entgegnete Pia mit weicher Stimme. »Darf ich meinen Freund und Bekannten nicht einfach mal anrufen, ohne dass es um polizeiliche Themen geht?«

»Was willst du?«

»Ich wollte nur mal mit dir quatschen, mehr nicht.«

»Das letzte Mal, als du mich angerufen hast, wolltest du von mir wissen, ob Falk im Fall der Leichen im Brooker Wald ermittelt, und das ist jetzt schon wieder ein Jahr her, also erzähl mir keinen Mist. Was willst du?«

»Ich wollte fragen, ob du am Wochenende etwas vorhast, aber gut, wenn du mir so kommst …«

»Okay, mal angenommen, ich habe nichts vor«, fiel ihr Rönning ins Wort. »Was schlägst du vor?«

Pia überlegte. »Am Wochenende ist hier in Wismar ein Konzert der Shanty-Chöre Hamburg und Meck-Pomm«, sagte sie, wohl wissend, dass diese Art von Musik überhaupt nicht sein Geschmack war. »Ich hätte noch eine Karte übrig, falls du Interesse hast.«

Einen Augenblick herrschte Schweigen.

»Shanty-Chöre«, wiederholte Rönning.

»Ja, Shanty ist doch was Feines. Männer, die von der See, vom Wind und von der Sehnsucht singen, du kennst das ja sicher.«

»Ach, weißt du, Shanty, das ist überhaupt nicht mein Fall.«

»Na gut, dann vielleicht ein anderes Mal«, schwenkte Pia schnell um.

»Ja, wie wäre es am Sonntag mit Kino?«

»Sonntag, mal sehen.«

»Ich hole dich ab, und wir gehen danach noch eine Kleinigkeit essen und anschließend ins Enjoy, wie wäre das?«

»Klingt gut«, entgegnete Pia. »Ich schau mal, ob das klappt. Aber wenn ich dich schon an der Strippe habe, ich schreibe gerade an einer Reportage über das Arbeitsleben in der ehemaligen DDR. Ich interviewe Zeitzeugen. Blöderweise habe ich die Adresse von einem meiner Interviewpartners verloren. Über Telefon meldete er sich leider nicht. Vielleicht kannst du mir kurz helfen?«

»Um was geht es?«

»Gottfried Mahler, wohnte in Schimm«, sagte sie. »Vielleicht kannst du mal in deinem Computer nachschauen, wo genau er dort wohnt, bevor ich unnötig Sprit vergeude.«

»Mahler, sagst du?«

Pia bestätigte und nannte Rönning Mahlers Geburtsdatum. Es dauerte eine Weile, bis sich Rönning wieder meldete.

»Der wohnt nicht mehr in Schimm, der wohnt jetzt in Neukloster, in der Bützower Straße. Soweit ich sehe, ist das ein Altenheim.«

Pia notierte die Adresse. »Da hätte ich wohl umsonst den Weg nach Schimm angetreten, ich danke dir.«

»Keine Ursache, also dann bis Sonntag. Ich hole dich gegen fünf Uhr ab.«

»Verdammt, da fällt mir ein …«, entgegnete Pia. »Sonntag geht gar nicht. Familienfeier, das ist heilig.«

»Das ist schade …«

»Ich schau mal nach, vielleicht ein anderes Mal. Ich melde mich wieder.«

Nachdem sie das Gespräch mit Rönning beendet hatte, versuchte sie noch einmal Falk zu erreichen, doch ihr Versuch blieb vergebens.

Sie widmete sich ihrem Computer und suchte nach dem Altenheim in Neukloster, vom dem Rönning gesprochen hatte.

Sicherheitsbüro Tirol, Außenstelle Achensee, Jenbach

Die Polizeidienststelle lag in Jenbach direkt neben der Volksschule. Vom Büro der Majorin aus waren die nahen Berge zu sehen, doch Falk hatte keinen Blick dafür. Er schaute nur auf das Foto aus der Rechtsmedizin, dass ihm Brunner unter die Nase hielt. Darauf war das Verletzungsmuster am Kopf von Maja Poremski abgebildet, die man unterhalb des Stanzer Jochs gefunden hatte.

Nach einer Liegezeit von beinahe sechs Monaten war die Leiche in einem entsprechenden Zustand, dennoch waren die Verletzungen am kahl rasierten Schädel deutlich zu erkennen.

»Viereinhalb Zentimeter in der Länge und ein Zentimeter in der Breite, das stimmt mit unseren Messungen überein«, vermeldete Brunner. »Der Obduzent geht von einem Universalschlüssel aus.«

»Was ist mit den sonstigen Merkmalen?«, fragte Falk.

»Der Pathologe geht von einem Sexualdelikt aus. Es fanden sich Verletzungen im Intimbereich, außerdem ist im Obduktionsbericht auch von Würgemalen die Rede. Hervorgerufen durch ein zugfestes Würgeinstrument.«

»Kein elastischer Stoff, sondern ein steifes, unbewegliches Material«, erklärte Oberleutnant Leidinger, der Leiter der Spurensicherungsabteilung.

»Ähnlich einem Gürtel?«, fragte Falk.

»Im Bericht ist eine Breite von vier Zentimeter angegeben«, fügte Majorin Obergfellner hinzu. »Wenngleich die Ausprägung aufgrund des Zustandes der Leiche nur noch schwach erkennbar war.«

»Das ist eine gängige Gürtelbreite«, bemerkte Brunner.

Falk ließ sich auf dem Stuhl neben dem Schreibtisch fallen. »Das sind ein paar Zufälle zu viel, würde ich sagen. Frau Kollegin, ich bin überzeugt, wir suchen eindeutig nach demselben

Täter. Der einzige Unterschied ist, dass es bei unseren Leichen keine Folie gab.«

»Die Folie hat uns auch nicht weitergebracht, das haben wir überprüft«, entgegnete Leidinger. »Solche Folien sind für große Verpackungen und Paletten, die gibt es in jeden Baumarkt.«

Majorin Obergfellner öffnete das Fenster, zog eine Zigarettenschachtel aus ihrer Hemdbluse und zündete sich eine Zigarette an. Den Rauch blies sie nach draußen.

»Habt ihr sonst konkrete Hinweise?«, fragte sie nach einem kurzen Augenblick des Schweigens.

Falk zuckte mit der Schulter. »Nur vage. Mein Vorgesetzter ist allerdings anderer Meinung. Er glaubt, dass er den Täter hat. Die Jagd ist bereits eröffnet.«

»Und Sie denken, Ihr Chef irrt sich, habe ich recht?«

»Bei der Routineüberprüfung von vorbestraften Sexualstraftätern in unserer Region ist ein Mann mit psychischen Problemen ausgerastet und hat die Polizisten angegriffen. Dabei hat er auch eine Unbeteiligte erschossen. Dieser Mann ist dissoziativ, neurotisch und soziophob, aber keineswegs organisiert. Das passt nicht zu einem triebhaften Frauenmörder. Er ist nicht der Täter, davon bin ich felsenfest überzeugt.«

Majorin Obergfellner warf die Zigarette in ein Glas, das außerhalb auf dem Fenstersims stand, und schloss das Fenster. »Wir hatten hier mehrere Überprüfungsaktionen und haben über einhundert Leute befragt. Leider ohne Ergebnis. Ein Zeuge, ein älterer Mann, der seinen Hund ausführte, erinnerte sich daran, dass in der vermeintlichen Tatnacht auf dem Parkplatz am Bahnhof, ganz in der Nähe des Ortes, an der die Handtasche dann später gefunden wurde, ein Lastwagen stand. Er kann sich nur an ein gelbes Führerhaus erinnern und meint, dass der Wagen möglicherweise aus Deutschland kam. Sicher ist er allerdings nicht.«

»Kein Kennzeichen, keine nähere Beschreibung?«

Majorin Obergfellner schüttelte den Kopf. »Gelbes Führerhaus und kein Anhänger oder Auflieger. Nur die Zugmaschine. Mehr wusste der Zeuge nicht.«

»Das ist dürftig«, bemerkte Brunner.

»Wir haben die Spur nicht weiterverfolgt«, fuhr die Majorin fort. »Mit einem LKW kann man unmöglich an die Stelle gelangen, an der man die Leiche von Maja gefunden hat.«

Falk kratzte sich am Kopf. Genau dieser Umstand war es, der auch ihm in Zurow Kopfzerbrechen bereitete. Die nahe Autobahn, die überlegte Wahl des Ablageortes für die Leiche, die Verletzungsmuster und Würgemale, der sexuelle Hintergrund, alles passte zusammen. Doch wie zum Teufel gelang es dem Mörder, die Leiche in diese unwegsamen Gebiete zu transportieren? Genau da lag der Knackpunkt seiner Theorie.

»Wurde das Gelände nach dem Leichenfund gründlich abgesucht?«, fragte Falk. »Ich meine, nicht nur am Tatort, sondern auch im weiteren Umfeld?«

»Sie glauben, er nutzt solch einsame Gebiete, um dort seine Leichen abzulegen?«, fragte die Majorin.

»In Zurow hat er es getan«, bestätigte Falk. »In einem Naturschutzgebiet ist die Chance sehr groß, dass die Leichen niemals gefunden werden. In Zurow half uns nur der Zufall, sonst würden wir heute noch nicht wissen, dass er diese Grube als Friedhof für seine Opfer benutzte.«

Die Majorin warf Leidinger einen fragenden Blick zu. »Ich glaube, wir sollten besser noch einmal nachsehen, vielleicht haben wir am Bärenkopf nicht alles gefunden, was dort in der Erde schlummert.«

Leidinger nickte. »Wir haben im Umkreis von zweihundert Metern alles abgesucht und nichts gefunden.«

Majorin Obergfellner verzog ihre Mundwinkel. »Ich fürchte, das wird nicht reichen. Ich rufe den Bezirkshauptmann an, wir müssen das gesamte Gelände noch einmal absuchen.«

»Soll ich den Einsatzzug alarmieren?«, fragte Leidinger.

»Einsatzzug, Hundeführer, Hubschrauber, die Feuerwehr, wir brauchen alle, die wir kriegen können.«

Leidinger nickte, ehe er sich von den deutschen Gästen verabschiedete und den Raum verließ.

»Können wir das Material mitnehmen?«, fragte Falk seine österreichische Kollegin.

Majorin Obergfellner schloss die Akte und schob sie Falk zu. »Sicher.«

Falk bedankte sich und nahm die Akte an sich. »Ich bin überzeugt, wir suchen nach demselben Täter. Wir müssen zusammenarbeiten, wenn wir ihn erwischen wollen.«

»Und wir *müssen* ihn erwischen!«, entgegnete Majorin Obergfellner.

22

Abensberg, an der B 16

Nachdem sie von Greding abgefahren waren und im Haunstetter Forst eine geeignete Stelle gefunden hatten, wo sie von der Straße aus nicht zu sehen waren, hielten sie an. Erika war müde und musste austreten, außerdem hatte sie Hunger und Durst. Hinter einer alten Hütte hatten sie den Wagen geparkt. Bestimmt lief schon längst eine Fahndung der Polizei, dennoch war die Flucht bislang reibungslos verlaufen.

Sie konnte es sich nicht erklären, aber irgendwie hatte sie Zutrauen zu ihrem wortkargen Entführer gefasst und glaubte ihm inzwischen, dass er ihr nichts antun würde. Es war ein komisches Gefühl, und sie war sich nicht mehr ganz sicher, wie sie reagieren sollte.

Er ließ sie aus dem Wagen aussteigen und hinter einem Gebüsch verschwinden, während er am Auto lehnte und die Umgebung sondierte. Komisch, irgendwie kam ihr überhaupt nicht der Gedanke zur Flucht. Zum Glück hatte sie genügend Papiertaschentücher in ihrer Tasche.

Als sie nach knapp zehn Minuten zum Wagen zurückkehrte und ihre Kleidung zurechtzupfte, steckte ihr Entführer die Waffe zurück in den Hosenbund.

»Wir bleiben hier und du schläfst erst einmal!«, sagte er und seine Worte klangen diesmal nicht so hart und ultimativ; sie hatten etwas Weiches, Fürsorgliches an sich.

Sie umrundete den Wagen und stieg ein, während er draußen stehen blieb. Er schien nachzudenken. Kurz beugte er sich herab und bedeutete ihr mit der Hand, dass sie den Sitz zurückkurbeln sollte.

Schlaf, was dachte er sich bloß. Wie sollte sie in dieser Situation ruhig schlafen können. Sie war hundemüde und die ganze Nacht durchgefahren, aber schlafen, hier und jetzt auf Kommando, das würde ihr nicht gelingen. Dennoch lehnte sie sich zurück, machte es sich so bequem, wie es unter diesen Umständen möglich war, und schloss die Augen. Keine fünf Minuten später schlief sie ein.

Sie erwachte, als er neben ihr die Tür zuschlug. Hatte auch er geschlafen? Hatte sie die Möglichkeit verpasst, sich einfach davonzustehlen?

»Bist du wach?«, fragte er.

»Ich habe Durst und Hunger«, antwortete sie.

»Wir warten noch.«

Sie schaute auf die Uhr am Armaturenbrett. Es war bereits kurz vor sechs Uhr am frühen Abend. Sie hatte überraschend lange geschlafen. Ihr Rücken schmerzte. Sie griff nach dem Türgriff und öffnete die Fahrertür.

»Was machst du?«, fragte er und griff nach seiner Pistole, die in seinem Schoß lag.

»Ich muss mich strecken, mein Rücken tut weh«, entgegnete sie und stieg aus, ohne auf Erlaubnis zu warten. Sie reckte und streckte sich, bevor sie wieder einstieg.

»Was machen wir jetzt?«, fragte sie.

»Wir fahren.«

»Zurück auf die Autobahn?«

Er schüttelte den Kopf. »Nein, wir fahren auf der Landstraße«, entschied er. Sie startete den Wagen und rangierte über den schmalen Waldweg zurück zur Straße. Ein paar Mal strich das hohe Gras am Unterboden entlang und einmal überfuhr sie einen kleineren Ast und es knirschte fürchterlich.

»Nach rechts!«, sagte er, als sie die Landstraße erreichten. Erst jetzt sah sie, dass er den Autoatlas zwischen den Sitz und die Mittelkonsole gesteckt hatte. Er hatte ihn wohl in der Ablage gefunden. Sie erreichten die Bundesstraße. Er dirigierte sie wieder nach rechts. Durch Beilngries fuhren sie durch, obwohl mehrere Einkaufmärkte und Tankstellen am Weg lagen. Hier war ihm entschieden zu viel los. Schließlich musste sie erneut nach rechts abbiegen. Ein Hinweisschild am Straßenrand zeigte an, dass sie sich in der bayerischen Hopfenregion Hallertau befanden. An einer kleinen Tankstelle ließ er sie anhalten. Er begleitete sie und ließ sie zunächst volltanken. Durch das Fenster war zu sehen, dass ein alter Mann hinter dem Tresen stand und gerade Zigaretten in das Regal sortierte.

»Wenn wir jetzt da reingehen«, knurrte er, bevor er sich die Kapuze tief über den Kopf zog, »liegt es an dir, ob ihr beide, du und der Kerl da drinnen, am Leben bleibt.«

Sie holte die Geldbörse aus dem Wagen. »Ich muss mit Karte zahlen«, sagte sie.

»Dann mach das!«

Er schmiegte sich an sie, als sie die Tankstelle betraten. Zuerst sammelten sie Wasser und Cola sowie mehrere fertig belegte Sandwiches in Plastikfolie ein, bevor sie zur Kasse gingen.

Der alte Mann scannte die Waren ein und buchte den getankten Sprit dazu.

»Dreiundneunzig siebzig«, sagte er.

Sie legte ihre Karte auf das Display.

»Ferien, häh?«, fragte der Mann.

Erika nickte nur.

Der kleine Kasten gab einen leisen Piep von sich.

»Quittung?«

Sie schüttelte den Kopf und steckte die Karte wieder ein, bevor sie nach den Flaschen griff.

»Ne Tüte?«

»Gerne«, entgegnete Erika.

Der alte Mann packte den Einkauf in eine Plastiktüte. »Dann noch gute Fahrt«, wünschte er.

Gemeinsam verließen sie die Tankstelle und setzten die Fahrt fort. An der nächsten Einmündung ließ er sie wieder rechts abbiegen. Irgendwie hatte sie das Gefühl, sie fuhren im Kreis.

»Jetzt fahren wir wieder nach Süden«, sagte ihr Entführer und lehnte sich im Sitz zurück.

A 7 nach Würzburg, Richtung Norden

Falk hatte den Wagen auf einen Rasthof gelenkt und direkt vor dem Restaurant geparkt. »Ich habe einen Bärenhunger«, sagte er. Seit knapp fünf Stunden fuhren sie über die Autobahn, und noch immer lagen gut fünf Stunden Fahrt vor ihnen. Es war kurz nach acht. Als Falk die Grenze passiert hatte, meldete sich lautstark sein Handy zu Wort und zeigte an, dass ihn Pia mehrfach angerufen hatte. Er würde morgen zurückrufen, jetzt war es erst einmal wichtig, bis Mitternacht Wismar zu erreichen, damit er gleich morgen früh mit der Reimann sprechen konnte. Die Akte, die hinter ihnen im Fond des Wagens lag, war eindeutig: Koller lag falsch. Sie mussten von vorne anfangen, und sie mussten die Suche in der Kiesgrube fortsetzen, denn sie waren auf der Jagd nach einem Serienmörder, der kontrolliert und geplant seinem Trieb nachging und die Leichen seiner Opfer an Stellen versteckte, an denen niemand suchen würde.

Brunner und Falk betraten das Restaurant und gingen zur Theke. Nachdem sie ihr Essen und ein Getränk geordert und bezahlt hatten, suchten sie sich einen Tisch in der Ecke.

»Meinst du, die Reimann glaubt uns?«, fragte Brunner.

»Sie muss nicht uns glauben, sondern dem, was in der Akte steht«, entgegnete Falk. »Die Fakten sind eindeutig. Bis auf die Folie ist alles gleich.«

»Koller wird das überhaupt nicht schmecken.«

»Er wird es ja erst einmal nicht erfahren«, entgegnete Falk. »Zuerst müssen wir herausfinden, wo Hoppe vor drei Jahren im Juni gewesen ist. Wenn wir Koller überzeugen wollen, dann muss klar sein, dass er für die Taten in Österreich nicht infrage kommt.«

»Ich werde mir zuerst den nördlichen Teil der Grube und dann die Umgebung vornehmen«, sinnierte Brunner. »Ich hoffe, die Reimann genehmigt den Einsatz.«

»Das machen wir gleich morgen früh«, entgegnete Falk und trank einen Schluck Cola.

Sie aßen ihre Teller leer und holten sich noch einen Espresso.

»Was glaubst du, wie kann ein Lastwagenfahrer eine Leiche in einem für einen Laster vollkommen unwegsamen Gelände ablegen?«, fragte Falk in die Stille.

Brunner kratzte sich am Kopf. »Er wird sie wohl kaum tragen«, unkte er.

»Darüber mache ich mir die ganze Zeit Gedanken, und es gibt nur eine Möglichkeit.«

Brunner blickte Falk gespannt an. »Die wäre?«

»Ein Leihwagen«, antwortete Falk.

Brunner runzelte die Stirn. »Wie kommst du darauf?«

»Hast du eine andere Idee?«

»Nein, hab ich nicht. Vielleicht stehlen?«

Falk atmete tief ein. »Autodiebstähle in diesem Bereich wären uns aufgefallen. Soweit ich weiß, liegen da keine Meldungen vor.«

»Okay, ich schau mal nach, wie viele Autoverleiher es in der Umgebung gibt, die müssen wir dann eben einen nach dem anderen abklappern.«

»Außerdem suchen wir einen LKW mit gelbem Führerhaus, auch das sollten wir im Auge behalten.«

»Gelbe LKW gibt es viele«, gab Brunner zu bedenken.

Falk trank seinen Espresso aus und stellte die Tasse wieder zurück. »Während du auf der Fahrt neben mir friedlich gegrunzt hast, habe ich mal geschaut, wie viele gelbe LKW unseren Weg kreuzten«, sagte Falk. »Ich bin auf dreißig gekommen. Weiße, blaue und rote gab es deutlich mehr.«

»Dann fahre besser ich«, antwortete Brunner und leerte ebenfalls seine Tasse. »So kannst du entspannt deine Zählung fortsetzen.«

23

Seniorenresidenz Haus Sonnenschein, Neukloster

Am gestrigen Mittag hatte sie mehrfach vergeblich versucht, das Seniorenheim zu erreichen, und dabei festgestellt, dass es sich um eine Seniorenresidenz und kein Altersheim im engeren Sinne handelte. Eher so eine Art betreutes Wohnen. Erst am heutigen Morgen erreichte sie Mahler, der einem Treffen sofort zustimmte, nachdem sie sich als Journalistin der RMZ vorgestellt hatte. Eine Reportage über das Arbeitsleben in der ehemaligen DDR wolle sie schreiben, hatte sie gesagt. Als sie vor dem neu errichteten Haus auf den Parkplatz fuhr, klingelte das Handy. Falk war am Apparat. Gestern hatte sie den ganzen Morgen über versucht, ihn zu erreichen, doch er hatte sich nicht gemeldet. Jetzt hatte sie keine Zeit. Sie drückte den Anruf weg, parkte ihren Wagen und stieg aus. Auf dem Schild neben dem Zugangsweg der modernen Wohnanlage stand ein Schild mit der Aufschrift *Seniorenstift Haus Sonnenschein;* darunter war ein roter Aufkleber angebracht, der darauf hinwies, dass hier noch Wohnungen frei waren. Sie betrat das Gebäude durch den Haupteingang, der nicht abgeschlossen war, und folgte dem Wegweiser zu Mahlers Apartment im zweiten Stock.

Mit dem Fahrstuhl fuhr sie nach oben. Mahler hatte wohl schon auf sie gewartet, nach dem ersten Klingelton öffnete er. Für Pia hatte er sich herausgeputzt und trug seinen feinen Sonntagsanzug.

»Herr Mahler?«, fragte sie und reichte ihm die Hand.

»Frau Stein, nehme ich an«, entgegnete Mahler und ergriff ihre Hand.

»Schön, dass Sie mich empfangen.«

Der Mann trat zur Seite und führte sie ins Wohnzimmer. Die Wohnung war hell, geräumig und modern eingerichtet. Vom Balkon hatte man einen wunderbaren Blick auf den nahen See.

»Schön wohnen Sie hier«, bemerkte Pia, nachdem sie sich umgeschaut hatte.

»Das stimmt«, entgegnete Mahler. »Wenn man Seniorenstift hört, dann denken viele an dunkle, muffige und enge Räume, ein Krankenhausbett und alte Menschen, die den ganzen Tag darin verbringen. Wie man sieht, geht es auch anders.«

»Betreutes Wohnen, habe ich gelesen«, entgegnete Pia.

»Richtig. Eigentlich eine Wohnung wie jede andere. Einziger Unterschied, es gibt unten einen Pflegedienst und man wird versorgt, wenn man das wünscht. Essen kann man entweder allein in der Wohnung oder unten im Gemeinschaftraum. Außerdem hat man eine Klingel im Zimmer, falls man mal Probleme hat. Ein paar Minuten später naht schon die Hilfe. Fast wie im Hotel, würde ich sagen.«

Pia nickte anerkennend. »Das ist bestimmt sehr teuer.«

»Nicht viel teurer als eine Wohnung in der Stadt. Ich habe sogar eine kleine Küche, in der ich mich selbst versorgen kann. Und die Lage mit der Aussicht auf den See ist grandios. Sie sind aber sicherlich nicht zu mir gekommen, damit ich über die Vorzüge des betreuten Wohnens referiere. Was führt Sie zu mir, Frau Stein?«

»Die Kiesgrube von Zurow«, entgegnete Pia. »Sie haben sicher schon gehört, dass dort mehrere Leichen junger Frauen gefunden wurden.«

Mahler führte Pia auf den Balkon, wo er Kaffee und eine kleine Erfrischung vorbereitet hatte. Er bot ihr Platz auf einem bequemen Gartenstuhl an und setzte sich mit einem lauten Seufzer auf den Stuhl gegenüber. »Ach, diese Sache«, sagte er. »Ich dachte mir schon, weshalb interessiert man sich heute für die Arbeit, die wir damals geleistet haben.«

»Tut mir leid, aber die Grube ist durch die Leichenfunde natürlich in den Fokus unserer Leser gerückt«, entgegnete Pia. »Und jetzt, nachdem man weiß, dass früher schon mal Frauenleichen gefunden wurden, ist das Interesse umso größer.«

»Woher wissen Sie davon?«, fragte er überrascht.

Pia zog die Kopie des Monatsberichts aus ihrer Tasche und reichte sie dem alten Mann. Mahler setzte seine Brille auf und überflog den Bericht.

»Woher haben Sie das?«

Pia lächelte. »Wir haben unsere Quellen, und die vertrauen auf unsere Diskretion«, sagte sie.

Mahler legte den Bericht auf den Tisch und griff zur Kaffeekanne. »Einen Kaffee?«

Pia stimmte zu. Nachdem er eingeschenkt hatte, stellte er die Kanne zurück auf den Tisch. »War eine tragische Sache damals«, sagte er. »Die arme Frau. Zwölf Meter ist sie abgestürzt und lag unten mit verdrehten Gliedern. Überall war Blut.«

Pia nickte beipflichtend. »Wie kam sie überhaupt dort hin?«

Mahler zuckte mit der Schulter. »Ach, wissen Sie, es waren ja andere Zeiten damals. Die Frau war Vertragsarbeiterin in der Weberei in Zurow. Auch wir hatten Vertragsarbeiter bei uns in der Grube. Die lebten neben der Grube in Containern. Der Plan musste erfüllt werden, so war das damals.«

»Diese Arbeiterin lebte auch dort?«

Mahler schüttelte den Kopf. »Natürlich nicht. Sie wohnte in Zurow.«

»Dann hat sie dort jemanden besucht?«

»Es war selbstverständlich verboten, die Grube und die Containersiedlung zu betreten«, erklärte Mahler. »Wir hatten auch einen Zaun, aber der war an vielen Stellen durchlässig. Sie verstehen schon, junge Frauen dort, junge Männer bei uns. Da blieb es nicht aus, dass die sich trafen. Und ein Zaun hält eben die Gefühle nicht auf, wenn Sie wissen, was ich meine.«

»Die jungen Gastarbeiter der Grube trafen sich mit den jungen Gastarbeiterinnen aus dem Ort, ich verstehe.«

»Ja, so war das«, bestätigte Mahler. »Sie trafen sich bei uns.

Um das Gebiet nur Natur, Gras, Büsche und Bäume, da waren sie ungestört. Zwar war es offiziell untersagt, aber das Gelände wurde nicht überwacht. Passiert ist ihnen auch nichts, wenn man sie erwischte. Sie waren schließlich unsere Gäste und halfen uns dabei, den Sozialismus voranzubringen.«

»Die Frau hatte dort einen Arbeiter aus der Grube getroffen, richtig?«

»So wurde gesagt«, fuhr Mahler fort. »Wahrscheinlich hatte sie sich in der Dunkelheit verlaufen und ist an den Rand der Grube geraten und abgestürzt. Tragisch, so etwas, aber was konnten wir schon tun. Natürlich wurde der Zaun um das Gelände immer wieder geflickt, aber kaum war ein Loch geschlossen, gab es schon das nächste.«

»Wurde der Todesfall damals untersucht?«

Mahler nickte. »Klar doch, nachdem man die Tote fand, wurden die Vopos informiert. Die kamen auch gleich und riegelten alles ab. Uns schickten sie fort und errichteten eine Sperre. Sogar aus Rostock und Berlin waren damals Polizisten da und untersuchten das Gelände.«

»Wissen Sie noch, wann das genau war?«

Mahler überlegte. »Das war im Juni zweiundachtzig, ich weiß es noch sehr genau, weil doch da Fußball-WM in Spanien war. Unsere Jungs waren zwar nicht dabei, aber man hat sich die Spiele natürlich trotzdem angesehen. Zwei Wochen war die Grube gesperrt, und danach bekam unsere Gruppe zum Dank vom Bezirksamt eine schriftliche Missbilligung, weil wir unsere Förderquote nicht erreicht hatten. Unseren Abteilungsleiter, ein ganz verdienter Parteigenosse, fuchste das außerordentlich, denn wir konnten ja schließlich nichts dafür. Deshalb verfasste er diesen Bericht. Als Rechnungsleger, der für die Planerfüllung mitverantwortlich war, zeichnete ich natürlich gegen.«

»Reinike?«

»Genau, der Reinike, das war ein Hundertprozentiger. Hoch dekoriert vom Ministerium und der Partei und dann auf einmal als Versager gebrandmarkt. Das hat ihn schwer mitgenommen.«

Pia zog ihren Schreibblock hervor und machte sich Notizen; schließlich blickte sie auf. »Was kam denn damals bei der Untersuchung des Falles heraus?«

Mahler griff nach seinem Kaffee und trank einen Schluck. Schließlich winkte er ab. »Was glauben Sie?«, sagte er. »Es hieß, dass es ein Unfall war. Mehr erfuhren wir nicht. Zeitungen und Radio berichteten nicht darüber. Wir erfuhren nichts. Wir wurden ja nicht einmal mehr an die Grube herangelassen. Nach zwei Wochen gab man die Grube wieder frei. Das war alles.«

Pia machte sich erneut Notizen, ehe sie ebenfalls nach ihrer Tasse griff. »War das damals der einzige Vorfall mit einer toten Frau in der näheren Umgebung?«

Mahler beugte sich verschwörerisch vor. »Komisch an dieser Sache war, dass sogar die Stasi anrückte«, sagte er, ohne auf Pias Frage einzugehen.

»Die Stasi, wirklich?«, fragte Pia. »Woher wissen Sie das?«

»Natürlich nicht offiziell, aber auch ich hatte damals meine Quellen, wie Sie vorhin selbst sagten«, antwortete er im gedämpften Ton, so als ob die Stasi auch heute noch mithören würde. »Ich erinnere mich auch daran, dass es ein paar Jahre später noch einmal eine Leiche gab. Darüber redete niemand, aber auch dort war die Stasi anwesend. Irgendwo in einem See bei Trams soll sie gefunden worden sein. Komischerweise auch ein Unfall, hieß es damals. Wenn Sie mehr darüber wissen wollen, dann sollten Sie mal mit einem Bekannten von mir sprechen. Der arbeitete beim Volkspolizeikreisamt in Wismar und war für unseren Bereich zuständig. Er war damals bei der Frau im See dabei.«

Pia wurde hellhörig. »Das wäre natürlich … wo finde ich den Mann?«

»Wenn Sie Zeit mitgebracht haben, dann rufe ich ihn kurz an«, entgegnete Mahler. »Der wohnt am anderen Ende der Stadt und ist in zehn Minuten da, wir haben uns sowieso verabredet.«

Natürlich hatte Pia Zeit mitgebracht, denn diese Sache wurde zunehmend interessanter. Mal sehen, was Falk dazu zu sagen hatte.

Kriminalpolizeiinspektion Wismar, Rostocker Straße

Sie waren gegen ein Uhr in Wismar eingetroffen. Nachdem Falk Brunner zu Hause abgeliefert hatte, war er ins Hotel gefahren, todmüde in sein Bett gefallen und hatte durchgeschlafen, bis der Wecker kurz nach sieben klingelte. Nach der Morgentoilette und einem Kaffee to go fuhr er ins Büro. Um zehn Uhr hatte er einen Termin bei der Direktorin. Es würde nicht leicht werden, sie von einer weitergehenden Suche in der Grube zu überzeugen. Koller wäre bestimmt nicht damit einverstanden. Für ihn war Hoppe der Täter, und damit war der Fall so gut wie gelöst.

Bevor er seinen Computer aktivierte, rief er vergeblich bei Pia an. Sie meldete sich nicht. Er würde es später noch einmal versuchen. Nachdem er sein Mailprogramm geöffnet hatte, entdeckte er die Mail seines BKA-Kollegen: Stürmer bat um Rückruf. Er griff zum Telefon und wählte die Nummer.

»Hallo, Falk, ich habe eigentlich gestern schon mit dir gerechnet.«

»Ich war gestern noch in Österreich und bin erst am späten Abend zurückgekommen.«

»Wie sieht es aus?«, fragte Stürmer.

»Opferdaten, Modus operandi und auch die besonderen Tatumstände stimmen überein«, entgegnete Falk. »Ich bin überzeugt, die Fälle gehören zusammen.«

»Wenigstens etwas«, antwortete Stürmer. »Die weiteren Anfragen bei Europol sind leider ernüchternd. Ich habe da mit einer Inspektorin Claasson gesprochen, einer Schwedin, die in der Vermisstenstelle arbeitet. Insgesamt haben die über elfhundert Vermisstenfälle, die in unser Muster passen. Nur leider lässt sich das nicht näher eingrenzen.«

Falk runzelte die Stirn. »Das verstehe ich nicht«, antwortete er.

»Ich habe natürlich nachgehakt«, fuhr Stürmer fort. »Aber es ist nicht so einfach, wie du denkst.«

»Dann erklär es mir!«

»Nun, diese Frauen stammen oft aus ärmlichen Gegenden, kommen aus schwierigen Verhältnissen und sind der Situation ausgeliefert. Manche werden von Menschenhändlern eingefangen, gefügig gemacht und landen in den Bordellen Europas, andere versuchen ihr Glück im Westen und tauchen in die Illegalität ab, vor allem die Nicht-EU-Bürgerinnen, weil sie kein anständiges Visum haben und zurückgeschickt werden, wenn sie aufgegriffen werden. Meist wissen die Angehörigen nicht, wohin ihre Verwandten tatsächlich gegangen sind. Ob nach Deutschland, nach Österreich oder inzwischen sogar nach Polen. In ganz Europa sind sie verstreut, Bulgarinnen, Weißrussinnen, rumänische Frauen. Überall ist es besser als zu Hause. Nur wenige Angehörige schlagen bei Europol auf. Meist wissen die gar nicht, wo sich die Tochter, die Schwester oder der Sohn aufhält.«

»Es gibt doch einen internationalen Informationsaustausch, dachte ich immer«, wandte Falk ein.

»Klar, den gibt es. Täglich werden Hunderte Mails in Europa verschickt. An das BKA, an die Sicherheitsbüros, an die niederländische Rijkspolitie. Dort werden sie gelesen und weitergesteuert. Nur kommt nichts dabei heraus, weil es eben keine nationale Vermisstenmeldung gibt oder man keine Wohnanschrift hinterlegt hat. Damit gibt es keine konkreten Ermittlungsansätze und somit auch keine Ermittlungen.«

»Das darf doch nicht wahr sein!«, entgegnete Falk entsetzt.

»Das ist aber so, und es liegt meistens an den Leuten selbst«, erklärte Stürmer. »Sie melden sich nicht an, sind oft nur wenige Tage an ihrem Arbeitsplatz und ziehen einfach weiter, ohne Bescheid zu geben. In unseren Dateien finden wir meist nur die Fälle, bei denen eine Freundin oder ein Begleiter mit auf die

Reise gegangen ist, die sich nun Sorgen machen. Oder der Arbeitgeber erstattet Anzeige. Ansonsten verschwinden die Leute einfach, und niemanden kümmert's.«

»Dann sind diese Frauen Freiwild und haben keinerlei Schutz bei uns«, folgerte Falk.

»Ich weiß, das klingt hart«, entgegnete Stürmer. »Ich bleibe für dich noch am Ball, aber versprich dir nicht zu viel davon.«

»Ich danke dir für das Bemühen«, entgegnete Falk, ehe er das Gespräch beendete.

Es klopfte an der Tür. Brunner trat ein. »Bist du für den Kampf gerüstet?«, fragte er voller Tatendrang.

Falk klopfte auf die Akte der österreichischen Kollegen, die vor ihm lag. »Ich hoffe, dass sie sich aufgrund der neuen Fakten überzeugen lässt.«

Brunner nickte. »Gründe dafür gäbe es ja genug.«

24

Polizeipräsidium Schwaben-Nord, Augsburg

Sie hatten den Wagen aus den Augen verloren und bislang nicht mehr wiedergefunden. Die Fahndung lief auf Hochtouren, dennoch war der rote Honda nicht wieder aufgetaucht. Es war, als wäre er vom Erdboden verschluckt. Die letzte Sichtung war am gestrigen Tag am Haunstetter Forst gewesen. Polizeidirektor Korff stand vor der großen Landkarte und betrachtete sich den Ausschnitt rund um das Waldgebiet.

»Angenommen, er hat unseren Hubschrauber bemerkt und weiß, dass wir seine Fährte aufgenommen haben, dann könnte er durchaus angehalten und den Rückweg Richtung Autobahn angetreten haben. Zeit genug hätte er gehabt. Der Zivilwagen traf nach elf Minuten am Autobahnzubringer Greding ein.«

Koller folgte dem Zeigefinger des bayerischen Kollegen auf der Karte.

»Es könnte aber auch sein, dass er sich tagsüber verkriecht und die Flucht in der Nacht fortsetzt, wo uns die Hubschrauber nichts nutzen«, fuhr Korff fort.

Koller richtete sich auf. »Für so intelligent halte ich ihn nicht. Vielleicht hatte er Glück und das Netz war nicht engmaschig genug.«

Korff fuhr mit dem Finger an die südliche Grenze des Bundeslandes. »In der Zeit, die inzwischen verstrichen ist, könnte er längst in Grenznähe sein.«

»Oder die Grenze bereits hinter sich gelassen haben«, fügte Koller hinzu, der vor der Karte saß und sich den Abschnitt betrachtete.

Korff schüttelte den Kopf. »Die Grenzpolizei ist informiert.

Die größeren Übergänge wird er meiden, aber auch die kleineren sind derzeit wegen der aktuellen Flüchtlingslage allesamt besetzt. Zusätzlich haben wir eine erhöhte Bestreifung der grünen Grenze angeordnet. Ich glaube nicht, dass er schon so weit gekommen ist.«

»Uns bleibt nichts anderes übrig, als abzuwarten, bis er irgendwo wieder auftaucht.«

Korff blickte nachdenklich auf die Karte. »Er könnte auch wieder den Rückweg angetreten haben, nach Rostock, vielleicht hat er dort Kontakte, die ihm weiterhelfen.«

»Das haben wir überprüft, er lebte zurückgezogen«, wandte Koller ein. »In seiner Wohnung haben wir Bilder vom Mittelmeer gefunden. Ich glaube, genau dort will er hin. Deswegen ist er überhaupt nach Süden unterwegs.«

Korff wandte sich um und setzte sich neben Koller auf einen freien Stuhl. »Was wird er mit seiner Geisel tun?«, fragte er. »Es ist schon schwierig genug, allein über die Grenze zu kommen. Mit einer Geisel ist es nahezu unmöglich. Also wird er sie loswerden wollen.«

Koller nahm die Hand vor die Stirn. Gedankenversunken schwieg er.

»Wird er sie einfach laufen lassen oder wird er sie töten, um seine Spuren zu verwischen?«, hakte Korff nach. »Herr Kollege, Sie kennen ihn, wie schätzen Sie die Lage ein?«

Koller blickte seinen bayerischen Kollegen an. »Er wird sie töten«, sagte er mit brüchiger Stimme. »Er hat unsere Polizisten schwer verletzt und seine Nachbarin getötet. Weshalb sollte er jetzt das Risiko eingehen und die Frau einfach laufen lassen?«

Korff nickte. »Sobald er wieder auftaucht, werden wir zugreifen. Ich habe schon gesagt, bei uns wird es kein weiteres Gladbeck geben. Sobald wir einen günstigen Moment ausgemacht haben, wird das Einsatzkommando den Wagen stoppen und den Flüchtigen festnehmen. Ich will das Risiko für die Geisel, aber auch für meine Leute so gering wie möglich halten. Das werden Sie sicher verstehen, Herr Kollege.«

Koller seufzte. »Ich verstehe schon, aber wir sollten ihn nach dem Zugriff noch befragen können. Es ist nicht auszuschließen, dass es noch mehr Leichen gibt.«

Korff winkte ab. »Ich sagte schon, die Sicherheit meiner Leute hat Vorrang.«

Die Tür zum Einsatzraum wurde geöffnet. Ein Hauptkommissar betrat den Raum.

»Wie sieht es aus, Peters?«, fragte Korff den uniformierten Beamten.

»Drei Helis sind in der Luft, die Streifen patrouillieren auf der Autobahn und die verdeckte Überwachung steht. Bislang gibt es keine Neuigkeiten!«

»Passau?«

»Malching, Pocking, Bad Füssing«, entgegnete der uniformierte Kollege. »Alles dicht, bis zum Pleckensteiner Wald.«

»Auch Tschechien wäre eine Option«, antwortete Korff. »Wissen die Tschechen von der Fahndung?«

Der uniformierte Kollege nickte. »Die sind informiert.«

»Jetzt ist alles dicht«, knurrte Korff. »Und wir sollten was essen, bevor es wieder losgeht.«

Kriminalpolizeiinspektion Wismar, Rostocker Straße

Bevor Falk das Büro der Direktorin betrat, versuchte er noch einmal Pia zu erreichen, doch er kam nicht durch. Nicht einmal die Mailbox meldete sich.

»Fertig?«, fragte Brunner, als sie vor der Tür standen.

Falk nickte und Brunner klopfte.

Irgendwie kam sich Falk vor, als wäre er ein Pennäler, der einen unangenehmen Termin beim Schuldirektor wahrzunehmen hatte. Er folgte Brunner ins Büro, nachdem ein lautes *Herein* zu vernehmen war.

»Ah, unsere Österreichurlauber sind zurück«, begrüßte Direktorin Reimann ihre Besucher und wies auf die Stühle vor ihrem Schreibtisch. »Hat uns der Ausflug in die Berge weitergebracht?«

»Das will ich meinen«, entgegnete Brunner, nachdem er Platz genommen hatte. Falk legte die Akte aus Tirol vor der Wismarer Kripochefin auf den Tisch und setzte sich ebenfalls. Direktorin Reimann schlug die Akte auf und blätterte sie unter den Blicken ihrer schweigenden Besucher durch. Am Ende betrachtete sie die Bilder der rechtsmedizinischen Untersuchung, die sich am Ende der Akte befanden. Schließlich schlug sie die Akte zu und warf ihren beiden Besuchern einen ernsten Blick zu.

»Ihre Einschätzung, meine Herren?«

Brunner antwortete zuerst. »Die Übereinstimmungen können kein Zufall sein. Ich bin überzeugt, dieser Fall hängt mit unseren Leichenfunden zusammen. Es gibt nur einen Unterschied: In Österreich war die Leiche in eine Plastikfolie gewickelt.«

Direktorin Reimann nickte und wandte den Blick Falk zu. Falk saß entspannt auf seinem Stuhl. »Koller ist auf dem Holzweg«, antwortete er kurz und knapp.

»Gut, was schlagen Sie vor?«

Brunner räusperte sich. »So wie es aussieht, handelt es sich um einen sexuell motivierten Serientäter, der die jungen Frauen auf der Straße aufliest, meist in Autobahnnähe. Er sucht sich die Opfer genau aus: junge Frauen aus Osteuropa, die nicht sofort vermisst werden. Er tötet sie und versteckt sie in einem absolut unwegsamen Gelände. Deshalb würde ich gerne die Suche in Zurow auf den nahen Wald und den See ausweiten. Es könnte durchaus sein, dass es dort in der Nähe der Grube weitere Leichen gibt.«

Die Direktorin nickte und blickte Falk fragend an.

»Brunner hat recht, wir sehen wahrscheinlich bislang nur die Spitze des Eisbergs. Wir brauchen freie Hand.«

Die Chefin atmete tief ein. »Wir könnten das hier beenden, und ich könnte sagen, wenden Sie sich mit dem Material an

Koller. Schließlich hat ihn der Präsident mit der Leitung der Soko beauftragt. Aber ich weiß selbst, dass das keine gute Idee ist. Koller ist auf der Jagd und hat jetzt sicherlich keinen Nerv für Ihre Belange, zumal er seine Beute aus den Augen verloren hat.«

»Dann geben Sie uns freie Hand«, wiederholte Falk eindringlich. »Wir gehen einfach unserer Aufgabe nach und ermitteln weiter im Umfeld.«

»So einfach ist das nicht«, gab die Direktorin zu bedenken. »Eine neue Suche im Umfeld bindet sehr viel Personal, und dazu brauchen wir eine gute Begründung, sonst fällt uns das alles auf die Füße.«

Brunner warf Falk einen kurzen Blick zu. »Wir können angesichts der neuen Erkenntnisse doch nicht einfach die Hände in den Schoß legen!«, sagte er kämpferisch.

»Zumal der wahre Mörder noch frei herumläuft, selbst wenn Koller irgendwann seine Beute zur Strecke gebracht hat«, fügte Falk hinzu.

»Das wäre natürlich fatal«, pflichtete ihm die Chefin bei.

»Also, was tun wir?«, fragte Brunner.

»Kümmern Sie sich um Hoppes Vita«, entgegnete die Chefin. »Weisen Sie nach, dass er zum Zeitpunkt des Mordes nicht in Österreich war. Das dürfte doch irgendwie möglich sein. Ich werde dann offiziell den Staatsanwalt über die neue Sachlage informieren.«

Falk nickte. »Wir tun, was wir können.«

»Tun Sie es schnell und gründlich. Sie wissen beide, wir stehen in einem schlechten Licht da, wenn sich am Ende herausstellt, dass die Polizei dem Falschen nachgejagt ist.«

Falk erhob sich. Brunner warf ihm einen fragenden Blick zu, ehe auch er aufstand. Gemeinsam verließen sie das Büro.

»Warum lässt du dich so einfach von ihr abspeisen?«, fragte Brunner, nachdem sie die Tür geschlossen hatten.

»Hab ich das?«

»Wie willst du nachweisen, wo sich Hoppe im Juni neunzehn aufgehalten hat, wenn du ihn nicht fragen kannst?«

Falk lächelte. »Lass das mal meine Sorge sein und bereite alles vor. Heute Mittag legen wir los.«

Damit ließ er Brunner, der ihm noch immer entgeistert nachschaute, im Flur zurück.

25

Seniorenresidenz Haus Sonnenschein, Neukloster

Mahler sollte recht behalten, knapp zwanzig Minuten nach seinem Anruf saß der ehemalige Obermeister der Volkspolizei neben Pia auf einem weiteren Gartenstuhl auf dem Balkon.

»Diese junge Dame ist von der Zeitung und interessiert sich sehr für die Kiesgrube in Zurow«, erklärte Mahler seinem Gefährten, mit dem er einen Großteil seiner Freizeit verbrachte. Gerd Schlegel hieß der Mann, war schon fünfundachtzig und unmittelbar nach der Wende in Frühpension gegangen. Das Alter sah man dem ehemaligen Volkspolizisten nicht an; noch immer trieb er Sport und ernährte sich gesund und asketisch.

»Bestimmt wegen der ermordeten Frauen, die man dort gefunden hat«, entgegnete er.

»Wie ich hörte, war das nicht die erste Frauenleiche, die man in der Region gefunden hat«, antwortete Pia.

Schlegel warf Mahler einen fragenden Blick zu.

»Na, diese Polin, die da abgestürzt sein soll«, erklärte Mahler. »Du weißt das doch bestimmt noch, im Sommer zweiundachtzig war das.«

»Woher hat sie das?«, fragte Schlegel.

»Sie hat Akten von damals gefunden, und da stand das drinnen. Sogar den Bericht, den Reinike damals schrieb, hat sie, du weißt doch noch.«

»So so, Akten also.«

Pia griff nach der Kopie des Monatsberichts und reichte sie Schlegel, der einen kurzen Blick darauf warf und das Papier danach wieder über den Tisch schob.

»Ich habe nichts zu verbergen«, sagte er kurz angebunden.

Pia steckte die Kopie wieder ein. »Das behauptet ja auch niemand, Herr Schlegel.«

»Ich hatte auch damals, als das Land den Imperialisten zufiel, nichts zu verbergen«, fuhr er fort. »Aber danach hat keiner gefragt. Man bekam seinen Stempel auf die Stirn, und damit landete man auf dem Abstellgleis.«

Daher wehte also der Wind. Pia räusperte sich. »Glauben Sie mir, Herr Schlegel, niemand behauptet, am allerwenigsten ich, dass nach der Wende alles Gold war, was glänzte. Damals sind viele Fehler gemacht worden. Mir geht es darum, mehr über diese toten Frauen zu erfahren, die ...«

Schlegel stutzte. »Tote Frauen, wieso sagen Sie Frauen?«

»Die Frau, die zwei Jahre später im Tramser See gefunden wurde, auch darüber wüsste ich gerne mehr.«

Schlegel warf Mahler einen vorwurfsvollen Blick zu. »Hast du ihr davon erzählt?«

Mahler schien überrascht. »Ich dachte ...«

»Wenn ich dir etwas im Vertrauen erzähle, dann möchte ich das später nicht in der Zeitung lesen«, regte sich Schlegel auf.

»Hören Sie, Herr Schlegel«, versuchte Pia die Wogen zu glätten. »In der Grube wurden vor Kurzem drei tote Frauen gefunden. Sie wurden bestialisch ermordet. Möglicherweise steht der Mörder irgendwie mit dieser Grube in Verbindung. Es ist von großem Interesse, mehr über die Todesfälle von damals zu erfahren. Vielleicht gelingt es uns sogar, mit Ihrer Hilfe eine Verbindung herzustellen, denn offenbar läuft der Mörder noch immer frei herum.«

»Ich bin kein Polizist mehr«, antwortete Schlegel trotzig.

»Ja, aber Sie sind ein Mensch. Ist es nicht die Pflicht eines Menschen, Schwächeren zu helfen und diesen Frauen Gerechtigkeit zukommen zu lassen? Wollen Sie etwa in der Zeitung lesen, dass es ein neues Opfer gibt?«

Schlegel rollte mit den Augen.

»Sie waren Polizist«, fuhr Pia fort. »Ich dachte immer, man wird Polizist, weil man helfen will, dass es auf dieser Welt gerechter zugeht. Wenn jetzt schon die Polizisten nichts mehr damit zu tun haben wollen, wohin soll das führen? Schließlich geht es hier um Mord!«

Schlegel atmete tief ein.

»Mensch, Gerd«, redete ihm Mahler ins Gewissen. »Diese Frau macht doch nur ihre Arbeit, und wir sollten ihr dabei helfen. Wir sind doch keine Unmenschen.«

Schlegel kratzte sich am Kinn. »Damals, im Juni zweiundachtzig, das war ein Unfall, haben die Untersuchungen ergeben.«

»Eure Untersuchung?«, fragte Mahler.

Schlegel schüttelte den Kopf. »Nein, natürlich nicht. Wir durften uns da nur die Beine in den Bauch stehen. Zuerst kamen zwei Sonderermittler der Kriminalpolizei aus Rostock und einen Tag später zwei weitere aus Berlin.«

»Aus Berlin?«, fragte Pia. »War denn Berlin hier zuständig?«

»Dreimal dürfen Sie raten, woher die kamen. Die waren natürlich von der Stasi. Schließlich lag dort unten in der Grube eine Vertragsarbeiterin aus einem befreundeten Bruderstaat, die uns bei der Planerfüllung helfen sollte.«

»Stasi?«

Schlegel nickte. »Wir konnten doch nicht einfach vor Ostrowski treten und ihm sagen, dass einer unserer Genossen eine seiner Genossinnen um die Ecke gebracht hat.«

»Ostrowski war damals der polnische Staatspräsident«, erklärte Mahler.

»Ich weiß«, entgegnete Pia Stein und atmete tief ein. »Sie glauben also, dass damals die Frau in der Grube umgebracht wurde?«, fragte sie Schlegel und blickte ihm direkt ins Gesicht.

Schlegel verzog keine Miene. Schließlich zuckte er mit der Schulter. »Kann ich nicht sagen, wir haben die Tote nie zu Gesicht bekommen.«

»Sie waren doch bei der Volkspolizei?«

»Es gab eine strenge Hierarchie. Die Frau wurde weggebracht, es gab eine Untersuchung, und am Ende lautete der Bericht der Rostocker Kriminalpolizei, dass es Tod durch Unfall war. Das war alles.«

»Und die Frau aus dem See?«

Schlegel atmete tief ein. »Das war ein oder zwei Jahre später, genau weiß ich es nicht mehr. Ich glaube, es war ein Tschechin oder Bulgarin. Sie wurde am Ufer treibend entdeckt und war wohl schon ein paar Tage tot. Ich erinnere mich nicht mehr so genau. Auch dort waren wir nur Zaungäste, und die Rostocker Kollegen übernahmen den Fall. Sie soll wohl in den See gefallen sein und konnte nicht schwimmen. Auch diese Sache wurde ein paar Tage später als Unfall eingestuft und abgeschlossen.«

Pia hatte ihren Schreibblock gezückt und machte sich Notizen. »Erinnern Sie sich noch an das Datum oder irgendeinen Namen?«

Schlegel schüttelte den Kopf. »Ich weiß nur, dass es ein heißer Tag war. Stundenlang standen wir uns bei der Hitze die Beine in den Bauch. Wir waren zur Absperrung eingeteilt, zwei Kilometer vom See entfernt, und sollten die Schaulustigen zurückweisen. Ich glaube, das war im Spätsommer dreiundachtzig, aber wie gesagt, das ist lange her.«

»Gab es denn sonst noch Leichenfunde zu dieser Zeit in der Region?«

Schlegel überlegte einen Moment. »Passieren konnte da immer was, draußen auf dem Feld, bei der Ernte oder …«

»Ich denke da an junge Frauen, die unter fragwürdigen Umständen zu Tode kamen.«

»Sie meinen Mord?«

»Mord, Totschlag oder ein Unfall, der keiner war, wenn man die Sache richtig betrachtet.«

Schlegel kratzte sich an der Stirn. Schließlich schüttelte er den Kopf.

»Und wie sieht es mit vermissten Frauen aus?«

»Vermisste?«, wiederholte Schlegel nachdenklich.

»Vor allem Frauen aus den Bruderstaaten im Osten würden mich interessieren.«

Schlegels nachdenkliche Miene erhellte sich. »Ja, da war mal was. Vierundachtzig oder fünfundachtzig, ich weiß es nicht mehr genau. Eine Russin wurde vermisst gemeldet.«

»Und wurde Sie gefunden?«, fragte Pia.

»Soweit ich mich erinnere, lebte die sogar in Zurow in der Siedlung mit einem Deutschen zusammen. Es wurden Ermittlungen angestellt, dann stellte sich heraus, dass die Russin wohl mit dem Zug nach Ungarn gefahren war und dort rüber in den Westen gemacht hat.«

»Es stellte sich heraus, was bedeutet das?«

»Das hat dieser Deutsche erzählt, mit dem sie zusammenlebte.«

»Wissen Sie noch seinen Namen oder wo er genau wohnte?«

Schlegel schüttelte den Kopf. »Irgendwo in Zurow in der Siedlung, aber den Namen weiß ich nicht, tut mir leid. Ich hatte nur am Rande damit zu tun. Das ging dann nach Wismar zum Volkspolizeikreisamt und von da weiter an die Russen.«

»Wissen Sie zufällig noch, wo der Mann arbeitete?«

»Na, wo schon, in der Grube natürlich, so wie fast jeder in dem Ort.«

Pia machte sich Notizen in ihren Block.

»Vergessen Sie den Mann. Der war damals schon über vierzig und stellt heute bestimmt nichts mehr an, wenn er überhaupt noch am Leben ist.«

»Ich finde es interessant«, entgegnete Pia.

Schlegel lächelte und winkte ab. »Ich glaube kaum, dass ein Achtzigjähriger hinter Frauen herjagt, sie vergewaltigt, umbringt und anschließend in der Grube verscharrt.«

»In diesen Dingen sollte man nichts ausschließen, bevor man es nicht überprüft hat.«

»Das glauben Sie doch selbst nicht«, antwortete Schlegel mit einem ungläubigen Lächeln auf den Lippen.

Klinik für Psychiatrie an der Uni Rostock, Gehlsheimer Straße

Bei Falks erneutem Anruf klang Frau Dr. Rosenbaum noch weniger begeistert als beim letzten Mal.

»Hören Sie, Herr Falk«, sagte sie bestimmt. »Ich habe in dieser Sache die Schweigepflicht zu beachten, und das wissen Sie genau. Schließlich arbeiten Sie bei der Polizei. Ich habe schon viel zu viel angedeutet. Sie müssen schon auf einem anderen Weg herausfinden, welche Therapien Herr Hoppe hinter sich gebracht hat. Am besten ist, Sie fragen ihn selbst. Wenn er mich dann von der Schweigepflicht entbindet, dann können wir uns noch mal unterhalten.«

Diese Antwort war überhaupt nicht nach seinem Geschmack. Es war sehr wichtig, dass er eine Antwort auf seine Frage erhielt, und zwar schnell.

»Ich verstehe Sie, Frau Dr. Rosenbaum«, entgegnete Falk. »Nur ist Hoppe derzeit auf der Flucht, deswegen kann ich ihn nicht fragen. Und er ist nicht allein. Er hat eine Geisel genommen, eine unbeteiligte Frau, die jetzt gerade in Todesangst schwebt und nicht weiß, ob sie den morgigen Tag noch erlebt. Aber das ist immer noch nicht alles. Die Polizei ist ihm auf der Spur, und ein Einsatzkommando wartet darauf, dass sie Hoppe festnehmen können. So wie ich die Lage einschätze, wird er das nicht überleben. Und die Geisel möglicherweise auch nicht.«

Einen Augenblick herrschte Schweigen. Schließlich räusperte sich die Ärztin. »Und das alles geschieht nicht, wenn Sie erfahren, ob Hoppe im Juni zwanzig neunzehn in stationärer Behandlung war?«

Falk verzog seine Mundwinkel. »Versprechen kann ich das nicht. Es könnte aber unser Einschreiten beeinflussen, denn bislang hält man ihn für einen mehrfachen Frauenmörder. Oft genug endet eine solche Flucht mit einem gezielten Todesschuss, wenn es keinen anderen Ausweg gibt.«

»Ich verstehe«, entgegnete Dr. Rosenbaum. »Warten Sie einen Augenblick.«

Falk hielt den Hörer an das Ohr und hörte ein Rascheln im Hintergrund.

»Vermutlich komme ich in Teufels Küche«, seufzte die Frau. »Aber es könnte sein, dass er in dieser Zeit in der Psychiatrie in Rostock saß. Fragen Sie dort nach und wenden Sie sich an eine Schwester Emerita. Die könnte vielleicht weiterhelfen. Sie müssten schon persönlich mit ihr sprechen. Gutes Englisch wäre von Vorteil, Schwester Emerita stammt nämlich aus Gambia.«

»Vielen Dank, Frau Doktor«

»Danken Sie nicht mir, Sie müssen Schwester Emerita schon überzeugen, dass die Sache wichtig ist, wenn Sie eine Antwort von ihr wollen. Glauben Sie mir, die Frau hat eine sehr gute Menschenkenntnis.«

Falk verlor keine Zeit und fuhr sofort los. Zum Glück war vor dem Psychiatriegebäude noch ein Parkplatz frei. Als er vor Schwester Emerita stand und sie ihn mit großen Augen von oben bis unten musterte, wusste er, was Dr. Rosenbaum gemeint hatte. Ihr Blick durchdrang Körper und Geist, und Falk kam sich in ihrer Gegenwart klein und unbedeutend vor, auch wenn er gerade mit einer Polizeimarke vor ihr stand.

»Okay, Policeman, Officer, du fragen Florian?«

Falk bestätigte. »Ich muss wissen, ob er im Juni zweitausendneunzehn hier zur Behandlung in der Klinik war. Stationär, meine ich«, erklärte er der Ordensschwester, die dem Marienorden angehörte und schon seit mehreren Jahren ihren Dienst in dieser Abteilung versah. Englisch brauchte er nicht, die Frau verstand ihn ausgezeichnet.

»Hoppe hier gewesen, ich schau«, entgegnete sie und nahm Falk den Zettel aus der Hand, auf den er den Zeitraum geschrieben hatte. Er blieb allein im Flur vor dem Zugang zur geschlossenen Abteilung zurück.

Es dauerte beinahe eine halbe Stunde, bis die Frau wieder zurückkehrte. Falk hatte sich auf einem Sessel im Wartebereich niedergelassen. Er erhob sich, als die Schwester auf ihn zukam. »War hier«, sagte sie und reichte Falk den Ausdruck eines Computerprogramms. Falk warf einen Blick darauf. Der Abschnitt war für eine Sozialeinrichtung, bei der sich Hoppe nach seiner Akutbehandlung einfinden sollte. Darauf war vermerkt, dass Florian Hoppe auf eigenen Wunsch vom 27. Mai bis zum 12. Juli stationär in der Abteilung 7 in der geschlossenen Psychiatrie aufgenommen worden war.

Die Schwester wies mit dem Zeigefinger auf das Blatt Papier. »War hier, gekommen und geblieben bis Juli, dann nicht mehr gegangen dorthin, weiß nicht warum. War so, Florian. Immer gemacht halbe Schritt, dann Stehen. Du verstehen?«

Falk verstand nur zu gut, was die Schwester andeutete. Eines war klar und unumstößlich: Der Mörder von Maja Poremski im österreichischen Maurach konnte Hoppe nicht gewesen sein. Das hatte Falk jetzt sogar schriftlich, und das war mehr, als er hatte erwarten können.

26

Kriminalinspektion Wismar, Rostocker Straße

Falk warf den Auszug aus dem Patientenverzeichnis der Psychiatrie auf den Schreibtisch und zeigte mit dem Finger auf das Datum.

»Geschlossene Unterbringung auf der psychiatrischen Isolierstation«, sagte er. »Verschlossene Türen und Gitter vor den Fenstern. Er kann nicht in Österreich gewesen sein.«

Direktorin Reimann nahm das Dokument in die Hand und studierte es aufmerksam. »Woher haben Sie das?«

»Spielt das eine Rolle?«

Direktorin Reimann blickte auf. »Natürlich spielt das eine Rolle. Eigentlich dürften wir das gar nicht haben.«

»Wir haben es aber, und jetzt sollten wir uns endlich darum kümmern, dem wahren Mörder das Handwerk zu legen.«

Direktorin Reimann fuhr sich mit der Hand über die Stirn. »Sie wissen, worauf wir uns da einlassen?«

Falk zog sich einen Stuhl heran und setzte sich. »Klar weiß ich das, wir hintergehen unseren direkten Vorgesetzten.«

»Koller wird sagen, dass der Mord in Maurach nicht zu unserem Fall gehört«, gab die Direktorin zu bedenken. »Er wird sich auf die Folie berufen und uns wie Idioten aussehen lassen.«

»Genau damit rechne ich, deshalb habe ich den Obduktionsbericht der Tiroler Kollegen an Professor Schmieg weitergeleitet«, entgegnete Falk und schaute auf seine Armbanduhr. »Er ist bestimmt gerade damit beschäftigt, die Verletzungsmuster der Toten miteinander zu vergleichen, und ich bin sicher, er kommt zu demselben Schluss wie wir. Nur können wir nicht warten, bis er sein schriftliches Gutachten vorgelegt hat. Wir müssen handeln.«

»Ich hoffe, Sie haben recht, Falk. Wir kommen sonst in Teufels Küche.«

»Ein Gutachten von Professor Schmieg, einer absoluten und anerkannten Kapazität auf dem Gebiet der Forensik, wird auch Koller nicht ignorieren können.«

Direktorin Reimann nickte. »Das ist richtig, wenn es aber schiefgeht und wir falschliegen, dann wird Koller zu unserer Hinrichtung höchstpersönlich die Trommel schlagen, das ist Ihnen klar, oder? Man wird nicht einfach nur zur Tagesordnung übergehen, schließlich ist Koller das Lieblingskind unseres Präsidenten. Er soll den Lehrgang an der Hochschule mit Bestnoten abgeschlossen haben, munkelt man.«

Falk lächelte. »Das hat nichts zu bedeuten. Nur weil man gute Noten hat, ist man noch lange kein guter Polizist. Handbücher und Dienstanweisungen studieren, das hat nichts mit unserem Beruf zu tun. Die Erfahrung ist es, die einen guten Polizisten und Ermittler ausmacht. Erfahrung, Inspiration, Kreativität und ein wacher Geist sind die Voraussetzungen, die man braucht. Bei Koller sucht man diese Eigenschaften vergeblich. Mit ist vollkommen egal, wie viele goldene Sterne er auf seinen Schultern spazieren trägt, und von mir aus kann er auch so viele Bestnoten schreiben, wie er will. Er liegt falsch und wir liegen richtig. Ich finde, das ist das Risiko wert.«

Direktorin Reimann schüttelte den Kopf. »Ihr Wort in Gottes Ohr.«

Falks Lächeln wurde breiter. »Es ist immer wieder schön, wenn man in der Führung auf vernünftige Leute trifft«, antwortete er. »Vor allem, wenn sie so charmant sind wie Sie, Frau Reimann. Ich kann nichts dafür, wenn meine Ermittlungsergebnisse dem Soko-Leiter nicht ins Konzept passen.«

Direktorin Reimann winkte ab. »Schon gut, hören Sie auf, Süßholz zu raspeln. Ich rede morgen mit Oberstaatsanwalt Damme.«

Falk erhob sich. »Wo ist Koller eigentlich, man hört gar nichts mehr.«

»Noch immer auf dem Jagdausflug ins Bayerische«, entgegnete Direktorin Reimann.

Falk ging zur Tür, doch bevor er das Büro verließ, wandte er sich noch einmal um. »Wir liegen richtig, und es wird keine Hinrichtung geben«, sagte er entschlossen.

Die Direktorin nickte. »Klar, aber sagen Sie Brunner, zwei Hundertschaften, mehr geht nicht.«

»Ich richte es aus«, entgegnete Falk, ehe er die Tür öffnete.

Rostock-Port, Überseehafen

Möwen segelten durch die Luft und balgten sich um die Brotkrumen, die er ihnen zuwarf. Das laute Hupen der Fähre nach Trelleborg ließ ihn aufschauen. Das blau-weiß lackierte Schiff legte ab. Dichter schwarzer Rauch stieg vom Schornstein auf. Noch immer musste er hier im Hafen ausharren und warten, bis die bestellten Container bereitstanden. Zwei Stunden waren schon vergangen, und es fehlten zwei der großen Behälter. Irgendetwas in der Disposition war schiefgelaufen, und nun musste er es ausbaden, obwohl er schon längst wieder auf Tour sein wollte.

Der Schwarm von Möwen stieg auf, als ein leerer Containerwagen an ihm vorbeifuhr. Die Fähre hatte sich inzwischen in das Fahrwasser manövriert und beschleunigte die Fahrt. Hinter ihm an der Mole lag ein riesiger Frachter, der noch heute den Hafen in Richtung Riga verlassen würde, sobald die Beladung abgeschlossen war. Er würde riesigen Ärger bekommen, wenn die Container nicht rechtzeitig an Bord genommen wurden, denn in Riga wartete man bereits auf die Fracht. Der Weitertransport war organisiert.

Ärger war er gewohnt. Viel zu oft in seinem Leben hatte er Ärger gehabt. Dagegen war das, was ihn hier erwartete, wenn die Container nicht rechtzeitig abgefertigt wurden, nicht viel mehr als eine leichte Brise. Damals, als Junge, da war er Stürmen ausgesetzt gewesen, und er hatte sie allesamt überstanden. Er erinnerte sich, als er damals von der Schule nach Hause kam. In der Nacht zuvor hatte er im Bett gelegen, während Vater und Olga sich heftig stritten. Das Geschrei durchdrang die Türen und die Wände und schien nicht enden zu wollen. Geschirr klirrte, und hin und wieder klatschte es laut. Er wusste genau, was das zu bedeuten hatte. Am nächsten Morgen zog er sich an und verließ das Haus, ohne zuvor die Küche zu betreten. Er hatte keine Lust darauf, die Scherbenhaufen des abendlichen Streits zu betrachten. Als er am späten Nachmittag von der Schule zurückkam, lag noch immer das zersplitterte Geschirr in der Küche auf dem Boden. Vater lag auf der Couch. Er war offenbar nicht zur Arbeit gegangen, und er hatte wieder getrunken.

»Mach die Küche sauber, Junge!«, herrschte Vater ihn an.

Er blickte sich um, Olga war weit und breit nicht zu sehen, doch er wagte nicht, nach ihr zu fragen. Erst gegen Abend, als Vater wieder nüchtern war und Nudeln abkochte, traute er sich, ihn nach Olga zu fragen.

»Hab ich dir doch schon gesagt, Junge«, antwortete der Vater. »Diese Weiber sind wie Treibsand, ehe man sich versieht, hat der Wind sie schon mitgenommen und verweht.«

Er wusste, was das bedeutete. Olga war weg.

»Wir beide schmeißen ab heute den Haushalt«, sagte Vater noch, ehe er nach seiner Jacke griff und das Haus verließ. Draußen knatterte der Trabi, der nach mehreren Startversuchen ansprang. Dann war Vater verschwunden.

Er lachte und freute sich. Olga war weg, das bedeutete, nie wieder in das dunkle Verlies im Keller zu müssen, dachte er.

An diesem Abend kam Vater spät zurück. Er hatte wieder getrunken, das sah er ihm an. Vor allem aber sah er, dass das Licht am Trabi kaputt war und dass das Glas des Scheinwerfers gesplittert war. Verdammt, der schöne Wagen! Hellblau war er gewesen. Über vier Jahre hatten sie auf den Trabi warten müssen, bevor ihn Vater endlich abholen durfte. Und jetzt hatte er damit einen Unfall gebaut. Wo es doch keine Ersatzteile auf die Schnelle gab!

Nachdem Vater die Wohnung betreten hatte und bemerkte, dass er noch nicht im Bett lag, gab es eine fette Abreibung. An diesem Abend weinte er sich in den Schlaf. Und es kam noch schlimmer, denn Vater trank nur noch, schlug und prügelte ihn, wann immer ihm danach war, manchmal bei der kleinsten Kleinigkeit. Und das Schlimmste war, dass er sich zu früh gefreut hatte, denn das Verlies im Keller blieb ihm auch jetzt nicht erspart.

27

Höllhöhe nahe Hohenwarth, Bayerischer Wald

Die nahe Staatsstraße von Neukirchen beim Heiligen Blut und Hohenwarth führte in einem weiten Bogen an dem kleinen Ort vorbei, der im Hölltal unterhalb des Hohenbogens lag. Die Geschwindigkeit dort war auf 70 Kilometer pro Stunde begrenzt, doch daran schien sich niemand zu halten, denn immer wieder gab es Beschwerden der Anwohner, die aus dem Ort auf die Staatsstraße einbiegen wollten. Schon drei schwere Unfälle hatten Raser in den letzten drei Jahren verursacht, und einmal war sogar ein Mensch gestorben. Grund genug, dass diese Stelle immer wieder auf dem Monatskontrollplan der Verkehrspolizei Furth im Wald ganz nach oben rutschte. So wie auch an diesem Tag. Die beiden altgedienten und erfahrenen Polizisten hatten kurz vor acht Uhr das Lichtschrankenmessgerät aufgebaut und nach kurzer Zeit schon mehr als sieben Verstöße festgestellt. Der bislang schnellste Fahrer war mit 114 km/h gemessen worden und würde einen Monat lang zu Fuß gehen müssen, wenn ihm der Bußgeldbescheid zugestellt wurde. Auf einen Anhaltetrupp hatten sie bei dieser Messung verzichtet, denn in ganz Bayern herrschte Großalarm. Alle suchten nach einem Geiselnehmer in einem roten Honda, der in Erfurt eine Frau überfallen und gekidnappt hatte und in Richtung Süden unterwegs war.

Einen Anhaltetrupp brauchten die beiden Polizisten ohnehin nicht, denn ihr Geschwindigkeitsmessgerät war mit einer mobilen Kameraanlage mit Heck- und Frontfoto gekoppelt, sodass die Insassen der gemessenen Fahrzeuge durch ein hochwertiges Beweisfoto identifiziert werden konnten. Ihr Dienst ging noch bis Mitternacht. Für zwei Stunden hatten sie sich mit ihrem weißen VW-Bus für die Autofahrer unsichtbar hinter einem Gebüsch versteckt, denn die Anlage funktionierte vollkommen autark und ohne ihr Zutun. Einzig und allein das Führen eines Kontrollbuches war erforderlich, in dem die Messzeit, das Fahrzeug und das Kennzeichen des kontrollierten Fahrzeugs sowie die abgelesene Geschwindigkeit protokolliert werden musste. Doch auch das war kein Hexenwerk, denn nach Auslösung der Messanlage, die auf 86 km/h eingestellt worden war, um allen Toleranzen Genüge zu tun, wurde das Bild des gemessenen Fahrzeugs direkt auf den kleinen Monitor übertragen, der im VW-Bus fest verbaut war. Dies war die letzte geplante Messung für den heutigen Tag. Danach ging es zurück zur Dienststelle und anschließend in den verdienten Feierabend.

Es war kurz nach neun Uhr, als das Geschwindigkeitsmessgerät erneut auslöste und einen Wagen registrierte, der mit 92 km/h die Messstelle passiert hatte. Der Oberkommissar, der das Messprotokoll führte, griff zum Kugelschreiber, um die Messung zu protokollieren, und hielt inne, nachdem er das Kennzeichen des roten Hondas eingetragen hatte. Ein Kennzeichen aus Erfurt, das war angesichts der vielen Urlauber, die den Bayerischen Wald besuchten, keine Besonderheit. Hier in dieser Region verbrachten inzwischen viele Menschen aus allen Teilen Deutschlands und dem Ausland ihren Urlaub. Hotels und Pensionen gab es reichlich. Sogar in diesem kleinen, beschaulichen Ort mit kaum mehr als zweihundert Einwohnern gab es eine Ferienpension. Trotzdem …

»Sag mal«, wandte er sich seinem Kollegen zu, der kurz vor der Pensionierung stand. »Wie war noch mal das Kennzeichen des gesuchten Geiselgangsters?«

Der Angesprochene zog die Fahndungsliste hervor und las das Kennzeichen vor.

»Ich glaube, ich spinne, der ist gerade hier vorbeigefahren«, stammelte der Oberkommissar und drehte seinem Kollegen den Bildschirm zu.

»Die fahren doch Richtung Österreich, heißt es in der Fahndung«, entgegnete der Kollege.

»Das sind sie, die Frau fährt und ein Mann sitzt auf dem Beifahrersitz«, fuhr der Oberkommissar fort und griff zum Funkgerät.

RMZ, Lokalredaktion Wismar, Krämerstraße

Pia war wieder in ihr Büro nach Wismar gefahren. Falk sollte unbedingt von beiden Leichen erfahren, die man damals in der Grube und in einem See in unmittelbarer Nähe entdeckt hatte. Offenbar hatte es also schon damals Leichenfunde in Zurow gegeben, und die Einstufung als Unfälle bedeutete gar nichts. Vertuschungen waren keine Seltenheit gewesen in der ehemaligen DDR, denn echte Verbrechen durfte es im friedlichen Arbeiter- und Bauernstaat offiziell nicht geben. Auf der anderen Seite hatte Mahlers Bekannter recht: Wenn der Mörder schon damals unterwegs gewesen war, dann wäre er heute vierzig Jahre älter. Laut ihrer Mitarbeiterliste, die sie aus den Personalakten erstellt hatte, gab es nur wenige junge Leute, die damals im Kieswerk gearbeitet hatten. Zwei davon waren Mitte zwanzig gewesen. Sie lebten ihrer Recherche nach schon lange nicht mehr hier und waren nach der Wende in den Westen gegangen. Das Durchschnittsalter der Mitarbeiter lag damals bei fünfunddreißig. Es war eher auszuschließen, dass ein Siebzigjähriger heute noch als Triebtäter unterwegs war. Aber was, wenn der Mörder von damals einen jungen Komplizen hatte?

Sie legte ihr Handy auf den Tisch und nahm sich einen der bislang noch nicht überprüften Kartons. Vertragsarbeiter hatte es in der Grube gegeben, hatte Mahler berichtet. Davon hatte sie in den Personalakten nichts gefunden. Vielleicht war darunter ein junger Mann, der heute noch zu solchen Taten fähig wäre. Und vielleicht fand sie in den beiden verbliebenen Kartons einen Hinweis darauf.

Außerdem musste es damals polizeiliche Akten über die Todesfälle gegeben haben. Wo waren diese Papiere gelandet? Hatte man sie regional verwahrt oder im Zentralarchiv, damals in Berlin? Vielleicht lagerten sie sogar inzwischen im Bundesarchiv.

Schlegel hatte von einer Russin gesprochen, einer gewissen Olga, die damals vermisst gemeldet worden war und mit einem Deutschen zusammengelebt hatte. Die Ermittlungen waren damals von den hiesigen Behörden geführt worden, also musste es diese Akten noch irgendwo geben. Vielleicht sogar bei der Wismarer Polizei?

Wieder einmal fiel ihr nur Albert Scheu, ihr Chefredakteur, ein, der ihr da weiterhelfen konnte, weil er über ausgezeichnete Verbindungen verfügte. Sie nahm den Telefonhörer ab und wählte seine Nummer.

»Moin, Pia«, begrüßte er sie. »Ich hoffe, du bist bei der Arbeit und hast eine gute Story für uns. So wie es aussieht, haben die Hoppe tatsächlich aus den Augen verloren. Wir brauchen dringend neues Futter, sonst wird die Story kalt.«

Pia wusste, dass ihr Chef hohe Ansprüche an die Berichterstattung der Zeitung hatte und nicht so leicht zufriedenzustellen war. Deshalb hatte sie sich bereits eine Strategie überlegt.

»Wie wäre es mit weiteren Leichenfunden in der Kiesgrube bei Zurow?«, sagte sie.

»Tatsächlich, weitere Leichen, in Zurow?«, fragte er, und seine tiefe Stimme konnte die Neugier nicht verbergen.

»Nicht aktuell«, erklärte Pia. »Aber die drei Toten aus der Grube sind nicht die ersten Leichen, die hier in der Umgebung gefunden worden sind.«

Sie erzählte, was sie heute von Mahler und dessen Freund Schlegel erfahren hatte, und darüber, dass es wohl schon früher mysteriöse Todesfälle in der Gegend um die Kiesgrube gegeben hatte.

»Das klingt gut, da machen wir was draus«, entgegnete Scheu begeistert. »Genau das, was ich gesucht habe.«

»Leider fehlen mir weitere Informationen«, fuhr Pia fort. »Dazu müsste man mal einen Blick in die Archive der ehemaligen Kreispolizei in Wismar werfen. Ich habe keinen Schimmer, wo diese Akten abgeblieben sind und wie man da rankommt.«

Einen kurzen Augenblick herrschte Schweigen.

»Okay«, bemerkte Scheu dann. »Du schreibst den Bericht über die Leichen von damals und stellst einen losen Zusammenhang zu den aktuellen Leichenfunden her, und ich kümmere mich um diese Polizeiakten.«

Das war genau das, was Pia hören wollte. »Wie viele Zeilen?«, fragte sie.

»Eine halbe Seite«, entgegnete Scheu. »Das wird morgen der Aufmacher. Du hast bis zehn Uhr Zeit. Wir peppen das mit Fotos aus dem Archiv auf. Das wird gut, davon bin ich überzeugt.«

Nachdem sie das Gespräch beendet hatten, machte sich Pia ans Werk. Sie schrieb und schrieb, und kaum eine Stunde später hatte sie einen ergreifenden Artikel verfasst. Die Überschrift lautete: *Die Todesgrube von Zurow.* Ein durchaus gelungener Aufmacher, wie sie fand.

Noch bevor sie den Artikel an die Redaktion schickte, griff sie nach ihrem Handy und wählte Falks Nummer. Er sollte Bescheid wissen, bevor dieser Artikel morgen in der RMZ auf der Titelseite erschien.

Falk war in Eile und hatte keine Zeit, als ihn Pia erreichte.

»Gut, dann eben nicht«, sagte sie, bevor sie das Gespräch beendete. »Aber wundere dich morgen nicht über unsere Schlagzeile.«

28

Lohberg, Lamer Winkel, Bayerischer Wald

Zwei Zivilfahrzeuge folgten dem roten Honda mit dem Erfurter Kennzeichen, den sie kurz vor Lam auf der Engelshütter Straße ausgemacht hatten. Inzwischen waren die Fahndungskräfte in diesen Bereich beordert worden. Das Sondereinsatzkommando hatte die Helikopter bestiegen und würde in einer knappen halben Stunde in Bayerisch Eisenstein eintreffen. Die Grenzposten sowie die Grenzstreifen waren informiert, und auch den Tschechen war über die Verbindungsstelle Bescheid gegeben worden. Für Hoppe würde es aus dieser Falle kein Entrinnen mehr geben. Diese Sache würde heute enden, egal wie, denn die Tschechen hatten keinen Hehl daraus gemacht, dass sie keinem bewaffneten Geiselnehmer den Grenzübertritt erlauben würden. Sie hatten ihrerseits ein Einsatzkommando aus Vacov ins Grenzgebiet verlegt.

»Er wird kaum den Grenzübergang benutzen«, sagte Korff und schaute sich auf der großen Karte die Umgebung von Bayerisch Eisenstein an.

»Es gibt genügend Waldwege, die nach drüben führen«, meldete sich der Leiter der Grenzpolizeiinspektion des Abschnitts zu Wort, der von Korff hinzugezogen worden war.

»Wir stationieren ein Beobachtungsfahrzeug nahe der Eisensteiner Mühle, damit haben wir die Ausfallstraße in Richtung Süden im Blick«, beschloss Korff und markierte auf der Karte mit einer Nadel den entsprechenden Ort.

»Der Helikopter ist über dem Hochfels eingetroffen«, erklärte der Hauptkommissar, der mit Kopfhörer hinter dem Einsatzleitpult saß. »Er hat bislang keinen Sichtkontakt.«

Korff nahm die Meldung zur Kenntnis und suchte auf der

Karte den nächsten neuralgischen Punkt, an dem er einen weiteren Zivilwagen postieren konnte.

»Einen Wagen postieren wir an der Serpentine kurz vor dem Ort«, fuhr Korff fort. »Damit schneiden wir ihm den Rückweg ab.«

»Wohin sollen die SEK-Kräfte beordert werden?«, fragte der Hauptkommissar, der die Funksprüche mitverfolgte.

»Wo ist der Gesuchte jetzt?«, fragte Korff.

»Er hat am Langlaufzentrum auf halber Strecke angehalten«, meldete der Hauptkommissar.

»Irgendwelche Aktivitäten?«

Der Kollege am Einsatzleitpult fragte beim Zivilfahrzeug an, das in der Nähe des Areals angehalten hatte.

»Es gibt keinen Sichtkontakt«, meldete er kurz darauf.

»Und der zweite Wagen?«

Erneut betätigte der Funker das Sprechgerät. »Der zweite Wagen musste weiterfahren, der war direkt dahinter.«

»Scheiße!«, fluchte Korff.

»Was ist passiert?«, fragte Koller, der auf einem bequemen Bürostuhl neben dem Einsatzpult Platz genommen hatte.

»Was ist, wenn er aussteigt und die Flucht zu Fuß fortsetzt?«, gab der Chef des Grenzpolizeiabschnitts zu bedenken.

»Wir müssen wissen, was dort vor sich geht!«, sagte Korff an den Funker gewandt.

»Zwei einundzwanzig ist dort in der Nähe und nimmt die Position am Ortseingang ein«, entgegnete der Funker. »Er ist etwa drei Kilometer entfernt.«

»Dann schicken Sie ihn hoch, und der Wagen, der vorbeifahren musste, soll seine Position übernehmen!«

Der Funker quittierte die Anordnung und übermittelte per Funk.

Koller beugte sich zur Seite und warf einen Blick auf die Karte des Einsatzleitrechners, als plötzlich sein Handy klingelte. Er fischte es aus der Hosentasche und warf einen Blick auf das Display. Es war die Nummer der Wismarer Dienststellenleiterin.

»Einen Augenblick, ich muss da kurz ran«, sagte er, ehe er sich erhob und die provisorische Leitstelle verließ.

Im Flur nahm er das Gespräch an. »Koller«, meldete er sich.

»Reimann«, drang es aus dem kleinen Lautsprecher. »Wie läuft die Fahndung?«

»Wir sind dran«, erklärte Koller.

»Gut«, entgegnete die Polizeidirektorin. »Sie sollten aber wissen, dass es neue Entwicklungen gibt. So wie es aussieht, ist Hoppe nicht der gesuchte Mörder von Zurow.«

Koller runzelte die Stirn. »Was für neue Entwicklungen?«

Direktorin Reimann erzählte ihm von der Frauenleiche, die in Österreich aufgefunden worden war, und von Falks Einschätzung.

Koller schüttelte den Kopf. »Die Fälle müssen nicht zwangsläufig zusammenhängen, Falk hat manchmal abstruse Ideen und Theorien.«

»Aber die Spurenlage …«

»Frau Reimann«, unterbrach Koller die Wismarer Polizeichefin. »Wir stehen kurz vor dem Zugriff. Es ist jetzt nicht die Zeit, über solche Dinge zu diskutieren. Nach allem, was wir über Hoppe wissen, und der Einschätzung von Frau Sonntag, liegt dringender Tatverdacht gegen ihn vor. Außerdem hat er zwei Polizisten schwer verletzt, eine Frau erschossen und eine weitere Frau als Geisel genommen. Wir werden entsprechend dem Einsatzplan für Geiselnahmen verfahren. Die Wahl der Vorgehensweise liegt nicht mehr in unserer Hand. Bayern ist zuständig.«

»Ich denke, es könnte wichtig für den Zugriff sein«, wandte Direktorin Reimann ein.

»Wie gesagt, das ist nicht mehr unsere Sache«, entgegnete Koller schroff. »Und jetzt beenden wir das Gespräch, ich habe keine Zeit für solche Mätzchen.«

Ohne auf eine Antwort zu warten, beendete er das Gespräch und ging zurück in den Einsatzraum.

»Neue Erkenntnisse?«, fragte Korff seinen Kollegen aus Mecklenburg.

Koller schüttelte den Kopf. »Nicht so wichtig«, sagte er.

»Er hat die Fahrt wieder fortgesetzt und bewegt sich jetzt auf Bayerisch Eisenstein zu«, berichtete Korff. »Wir werden den Wagen am Ortseingang stellen und die Sache beenden.«

Autobahnpolizeirevier Metelsdorf, an der A 20

Der Hauptkommissar des Verkehrszuges schaute Falk fragend an, nachdem er ihm erklärt hatte, was er von ihm wollte.

»Wie lange soll das gehen?«

»Zwei Wochen, mindestens aber zehn Tage«, entgegnete Falk. »In der Zeit von vier Uhr morgens bis elf Uhr in der Nacht. Samstag und Sonntag natürlich ausgenommen.«

»Wir stehen nur dort und lassen die Kamera laufen?«

»Jeden Tag, im selben Winkel zum Verkehr. Das geht doch, oder?«

»Das gibt eine ganze Menge an Datenmaterial, dazu benötigen wir auf alle Fälle eine Festplatte, die wir schon seit Monaten vergeblich beantragt haben«, entgegnete der Hauptkommissar.

Falk beugte sich zu seiner Tasche, die auf dem Boden stand, hob sie auf und griff hinein. Er zog eine Festplatte hervor und legte sie auf den Tisch. »Zehn Terabyte, das dürfte reichen, wurde mir gesagt.«

Der Hauptkommissar nahm sie in die Hand und warf einen langen Blick darauf. »Sieh an, bei der Kripo geht wohl alles«, sagte er.

»LKA«, entgegnete Falk. »Ich bin vom LKA, und dort haben sie mir gesagt, dass sie bei Full-HD-Aufnahmen etwa siebzehn Tage aufzeichnet, bevor sie schlapp macht.«

»Das genügt«, bestätigte der Kollege der Verkehrspolizei. »Wo genau sollen wir uns aufstellen?«

Falk zuckte mit der Schulter. »Ich gehe davon aus, Sie haben eine Stelle, an der Sie den Abstand messen. Eine Brücke oder so.«

»Haben wir«, bestätigte der uniformierte Polizist. »Kurz vor dem Wismarer Kreuz, Fahrtrichtung Osten.«

»Wie weit ist das von Zurow entfernt?«

Der Verkehrspolizist wiegte den Kopf hin und her und überlegte. »Zurow, das ist die Ausfahrt nach dem Kreuz. Ich würde sagen, das sind zehn, höchstens fünfzehn Kilometer.«

Falk lächelte. »Sehr gut.«

»Wann sollen wir damit anfangen?«

»Am besten gleich morgen«, entgegnete Falk.

»Dann werden wir den Monatskontrollplan kaum halten können, wenn rund um die Uhr zwei Beamte dort auf der Brücke stehen.«

»Keine Sorge«, entgegnete Falk. »Der Einsatz ist von höchster Seite genehmigt. Sie können natürlich bei Direktorin Reimann zurückrufen.«

Der uniformierte Kollege winkte ab. »Geht schon klar. Ab morgen stehen wir dort und beobachten den Verkehr, und ich hoffe, dass wir das nicht umsonst machen. Wir haben nur wenige Ressourcen frei. Ich würde mir wünschen, dass unsere Politiker nicht immer nur den Mund vollnehmen, sondern wirklich mal für Verstärkung sorgen. Früher waren wir mal achtzehn Leute auf der Schicht, jetzt sind es noch elf, und der Verkehr nimmt in jedem Jahr zu. Ich weiß gar nicht, wie sich die Herren in den Ministerien unsere Arbeit vorstellen.«

Falk nickte zustimmend. »Tja, uns geht es nicht anders. Festplatten, Kamera, kein Problem, aber Leute, gute noch dazu, die sind auch bei uns Mangelware.«

»Also gut, legen wir los«, sagte der Hauptkommissar entschlossen.

»Glauben Sie mir, es ist sicherlich nicht umsonst«, entgegnete Falk, ehe er sich erhob. »Sie tun uns damit einen großen Gefallen.«

»Das hoffe ich, aber Ihnen ist doch hoffentlich klar, da kommen hundertachtzig Stunden Film zusammen, und die müssen dann noch ausgewertet werden.«

Falk lächelte. »Keine Angst, auch dafür ist gesorgt.«

»Sollen wir das etwa auch machen?«

»Das mache ich selbst«, beschwichtigte Falk. »Dafür gibt es ein Programm.«

»Ein Programm, das kenne ich gar nicht«, entgegnete der Hauptkommissar vom Verkehrszug.

»Es heißt Eagle Eye und wird vom FBI benutzt. Ich glaube, bei uns ist es noch nicht zugelassen. Es ist nur wichtig, dass Sie die Kamera einmessen und sie jeden Tag im gleichen Winkel zum Verkehr steht.«

»Verstehe«, entgegnete der uniformierte Kollege.

Nach seinem Besuch in Metelsdorf fuhr Falk zurück nach Wismar. Es war an der Zeit, endlich mit Pia Stein Kontakt aufzunehmen, doch zuvor fuhr er noch einmal auf der Dienststelle vorbei. Auf dem Flur kam ihm zu seiner Überraschung Modrow entgegen. »Oh, der Herr Kollege, schon wieder zurückgekehrt vom Jagdausflug?«, sprach ihn Falk an.

Modrow blieb stehen. »Leider ist er den Bayern durch die Maschen geschlüpft. Die Fahndung läuft, wir kriegen ihn.«

»Weshalb sind Sie dann hier?«

»Die Bayern lassen sich nicht in die Karten schauen«, erklärte Modrow. »Sie haben die Einsatzleitung übernommen. Wir sind nur Zaungäste.«

»Wäre bei uns ähnlich«, bemerkte Falk und wollte schon weitergehen, als ihn Modrow zurückhielt. »Haben Sie schon seine Alibis überprüft?«, fragte Modrow interessiert.

»Alibis?«

»Klar, das war doch Ihr Auftrag«, stellte Modrow nüchtern fest.

»Alibis von Hoppe meinen Sie?«

»Koller hat Sie doch beauftragt, im Umfeld des Täters zu ermitteln.«

Falk schüttelte den Kopf. »Umfeldermittlungen zu den Taten, richtig. Genau das, was ich gerade mache.«

Modrow runzelte die Stirn. »Ermittlungen zu Hoppe?«

»Der geht mich nichts an.«

»Was soll das heißen, Hoppe geht Sie nichts an?«, entgegnete Modrow empört. »Das gehört doch dazu. Koller hat Ihnen das doch aufgetragen.«

»Hoppe ist aber nicht der Täter«, bemerkte Falk kühl.

»Sie hatten doch den Auftrag, verdammt! Koller hat mich hergeschickt, um die Ermittlungen zu unterstützen. Was soll ich ihm berichten, wenn er anruft und mich fragt?«

»Dann sagen Sie ihm, dass Hoppe ein Alibi für den Mord in Maurach hat.«

Falk wartete auf keine Antwort und ging einfach weiter. Modrow stand im Flur wie ein begossener Pudel. »Maurach, was ist denn Maurach?«, rief er ihm nach.

»Lesen Sie den Bericht!«, rief ihm Falk zu, ehe er in seinem Büro verschwand.

29

Lamer Winkel, nahe Bayerisch Eisenstein

Erika atmete tief ein. Sie war müde, hungrig und abgespannt, und sie war nahe daran, ihm zu sagen, dass es ihr egal war, ob er sie umbrachte, aber diese Flucht musste endlich ein Ende haben, sie konnte nicht mehr.

Sie wusste nicht, wo sie sich befanden. Er hatte die Karte auf seinen Knien liegen und studierte sie aufmerksam. Nachdem sie den letzten kleinen Ort verlassen hatten, stieg die Straße steil an und es ging einen Berg hinauf. Es herrschte nur wenig Verkehr, aber die Kurven hatten es in sich. Sie musste sich konzentrieren, damit sie dem Straßenverlauf folgen konnte, denn rechts der mit halbhohen Tannen bewachsenen Straße gab es einen steilen Abhang, und nur in den Kurven waren Leitplanken aufgestellt.

»Wo sind wir jetzt?«, fragte sie. Sie wusste nur, dass sie sich irgendwo im Bayerischen Wald befanden. Vor einigen Stunden waren sie an einem Hinweisschild vorbeigefahren, auf dem geschrieben stand: *Willkommen im Bayerischen Wald.*

»Wir sind gleich da«, antwortete der Kerl auf dem Beifahrersitz und wies aus dem Fenster. »Wir kommen gleich an einen Parkplatz, der ist links, dort halten wir an.«

Erika nickte. »Ist es noch weit? Ich bin müde.«

»Es ist bald vorbei«, sagte er.

Sie fuhren durch eine lang gezogene Rechtskurve, und er warf einen misstrauischen Blick in den Rückspiegel. Ein dunkler Wagen folgte in einiger Entfernung. Als sie die Kurve durchfahren hatten, flachte das Gelände ab. Eine Gerade lag vor ihnen, und der Parkplatz tauchte auf.

»Dort halten wir an.«

Erika warf einen kurzen Blick in den Rückspiegel und setzte den Blinker, ehe sie vom Gas ging.

»Was machen wir dort?«, fragte sie.

»Halt einfach an.«

Sie bremste ab, ein Auto kam ihr aus der Kurve entgegen. Als das Auto vorbeigefahren war, bog sie auf den Parkplatz ab. Der dunkle Wagen, ein schwarzer BMW, der hinter ihnen gefahren war, zog vorbei und verschwand in der Kurve. Er blickte ihm noch eine Weile nach.

Der Parkplatz war leer. Eine kleine Hütte stand am Ende der asphaltierten Parkbucht. Eine Straße führte zu einem weitaus größeren Parkplatz, der allerdings abgeschrankt und ebenfalls leer war.

Langlaufzentrum Lohberg-Scheiben, stand auf einem Schild an der Hütte. Sie hatte keine Ahnung, wo sie sich befand. Von solch einem Ort hatte sie noch nie gehört.

»Es muss jetzt endlich ein Ende haben«, klagte Erika. »Ich kann nicht mehr. Ich bin hungrig und durstig, und ich bin hundemüde, ich kann nicht mehr weiterfahren. Auch wenn du mich jetzt erschießt, ich bin fertig.«

»Du wirst weiterfahren.«

Sie atmete tief ein, während er die Beifahrertür öffnete und sich argwöhnisch umsah. Schließlich stieg er aus, umrundete den Wagen und öffnete die Fahrertür.

»Du wirst jetzt genau das tun, was ich dir sage!«, sagte er mit kalter Stimme. »Du wartest hier zehn Minuten, dann lässt du den Wagen an und fährst einfach weiter.«

»Und wohin soll ich fahren?«

»Einfach der Straße nach. Du wirst langsam fahren, und du wirst erst anhalten, wenn du im nächsten Ort bist. Dann kannst du machen, was du willst. Hast du mich verstanden?«

Sie nickte. Der Kerl zog die Kapuze über den Kopf und rannte zu dem großen Parkplatz, der ein ganzes Stück entfernt versteckt im Wald lag.

Erika schaute auf die Uhr des Armaturenbretts, dann wandte

sie den Blick und sah, wie der Kerl hinter den Bäumen mitten im Wald verschwand.

War sie frei?

Hatte sie es überstanden?

Sie wagte nicht, sich den eindringlichen Worten des Mannes zu widersetzen, und wartete tatsächlich, bis zehn Minuten verstrichen waren, ehe sie den Motor startete und wieder zurück auf die Straße fuhr.

Sie hatte es tatsächlich überstanden, der Kerl war weg. Sie war frei! Sie konnte ihr Glück kaum fassen.

Die Straße führte noch ein paar Kilometer durch den Wald, ehe eine scharfe Kurve vor ihr auftauchte und die Straße steil abfiel. Hier gab es eine Abzweigung, die zu einem Gehöft führte, doch sie fuhr einfach weiter, so wie er es von ihr verlangt hatte.

Sie fuhr durch den Wald. Es folgten weitere Kurven, bis sie zu einer Serpentine kam und die Geschwindigkeit auf fünfzig reduzieren musste. Häuser tauchten vor ihr auf. Der Wagen hinter ihr, ein grüner VW, war dicht aufgefahren. Ein Ortsschild begrenzte die Geschwindigkeit, doch der Wagen hinter ihr überholte einfach. Zum Glück kam ihnen niemand entgegen. Der Wagen scherte knapp vor ihr ein und bremste ab. Beinahe wäre sie auf den grünen VW aufgefahren. Erst jetzt erkannte sie, dass hinter ihr der schwarze BMW fuhr, der sie zuvor am Parkplatz im Wald überholt hatte.

»Was zum Teufel …«, stammelte sie und presste ihren Fuß auf die Bremse. Der VW vor ihr hatte mitten auf der Straße angehalten. Auch der BMW hinter ihr stoppte. Sie wusste gar nicht, wie ihr geschah. Plötzlich liefen von allen Seiten Gestalten mit Helmen und dunklen Kampfanzügen auf sie zu. Sie hielten Maschinenpistolen im Anschlag und zielten auf sie. Blitzartig wurde die Fahrertür aufgerissen.

»Polizei!«, rief der Mann mit dem Helm; seine Stimme wurde durch die schwarze Strumpfmaske gedämpft, die sein Gesicht verdeckte. Hände griffen nach ihr und zogen sie aus dem Wagen. Als sie auf dem kalten Asphalt der Straße aufschlug, fuhr ein beißender Schmerz durch ihren Körper.

»Keine Bewegung!«, rief jemand, und schon wurden ihr die Hände auf den Rücken gebogen. Handschellen klickten, dann zog man sie in die Höhe. Mehrere starke Hände hielten sie fest.

»Sicherheit«, brüllte einer der Polizisten im Kampfanzug. Kurz darauf kam ein junger Mann in Zivilkleidung auf sie zu.

»Erika Gerling?«, fragte der Mann.

Sie nickte stumm.

»Wo ist er?«

»Ausgestiegen … er ist ausgestiegen … oben auf einem Parkplatz … am Lohberg, so hieß das, glaube ich«, stammelte sie.

Kiesgrube bei Ravensruh

Bereitschaftspolizei, Feuerwehr, THW, Hundeführer der Polizei und einer Rettungshundestaffel, Drohnenpiloten der Polizei und der Feuerwehr mit Spezialkameras und Kräfte aus den umliegenden Revieren bevölkerten den östlichen Bereich der Grube. Ein Schlauchboot mit einem Leichenspürhund der Rettungsstaffel sowie die Tauchstaffel des DLRG-Ortsvereins waren am Selliner See mit der Suche beschäftigt. Lange Stangen kamen zum Einsatz, um den Grund abzusuchen. Bislang hatten sie nichts gefunden, und es war fraglich, ob sie überhaupt noch etwas finden würden. Diesmal war die Suche nicht nur auf den engen Bereich der Kiesgrube beschränkt. Eine Drohne der Feuerwehr mit einer Spezialkamera überflog jetzt zum zweiten Mal das Gelände und fertigte Infrarotaufnahmen an, auf denen unerklärliche Wärmequellen in einem deutlichen gelben oder gar roten Farbton hervorstachen. Zweimal war bereits eine solche Wärmequelle angezeigt und Kräfte der Bereitschaftspolizei an den Fundort beordert worden, doch einmal war es ein verendeter Hase, der wohl einem Fuchs zum Opfer gefallen war, und die andere unnatürliche Wärmequelle stammte von einem Reisighaufen, der dort langsam vermoderte.

Brunner hatte die topografische Karte des Geländes auf einem Campingtisch ausgebreitet und teilte den Durchsuchungskräften weitere Bereiche zu, wenn sie ihren Abschnitt mit negativem Ergebnis abgesucht hatten.

Falk stand neben ihm und warf einen Blick auf die Karte. »Das wird noch eine ganze Weile dauern, bis alles abgesucht ist«, sagte er.

»Vier Tage, meinen die Spezialisten«, entgegnete Brunner. »Heute Mittag kommt noch ein Hubschrauber der Bundesmarine mit einer Spezialkamera aus Rostock. Diese Kamera nimmt die feinsten Unregelmäßigkeiten in den unteren Wellenbereichen des Licht- und Wärmespektrums auf und dient normalerweise zur Suche von Schiffbrüchigen auf Hoher See.«

Falk nickte voller Anerkennung. »Das ist gut. Vor allem der See erscheint mir interessant, den gab es schon damals, weit vor der Wende.«

»Die Grube auch«, entgegnete Brunner.

»Hier wurde noch ein paar Jahre weitergearbeitet und abgebaut.«

»Wenn noch etwas zu finden ist, dann *werden* wir es finden«, bemerkte Brunner entschlossen. »Solange ich was zu sagen habe, machen wir keine halben Sachen mehr.«

Falk lächelte. »Das kann morgen schon vorbei sein«, unkte er. »Wie läuft die Überprüfung bei den Autoverleihern?«

»Wir haben insgesamt neun Firmen gefunden, die infrage kommen. Die Überprüfungen laufen. Haben die Hoppe eigentlich schon festgenommen?«

Falk schüttelte den Kopf. »Sie haben zumindest den Wagen wiederentdeckt. Offenbar will Hoppe nach Tschechien.«

»Meinetwegen kann Koller noch ein paar Wochen hinter Hoppe herjagen. Dann haben wir hier freie Hand.«

Falks Handy klingelte. Er schaute auf das Display. Pia Stein war am Apparat.

»Hallo, Pia«, grüßte Falk, nachdem er das Gespräch angenommen hatte. »Ich habe schon versucht, dich zu erreichen, aber du hattest ja keine Zeit.«

»Gestern hattest du keine Zeit«, beschwerte sie sich.

»Ich habe deinen Artikel in der RMZ mit Interesse gelesen und denke, wir sollten dringend miteinander reden.«

»In der Tat, das sollten wir. Heute habe ich aber keine Zeit dafür, ich bin auf Poel und arbeite. Ich komme erst spät zurück. Albert macht mir den Kopf runter, wenn der Artikel heute nicht in Druck geht.«

»Gut, was hast du morgen vor?«

»Morgen habe ich Zeit«, sagte sie. »Gehen wir zusammen zum Mittagessen?«

»Im Stern?«

»In Ordnung, sagen wir um zwölf.«

»Alles klar, dann bis morgen um zwölf.«

30

Grenze zu Tschechien, nahe Bayerisch Eisenstein

Er war vom Parkplatz über geschotterte Wege in Richtung Osten gelaufen. Kurze Zeit später verließ er die Wege und stapfte mitten durch den Nadelwald. Die Grenze zu Tschechien war von hier nur zwei Kilometer entfernt. Bevor er aus dem Wagen gestiegen war, hatte er in Erikas Handtasche gewühlt und die Scheckkarte mitgenommen. Die PIN hatte er sich gemerkt, als sie an der Tankstelle nahe bei Meiningen getankt hatten. Irgendwo würde er schon auf eine Bank stoßen, bei der er Geld für eine Zugfahrkarte abheben konnte. Bestimmt wurde längst nach ihm gefahndet, und sicherlich wusste die Polizei auch, dass er in Erfurt eine Geisel genommen hatte, doch ob sie wussten, dass er sich längst im tiefsten Bayern und direkt an der Grenze zu Tschechien befand, das bezweifelte er. Nur einmal war ihm auf der Fahrt aufgefallen, dass ein Polizeihubschrauber für kurze Zeit über ihnen schwebte. Aber das war auf der Autobahn gewesen, und dort kam es öfter vor, dass die Polizei mit Hubschraubern den Autobahnverkehr überwachte, um schnell eingreifen zu können, sollte es zu einem Stau kommen. In irgendeiner Dokumentation im Fernsehen hatte er das gesehen, deswegen hatte er sich keine weiteren Gedanken darüber gemacht. Außerdem hatten sie kurz darauf die Autobahn verlassen und waren den weiteren Weg über Land gefahren. Er fühlte sich sicher, und sollte dennoch etwas schiefgehen, dann hatte er ja die Waffe, in der noch immer vierzehn Patronen steckten. Er lief einen abschüssigen Hang hinab, ehe er sich im Schutz eines Baumes niederließ, um sich auf dem Kartenausschnitt, den er aus dem Autoatlas gerissen hatte, neu zu orientieren. Er hatte versucht, strikt in Richtung Osten zu laufen, denn hier gab es einige Kanten und Bögen im Grenzverlauf, und es wäre überaus heikel, wenn er jetzt so kurz vor dem Ziel die Orientierung verlieren und einfach ziellos durch den Wald irren würde. Vieles hier in der Umgebung sah ähnlich aus, deshalb taugte es nicht zur Ortsbestimmung, doch auf die Sonne war Verlass. Solange sie sich in seinem Rücken befand, war alles in Ordnung. Er ging weiter und das Gelände stieg steil an, genau wie es im Kartenausschnitt durch die Höhenangaben zu erkennen war. Er war vorsichtig, so nahe an der Grenze musste man immer mit Grenzstreifen rechnen, die dort patrouillierten. Es wäre fatal, aus reinem Zufall einer solchen Streife in die Hände zu fallen.

Das Gelände wurde steiler. Wenn er auf dem richtigen Weg war, dann würde bald einer unbewaldeten Hochebene folgen, auf der zwei Seen lagen. Der Wald wurde lichter. Viele Bäume waren krank und geschädigt, hatten Äste verloren, und hier und da lagen auch einige entwurzelte Stämme auf dem Boden oder waren einfach gegen ihren Nachbarn gekippt und hatten sich im Geäst verfangen. Vorsichtig ging er voran. Die Hochebene konnte zum Problem werden, doch er hoffte darauf, so weit oben auf dem Berg keinen Menschen mehr zu begegnen. Er musste den südlich gelegenen See passieren und dann einfach weiter in Richtung Osten marschieren. Dort lag eine Gemeinde namens Spitzberg, in der es eine Bahnlinie und sicherlich auch eine Bank gab. Er hatte das steile Stück hinter sich gebracht und hielt kurz inne, um zu verschnaufen. Jetzt war es nicht mehr weit bis zur Grenze.

Er warf einen Blick auf seine Armbanduhr. Zwanzig Minuten waren vergangen, seit er das Auto verlassen hatte. Er war sich sicher, dass sich Erika an seine Anweisungen halten würde. Bis sie die nächste Stadt erreichte und dort die Polizei aufsuchte, würden bestimmt zehn Minuten vergehen. Zeit genug, um Deutschland zu verlassen und sich durch die tschechischen Wälder bis nach Spitzberg durchzuschlagen. Kondition war kein Problem. Oft genug war er draußen herumgelaufen, meist in der Nacht, wenn ihm niemand begegnete.

Er hielt inne und verharrte, dann warf er sich hinter einen Baum. Stimmen drangen an sein Ohr. Ein Weg lag direkt vor ihm. So gut es ging, verbarg er sich hinter dem Baum. Vorsichtig hob er den Kopf. Das Erste, was er sah, war eine leuchtend orange Jacke, die sich auf dem Weg in seine Richtung bewegte. Es folgten weitere bunte Farben. Er griff nach der Waffe, die in seinem Hosenbund steckte, doch dann entspannte er sich. Vier Frauen, mit Stöcken bewaffnet, liefen den geschotterten Weg entlang. Harmlose Walkerinnen, die bestimmt keine Ahnung davon hatten, dass er sich hier in diesem Wald befand und auf der Flucht nach Tschechien war. Sie redeten miteinander und waren absolut arglos. Das beruhigte ihn ein wenig, denn es gab keinerlei Anzeichen, dass die Grenze in diesem Bereich abgeriegelt war. Er wartete, bis die Frauen verschwunden waren, ehe er sich vorsichtig erhob. Langsam ging er weiter, überquerte den Weg und tauchte erneut in den Wald ein. Die Grenze lag unmittelbar vor ihm. Nur eine Linie, die in der Karte markiert war. Fünf Minuten später erreichte er den Waldrand auf der anderen Seite und fühlte sich in Sicherheit. Er hatte die Staatsgrenze hinter sich gelassen und befand sich in Tschechien.

Er ließ sich hinter einer dicken Baumwurzel nieder und beobachtete das Terrain. Abgebrochene Baumstümpfe und kniehohes Gras lagen vor ihm; etwa einen Kilometer entfernt folgte ein kleines Wäldchen. Dies war der schwierigste Abschnitt seiner Flucht. Deckung gab es hier nicht. Er überlegte, wie er vorgehen sollte. Sollte er rennen oder einfach nur wie ein harmloser Spaziergänger durch das Gelände stapfen? Er entschied sich für die zweite Variante. Es musste ihm einfach gelingen, den Wald zu erreichen. Noch einmal würde er nicht zurück in diese Anstalt gehen, wo man ihn den ganzen Tag über mit Medikamenten vollstopfte, bis er zu einer willenlosen Maschine wurde, die teilnahmslos durch den Tag trudelte. Noch einmal schaute er sich um, doch weit und breit war keine Menschenseele zu sehen. Schließlich richtete er sich auf und stapfte über das freie Gelände. Einem Wanderer gleich, hielt er einen gleichmäßigen Schritt. Den See, der links von ihm lag, erkannte er erst spät, weil er unterhalb eines Abhangs lag. Er erreichte eine Schonung mit kleinen Bäumen, die von einem Zaun geschützt wurden. Ein schmaler Pfad führte am Zaun entlang, bis er schließlich das Wäldchen erreichte. Er atmete auf und blickte noch einmal zurück.

Nach wie vor war auf der Hochebene keine Bewegung zu entdecken. Er ging weiter und verließ den Pfad. Er wollte nicht riskieren, dass ihm dort aus Zufall ein Spaziergänger begegnete. Im Wald fühlt er sich sicher. Das Gelände fiel steil ab. Er stützte sich an den Bäumen ab, um nicht zu stürzen. Unterhalb des Waldes musste die tschechische Kleinstadt liegen, von der aus er seine Flucht in den Süden fortsetzen konnte.

»Zastavte policii, zastavte!«, hörte er plötzlich eine bedrohliche Stimme in seinem Rücken. Die Worte verstand er nicht, doch der Tonfall war eindeutig, herrisch, unnachgiebig und endgültig. Wie vom Blitz getroffen blieb er stehen. Seine Hand fuhr zu seinem Hosenbund.

»Zastavte policii!«, drang es erneut zu ihm herüber. Langsam wandte er sich um. Zwei Männer in grüner Uniform standen hinter ihm und hielten Maschinenpistolen auf ihn gerichtet. Sie waren kaum zehn Meter entfernt und hielten Abstand zueinander. Gedanken explodierten in seinem Kopf. Ein Impuls durchzuckte seine Körper, und er war nahe daran, die Hände zu heben, doch er zögerte. Er fühlte den kalten Stahl in seiner rechten Hand.

»Žádný pohyb!«, rief einer der Uniformierten.

Kurz schien es, als wollte er die Hände heben, doch dann ließ er sich einfach zu Boden fallen und zog die Pistole. Noch bevor er sie im Anschlag hatte, fielen Schüsse, und direkt neben ihm spritzte Erde auf. Er brachte die Waffe in Anschlag und zog durch. Ein Schuss brach, und ein Schrei folgte. Er wusste nicht, ob er getroffen hatte, denn eine weitere Salve schlug direkt neben ihm ein. Erde und Moos spritzten ihm ins Gesicht. Erneut krümmte er den Finger seiner rechten Hand, doch dann spürte er die Woge des Schmerzes, die durch seinen Körper schoss. Das Bild vor seinen Augen verschwamm, und alle Kraft schien aus seinem Körper zu weichen. Die Waffe entglitt seiner Hand, und sein Gesicht fiel in den feuchten Waldboden. Ein Seufzer kam über seine Lippen. Er fühlte die Schwärze, die sich in seinem Körper ausbreitete, schließlich schloss er die Augen und fiel in eine tiefe Ohnmacht.

Die beiden tschechischen Grenzpolizisten hielten nach wie vor ihre Waffen im Anschlag. Einer von ihnen humpelte, als sie langsam auf ihn zukamen. Florian Hoppe war zu keiner Reaktion mehr fähig. Er spürte nicht mehr, dass einer der Polizisten die Waffe unter seiner Hand hervorzog und ihn auf den Rücken wälzte. Alles um ihn herum lag tief verborgen im Nichts.

RMZ, Regionalbüro Wismar, Krämerstraße

Als Pia in ihr Büro kam, widmete sie sich zuallererst den Kartons mit den Akten aus der Kiesgrube. Gestern hatte sie leider keine Zeit dafür gehabt, denn Albert Scheu hatte sie auf die Insel Poel geschickt, um über zwei Umweltprojekte dort ansässiger Bauern zu berichten, die in letzter Zeit etwas Aufsehen erregt hatte. Umweltschutz kam in dieser Zeit immer gut an. Die Leute nahmen gerne Notiz davon, wenn sich jemand aktiv für die Umwelt einsetzte. Es war immer sehr beruhigend für das eigene Gewissen, wenn es Leute gab, die das Thema ernst nahmen.

Den gesamten gestrigen Tag hatte sie auf der Halbinsel zugebracht, hatte Fotovoltaikanlagen auf Scheunendächern fotografiert und eine Fischzuchtanlage inspiziert, die abgesehen von normalen Speisefischen für die Restaurants und Hotelküchen auch ein Bassin mit jungen typischen Ostseefischen unterhielt, um sie später auszuwildern.

Jetzt hatte sie wieder Zeit, sich den Akten zu widmen, denn nach dem Besuch bei Gottfried Mahler und seinem Freund Schlegel war sie sicher, die Lösung des Falles in einer diesen staubigen Akten zu finden, die aus der Kiesgrube bei Zurow stammten.

Zwei Dinge hatte sie schon auf ihrem Notizzettel vermerkt, die ihr aufgefallen waren. Zum einen waren in einem Eintrag der Rechnungsstelle Ausgaben für nicht näher bezeichnete Hilfeleistungen vermerkt, die ihr mit 11.000 Ostmark recht hoch erschienen und entgegen der sonst so akribischen Auflistung vom exakten Spritverbrauch eines Radladers bis hin zur Beschaffung von zwanzig Bleistiften, nicht näher benannt wurden. Zum anderen hatte es in einem Monatsbericht einen Eintrag gegeben, wonach eine Person bei einem tödlichen Arbeitsunfall im November 1985 verstorben war. Näheres war darin nicht aufgeführt. Wenn sie sich heute um zwölf mit Falk im Stern zum Mittagessen traf, wollte sie in der Lage sein, ihm genauer darüber zu berichten.

Sie griff in die Kiste und zog eine weitere Akte hervor, die mit der Überschrift *Personal* versehen war. Aufgelistet waren dort die Arbeiter und Angestellten nebst ihrer Funktion und ihren Fertigkeiten. Natürlich durfte im Abschnitt über die persönliche Einschätzung des Abschnittsleiters nicht der Kommentar fehlen, ob sich der Arbeiter tatsächlich energisch für die Planerfüllung einsetzte oder es eher ruhig angehen ließ. Selbst für Belobigungen und Auszeichnungen war eine Spalte vorgesehen, und tatsächlich gab es nicht wenige, bei denen dieses Feld ausgefüllt war. Da fragte man sich, weshalb das gesetzte Monatsziel relativ oft verfehlt wurde, obwohl sich beinahe jeder zweite ordentlich ins Zeug gelegt hatte.

Sie war etwa in der Mitte der Akte angekommen, als sie auf den Personalbogen eines Mannes stieß, der Georg Ziemann hieß und im Mai 1943 in Wismar das Licht der Welt erblickt hatte. Er war als Kraftfahrer eingestellt, doch dann offenbar zum einfachen Arbeiter degradiert worden. Am auffälligsten an diesem Personalblatt war der rote Stempel, auf dem das Wort *Getilgt* vermerkt worden war.

Gemäß der persönlichen Einschätzung durch den Abschnittsleiter waren die Arbeitsleistungen des Mannes immer weiter zurückgegangen. Auch die internen Schulungen, ob technisch oder politisch, hatte er oft versäumt, weshalb er der Betriebsleitung gemeldet worden war. Aus dem weiteren Text ging hervor, dass er wohl sehr dem Alkohol zugeneigt war und als Trinker eingestuft wurde. Aus diesem Grund war er auch vom Kraftfahrer zum Arbeiter zurückgestuft worden. Er hatte weder eine Belobigung noch eine Auszeichnung vorzuweisen, und seine Arbeitsleistung, die am Beginn der Aufzeichnung noch als gut eingestuft worden war, endete mit einem einzigen Wort: *Ungenügend.*

Damit war damals wohl schwerlich Karriere zu machen. Wurde er deswegen »getilgt«, also mit anderen Worten entlassen, oder hatte dieser Eintrag eine andere Bewandtnis? Zumindest endete der Aufschrieb im März 1986, und die Akte war nicht mehr fortgeführt worden. Damals stand der Mann mit dreiundvierzig Jahren noch mitten im Leben. Zu früh, um ihn einfach nach Hause oder gar in Rente zu schicken.

Der Mann hatte nach Aktenlage in Zurow in der Siedlung gewohnt und zudem seine Wohnung dort räumen müssen. War das etwa der Deutsche, der mit einer Russin in der Siedlung zusammengewohnt hatte und von dem Schlegel im Zusammenhang mit dem Vermisstenfall gesprochen hatte? Ziemann wäre heute neunundsiebzig Jahre alt. Pia schüttelte den Kopf. Falk würde sie für verrückt halten, wenn sie ihm mit dieser Geschichte käme. Dennoch wollte sie wissen, was sich dahinter verbarg, und griff zum Telefon.

Diesmal musste sie nicht lange warten, bis sich Mahler meldete. »Frau Stein, keine Frage, natürlich erinnere ich mich an

Sie« sagte er. »Ich bin ja nicht senil. Außerdem habe ich Ihren Bericht in der Zeitung gelesen. Ich muss schon sagen, ich bin ein klein wenig enttäuscht, dass Sie unser Schotterwerk quasi als Mördergrube darstellen. Geht das nicht ein klein wenig zu weit?«

»Das müssen Sie komplett missverstanden haben«, versuchte Pia die Wogen zu glätten. »Ganz im Gegenteil, aus dem Bericht geht doch eindeutig hervor, dass jemand diese Grube zur Ablage von Leichen *missbraucht*. Ich glaube, das haben Sie einfach falsch interpretiert.«

»Sei es, wie es will«, entgegnete er. »Weshalb rufen Sie mich an?«

Pia erklärte ihm, dass im Zuge ihrer weiteren Recherche noch ein paar Fragen aufgetaucht waren, auf die sie eine Antwort suchte.

»Nur heraus damit, wenn ich helfen kann«, sagte er.

Pia fragte nach der mysteriösen Summe, über die sie im Rechnungsbericht gestoßen war.

»Das ist einfach zu erklären«, entgegnete Mahler. »Das sind Gelder, die wir an Hilfskräfte auszahlten. Meist waren das junge Leute oder sogar Jugendliche, die an Wochenenden oder in den Ferien aushalfen und zu Pickel und Schaufel griffen, um sich ein kleines Taschengeld zu verdienen. Viele davon waren Söhne oder Töchter von unseren Arbeitern, und manchmal half sogar eine ganze Gruppe der FDJ, die dann natürlich einen ordentlichen Betrag für ihre Kasse erhielt. Eine genaue Aufschlüsselung war dafür nicht erforderlich, das wurde vom Ministerium in dieser Form akzeptiert.«

»Ich verstehe«, entgegnete Pia. »So wie heute die Ferienjobber, die sich ein Taschengeld dazuverdienen.«

»So könnte man sagen.«

»Da gibt es keine näheren Aufschriebe, die Namen der Leute oder …«

»Nein, das war nicht notwendig. Die wurden ja noch am gleichen Tag ausbezahlt.«

»Verstehe«, entgegnete Pia und schaute auf ihren Notizzettel. »Dann gab es wohl einen tödlichen Arbeitsunfall im November fünfundachtzig, können Sie mir dazu noch etwas sagen?«

»Fechter, ein junger Mann. LKW-Fahrer, das war eine tragische Sache. Er wurde vom Radlader überrollt und hat es nicht überlebt.«

»Wissen Sie noch, was damals passierte?«

»Klar, ich musste den Fall doch begleiten«, erklärte Mahler. »Der junge Mann fuhr einen LKW. Beim Beladen ist er ausgestiegen, weil er seine Notdurft verrichten musste. Der Fahrer des Radladers hat ihn übersehen und erwischt. Fechter war sofort tot. Er war vierundzwanzig Jahre alt und hatte erst ein paar Wochen zuvor bei uns als Lastwagenfahrer angefangen. Dabei war es den Fahrern ausdrücklich untersagt, beim Laden den LKW zu verlassen. Wir hatten die Jahre zuvor schon einmal einen ähnlichen Todesfall und zwei Schwerverletzte. Wenn die Laderfahrer mit dem Beladen beschäftigt waren, dann hatten sie ein sehr eingeschränktes Sichtfeld. Deshalb gab es diese Anordnung. Fechter hat sie missachtet, sich von LKW entfernt und wurde vom Laderfahrer übersehen. Die Volkspolizei Wismar hat die Untersuchungen geführt, aber das Selbstverschulden des jungen Mannes war eindeutig.«

»Ich verstehe«, entgegnete Pia, der die Erklärung einleuchtete. »Dann wäre da noch etwas. Ich sitze gerade über der Personalakte eines gewissen Georg Ziemann. Da gibt es einen roten Stempel, auf dem das Wort *Getilgt* vermerkt ist. Was hat das zu bedeuten? Heißt das, dass er entlassen wurde?«

Einen kurzen Augenblick herrschte Schweigen, ehe die tiefen Atemzüge Mahlers zu hören waren. »Ziemann, ich erinnere mich«, sagt er. »Das war ein Schläger und Säufer der übelsten Art.«

»Von einem Schläger habe ich in der Akte nichts gelesen.«

»Dann wurde es nicht vermerkt«, entgegnete Mahler. »Soweit ich weiß, war er Halbrusse. Geboren wurde er im Krieg, und man sagte, die Mutter wäre vergewaltigt worden. Aber genau weiß das niemand. Er fing als junger Mann in der Grube an und war eigentlich ganz in Ordnung. Er wurde zum Lastwagenfahrer ausgebildet, aber dann begann die Misere. Er trank, und es gab ein paar Mal gewalttätige Auseinandersetzungen mit Vertragsarbeitern. Er neigte sehr zur Gewalttätigkeit, wenn sie mich fragen. Irgendwann fing er dann auch noch das Saufen an und wurde zum Arbeiter zurückgestuft. LKW durfte er nicht mehr fahren.«

»Dann wurde er entlassen«, folgerte Pia.

»Nein, nicht entlassen«, widersprach Mahler. »Getilgt bedeutet viel mehr. Er wurde aus allen Unterlagen gestrichen, verlor seine Wohnung in der Siedlung und auch alle bis dahin erworbenen Altersverdienste. Er galt als nicht mehr tragbar.«

Pia runzelte die Stirn. »Ich verstehe. Was passierte mit solchen Leuten?«

»Meist kamen die in eine Anstalt, Alkoholentzug und Umerziehung, mehr konnte man nicht tun.«

»Das geschah auch mit Ziemann?«

»Das kann ich Ihnen nicht sagen«, entgegnete Mahler. »Irgendwann war er weg, einfach verschwunden. Ich habe nicht nachgefragt, weil es gut so war. Er störte nachhaltig den Betriebsfrieden, verstehen Sie?«

»Kann es sein, dass er der Mann war, der mit der Russin zusammenlebte, die dann offenbar in den Westen verschwand?«

Mahler zögerte einen Augenblick. »Das könnte ich mir vorstellen, denn eine normale Frau hätte sich wohl kaum mit ihm eingelassen. Genaueres weiß ich aber nicht, ich habe mich nie für das Privatleben unserer Mitarbeiter interessiert.«

»Meinen Sie, Ihr Freund Herr Schlegel weiß mehr darüber?«

»Moment, fragen Sie ihn doch einfach selbst.«

Mahler reichte den Hörer an Schlegel weiter, der offenbar gerade bei ihm zu Besuch war, doch dieser wusste nichts mit dem Namen Ziemann anzufangen. »Solche erzieherischen Maßnahmen liefen nicht über die Polizei«, erklärte er. »Das war Sache der Partei und der Betriebskaderfunktionäre.«

»Wüssten Sie jemanden, den ich fragen könnte?«

»Tut mir leid, der alte Schreiber, der in unserem Bereich dafür zuständig war, ist leider schon seit zwanzig Jahren tot«, entgegnete Schlegel.

Pia bedankte sich und warf einen Blick auf die Uhr. Noch dreißig Minuten bis Mittag. Sie wollte Falk nicht warten lassen.

31

Stadthotel Stern, Wismar

Als Falk an diesem Morgen ins Büro kam, herrschte große Aufregung. Florian Hoppe war gefasst worden und die Entführung war glimpflich verlaufen. Hoppe hatte die Frau einfach freigelassen und zu Fuß versucht, die tschechische Grenze zu übertreten. Nahe der Stadt Železná Ruda, dem früheren Markt Eisenstein, lief er einer tschechischen Grenzpatrouille in die Hände, die ihn kontrollieren wollte. Hoppe eröffnete sofort das Feuer und traf einen der Grenzpolizisten ins Bein. Sie erwiderten das Feuer und trafen ihn mehrfach im Oberkörper. Er war noch am Leben, rang aber in einem Krankenhaus in Klattau, der tschechischen Bezirkshauptstadt, mit dem Tod. Zum Glück war die Frau ungeschoren davongekommen, dachte sich Falk, nachdem ihm die Kollegen von der Festnahme Hoppes berichtet hatten.

In seinem Büro fand er das Gutachten von Professor Schmieg auf seinem Schreibtisch, der die Werkzeugspuren der österreichischen Leiche mit den Funden der Frauenleichen bei Zurow verglichen hatte und eindeutig zu dem Schluss kam, dass identische Werkzeuge bei der Tatausführung verwendet worden waren. Damit stand es nun auch amtlich fest, dass beide Ermittlungen zusammengehörten und die österreichischen Kollegen nach demselben Täter suchten.

Koller war da sicherlich anderer Ansicht, denn ein solches Eingeständnis käme für ihn einer Niederlage gleich. Dennoch, mit diesem Gutachten im Rücken musste selbst Koller einsehen, dass er sich geirrt hatte.

Falk hatte bereits mehrfach versucht, Direktorin Reimann zu erreichen, doch offenbar war sie am heutigen Vormittag außer

Haus. Führungsbesprechung mit dem Präsidenten in Rostock, hatte die Chefsekretärin erklärt. Wann Reimann zurückkommen würde, war ungewiss, denn oft dauerten solche Besprechungen sehr lange.

Sei's drum, Falk wusste, was zu tun war. Jetzt galt es, zuerst den Oberstaatsanwalt zu informieren und mit ihm das Gutachten zu besprechen, das ihm ebenfalls zugesandt worden war. Das Gespräch dauert nur kurz, denn Damme hatte das Gutachten bereits gelesen und würde umgehend mit der Tiroler Staatsanwaltschaft in Kontakt treten. Falk lächelte, als er auflegte. Damit war er wieder im Spiel.

Es war kurz vor zwölf Uhr, als ihn der Kellner im Stadthotel Stern an den Tisch führte, den er für den Mittag bestellt hatte. Er hatte kaum Platz genommen, als Pia im Restaurant eintraf und sich zu ihm setzte.

»Du warst offenbar schwer beschäftigt«, sagte sie nach den üblichen Begrüßungsfloskeln.

»Du aber auch«, entgegnete Falk. »Deinen Bericht in der Zeitung habe ich gelesen.«

»Wie fandest du ihn?«

»Interessant, würde ich sagen.«, erwiderte Falk. »Vor allem der Leichenfund in diesem See bei Trams.«

»Der Vorfall in der Grube erscheint mir ebenso wichtig«, schob Pia nach. »Es gab zu DDR-Zeiten also schon Leichenfunde dort in der Nähe. Dazu stammten die toten Frauen aus benachbarten Bruderstaaten, so wie die Leichen, die ihr gefunden habt.«

Das war neu und hatte nicht in Pias Bericht über die »Mördergrube von Zurow« gestanden. Falk wurde hellhörig. Der Kellner kam an den Tisch und nahm die Bestellung auf. Falk wartete, bis er wieder gegangen war, ehe er sich Pia zuwandte. »Bist du sonst noch auf etwas Interessantes in den Akten gestoßen?«, fragte er neugierig.

»Erst bist du dran.«

»Ich … wieso, was meinst du?«

»Nimm einfach an, du bist auf einem Basar und handelst an einem Stand, Information für Information«, scherzte Pia und lächelte. »Vergiss nicht, ich verdiene mein Geld damit.«

»Also gut«, seufzte Falk. »Wir wäre es mit dem Ende der Geiselnahme und einem Hauptverdächtigen, der kein Verdächtiger mehr ist, aber dennoch in einem tschechischen Krankenhaus liegt und mit dem Tode ringt?«

»Klingt gut, kann ich das verwenden?«

»Wäre mir sogar recht, aber erst in der Samstagsausgabe, wenn es geht.«

Pia überlegte. »Samstag ist gut.«

Falk erzählte ihr von Hoppes Festnahme und darüber, dass es offenbar eine weitere Tote gab, die in Österreich aufgefunden und vermutlich vom selben Täter umgebracht worden war, der auch für die Toten in Zurow verantwortlich war. Pia schrieb alles auf und musste nur einmal unterbrechen, als das Essen und die Getränke aufgetragen wurden.

»So, jetzt bist du dran«, endete Falk und schnitt in sein blutiges Steak.

Pia schüttelte den Kopf und blickte angewidert auf Falks Teller. »Ich frage mich, wie man so etwas essen kann.«

»Mit dem Mund«, scherzte Falk. »Jetzt sag schon, was hast du noch herausgefunden?«

Pia erzählte ihm von Ziemann und dem Umstand, dass er im Jahr 1986 plötzlich von der Bildfläche verschwand und ihre Quellen keine Ahnung hatten, wo er abgeblieben war.

»Wie alt war der damals?«

»Dreiundvierzig«, entgegnete Pia.

»Dann wäre er heute an die Achtzig«, bemerkte Falk lakonisch. »Ich weiß nicht, ob ich in diesem hohen Alter noch sexuell so aktiv bin, dass ich zu Vergewaltigungen und Mord in der Lage bin.«

Pia hatte es geahnt, Falk würde sie für verrückt halten.

»Es haben auch Kinder und Jugendliche in der Grube gearbeitet«, fuhr sie fort. »Kinder von den Arbeitern dort, es war so eine Art Ferienjob.«

Falk ahnte, worauf sie hinauswollte. »Hatte dieser Ziemann Kinder?«

Pia zuckte mit der Schulter. »Leider weiß ich das nicht, aber er könnte mit einer Russin in der Siedlung zusammengewohnt haben. Diese Frau ist auch verschwunden. Sie soll in den Westen abgehauen sein, behauptete er.«

»Könnte sein, oder?«, entgegnete Falk und kratzte sich an der Stirn.

»Meine Quellen haben da leider keine Infos, und auch Albert kommt nicht weiter, obwohl der normalerweise immer jemanden findet, der mit ihm plaudert.«

Falk atmete tief ein. »Hast du noch was vor?«, fragte er.

Pia schaute ihn fragend an. »Wieso?«

»Dann fahren wir jetzt zu Karl Brau«, erklärte Falk. »Von ihm habe ich die Akten, vielleicht weiß er etwas über den Mann.«

Zurow, Amt Neukloster-Warin

Brau empfing Falk in seinem Garten. Er bot Pia und Falk Platz an und verschwand in seinem Haus, um kurz darauf auf einem Tablett drei Gläser und eine Karaffe Wasser zu balancieren. Im Wasser schwammen sogar geschnittene Zitronen.

»Sie haben Ihre Kollegin zur Verstärkung mitgebracht«, sagte er, ehe er sich setzte. Falk schwieg und ließ ihn in dem Glauben.

»Weshalb sind Sie hier?«, fragte Brau, nachdem er die Gläser vollgeschenkt hatte.

Falk warf Pia einen kurzen Blick zu. Sie verstand den Wink. »Herr Brau, wusste Sie eigentlich, dass schon einmal eine tote Frau in der Grube gefunden wurde?«

Brau kratzte sich am Kopf. »Meinen Sie die tote Polin? Wann war das noch mal?«

»Im Juni zweiundachtzig soll das gewesen sein«, entgegnete

Pia. »Die Grube war wegen der Untersuchungen des Todesfalles sogar zwei Wochen geschlossen.«

Ein Lächeln huschte über sein Gesicht. »Ja, stimmt, Sie haben recht. Aber das war doch ein Unfall, wie sich später herausstellte.«

»Sie haben zu diesem Zeitpunkt schon in der Grube gearbeitet?«, mischte sich Falk ein.

Brau nickte. »Richtig, aber ich war in der Südgrube, die war von der Schließung nicht betroffen. Außerdem machte ich da gerade meine Ausbildung zum Rechnungsführer an der Kaufmännischen in Schwerin, da hatte man andere Dinge im Kopf. Aber ja, Sie haben recht, da gab es mal eine Tote, nur weiß ich leider nichts Näheres darüber.«

»Schade«, entgegnete Pia. »Sagt Ihnen denn der Name Georg Ziemann etwas?«

Diesmal musste Brau nicht lange überlegen. »Ziemann, das schwarze Schaf der Ostgrube, klar. Ein gewalttätiger Säufer, der immerzu aus der Reihe tanzte.«

»Bis man ihn aus den Akten tilgte«, fügte Pia hinzu.

Brau nickte. »Richtig, und das zu Recht, so wie der sich am Ende benahm.«

»Der wohnte in der Siedlung?«

Brau nickte erneut. »Ja, das tat er. Zusammen mit einer Vertragsarbeiterin, die in der Grube putzte.«

»Einer Russin, die Olga hieß?«, fragte Pia.

»Olga Karkowa«, antwortete Brau. »Die hatte dann aber wohl auch die Schnauze voll und ist abgehauen. In den Westen, sagt man. Über Ungarn, so wie viele damals.«

»Wissen Sie, ob die beiden ein Kind hatten?«, fragte Falk.

Brau runzelte die Stirn. Er überlegte, schließlich schüttelte er den Kopf. »Soweit ich weiß, war Ziemann mal verheiratet, aber die Ehe hielt nicht lange. Die Frau ist abgehauen. Hinterher hauste er alleine und begann zu trinken. Hin und wieder war eine Frau mit ihm zusammen, meist Vertragsarbeiterinnen. Er selbst hatte keine Kinder, soweit ich weiß.«

»Könnte eine seiner Freundinnen ein Kind gehabt haben, das bei ihm aufwuchs und hin und wieder in der Grube arbeitete?«, schob Pia nach.

Brau wiegte den Kopf hin und her. »Er wohnte so wie die meisten Arbeiter in der Siedlung, doch die wurde nach der Wende abgerissen. Die Leute verstreuten sich in alle Himmelsrichtungen. Wahrscheinlich sind auch schon einige gestorben. Ich selbst weiß leider nichts darüber, aber ich überlege gerade, ob ich noch jemanden kenne, der es wissen könnte.«

»Was bedeutet eigentlich das Wort ›Getilgt‹ in seiner Akte?«, fragte Pia nach einer kurzen Weile.

»Getilgt«, wiederholte Brau nachdenklich. »Das war eine schwerwiegende Sache. Eigentlich bedeutete es, dass er für die Gesellschaft untragbar wurde. Wir hatten so einen Fall nur ein einziges Mal. Ziemann wurde dem Kadersekretär gemeldet, und dann ging eben alles seinen Gang.«

»Das heißt?«

»Er wurde abgeholt und in eine Umerziehungsanstalt eingewiesen«, erklärte Brau. »Er verlor seine Arbeit, seine Bleibe und auch sein Auskommen im Alter, es sei denn, er akzeptierte künftig die Regeln und hielt sich auch daran.«

»Wohin brachte man Ziemann?«

Brau zuckte mit der Schulter. »Tut mir leid, das weiß ich nicht. Es hat mich auch nicht interessiert. Ich nehme an, nach Rostock oder nach Greifswald. Eines Tages war er weg, und Reinike, das war damals unser Betriebsleiter, erklärte uns, dass er nicht mehr kommen würde. Das reichte. Wir legten auch keinen großen Wert auf ein Wiedersehen.«

»Es weiß also niemand, was aus ihm wurde?«

Brau nickte.

Falk griff in seine Jackentasche und zog eine Visitenkarte hervor, auf der neben dem Dienststellenanschluss auch seine private Handynummer vermerkt war. »Wenn Ihnen noch etwas zu Ziemann einfällt, dann rufen Sie mich bitte unter dieser Nummer an.«

Brau griff nach der Karte.

»Eine Frage noch«, meldete sich Pia noch einmal zu Wort. »Es heißt, es gab auch Ferienjobber in der Grube, die ab und zu aushalfen.«

»Richtig«, bestätigte Brau. »Laienhelfer nannte man die. Jugendliche, die sich ein kleines Zubrot verdienten. Meist mit einfachen und ungefährlichen Arbeiten. In der Grube direkt am Hang hatten die nichts zu suchen.«

»Gibt es Aufzeichnungen darüber?«

Brau überlegte eine Weile, schließlich schüttelte er den Kopf. »Nein, die wurden meist am Ende des Tages mit dem Handgeld in der Kasse ausbezahlt. Weshalb hätte man da Buch führen sollen?«

Pia und Falk blieben noch einen Moment sitzen und genossen das kühle Zitronenwasser, ehe sie sich von Brau verabschiedeten.

»Schade, das hätte gepasst«, seufzte Pia, nachdem sie in Richtung Wismar losgefahren waren.

»Abwarten, vielleicht fällt Brau ja noch etwas ein«, entgegnete Falk. Eine halbe Stunde später setzte er seine Beifahrerin direkt vor ihrem Büro ab und fuhr zurück zur Dienststelle, wo er bereits erwartet wurde.

32

Klatovská Hospital, Klattau

Hoppe lag auf der Intensivstation der Notfallchirurgie. In einer Notoperation waren insgesamt fünf Projektile aus seinem Oberkörper entfernt worden, und eines war klar: Selbst wenn er die nächsten Tage überleben würde, so bliebe er für immer gelähmt. Man hatte ihn ins künstliche Koma versetzt, dennoch saßen zwei Polizisten vor seiner Tür.

Der angeschossene Grenzpolizist hatte Glück im Unglück gehabt. Hoppes Projektil hatte seinen Oberschenkel durchschlagen und war auf der anderen Seite wieder ausgetreten. Der Blutverlust hielt sich in Grenzen. Er würde in ein paar Tagen die Klinik wieder verlassen dürfen. Dennoch hatte die Bezirksstaatsanwaltschaft des Kreises Klatovy einen Haftbefehl wegen versuchten zweifachen Mordes gegen Hoppe erlassen. Oberinspektor Marek vom Kriminalpolizeiamt Klatovy führte die Ermittlungen.

Erika Gerling war, nachdem sie in Bayerisch Eisenstein gestoppt worden war, ebenfalls in eine Klinik eingeliefert worden. Allerdings durfte sie bereits am nächsten Tage wieder nach Hause. Sie wurde von ihrem Freund abgeholt, der sich große Sorgen um sie gemacht hatte. Anfänglich, so hatte sie der Polizei bei ihrer Vernehmung berichtet, hatte sie der Mann in Todesangst versetzt. Sie hatte befürchtet, dass er sie vergewaltigen und umbringen würde. Doch mit der Zeit und mit jedem Kilometer, den sie in der Gewalt des Mannes zurücklegte, sei ihr Lebenswille zurückgekehrt, und am Ende sei ihr Hoppe gehetzt und ängstlich vorgekommen. Zeitweise habe er ihr sogar leidgetan.

Korff war sehr froh gewesen, dass die Entführung glimpflich ausging und der Einsatz reibungslos und aus seiner Sicht sauber verlaufen war. Auch wenn Hoppe die Flucht über die Grenze gelungen war, so war er dennoch nicht weit gekommen und festgenommen worden. Trotz aller Widrigkeiten konnte die Freilassung der Geisel sowie die Festnahme des Täters als Erfolg gefeiert werden, und genau so stellte es die Pressestelle der bayerischen Polizei in ihrer Meldung auch dar. Ein gemeinsamer Erfolg der Mecklenburger, der bayerischen und der tschechischen Polizei, durch den ein gefährlicher Verbrecher dingfest gemacht werden konnte.

Dennoch trübte der Umstand, dass Hoppe nicht in einem deutschen Krankenhaus lag, Kollers Freude an dem Erfolg. Als er sich von Korff im Krankenhaus von Klattau verabschiedetet hatte, suchte er noch einmal den Chefarzt der Chirurgischen Abteilung auf. Zuerst auf Deutsch, dann in seinem besten Englisch, versuchte er mit dem Mann zu sprechen, der aber offenbar nur tschechisch sprach. Nach kurzer Zeit war er der Verzweiflung nahe. Scheinbar konnte oder wollte ihn der Arzt nicht verstehen, als er sich nach dem Zustand Hoppes erkundigte. Erst versuchte er es mit Worten, dann mit Zeichensprache und zum Schluss mit einer Mischung aus beiden, und dabei wurde er immer lauter, sodass er gar nicht hörte, wie hinter ihm die Tür geöffnet wurde und Oberinspektor Marek das Zimmer betrat.

»How long, you know what I mean?«, dröhnte Kollers Stimme durch den Raum. Dabei reckte er seine Finger in die Höhe und zählte einen nach dem anderen ab, doch der Doktor im weißen Kittel zuckte nur mit der Schulter.

»Er kann Sie nicht verstehen«, ertönte Mareks Stimme in bestem Deutsch in Kollers Rücken.

Koller wandte sich um. »Ah, gut, dass Sie da sind, Kollege«, sagte er. »Können Sie ihn fragen, wann man mit Hoppe sprechen kann und wann er transportfähig ist?«

Marek lächelte. »Herr Kollege, soweit ich Doktor Romanow

verstanden habe, ist noch nicht einmal klar, ob Hoppe diese Nacht übersteht. Außerdem spricht Doktor Romanow tschechisch, russisch und französisch, aber weder deutsch noch englisch.«

Der Arzt blickte Marek fragend an, doch dieser gab ihm lediglich einen kurzen Wink. Der Arzt nickte, ging an Koller vorbei und verließ den Raum.

»Moment, ich muss mit dem Arzt …«, versuchte Koller zu protestieren, doch Marek unterbrach den Einwand mit einer kurzen Geste. »Der Doktor muss sich jetzt um seine Patienten kümmern«, sagte er und wartete, bis Romanow das Zimmer verlassen hatte.

»Herr Koller«, fuhr Marek in ruhigem Ton fort. »Ich habe es bereits Ihrem Kollegen erklärt. Hoppe wurde auf tschechischem Boden verhaftet und hat versucht, zwei Grenzpolizisten zu erschießen. Wenn er überlebt, wird er nach Pankrác verlegt. Dort wird er bleiben, bis Anklage erhoben oder ein Rechtshilfeersuchen auf Auslieferung gestellt wird. Das ist nun mal der Gang der Dinge!«

Koller atmete tief ein. »Hören Sie, Kollege. Hoppe steht im Verdacht, mehrere Frauen getötet zu haben. Außerdem hat er bei seiner Flucht eine Unbeteiligte erschossen und zwei Polizisten schwer verletzt. Von der Geiselnahme ganz zu schweigen. Das sind schwerwiegende Straftaten, und die Ermittlungen laufen noch. Wir müssen ihn unbedingt befragen.«

Marek verzog die Mundwinkel. »Alles das, werter Kollege, ist mir bekannt, aber ohne ein Rechtshilfeersuchen von Ihrer Staatsanwaltschaft an meinen Ermittlungsrichter wird das nicht möglich sein. Tschechien ist ein souveräner Staat, und die Vereinbarungen sind eindeutig. Also, fahren Sie nach Hause, stellen Sie den Antrag. Dann wird man sehen.«

Koller schüttelte entnervt den Kopf. »Wann wird das sein, in einem Monat, in zwei Monaten? Ich muss so schnell wie möglich mit ihm sprechen.«

Marek wies auf die Tür. »Wir verschwenden hier nur Zeit. In den nächsten zwei Wochen ist laut Romanow sowieso nicht damit zu rechnen, dass wir mit ihm sprechen können.«

Die Tür wurde geöffnet, und eine Schwester betrat den Raum, der auf dieser Station als Teeküche genutzt wurde. Sie schlängelte sich an den beiden Männern vorbei und ging zum Kaffeeautomaten auf der Anrichte.

Koller sah langsam ein, dass diese Diskussion zu nichts führte. Die Tschechen würden auf dem kleinen Dienstweg niemals einer Verlegung Hoppes in ein Krankenhaus in Mecklenburg-Vorpommern zustimmen. Nicht ohne Einhaltung des zeitraubenden offiziellen Verfahrens. Er griff in seine Manteltasche und reichte Marek seine Visitenkarte. »Gut, aber rufen Sie mich an, wenn er wieder aufwacht«, sagte er, ehe er an dem tschechischen Kollegen vorüberging und das Zimmer verließ. Er ärgerte sich. Ausgerechnet in Tschechien musste Hoppe landen, einem Land, mit dem er keinerlei Erfahrung in der Zusammenarbeit hatte. So langsam schwammen ihm die Felle davon, und die Nachricht, die ihm Reimann vor Kurzem auf sein Handy geschickt hatte, verbesserte seine Laune auch nicht.

RMZ, Regionalbüro Wismar, Krämerstraße

Georg Ziemann war ein Phantom. Alle ihre Quellen, die offiziellen Stellen, sogar Falks Polizeicomputer und ihre sonstigen Informanten, die sie anzapfen konnte, wusste nichts über einen Georg Ziemann, der bis 1986 in der Grube gearbeitet und offenbar in der Siedlung am Stadtrand von Zurow gewohnt hatte. Es machte den Eindruck, als sei er tatsächlich aus allen Akten, Registern und Aufzeichnungen getilgt worden, so als hätte es ihn überhaupt nicht gegeben.

Selbst Albert Scheu, ihr Chefredakteur und notorischer Alleswisser, hatte keine weiteren Quellen ausfindig gemacht, die ihr in dieser Sache weiterhelfen konnten. Das war ungewöhnlich, denn Scheu hatte ausgezeichnete Verbindungen und kannte sehr viele hochrangige Persönlichkeiten. Er hatte sie noch nie hängen lassen, doch diesmal schien sogar er auf Granit zu beißen.

Ihr war klar gewesen, dass Falk es für absurd hielt, dass dieser Mann etwas mit den aufgefundenen Leichen in der Kiesgrube zu tun haben könnte. Und ihr war natürlich auch klar gewesen, dass er am Nachmittag nur ihr zuliebe, um sie nicht vor den Kopf zu stoßen, nochmals mit zu Brau gefahren war. Wahrscheinlich wollte er sie bei Laune halten, damit sie weiter in diesen staubigen alten Akten recherchierte. Sie hatte es ihm angesehen, als er sie vor ihrem Büro in der Stadt abgesetzt hatte. Dennoch, ihr Gefühl sagte ihr, dass der Mann, der in der Akte als getilgt eingetragen war, und die Morde in der Kiesgrube irgendwie zusammenhingen. Wie, wusste sie nicht, sie hatte keinen Plan, welche Verbindungen es zwischen den toten Frauen und Ziemann gab, aber bislang hatte sie sich immer auf ihr Gefühl verlassen können.

Draußen wurde es bereits dunkel, und es war schon weit nach Feierabend, als es plötzlich an der Tür klingelte. Sie meldete sich am Türöffner und erkannte trotz der mäßigen Qualität des Lautsprechers die sonore Stimme von Albert Scheu. Er schien es eilig zu haben.

»Sag es mir gleich«, sagte er ohne Umschweife, sobald er vor ihr stand. »Glaubst du tatsächlich, dass dieser Ziemann, von dem du mir erzählt hast, irgendwie mit den Leichen zusammenhängt?«

Pia nickte.

»Und glaubst du auch, dass uns die Sache dreitausend Euro wert sein sollte, damit wir vielleicht klarer sehen?«

»Dreitausend Euro?«, wiederholte Pia fragend.

»Ja oder nein?«

Sie atmete tief ein. »Ja, ich glaube, dass er irgendwie in dieses Bild gehört, nur weiß ich noch nicht, wie.«

Scheu nickte. »Gut, dann komm!«

»Wohin?«

»Zieh dir eine Jacke über und komm einfach, du wirst schon sehen.«

Verblüfft griff sie nach ihrem Blouson und folgte Scheu, der bereits in Richtung Ausgang strebte.

»Jetzt bin ich aber mal gespannt«, murmelte sie.

»Ja, das bin ich auch«, erwiderte Scheu.

33

Kriminalkommissariat Wismar, Rostocker Straße

Nachdem Falk Pia Stein vor ihrem Büro in der Innenstadt abgesetzt hatte, fuhr er zurück zur Dienststelle. Beinahe hätte er sein Handy im Wagen vergessen, das er zum Laden angeschlossen hatte. Er ging über die Treppen zu seinem Büro, doch noch bevor er es erreichte, lief ihm Modrow über den Weg.

»Falk, Sie sollen zur Reimann kommen, die hat schon mehrfach nachgefragt, wo Sie stecken.«

Falk griff nach seinem Handy und blickte auf das Display. Erst jetzt bemerkte er, dass es immer noch abgeschaltet war. Offenbar war der Akku so leer gewesen, dass es sich automatisch abgeschaltet hatte, bevor er es im Wagen anschließen konnte.

»Hat sie gesagt, was sie von mir will?«, fragte Falk.

Modrow zuckte mit der Schulter. »Keine Ahnung, vielleicht will sie nur wissen, was Sie den ganzen Tag über treiben. So viel ich weiß, wollte Koller, dass wir gemeinsam an der Alibiüberprüfung Hoppes arbeiten, aber Teamarbeit ist wohl nicht Ihr Ding.«

»Ich sagte schon, Hoppe kann nicht der Täter sein, wir verschwenden unsere Zeit.«

»*Sie* verschwenden unsere Zeit«, beklagte sich Modrow. »Wie ich erfahren habe, steht sich die Verkehrspolizei derzeit mit ihren Kameras auf der A 20 die Beine in den Bauch. Ich frage mich ernsthaft, was das bringen soll, außer dass wir unnötig Personal binden.«

»Das sind Umfeldermittlungen«, entgegnete Falk lakonisch.

Modrow beugte sich vor und flüsterte: »Die Reimann können Sie um den Finger wickeln, aber warten Sie nur, bis Koller wieder zurück ist. Dann hat der ganze Spuk ein Ende. Der geht Ihnen nicht auf den Leim.«

Falk winkte ab. »Modrow, Modrow, Sie werden das wohl nie verstehen, aber was soll's, ein Pferd kann auch keine Quadratwurzel ziehen.«

Modrow warf ihm einen bösen Blick zu, doch Falk ging einfach weiter. Es hatte sich also schon herumgesprochen, welche Aktion Falk in Kollers Abwesenheit angeleiert hatte. In einem Amt wie diesem gab es wohl keine Geheimnisse, die lange im Verborgenen blieben.

Nachdem Falk an der Tür der Direktorin geklopft hatte, war er überrascht, dass Brunner plötzlich die Tür öffnete. »Da bist du ja endlich, wo warst du denn? Wir haben mehrfach versucht, dich zu erreichen.«

Falk trat ein, nachdem Brunner zur Seite getreten war, und schloss die Tür. Direktorin Reimann stand hinter ihrem Schreibtisch und blickte aus dem Fenster. Sie wandte sich um und nickte Falk zu.

»Mein Akku war leer, ich habe es erst jetzt bemerkt. Ist etwas passiert?«

Direktorin Reimann räusperte sich. »Majorin Obergfellner hat versucht, Sie zu erreichen. Als das nicht klappte, hat sie bei mir angerufen.«

Direktorin Reimann winkte Falk zu sich heran und zeigte auf den Monitor. Falk umrundete den Schreibtisch und warf einen Blick auf den Bildschirm, auf dem großflächig ein Foto prangte. Es zeigte eine frisch ausgehobene Grube, in der eine schwarze Plastikfolie lag. So groß wie ein menschlicher Körper.

Direktorin Reimann trat näher, drückte die Entertaste auf der Tastatur, und das nächste Foto erschien. Diesmal die Nahaufnahme eines Kopfes, der sich kurz vor dem Ende des Verwesungsprozesses befand. Einzig die langen dunklen Haare waren deutlich zu erkennen.

»Sie haben eine weitere Leiche gefunden?«, fragte Falk.

»Siebenhundert Meter östlich vom Fundort der ersten«, schaltete sich Brunner ein. »Liegezeit drei bis vier Jahre.«

»Eine Frau?«

Direktorin Reimann nickte. »Sie schätzen das Alter auf Mitte zwanzig, Anfang dreißig. Allerdings gibt es bislang keine Vermisstenmeldung, die zu der Toten passt. Dem Zahnstatus nach könnte die Frau aus Osteuropa stammen. Die Untersuchungen laufen noch.«

Falk fuhr sich übers Kinn. »Ich sage doch, ein Serientäter. Und er sucht immer dieselben Ablageorte auf, weil er sichergehen will, dass die Leichen nicht gefunden werden.«

»Wir suchen auf jeden Fall weiter!«, bemerkte die Direktorin entschlossen. »Ich will, dass das gesamte Gebiet untersucht wird!«

Küstenlandschaft Wismar-West, unweit von Hoben

Pia kam sich vor wie in einem Kriminalfilm. Scheu war mit ihr quer durch die Stadt hinaus in die Einsamkeit der westlichen Küstenlandschaft gefahren. Bei Hoben war er schließlich auf einen Feldweg abgebogen und hatte mitten in der Dunkelheit angehalten.

»Muss ich allmählich anfangen, mir Sorgen zu machen?«, unkte Pia, nachdem Scheu die Innenbeleuchtung eingeschaltet hatte.

Er wandte sich ihr zu. »Mädchen, gleich taucht hier ein Typ auf, der … wie soll ich sagen … wenn man ihn nicht kennt, könnte man meinen, er hat nicht mehr alle Latten am Zaun.«

»Und das ist unser Informant?«, fragte Pia überrascht.

»Er weiß viel, er war früher beim Hauptamt in der Aufklärung tätig und arbeitete wohl schon damals für beide Seiten. Zweimal haben wir schon mit ihm zusammengearbeitet, und alles, was er uns damals sagte, entsprach der Wahrheit.«

»Ein Geheimagent, sehr spannend«, gab Pia von sich.

»Stell keine Fragen, außer denen, die zur Sache gehören, und schau dich nicht um, wenn er hinten einsteigt. Er ist … ich sagte es ja schon, er ist ein klein wenig sonderbar.«

Pia schüttelte den Kopf. Niemals hätte sie gedacht, dass Scheu sich mit solch halbseidenen Typen einlassen würde, dennoch gab sie ein knappes *Okay* von sich.

Sie warteten eine ganze Weile, und Pia wurde langsam ungeduldig. »Wo bleibt denn dein Informant?«, fragte sie.

»Keine Angst, der kommt schon«, entgegnete Scheu entspannt.

Pia schrak zusammen, als plötzlich die Fondtür hinter ihr aufgerissen wurde und sich eine Gestalt in den Wagen schob. Nur kurz sah sie ihn im Schein der Innenbeleuchtung. Er war klein, schlank und hatte eine Kapuze tief über seinen Kopf gezogen. Lediglich der schimmernde Rand einer Brille war zu erkennen.

»Licht aus!«, forderte der Mann mit einer hohen Fistelstimme.

Scheu drückte den Schalter, und es wurde dunkel im Inneren des Wagens. Pia spürte den Atem des Fremden in ihrem Rücken.

»Albanien«, sagte der Fremde kurz angebunden.

»Mazedonien und Griechenland«, entgegnete Scheu und reichte ihm das Kuvert mit dem Geld. Pia hatte keine Ahnung, was das bedeuten sollte. Ein kurzes Rascheln war aus der Dunkelheit zu hören.

»Was wollt ihr über die Grube wissen?«, fragte er.

»Es geht um die Kiesgrube von Zurow«, holte Pia zur Erklärung aus.

»Schon klar«, fiel er ihr ins Wort.

»Können Sie mir etwas über die verunglückte Frau sagen, die im …«

»Die Frau ist nicht verunglückt«, widersprach er. »Sie wurde erschlagen, dann hat man sie über die Felskante in die Grube geworfen, damit es so aussah, als sei sie abgestürzt.«

Pia runzelte die Stirn. »Und wieso hat man die Sache als Unfall abgetan?«, fragte sie.

»Mensch, Mädchen«, seufzte die dunkle Gestalt hinter ihr auf dem Rücksitz. »Sie war aus einem Bruderstaat, wie hätte das denn auf unsere Brüder gewirkt, wenn sich offiziell herausgestellt hätte, dass wir nicht auf unsere Schwestern im Geiste aus den Nachbarländern aufpassen können?«

»Das heißt, man hat es vertuscht?«

»Das ist aber noch nicht alles«, fuhr der geheimnisvolle Informant fort. »In der Gegend um die Grube wurden in der Zeit insgesamt vier tote Frauen gefunden. Drei in der Grube, eine in einem See.«

»War das die Frau aus dem Tramser See?«, fragte Pia.

»Sieh an, die Kleine weiß ja doch was. Ja, genau, und alle vier waren aus dem Osten. Polen, Russland, Bulgarien und Lettland.«

»Gibt es dafür Beweise?«

»Beweise?«, wiederholte der Informant ungläubig. »Ihr meint, Akten, Aufschriebe oder Dokumente?«

»Ja, sicher.«

»Keine Chance«, bemerkte der Informant. »Das wurde alles vertuscht. Unfälle, das wurde unseren Freunden aus den Bruderstaaten berichtet. Ertrunken, abgestürzt, umgefahren und abgeschmiert, es konnte eben nicht sein, was nicht sein durfte.«

Pia atmete tief ein. »Es muss doch eine Untersuchung gegeben haben.«

»Hat es ja. Das Ergebnis war immer dasselbe, Tod durch Unfall.«

Scheu räusperte sich. »Das würde aber bedeuten, man ließ den Mörder einfach gewähren«, wandte er ein.

»Quatsch«, widersprach der Mann im Fond. »Natürlich wurde ermittelt, die Stasi aus Berlin machte das. Wir waren außen vor. Die haben die Sache als geheim eingestuft, und damit waren wir draußen. Auch den Leuten, die davon Wind bekommen hatten, wurde eindeutig klargemacht, was mit ihnen geschieht, wenn sie darüber reden. Also schwieg man, und die Sache wurde vergessen. Irgendwann war es dann auch vorbei. Vier Jahre hat es sich hingezogen, und dann hieß es, man hätte den Kerl geschnappt.«

Einen Augenblick herrschte Schweigen. Pia überlegte. Es musste doch irgendwelche Belege für das geben, was ihr der Mann berichtete.

»Wissen Sie, was aus dem Mann wurde?«, fragte sie nach einer Weile.

»Was soll schon aus ihm geworden sein«, antwortete der Informant. »Umerziehung, was sonst. Die von der Stasi waren da nicht pingelig. Natürlich alles inoffiziell. Manche hatten auch einen Unfall oder einen Herzinfarkt und überlebten nicht. Aber keine Angst, die Totenscheine waren stets korrekt. «

»Wissen Sie, wer dieser Mann war?«, fragte Pia.

»Das war geheim, und wer zu viel fragte, der bekam Probleme. Also habe ich nicht gefragt. Ich habe nur gehört, dass er aus der Gegend stammen soll. Es hieß, er habe sich gerne mit Frauen aus den Osten abgegeben.«

»Georg Ziemann?«, fuhr Pia fort. Sie nannte lediglich den Namen und hoffte auf eine entsprechende Reaktion, doch zu ihrem Leidwesen blieb diese Reaktion aus.

»Ziemann, nie gehört, wer soll das sein?«

Offenbar wusste der Informant doch nicht alles. Eines war jedoch klar: Bei vier Frauenleichen in dieser Gegend schien es der damaligen Regierung ein echtes Anliegen gewesen zu sein, die Sache geheim zu halten, wenn noch nicht einmal ein Mitarbeiter des Hauptamtes davon erfahren durfte.

»Was bedeutet es, wenn ein Mitarbeiter aus den Registern getilgt wird?«, fuhr sie mit der Befragung fort.

»Getilgt, gemaßregelt, unter besondere Aufsicht gestellt, es gab damals viele schöne Begriffe, wenn einer nicht richtig funktionierte und beharrlich gegen das Wohl des Sozialismus arbeitete. Ich würde sagen, er wurde kaltgestellt. Oft, weil er nicht linientreu oder ein Säufer und Versager war. Meistens landeten die in einer Anstalt zur politischen und gesellschaftlichen Bildung. Wenn sie Glück hatten und sich anpassten, waren sie nach drei, vier Jahren wieder draußen und fingen irgendwo außerhalb ihres gewohnten Umfeldes neu an. Die Quote dieser Heime lag bei nahe hundert Prozent. Nach der Zeit im Lager waren alle konform, das können Sie mir glauben.«

»Sie kennen also niemand mit dem Namen Georg Ziemann?«

»Tut mir leid, wirklich nicht«, entgegnete der Mann im Fond. »Wir hatten mal einen namens Halberg, den wir in Rostock ablieferten. Der hatte immer was an der politischen Führung herumzumeckern. Das Plansoll war zu hoch, die Modalitäten stimmten nicht mit der Realität überein, die Leiter waren führungsschwach und was weiß ich. Meist gab er solche Sachen in einer Gruppe von sich, wenn er sich stark fühlte. Und was soll ich sagen, der eine oder andere ließ sich hinreißen, und schon probten die den Aufstand in der Weberei, in der er arbeitete. Dann haben wir ihn abgeholt. Drei Jahre blieb er in Rostock, und als ich ihn später in einer Baugrube bei Greifswald wieder traf, war er lammfromm. Er hat mich offenbar wiedererkannt und kam auf mich zu, um sich bei mir zu bedanken.«

Pia konnte sich schon vorstellen, wie so eine Umerziehung zum guten Sozialisten ausgesehen hatte. »Dann war dieser Kurs bestimmt sehr nachhaltig«, bemerkte sie lakonisch.

»Das will ich meinen«, stimmte der Informant zu.

Als er nach weiteren zehn Minuten den Wagen verließ und Scheu aufforderte, nochmals zehn Minuten hier zu warten, bevor er losfuhr, ratterte es in Pias Kopf. Vier Leichen, osteuropäische Frauen, getötet in der Gegend von Zurow von einem Mann, der offenbar von der Stasi festgenommen wurde und wohl längst nicht mehr am Leben war. Hatte das tatsächlich etwas mit den aktuellen Leichenfunden in der Kiesgrube zu tun?

»Was hältst du davon?«, fragte Scheu, nachdem er auf die Landstraße abgebogen war.

»Ohne konkrete Beweise kann ich nichts damit anfangen«, seufzte sie. »Außerdem wäre der Täter von damals heute ein alter Mann, wenn er überhaupt noch am Leben ist.«

»Ziemann, meinst du?«

Pia nickte.

»Das Alter passt nicht, das leuchtet ein.«

»Er wäre heute an die Achtzig, da vergewaltigt man keine Frauen mehr.«

»Dann musst du eben weitergraben«, wandte Scheu ein. »Gab es da denn keine jungen Leute? Einer, der damals zwanzig war, der wäre heute Mitte bis Ende fünfzig.«

»Laut den Personalakten gab es da niemand, der sonst irgendwie auffällig war.«

Scheu setzte den Blinker. »Dann arbeitete er vielleicht woanders.«

Scheu bog in Richtung Wismar ab und beschleunigte. Pia lehnte sich im Beifahrersitz zurück. »Hast du ihm wirklich dreitausend Euro für den Bullshit gegeben, den er uns erzählt hat? Damit kann man überhaupt nichts anfangen.«

»Es waren fünfhundert Euro«, widersprach Scheu. »Außerdem kann man das Pferd von zwei Seiten aufzäumen. Du weißt jetzt, was damals dort passiert ist, also musst du dir die Belege dafür an anderer Stelle suchen. Auch das ist Journalismus, und jetzt mach was draus.«

Pia nickte. »Du hast recht, ich muss mir die Akten wohl noch mal genauer ansehen.«

34

Grimmen, Tankstelle an der B 194

Der Tag war noch jung. Die aufgehende Sonne färbte den Himmel im Osten in ein blutiges Rot, und die wenigen Wolken bildeten einen milchigen Schleier aus transparenten Schleifen. Er war müde und verschlafen und hatte sich einen heißen Kaffee aus dem Automaten besorgt. Mit einem kleinen Holzstäbchen verrührte er den Zucker und die Milch, ehe er vorsichtig an dem heißen Trank schlürfte.

Der Wagen war vollgetankt und stand abfahrbereit auf dem Parkplatz. Er griff zur Bildzeitung, die er sich an der Kasse gekauft hatte, und schlug sie auf.

Der Frauenmörder von Zurow ringt mit dem Tod, lautete die Schlagzeile, die in übergroßen schwarzen Buchstaben auf der Titelseite prangte. Das Bild eines Mannes mit dem üblichen schwarzen Balken vor den Augen und daneben die Ablichtung eines Krankenhauses waren darunter platziert.

Beim illegalen Grenzübertritt nach Tschechien stieß der flüchtige Täter auf eine Grenzstreife und eröffnete sofort das Feuer aus einer gestohlenen Polizeipistole, die er einem Kriminalbeamten bei dem Versuch der Festnahme in Rostock abgenommen hatte. Die Polizisten erwiderten das Feuer und trafen ihn mehrfach. Einer der Beamten wurde dabei durch einen Schuss in den Oberschenkel verletzt.

So hieß es in dem Text neben den Bildern.

Hier in diesem Krankenhaus im tschechischen Klattau (Klatovy) ringt der flüchtige Frauenmörder von Zurow mit dem Tod, hieß es in der Bildunterschrift. Er ringt mit dem Tod, dachte er sich. Weshalb war der Kerl überhaupt abgehauen? Was hatte ihn dazu bewogen? Eigentlich konnte er zufrieden sein. Mit ein klein wenig Glück würde der Kerl die nächsten Tage nicht überleben. Damit würde endlich wieder Ruhe einkehren, in letzter Zeit sah man ja überall nur noch Polizei. Sogar auf der Autobahn waren sie unterwegs, aber dort standen sie mit ihren Messgeräten nur auf der Brücke, um harmlose Lastwagen- und Autofahrer abzuzocken. Raubritter der Landstraße nannte er sie. Zweimal hatte es ihn schon erwischt. Einmal wegen des Sicherheitsabstandes und das andere Mal, weil er zehn Kilometer zu schnell gefahren war. Er musste aufpassen, schließlich war er auf seinen Führerschein angewiesen.

Vater war damals auch einmal von der Volkspolizei gestoppt worden, als er mit dem Robur zu schnell durch den Ort gefahren war. Die Polizisten damals hatten keine Fotoanlage und kein Messgerät benutzt, ihnen reichte eine Stoppuhr. Allen Beteuerungen zum Trotz musste er seine Strafe akzeptieren. Schließlich war das, was die Polizisten behaupteten, die einzig gültige Wahrheit. Aussteigen musste er, auf einer Linie entlanglaufen und einem der Beamten ins Gesicht hauchen. Zum Glück war die Kontrolle am frühen Morgen gewesen, als sie auf dem Weg zur Schule waren. Hätten sie ihn am Mittag gestoppt, dann wäre er sicherlich wieder betrunken gewesen, und dann hätte er wohl nicht nur seinen Führerschein verloren. Er konnte aufbrausend und gewalttätig werden, wenn er getrunken hatte und nicht alles glattlief. Oft genug hatte er gespürt, zu welchen Gewaltausbrüchen Vater fähig war, wenn ihm der Alkohol die Sinne vernebelte.

Nur einmal hatte er erlebt, dass Vater auch Angst haben konnte. Damals, als er von der Schule nach Hause gekommen war und Vater in der Küche an einem Tisch saß, eine halbvolle Wodkaflasche neben sich. Er wusste es noch genau, fünfzehn Jahre alt war er damals gewesen Es war ein sonniger Frühlingstag. Vater saß einfach nur da und starrte ihn wortlos an, als er die Küche betrat. Schon auf dem Nachhauseweg, als er die Straße überquerte, waren ihm die beiden schwarzen Autos vor dem Haus aufgefallen. Das eine war ein Wartburg, und das andere war wohl ein Wolga gewesen. Ein Wagen, der recht selten in dieser Gegend war.

Als er in der Küche stand und seinem Vater einen Blick zuwarf, da sah er in seine Augen, und er erkannte die Angst, die daraus sprach. Erst danach bemerkte er die beiden Männer mit den grauen Mänteln, die die Schubladen der kleinen Kommode durchsuchten.

Dann fiel ihm auch das Blut auf, das aus Vaters Nase rann. Ein kleiner Faden, doch die Oberlippe und der Bart waren bereits rot gefärbt.

»Ist das der Junge?«, fragte einer der Männer, der eine goldene Brille auf seiner Nase trug.

Vater nickte nur.

Der Brillenträger trat vor. »Dann komm mal mit!«, sagte er.

Er wusste noch, dass ihn der Brillenträger in sein Zimmer begleitete und ihn aufforderte, die Kleidung aus dem Schrank und die Schuhe in einen Koffer zu packen. Als er zurück in die Küche kam, waren Vater und der andere Mann verschwunden.

»Auf geht´s!«, forderte ihn der Brillenträger auf und führte ihn aus dem Haus zum Wagen. Es war der Wartburg, leider nicht der Wolga, der war längst davongefahren. Er stieg im Fond ein, während der Brillenträger den Koffer in den Kofferraum lud. Dann fuhren sie nach Wismar und hielten vor einem grauen, schmucklosen Gebäude, wo ein weiterer Mann und eine Frau mit blonden Haaren auf ihn warteten.

Der Wartburg fuhr davon, nachdem er ausgestiegen war und ihn die Frau in einen weißen Barkas verfrachtet hatte. Diesmal dauerte die Fahrt länger und führte nach Rostock, direkt ans Meer. Er wusste nicht, ob er sich freuen oder fürchten sollte. Erst später wurde ihm klar, dass wohl das Letztere richtig gewesen wäre, denn die Zeit im Heim war die Hölle und auf alle Fälle weitaus schlimmer als das Drama, das sich beinahe jeden Tag zu Hause abgespielt hatte. Gerne hätte er das Rad der Zeit zurückgedreht, doch das war nicht mehr möglich. Seinen Vater sah er an diesem Tag zum letzten Mal. Alle Fragen, die ihn in den nächsten Monaten quälten, blieben unbeantwortet. Es war, als hätte es seinen Vater nie gegeben. So wurde er ein weiteres Mal in seinem Leben im Stich gelassen. Vielleicht war er auch ein klein wenig wie der Treibsand, so wie es seine Mutter und Olga gewesen waren. Zumindest hatte Vater das immer behauptet.

»Fährst du heute wieder nach Österreich?«, riss ihn der Tankwart aus seinen Gedanken, als er mit einem Lappen in der Hand am Tisch vorbeiging.

Er nickte.

»Dann fahr vorsichtig«, fuhr der Tankwart fort. »Die messen wieder den Abstand bei Neukloster.«

Er trank seinen Kaffee leer, der inzwischen nur noch lauwarm war. »Die standen doch schon vorgestern dort.«

»Offenbar ist das eine gute Stelle, dort gibt es was zu holen«, knurrte der Tankwart, ehe er weiterging und wieder hinter seiner Theke verschwand.

Kiesgrube bei Ravensruh

Mit lautem Getöse schwebte der Eurocopter NH 90 NFH des Marinefliegerkommandos in Rostock über den östlichen Teil der Kiesgrube. Der Hubschrauber, für Rettungs- und Bergeaktionen ausgestattet, war mit Spezialkameras bestückt, die in der Lage waren, kleinstmögliche Wärmequellen auf dem Boden beziehungsweise auf dem offenen Meer und sogar bis zu einer gewissen Wassertiefe auszumachen. Systematisch überflog der Pilot in geringer Höhe einen festgelegten Kurs, um den gesamten Abschnitt zu filmen und keinen Quadratmeter auszulassen. Dies war schon der zweite Einsatztag des riesigen Unikums, das mit feinster moderner Elektronik gespickt war und in das Brunner all seine Hoffnungen setzte.

Unterdessen durchsuchten Beamtinnen und Beamte der Bereitschaftspolizei in einer Polizeikette den südöstlichen Abschnitt und Teile des angrenzenden Waldes. Auch das THW und die Feuerwehr waren vor Ort. Brunner hatte sich mit seiner Einschätzung, dass die Grube und die Region innerhalb von vier Tagen abgesucht wären, ordentlich verschätzt: Nach drei Tagen hatten sie noch nicht einmal die Hälfte des Areals durchforstet.

»Der macht einen ganz schönen Krach«, rief Falk seinem Kollegen zu, der in den Himmel schaute und den silbergrau lackierten Hubschrauber beobachtete.

»Aber effektiv«, entgegnete Brunner.

Der Hubschrauber flog dicht über ihren Köpfen und stieg kurz darauf steil auf, bevor er sich erneut auf seinen festgelegten Kurs begab. Falk wies auf seinen Wagen und öffnete die Fahrertür. Ihm war es zu anstrengend, gegen den Lärm des überdimensionalen Quirls anzuschreien. Brunner verstand den Fingerzeig und stieg auf der Beifahrerseite ein. Sobald er die Tür geschlossen hatte, wurde der Lärm erträglicher.

»Habt ihr schon was?«, fragte Falk.

Brunner nickte. »Vier verdächtige Stellen an der Waldgrenze, auch der Hund auf dem See hat etwas angezeigt. Die Taucher sehen nur nicht sehr viel. Der Schlamm und die Schlingpflanzen machen ihnen ganz schön zu schaffen. Wie läuft es bei dir?«

»Pia hat mich angerufen«, erklärte Falk und berichtete Brunner, was Pia am gestrigen Abend von dem geheimnisvollen Informanten erfahren hatte.

»Na ja, die Spur ist sehr dünn, wenn du mich fragst«, erwiderte Brunner und winkte ab. »Ein Mann, der damals Anfang vierzig war, wäre heute an die Achtzig. Das wäre der erste Sexualmörder dieses Alters. Wir würden damit Geschichte schreiben.«

»Das ist mir auch klar. Trotzdem ist es bemerkenswert, dass sich schon damals ein Sexualmörder hier herumgetrieben hat. Wenn wir nur mehr über diesen Ziemann in Erfahrung bringen könnten! Akten gibt es nicht, und so wie Pia mir berichtete, wurde die Sache damals als geheim eingestuft.«

»Das heißt, wenn es überhaupt Akten gab, dann verschwanden die hinter verschlossenen Türen oder wurden vernichtet.«

Der Hubschrauber hatte die Waldgrenze erreicht und stieg erneut steil auf, ehe er wendete und auf seiner neuen Bahn wieder in ihre Richtung flog.

»Ziemann ist vielleicht längst tot und verrottet«, seufzte Falk. »Ich habe Bedenken, dass wir nicht weiterkommen. Wenn ich nur wüsste, wie es ein LKW-Fahrer geschafft haben könnte, in dieses unwegsame Gelände vorzudringen.«

Brunner wiegte den Kopf hin und her. »Na ja, das mit dem Autoverleih können wir ausschließen, da kommen wir nach all der Zeit nicht mehr weiter. Die meisten vernichten ihre Aufzeichnungen nach ein paar Jahren, und für die Stammkundenkartei bräuchten wir einen richterlichen Beschluss …«

»Und den kriegen wir nicht, wenn wir keinen konkreten Anhaltspunkt haben, und den haben wir derzeit nicht«, vervollständigte Falk Brunners Satz.

Brunner nickte.

»Die Sache mit der Verkehrspolizei läuft und Pia nimmt sich auch noch einmal die Akten vor, vielleicht gibt es ja doch einen Kerl im Archiv, den wir übersehen haben und der als Täter infrage kommen könnte.«

»Dann müsste er damals an die dreißig und jünger gewesen sein«, sinnierte Brunner.

»Deswegen wäre es gut, wenn wir die Akten wieder bei uns hätten und sich mehr Leute darum kümmern könnten. Koller sieht das sicher anders. Er glaubt immer noch, dass er den Täter längst gefangen hat.«

»Was sagt er zu Österreich?«, fragte Brunner.

»Bislang hat er sich darüber noch nicht ausgelassen.«

»Nach Schmiegs Gutachten wird er kaum so einfach darüber hinweggehen können«, entgegnete Brunner und warf Falk einen forschenden Blick zu. »Aber sag mal, bist du nur gekommen, um dich bei mir auszuweinen?«

Falk lächelte. »Nein, eigentlich nicht, ich wollte dir nur mitteilen, dass Koller im Anmarsch ist. Morgen, spätestens übermorgen kommt er zurück, und er wird kaum begeistert von dem sein, was wir hier treiben.«

»Der Oberstaatsanwalt hat zugestimmt.«

»Stimmt, aber Koller ist der Leiter der Sonderkommission, also stell dich schon mal auf ordentlichen Gegenwind ein.«

35

Kriminalkommissariat Wismar, Rostocker Straße

In Falks Büro sah es aus, als hätte eine Bombe eingeschlagen. Der Boden war übersät mit Tatortfotos. Teile der Ermittlungsberichte lagen verstreut auf dem Schreibtisch, angefangen von einfachen Notizzetteln bis hin zu amtlichen Dokumenten. Inmitten diesem Chaos thronte Falk auf seinem Bürostuhl, einer Spinne gleich, die mitten in ihrem Netz auf Beute lauert. Doch bislang hatte sich in diesem Netz noch nichts verfangen. Besser gesagt, er zermarterte sich das Gehirn auf der Suche nach dem entscheidenden Denkfehler. Ein Trucker als Täter und ein Ablageort der Leichen, den man eigentlich nur mit einem geländegängigen Fahrzeug erreichen konnte. Was passte da nicht zusammen?

Er beugte sich zum Boden und griff nach einem Foto, das er aus Österreich erhalten hatte und das den Weg zum Fundort der zweiten Leiche zeigte. Hier wäre wohl auch ein normaler PKW überfordert, dachte er sich und ließ das Bild wieder fallen.

Wie also schaffte es der Täter, die Leichen zu ihren Ablageorten zu transportieren? In Zurow war die Kiesgrube beinahe viereinhalb Kilometer von der Autobahnausfahrt entfernt, in Österreich waren es sogar sechs Kilometer. Getragen hatte er sie wohl nicht. Kurz hatte Falk an ein Motorrad gedacht, das der Täter auf seiner Ladefläche mitführen könnte, doch darauf eine Leiche zu transportieren war nahezu unmöglich. Blieben ein Geländewagen oder ein Quad. Doch auch dieser Gedanke hatte einen Pferdefuß. Welcher Disponent oder Firmenchef würde es dulden, wenn ein Teil der extrem kostbaren und meist nicht ausreichenden Ladefläche eines LKW oder eines Anhängers zweckentfremdet würde?

Das Tatwerkzeug hingegen war sicherlich für einen LKW ausgelegt, das belegte die Einstellung des Engländers, dessen Breite zu den Radmuttern eines großen Lastwagens passen würde. Auch sonst sprachen die Umstände für einen LKW-Fahrer. Die Entfernung zwischen Zurow und Maurach betrug beinahe tausend Kilometer. Handelsvertreter waren oft nur in einem engeren regionalen Bereich unterwegs, außerdem waren ihre Fahrzeuge mit Mustern beladen, schwere Kombis, die für die engen und unebenen Zufahrtswege eher nicht infrage kamen.

Wo also lag sein Denkfehler? Was hatte er übersehen oder bislang noch gar nicht entdeckt?

Er fuhr sich mit der flachen Hand über die Stirn. Irgendwie schien dort oben alles vernagelt, scheinbar wollte der Groschen nicht fallen, obwohl er sich sicher war, dass die Lösung ganz einfach und naheliegend war. Irgendwann würde er darauf kommen und sich einen Narren heißen, weil er etwas ganz Einfaches schlichtweg übersehen hatte.

Er griff nach dem Bericht, den er heute per Mail aus Österreich erhalten hatte. Die zweite aufgefundene Leiche war noch immer nicht identifiziert und passte auch zu keiner Vermisstenmeldung, die den österreichischen Behörden vorlag. Eine weitere Nuss, die es zu knacken galt, um das Täterprofil aufzuhellen. Erneut beugte er sich herab und nahm ein Foto an sich: das Bild der zweiten Frauenleiche, die in Maurach aufgefunden worden war und wie die erste in einer Plastikfolie steckte. Eine weitere Frage, die ihn beschäftigte. Weshalb hatte der Täter die Leichen in Zurow einfach nur nackt verscharrt und die in Österreich in eine schwarze Plastikfolie eingewickelt? Dafür musste es einen guten Grund geben. Die beiden besser erhaltenen Leichen in Zurow wiesen Fesselspuren auf, die Leichen in Österreich ebenfalls. Bei der skelettierten Leiche war das nicht mehr feststellbar, doch man konnte wohl davon ausgehen, dass auch sie gefesselt worden war. Angenommen also, Anna Rogoff war tatsächlich die erste Leiche, die der Täter dort abgelegt hatte, dann trieb er sein Unwesen bereits seit über zehn Jahren und war dabei bislang unentdeckt geblieben. Fünf Leichen waren inzwischen geborgen, fünf Leichen in elf Jahren. Eigentlich neigten Serientäter eher dazu, ihre Frequenz mit Zunahme der Zeit und des Erfolgs zu erhöhen, sodass die Intervalle zwischen den Taten immer kürzer wurden. Hier war es anders. Entweder hatte man noch nicht alle Opfer gefunden, oder es gab einen weiteren Ablageort, von dem Falk bislang keine Ahnung hatte. Ungewöhnlich an diesem Täter war außerdem, dass er sich nicht einfach von seinen Trieben beherrschen ließ, sondern ausgesprochen gründlich, planvoll und sorgfältig vorging. Er bevorzugte Frauen aus dem Ostblock. Tat er das aus einem bestimmten Grund? Vielleicht, um diese Frauen zu bestrafen oder weil er damit rechnete, dass niemand sie vermissen würde? Verschaffte er sich dadurch einen Vorsprung? Oder wollte er rechtzeitig wieder aus der Tatregion verschwunden sein, falls doch einmal aus reinem Zufall eine Vermisstenmeldung bei der örtlichen Polizei einging?

Eine weitere Frage, auf die Falk bislang keine Antwort hatte.

Erneut griff er nach dem Obduktionsbericht, der von Professor Schmieg über die Leichen in Zurow erstellt worden war. Er blätterte die erste Seite um, als es an der Tür klopfte. Er schwieg, er wollte ungestört bleiben. Erneut klopfte es. Bevor er antworten konnte, wurde die Tür aufgerissen, und Modrow streckte seinen Kopf durch den Türspalt.

»Was ist denn hier passiert?«, fragte er, nachdem er das Chaos betrachtet hatte.

»Was soll das, Modrow?«, entgegnete Falk. »Herein heißt das Wort, das man zu hören bekommt, wenn man eintreten soll. Ich erinnere mich nicht …«

»Ich brauche Sie«, fiel ihm Modrow ins Wort.

»Sie … mich … wozu?«

Modrow trat näher und hielt einen Plastikordner in die Höhe. »Eine Überprüfung in Satow, dazu sollen Sie mich begleiten.«

»Ich soll Sie begleiten?«

»Sie sind der Einzige, der noch hier ist«, fuhr Modrow fort. »Haben Sie Kollers Anordnung nicht gehört? Wir sollen Hoppes Vita reproduzieren, möglichst lückenlos, beginnend ab Mai zweitausendelf.«

Falk schüttelte unverständig den Kopf. »Was will Koller mit Hoppes Vita?«

»Hoppe ist unser Mann«, entgegnete Modrow mit einer Gewissheit in der Stimme, die Falk signalisierte, dass er sich auf keine Diskussion einzulassen würde.

»Was sollen wir in Satow?«

Modrow wies auf den Ordner. »Hoppe hat von März bis August einundzwanzig als Hilfsarbeiter bei einer Baufirma gearbeitet, die Keller und Bodenplatten baut. Er war damals, als diese Bogdana Iunescu verschwand, in der Gegend um Satow unterwegs. Da hatte die Firma Zimmer in einer Pension angemietet.«

»Ja, und?«

»Die Wirtin kann sich noch an Hoppe erinnern, sagt sie. Wir sollen sie vernehmen.«

»Wieso kann sie sich noch erinnern, weshalb weiß sie noch, wer Hoppe ist?«

Modrow lächelte. »Sie haben wohl keine Zeitung gelesen?«

Falk schüttelte den Kopf.

»Die Pressemeldung ging gestern raus, wir haben die Öffentlichkeit eingeschaltet, Oberstaatsanwalt Damme hat es genehmigt. Und jetzt kommen Sie, Falk. Wir werden erwartet.«

»Gehen Sie schon vor, ich muss noch einen Anruf erledigen, dann komme ich«, entgegnete Falk.

»Ich warte im Hof«, stimmte Modrow zu und verließ das Büro. Falk griff zum Telefon und wählte Reimanns Nummer. Sie meldete sich nach dem zweiten Klingelton und hörte Falk aufmerksam zu, als er sein Unverständnis darüber äußerte, dass die Ermittlungen gegen Hoppe fortgeführt und sogar öffentlich gemacht wurden.

»Ich dachte, Damme glaubt auch nicht mehr an eine Täterschaft Hoppes, sonst hätte er doch wohl kaum die weitere Durchsuchung der Grube genehmigt«, beendete Falk sein Klagelied.

»Sie kennen Damme nicht, der glaubt an gar nichts«, hielt ihm Direktorin Reimann entgegen. »Er hält sich nur an Fakten, und er will sich immer nach allen Seiten absichern, damit man ihm nicht vorwerfen kann, er hätte nicht alles getan, um den Täter zu überführen. Ihre Fakten waren für ihn ausreichend, dass er weiteren Ermittlungen zugestimmt hat, also was wollen Sie noch?«

»Ich dachte ja nur …«, pflichtete Falk kleinlaut bei.

»Damme fährt immer zweigleisig, also machen Sie sich keinen Kopf. Er wird Ihretwegen Hoppe nicht so einfach aufgeben. Was haben Sie heute noch vor?«

»Modrow will, dass ich ihn nach Satow begleite.«

»Dann tun Sie das, Falk!«, entgegnete die Direktorin. »Modrow und Sie, das wird bestimmt ein amüsanter Ausflug.«

Sie legte den Hörer auf.

Falk atmete tief ein. Zögernd erhob er sich und griff nach seiner Jacke.

RMZ, Regionalbüro Wismar, Krämerstraße

Ein weiteres Büro, in dem das Chaos die Herrschaft übernommen hatte. Ebenso wie Falk hatte Pia Stein die Ordner aus den alten Kartons auf dem Boden, dem Schreibtisch und den Stühlen ausgebreitet.

Wenn es stimmte, was der geheimnisvolle Informant behauptet hatte, dann war Georg Ziemann längst schon zu Staub zerfallen. Es war aussichtslos, weitere Nachforschungen nach seinem Verbleib anzustrengen. Es musste einen anderen Ansatzpunkt geben. Sie musste sich noch einmal diesen Akten widmen. Irgendwo in diesen verstaubten Papieren hatte sich möglicherweise der Mörder von Zurow versteckt, und er hatte wohl nichts mit Georg Ziemann zu tun. Oder doch?

Vielleicht waren sie damals befreundet gewesen. Ein junger Mann, der mitbekam, was Ziemann so trieb, und möglicherweise schon damals in die Sache verwickelt gewesen war. Ein Mitwisser oder Mittäter, der nun allein und ohne seinen väterlichen Lehrmeister seine Taten verübte.

Wäre das möglich?

Siebzehn Namen standen auf ihrer Liste, die sie noch nicht näher überprüft hatte. Abgesehen von den vierzehn Vertragsarbeitern, vorwiegend aus Polen und Weißrussland, von denen keine Namen existierten. Fünf dieser Männer, so hatte sie inzwischen in Erfahrung gebracht, waren bereits verstorben, nachdem sie nach der Wende in den Westen gegangen waren. Acht waren ihren Geburtsdaten nach zwischen fünfundsiebzig und fünfundachtzig Jahre alt und fielen somit aus dem Raster. Ein weiteres Mal wollte sie sich vor Falk nicht mehr lächerlich machen. Blieben vier übrig.

Zwei davon waren damals zwanzig gewesen, einer an die fünfundzwanzig und ein weiterer Mitte dreißig, als die erste Frau in der Grube aufgefunden worden war, die offiziellen Stellen zufolge einem Unfalltod zum Opfer gefallen war. Das würde passen, dachte sich Pia und griff nach dem Telefon. Das Einwohnermeldeamt in Wismar war ihre erste Station, denn dort lebten zwei der Männer, die sie mit Geburtsdatum und damaliger Adresse notiert hatte. Auf dem Amt in Wismar hatte sie eine Bekannte, die ihr auch sofort Auskunft erteilte, soweit sie den Verbleib der Männer in ihrem Computer verfolgen konnte.

Demnach war einer der Zwanzigjährigen nach der Wende in den Westen übergesiedelt und hatte dort sein Studium beendet. Er war Ingenieur geworden und arbeitete noch immer für eine Firma an der Schweizer Grenze. Sie hatte ihn auf der Homepage der Firma ausgemacht, bei der er inzwischen in leitender Funktion Projekte vor allem im Grenzgebiet zur Schweiz leitete.

Blieb noch der zweite übrig, der in Wismar gemeldet war und heute fünfundsechzig Jahre alt war.

»Da habe ich ihn«, sagte ihre Bekannte, nachdem das Klicken der Tastatur verstummt war. »Der wohnt sogar noch hier.«

»Gib mir doch mal bitte die Adresse«, sagte Pia und nahm ihren Kugelschreiber zur Hand. Die Bekannte aus der Stadtverwaltung nannte die Adresse. »Das bleibt aber unter uns, ich kann mich darauf verlassen«, schob sie nach.

»Aber sicher doch«, bestätigte Pia, bevor sie sich bedankte und das Gespräch beenden wollte.

»Du, warte mal kurz«, bemerkte die Stadtbedienstete. »Da ist ein Betreuer eingetragen. Das muss wohl seine Tochter sein.«

Pia runzelte die Stirn. »Ein Betreuer, was bedeutet das?«

»Ah, jetzt ist es mir auch klar«, fuhr die Bekannte unbeirrt fort. »Das ist ein Pflegeheim.«

»Pflegeheim?«

»Für Schlaganfallpatienten und Demenzkranke, in Kluß, in der Nähe der Teiche.«

Jetzt dämmerte es Pia, woher sie die Adresse kannte. Sie hatte einmal vor langer Zeit eine Reportage zum Thema Demenzkrankheit geschrieben und dazu die leitende Ärztin des Heimes interviewt.

»Wie lange wohnt er dort schon?«, fragte sie.

»Seit vier Jahren und drei Monaten ist er an dieser Adresse gemeldet.«

Nachdem sich Pia bedankt und das Gespräch beendet hatte, strich sie zwei weitere Namen von der Liste. Blieben noch zwei übrig. Nach einem weiteren Anruf, diesmal bei Rönning auf der Polizeistation Poel, wusste sie, dass sie auch den Namen des heute Sechzigjährigen streichen konnte, denn dieser Mann war nach der Wende auf die schiefe Bahn geraten und saß in Waldeck eine siebenjährige Haftstrafe wegen schweren Raubes ab. Zu dem Zeitpunkt, als die beiden jüngeren Frauen von

Zurow verschwanden, hatte er sich bereits in Haft befunden. Somit schied auch er aus.

Blieb einzig und allein der heute vierundfünfzigjährige Jens Pollich übrig, der in Lübow wohnte und nicht in Rönnings Polizeicomputer auftauchte. Er hatte damals zusammen mit Ziemann in der Ostgrube gearbeitet und könnte ihn dort kennengelernt haben. War er zum Mitwisser von Ziemanns Taten geworden und heute der Mann, den die Polizei als Frauenmörder von Zurow suchte?

Es wäre möglich. Sie griff zum Handy und war gespannt, was Falk zu ihrer Theorie zu sagen hatte.

36

Satow, Pension Weilandt

Die Fahrt über die A 20 nach Satow zog sich schier unendlich in die Länge. Modrow saß am Steuer des zivilen BMW, Falk hatte auf dem Beifahrersitz Platz genommen. Die meiste Zeit schwiegen sie, und wenn mal einer redete, dann war es Modrow, der sich sicher war, dass sich der Ring um Hoppe langsam enger zog und es wohl bald so weit wäre, dass man genügend Material zusammen hatte, um die Auslieferung des Mannes zu erwirken. Hoppe war angeblich über dem Berg. Nur eines war sicher, er würde zeitlebens ein Pflegefall bleiben.

Falk atmete auf, als Modrow an der Ausfahrt Kröpelin den Blinker setzte und von der Autobahn auf die Landstraße abbog.

Nichts war schlimmer als eine lange Fahrt zusammen mit einem Menschen, dem man nichts zu sagen hatte und den man am liebsten von hinten sah.

Die Pension lag direkt am Satower See und war, wenn man es genau nahm, eigentlich nicht viel mehr als ein großes und geräumiges Wohnhaus, das Ferienzimmer vermietete.

»Wir sind da«, sagte Modrow und lenkte den BMW direkt in die Einfahrt. Zwei weitere Wagen standen dort in eingezeichneten Parkbuchten, ein weißer VW-Bus einer Malerfirma aus dem thüringischen Apolda und ein grüner Ford mit einem Kennzeichen aus Braunschweig. Feriengäste und Montagearbeiter, dachte sich Falk, als er sich abschnallte und die Beifahrertür öffnete.

»Na, dann schauen wir mal, was die Alte zu sagen hat«, brummte Modrow und zog seine Jacke über, die er aus dem Fond des Wagens geholt hatte.

Modrow irrte sich, denn die Hinweisgeberin, die sie aufsuchen sollten, war keine alte Frau, sondern jung und ausgesprochen hübsch. Wenigstens insofern hatte sich die Fahrt ausgezahlt, dachte Falk, als die Frau mit den langen blondgelockten Haaren aus dem Haus trat und sie in den Garten führte, wo unter einem Sonnenschirm mehrere Stühle und Tische auf einer weitläufigen Terrasse standen. Im Hintergrund glitzerte das grünlich schimmernde Wasser des nahe gelegenen Sees.

»Nehmen Sie Platz, ich komme gleich zu Ihnen«, sagte die junge Frau, die Nancy Weilandt hieß, die Inhaberin der kleinen Pension. »Zurzeit ist es leider etwas flau, aber das liegt wohl an der Ferienzeit. Wir haben vor allem Monteure, Bauarbeiter und Erntehelfer hier bei uns. Die Erntezeit kommt erst noch, und Baustellen gibt es derzeit auch nicht.«

Sie verschwand, um kurz darauf mit einem Tablett zurückzukehren, auf dem zwei Tassen Kaffee und zwei Gläser Wasser standen. Eine Zeitung lag ebenfalls darauf. Sie stellte das Tablett auf den Tisch, nahm die Tassen herunter und platzierte sie vor Modrow und vor Falk. Dann stellte sie die Wassergläser daneben und griff zur Zeitung, die sie vor Falk neben die Kaffeetasse legte.

»Den hab ich sofort wiedererkannt« sagte sie und wies auf das Bild von Hoppe, das neben einem Artikel abgedruckt war, der mit den Worten *Ist das der Frauenmörder von Zurow?* überschrieben war.

»Sind Sie sicher?«, meldete sich Modrow zu Wort.

»Ganz sicher«, bestätigte sie. »Der war hier, eine Woche lang. Ich hab ihn sofort wiedererkannt. Die Getränke gehen übrigens aufs Haus.«

Modrow griff zur Zeitung und zog sie zu sich heran, während die Frau auf einem freien Stuhl Platz nahm.

»Wissen Sie noch, wann das war?«, fuhr Modrow mit der Befragung fort und zückte seinen Notizblock.

»Vom fünften bis zum neunten Juli, Montag bis Freitag«, antwortete die Pensionsinhaberin. »Die waren zu dritt. Gebucht hat die Zimmer eine Baufirma namens *Trockenbau Welz* aus Wismar.«

»Hatten die einen Wagen dabei?«

Nancy Weilandt nickte. »Die hatten einen Lieferwagen, so einen mit Pritsche. Blau war der.«

Modrow notierte die Angaben in seinem Notizbuch. »Waren die immer zusammen oder gingen die auch getrennte Wege?«

Die Frau zuckte mit der Schulter. »Die brachen kurz nach sieben am Morgen auf und kamen meistens so kurz vor sechs Uhr am Abend wieder zurück. Alle drei. Morgens gab es Frühstück und abends ein einfaches Abendessen.«

Modrow blätterte in seinen Notizen, ehe er wieder aufsah. »Wissen Sie, ob die drei auch an dem Mittwoch hier in der Pension waren?«

Nancy Weilandt wies auf ein Haus, das knapp hundert Meter entfernt stand. »Die waren da drüben einquartiert«, sagte sie. »Das ist unser Gästehaus. Die haben auf alle Fälle hier gegessen, was die drei dann gemacht haben, das weiß ich nicht. Ich hatte das Gefühl, dass der eine von ihnen, ein großer und kräftiger Kerl, ein Russe, glaube ich, schon zum Abendessen betrunken war. Der hat sich ordentlich danebenbenommen, da hat ihn sein Kollege rübergebracht.«

»Und Hoppe?«

»Der ging mit, die mussten den Russen zu zweit schleppen.«

»Was geschah dann?«, fragte Modrow.

»Ich kann mich nur noch erinnern, dass der Lieferwagen vom Parkplatz fuhr, kurz nachdem die drei rübergingen. Aber wer da drinnen saß, das konnte ich nicht sehen. Zum Frühstück waren der Russe und sein Kumpel wieder hier. Hoppe fehlte. Aber der Lieferwagen stand wieder auf dem Parkplatz. Ich kann nicht sagen, wann der in der Nacht zurückgekommen ist.«

»So gegen sieben gab es Frühstück, sagten Sie?«

Die Frau nickte.

Modrow blätterte erneut in seinem Notizblock. »Die beiden

anderen Männer hießen Juri Jagelow und Jakub Grzek, ist das richtig?«

Nancy Weilandt nickte. »So steht es in der Anmeldung, und dann war das auch so. Die Ausweise werden von mir genau überprüft. Es gibt genug Leute, die einfach abhauen und nicht bezahlen, da achte ich schon sehr genau drauf. Aber das habe ich schon am Telefon Ihren Kollegen gesagt.«

»Richtig«, bestätigte Modrow. »Und am Donnerstag zum Abendessen waren alle drei wieder hier?«

»Genau, der Russe, sein Kumpel und dieser Hoppe«, stimmte die Pensionsbesitzerin zu und wies auf einen Tisch am Ende der Veranda. »Die blieben an diesem Tag noch eine Weile dort drüben sitzen und hatten am Ende eine ganz ordentliche Zeche. Als es ans Kassieren ging, da hat mich dieser Hoppe dumm angemacht und nach mir gegrapscht. Mario, mein Mann, war zufällig da und hat ihm ordentlich den Marsch geblasen, da sind sie dann verschwunden.«

»Und am Freitag haben sie dann ausgecheckt?«

»Gegen acht«, bestätigte die Frau. »Die Zimmer waren ja schon bezahlt, und drüben im Gästehaus stehen Münzautomaten, wenn man sich in der Nacht noch was zum Trinken holen will.«

Modrow klappte das Notizbuch zu.

»Ich danke Ihnen«, sagte er.

Falk war schweigend der Unterhaltung gefolgt. Er räusperte sich. »Weshalb können Sie sich noch an Hoppe erinnern, ich meine, Sie haben über das Jahr doch wohl sehr viele Gäste.«

Nancy Weilandt lächelte. »Weil der mir sofort nicht ganz koscher vorkam. Ich meine, mal davon abgesehen, dass er … wie soll ich sagen, irgendwie behindert war. Dafür kann man nichts, aber der schaute schon so komisch. Ich hatte immer das Gefühl, dass er mich beobachtet und mit seinen Augen auszieht.«

Falk nickte. »Ich verstehe. War er denn an diesem Mittwoch anders als sonst?«

Sie zuckte mit der Schulter. »Wie meinen Sie das?«

»Nervös, fahrig, aufgeregt?«

Erneutes Schulterzucken. »Kann ich nicht sagen.«

»Und am Donnerstag?«

»Am Abend?«

»Morgens war er ja nicht hier, sagten Sie.«

Sie nickte. »Ja, nur abends, und da starrte er nur vor sich hin. Ich glaube, der hat den ganzen Abend nichts geredet.«

»Getrunken hat er aber?«

»Zwei Bier, aber die anderen ließen es ordentlich krachen.«

»Die Tage zuvor, beim Abendessen, hat er da viel gesprochen?«, wollte Falk noch wissen.

Die Frau überlegte kurz, ehe sie antwortete. »Eigentlich hat der nie viel gesprochen. Er hat immer nur in die Gegend gestarrt, als wäre er gar nicht richtig da.«

»Aber Sie hat er angesehen?«

Nancy Weilandt runzelte die Stirn. »Ja, schon.«

Falk griff nach der Kaffeetasse und trank einen Schluck. Er stellte sie wieder vor sich ab und blickte auf. »Sie sagen, er hat Sie angegrapscht, wie kam es dazu?«

»Ich hab seinen Genossen noch zwei Bier gebracht, da fasste er mich einfach an.«

»Wo hat er Sie angefasst?«

Sie zeigte mit dem Finger der anderen Hand auf ihr rechtes Handgelenk.

»Hat er dazu was gesagt?«

Nancy Weilandt überlegte kurz. Dann schüttelte sie den Kopf. »Mario, mein Mann, war am Nebentisch und räumte ab. Er hat ihn sofort angefahren und gesagt, dass er seine Finger von mir lassen soll.«

»Und dann?«

»Er ließ mich los und blickte zu Boden, wie ein Schüler, der vom Lehrer beim Abschreiben erwischt wird. Kurz danach haben die dann gezahlt und sind auf die Zimmer gegangen. Da hat er, das weiß ich noch, nicht einmal mehr gewagt, mich anzuschauen. Auf die andere Seite hat er geguckt, aber ich wusste sofort, vor dem muss man sich in Acht nehmen.«

»Ich denke, das genügt uns vorerst«, mischte sich Modrow ein.

»Gut, dann genießen Sie den Kaffee, ich muss wieder in die Küche.«

Falk räusperte sich. »Eine Frage noch«, hielt er sie zurück. »Ist Ihnen an dem Donnerstagmorgen etwas am Wagen aufgefallen?«

Die Wirtin machte große Augen. »Was soll mir da aufgefallen sein?«

»War er vielleicht besonders schmutzig oder besser gesagt, voller Staub?«

Sie atmete tief ein. »Das war ein Baulaster, der war immer dreckig und staubig, wenn Sie das meinen. Sonst ist mir nichts aufgefallen. Wie gesagt, der parkte ja auch dort drüben vor dem Gästehaus.«

»Welcher der drei hat den Wagen eigentlich gefahren?«

»Der Russe oder der Pole, meine ich, die haben sich abgewechselt.«

Falk überlegte kurz, doch ihm fielen keine weiteren Fragen ein.

Nachdem sie ausgetrunken und sich von der Frau verabschiedet hatten, stiegen sie wieder in den aufgeheizten Dienstwagen. Falk öffnete die Seitenscheibe und wandte sich Modrow zu. »Was sagen Jagelow und Grzek, Hoppes Kollegen?«

Modrow verzog seine Mundwinkel. »Die müssen wir erst noch finden. Jagelow wurde ein paar Wochen später wegen seiner Trunksucht entlassen und ist wohl nach Sotschi zurück, und der Pole wird derzeit per Haftbefehl gesucht. Der hat in Dresden einen Unfall gebaut, hat volltrunken einen Fußgänger auf dem Gehweg angefahren und ist seither untergetaucht.«

»Na toll, dann bringt uns diese Aussage kein Stück weiter«, seufzte Falk.

Modrow schüttelte den Kopf und startete den Wagen. »Im Gegenteil, Falk, im Gegenteil. Ich würde sogar sagen, das Netz zieht sich weiter zu. Er war genau an dem Tag hier, als Bogdana verschwand, keinen Kilometer vom Gutshof entfernt. Außerdem hatte er einen Wagen zur Verfügung, mit dem er vom Parkplatz fuhr, als diese Bogdana vom Gutshof abgehauen ist. Das kann kein Zufall sein. Hoppe fehlte zum Frühstück, während die anderen beiden hier waren. Ich denke, das ist eine ganze Menge, was wir gegen ihn verwenden können.«

»Jeder der drei hätte den Wagen fahren können!«

Modrow schüttelte den Kopf. »Hoppe ist unser Mann, da bin ich sicher.«

A 20, Rastanlage Selliner See

Falk hatte die Unterhaltung mit Modrow eingestellt, es führte zu nichts. Das Einzige, was sie heute tatsächlich von der Pensionswirtin erfahren hatten, war der Umstand, dass sich Hoppe zum Zeitpunkt des Verschwindens von Bogdana Iunescu tatsächlich in der Nähe von Satow aufgehalten hatte, doch einen wirklichen Tatbezug gab es nicht. Lediglich Vermutungen und Spekulationen. Für Modrow reichte dies offensichtlich aus, weil er alles, was er nicht wusste, durch die eigene Fantasie ersetzte und daraus seine Schlüsse zog. Sicherlich musste man sich bei der Ermittlungsarbeit auch auf seine Auffassungsgabe und seine Fantasie verlassen, jedoch musste man am Ende alles, was man sich im Kopf zusammengereimt hatte, durch harte Fakten bestätigen. So weit ging Modrows Ermittlerdrang allerdings nicht. Hoppe war da, er hatte die Gelegenheit, und damit war er es auch. Basta, Punkt, aus.

Auf so ein Niveau wollte sich Falk nicht reduzieren, also schwieg er.

Sie waren kurz vor Zurow, als Falks Handy klingelte. Er nahm das Gespräch entgegen, doch der Anrufer war nur abgehackt zu hören, und hin und wieder rauschte es in der Übertragung.

»Fahren Sie mal raus auf den Parkplatz!«, wies Falk Modrow an, als sie an einem Hinweisschild vorbeifuhren, das auf den Parkplatz am Selliner See hinwies. Modrow warf Falk einen fragenden Blick zu, doch Falks Miene verriet, dass er keinen Widerspruch duldete. Modrow setzte den Blinker und fuhr auf die Einfädelspur. Nachdem er auf dem Rastplatz den Wagen stoppte, stieg Falk aus.

»Ja, Herr Thiel, jetzt ist es besser«, sagte Falk in das kleine Mikro des Handys. Herbert Thiel war am Apparat, der Großonkel von Thorsten Hoppe.

»Dieser Zeitungsartikel ist unerhört«, preschte Thiel unverblümt los. »Jetzt hält ihn jeder für ein Monster, und er wird nie mehr einen Fuß in die Stadt setzen können.«

»Herr Thiel, ich kann Sie verstehen, aber …«

»Als ich mit Ihnen gesprochen habe, da dachte ich, das ist einer, der den Toto versteht und auch nicht glaubt, dass der Junge zu so was fähig ist, aber da habe ich mich wohl getäuscht. Sie sind auch nicht anders als die anderen, wenn es darum geht, jemand über den Tisch zu ziehen.«

»Herr Thiel, jetzt beruhigen Sie sich …«

»Der Junge ist anders, er hat viel durchgemacht, und jetzt liegt er da irgendwo in der Walachei im Krankenhaus und jeder hält ihn für ein Scheusal. Daran sind Sie schuld, auch wenn Sie mir hier Honig ums Maul geschmiert haben.«

»Herr Thiel!«, sagte Falk energisch. »Jetzt hören Sie mir mal zu!«

Der alte Mann verstummte.

»Thorsten Hoppe ist bei einer Routineüberprüfung ausgerastet, hat zwei meiner Kollegen angegriffen und schwer verletzt, sich einer Pistole bemächtigt und damit seine Nachbarin erschossen, das sind nun einmal die harten Fakten!«

»Aber er war …«

»Er ist geflohen, hat in Erfurt eine Geisel genommen und ist mit ihr quer durch Deutschland gefahren, ohne dass die Frau wusste, dass sie diese Entführung überleben wird. Dann hat er sich illegal über die grüne Grenze nach Tschechien abgesetzt und wurde von zwei tschechischen Grenzpolizisten angehalten. Er hat sofort das Feuer eröffnet und einen Kollegen schwer verletzt, bevor auch er angeschossen wurde. Das sind die Fakten!«

»Es war aber doch nur, weil er in einer Ausnahmesituation …«

»Ich glaube immer noch nicht, dass er hinter diesen Frauenmorden steckt, aber ich habe keineswegs vor, mich für Dinge zu entschuldigen, die er selbst zu verantworten hat. Verstehen Sie mich richtig, Herr Thiel: Es war seine Entscheidung, die Kollegen anzugreifen und diese Nachbarin zu erschießen …«

»Er war in einer Ausnahmesituation, das müssen Sie doch verstehen«, versuchte Thiel zu erklären.

»Das hieße, jeder, der in einer Ausnahmesituation steckt, darf andere Leute angreifen und sogar erschießen«, sagte Falk trocken. »Dann haben wir wieder das Faustrecht auf der Straße. Sie wissen doch, wozu so etwas führt!«

»Ich meine ja nur …«

»Das führt dazu, dass wir bald wieder an jeder Ecke Mord und Totschlag haben, das ist Ihnen doch wohl klar, Herr Thiel!«

»Ich wollte doch nur …«, stammelte Thiel kleinlaut.

»Nein, Herr Thiel, so etwas kann man nicht rational erklären«, fiel ihm Falk ins Wort. »Ich bin nur ein kleines Rädchen in diesem Getriebe. Der Staatsanwalt hat beschlossen, dass wir an die Öffentlichkeit gehen, und der Richter hat es genehmigt. Deswegen steht jetzt dieser Artikel in den Zeitungen. Das ist der offizielle Weg. Wenn Sie sich beschweren wollen, dann wenden Sie sich an die Staatsanwaltschaft.«

Falk war nahe daran, das Gespräch zu beenden, dennoch wartete er noch einen kurzen Moment, als er den lauten Seufzer Thiels vernahm.

»Ich meinte ja nur«, meldete sich Thiel noch einmal zu Wort. »Ich weiß auch, dass er … wie soll ich sagen …«

»Hören Sie auf, ihn immer in Schutz nehmen zu wollen«, mahnte Falk.

»Das will ich ja gar nicht«, widersprach Thiel, der seine Fassung wohl wieder gefunden hatte. »Nur, falls es dazu beiträgt; wenn Sie irgendwelche Spuren an den Frauen gefunden haben, ich meine … Sie wissen schon, was ich meine, dann können die nicht von Toto sein.«

»Weshalb nicht?«, fragte Falk.

»Weil er nicht konnte, ich meine, er war … impotent. Sie wissen schon. Er bekam keinen hoch, und das andere ging auch nicht.«

»Ich verstehe«, entgegnete Falk.

»Dann ist es ja gut«, antwortete Thiel und beendete das Gespräch.

»Wer war denn das?«, fragte Modrow, der ausgestiegen war und lässig am Wagen lehnte. »War ganz schön hitzig, das Telefonat.«

»Das war es in der Tat«, bestätigte Falk, als er wieder zum Wagen ging. »Übrigens, Hoppe war impotent und bekam keinen hoch, wussten Sie das?«

Modrow runzelte die Stirn. »Woher denn?«, fragte er.

»Dann klemmen Sie sich mal dahinter und finden Sie raus, ob das tatsächlich stimmt.«

»Was tut das denn zur Sache?«

Falk seufzte. »So etwas kann bei Sexualstraftätern durchaus entscheidend sein.«

37

Kiesgrube bei Ravensruh

Die Aktion mit dem Hubschrauber der Marineflieger war abgeschlossen. Die Aufnahmen mit der Spezialkamera hatten einige durchaus interessante Stellen zutage befördert, an denen Grabungen sinnvoll erschienen. Eine Karte war aus den Aufnahmen erstellt worden, auf der insgesamt vierundzwanzig Markierungen vermerkt worden waren, die sich Brunner mit seinem inzwischen abgespeckten Team vornehmen musste. Dort gab es Hinweise auf leichte bis mittlere Anomalien in der Bodenstruktur, die in zartem Rosa bis hin zu leuchtendem Rot erfasst waren. Diese Stellen waren weit im Areal und darüber hinaus im nahen Wald verstreut. Natürlich konnten solche von der hochsensiblen IR-Kamera aufgenommene Anomalien auch einen ganz natürlichen Ursprung haben, zum Beispiel verrottende Blätter, Tierkadaver, Reisighaufen oder Wasseradern, doch hin und wieder hatte die IR-Fotografie aus der Luft schon zum Auffinden von Leichen oder Leichenteilen geführt. Brunner hoffte, dass auch in diesem Fall der Einsatz der Technik letztlich zum Erfolg führen würde. Wenn dort nichts Entsprechendes gefunden wurde, konnte er zumindest sicher sein, dass er nichts übersehen hatte. Es würde ohnehin kein leichtes Unterfangen werden, alle diese Stellen zu untersuchen.

Die Hundertschaften der Bereitschaftspolizei waren abgezogen worden, weil sie an anderer Stelle benötigt wurden, und auch die Feuerwehr hatte sich zurückgezogen. Lediglich das THW und seine Taucher, die siebenköpfige Mitarbeiterschar des Spurensicherungskommandos und zwei Leichenspürhunde der Rettungshundestaffel waren noch vor Ort verblieben. Zwei der Geländeanomalien, wie der Spezialist der Marine sie bezeichnet hatte, waren bereits überprüft worden. Bis zwei Meter Tiefe hatten sie mit vereinten Kräften und mit Pickeln und Schaufeln gegraben, denn schweres Gerät durften sie dort mitten im Naturschutzgebiet nicht einsetzen. Gefunden hatten sie nichts, außer einer Ansammlung von Blättern und einer abgestorbenen Wurzel, die langsam unter der Erde verrottete.

Brunner klopfte seine Gummistiefel ab und ging zurück zum Stützpunkt. Heute war wieder einer dieser heißen und trockenen Tage, und ausgerechnet jetzt musste er körperlich arbeiten. Zum Glück hatte das THW ein Basislager errichtet und für ausreichend Wasservorräte gesorgt. Er war durstig, sein Hals war wie ausgetrocknet.

»Wir nehmen uns jetzt die Stelle oberhalb der westlichen Abrisskante vor«, schlug Hildebrand, der junge Kollege von der Spurensicherung, vor. »Da haben wir Schatten.«

Brunner folgte dem Fingerzeig des jungen Kollegen und nickte. »Fangt schon mal an«, entgegnete Brunner mit krächzender Stimme. »Ich muss jetzt erst einmal was trinken.«

Während sich die Kollegen mit Pickeln und Schaufeln bewaffnet an die angegebene Stelle bewegten, ging Brunner zum Lager, wo ein korpulenter Mitarbeiter des THW in einem Klappstuhl unter einem Sonnenschirm Platz genommen hatte.

Als Brunner näher kam, wollte sich der Mann erheben, doch Brunner winkte ab. »Bleiben Sie sitzen, ich hol mir nur Wasser aus der Truhe«, sagte er und ging an dem Mann vorüber. In einer Kühlbox, die durch Strom aus dem großen LKW gespeist wurde, lagerten mehrere Plastikflaschen. Brunner nahm zwei heraus, öffnete die erste und nahm einen kräftigen Schluck. Die kühle Feuchtigkeit tat seinem ausgedörrten Hals gut. Erneut nippte er an der Flasche, dann drehte er sie wieder zu und verstaute beide Flaschen in einer der großen Taschen seiner Cargo-Hose.

Er nahm seine Schaufel in die Hand und wollte schon zu den anderen gehen, als ihn ein Funkruf der Tauchergruppe vom Selliner See erreichte, der ihn umgehend dorthin beorderte. Brunner beeilte sich und nahm den Weg durch das nahe Wäldchen, dennoch brauchte er beinahe zehn Minuten, bis er am See eintraf. Das Schlauchboot des THW lag am Ufer, und einer der Taucher befreite sich gerade von seinem Anzug. Daneben stand ein Hundeführer der Rettungshundestaffel mit seinem schwarzen Labrador, der sich brav abgelegt hatte. Unter einem Sonnenschirm knieten zwei weitere THW-Mitarbeiter. Brunner beeilte sich. Einer der Mitarbeiter sah ihn kommen und erhob sich.

»Das haben wir dort hinten im Schilf gefunden«, rief er und wies auf den kleinen Gegenstand, der auf einer Decke lag.

»Einen halben Meter tief im Schlamm«, fügte der Hundeführer hinzu. »Der Taucher hat es hochgeholt, nachdem Kira angeschlagen hatte.«

Brunner kniete sich ebenfalls hin und betrachtete den Fund. Er sah beinahe aus wie ein Hufeisen, doch Brunner war schnell klar, um was es sich dabei handelte.

»Wir denken, das ist ein Kieferknochen«, bemerkte der zweite THW-Mitarbeiter. »Da sind sogar noch alle Zähne dran.«

Brunner nickte und erhob sich. Er ging zu dem Taucher, der sich gerade seines Anzugs entledigte. »Wo genau haben Sie das gefunden?«, fragte er und schaute den Mann an.

Der Taucher wies in die Richtung des östlichen Ufers. »Dort drüben im Schilf. Da, wo das rote Tuch weht.«

Brunner folgte seinem Fingerzeig und entdeckte eine rote Schleife, die um einige Schilfhalme gebunden war.

»Könnte da noch mehr liegen?«

Der Taucher zuckte mit der Schulter. »Kann sein, aber meine Sauerstoffflasche ist leer. Mein Kollege macht sich fertig und geht noch mal runter. In einem Meter Tiefe ist der Bereich um das Schilf verschlammt. Aber da gibt es eine leichte Strömung, vermutlich durch einen unterirdischen Zufluss.«

Brunner schaute auf den ruhig daliegenden See. Strömung war natürlich für die Suche nach einer Leiche nicht gerade optimal, denn allzu leicht wurden leichte Knochen davongetrieben. Aber ein Kieferknochen war nicht leicht; vielleicht hatten sie Glück und es befanden sich noch weitere Leichenteile dort.

»Wir müssen die Stelle genau untersuchen«, sagte er und wandte sich wieder dem Fundgut zu. Er zog einen Plastikbeutel aus einer seiner Taschen und streifte seine Handschuhe über, bevor er den Knochen aufhob.

»Wer hat das alles angefasst?«, fragte er in die Runde.

»Nur der Taucher und ich, aber wir trugen Handschuhe«, entgegnete einer der THW-Mitarbeiter. »Wir machen das ja nicht zum ersten Mal.

»Sehr gut, Leute«, lobte Brunner die Anwesenden. »Sehr gut gemacht.«

Dieser Motivationsschub schien zu wirken, denn die Männer lächelten. »Das gibt eine Extraportion Chappi für die Kira«, scherzte er, bevor er mit seinem Beutel eilends zurück zum Basislager ging. Der Knochen sollte so schnell wie möglich zur weiteren Untersuchung ins Labor. Professor Schmieg würde schon herausfinden, zu wem dieser Kiefer gehörte.

Lübow, Amt Klein-Mecklenburg/Bad Kleinen, Greeser Weg

Kaum hatte Falk zusammen mit Modrow die Dienststelle erreicht, klingelte sein Handy erneut. Diesmal war es Pia, die sich meldete und von Jens Pollich berichtete, den sie in den Akten ausfindig gemacht hatte.

»Ich weiß sogar, wo der wohnt, und fahr da mal hin«, sagte sie. »Er soll einen Bauernhof bewirtschaften und nach der Wende zum Landwirt umgeschult haben.«

»Das wirst du schön bleiben lassen«, widersprach Falk.

»Ich nehme dich gerne mit«, konterte Pia. »Aber glaub bloß nicht, dass ich dir das alleine überlasse. Ich hab ihn schließlich in all dem alten Staub entdeckt.«

Falk wusste, dass sich Pia nicht von ihrem Vorhaben abbringen lassen würde. Auch wenn sie ihm jetzt zusagen würde, sich von dem Mann fernzuhalten, würde sie dennoch Pollich aufsuchen. Und er hatte keine Lust, die inzwischen zur guten Freundin gewordene Journalistin erneut aus einer brenzligen Lage zu befreien zu müssen.

»In zwanzig Minuten hole ich dich ab«, sagte er und legte auf. Er ging die Treppe hoch, um mit Direktorin Reimann zu sprechen, denn auf einen weiteren Ausflug mit Modrow hatte er keine Lust. Von der Sekretärin erfuhr er, dass sie ins Präsidium nach Rostock beordert worden war und erst spät zurückkehren würde. Unverrichteter Dinge drehte er um und ging zu seinem Wagen im Hof.

Pia wartete bereits auf der Straße, als er bei ihr vorfuhr. Sie stieg ein, schnallte sich an und wies mit der Hand die Straße entlang. »Also los, fahren wir!«

»Wohin fahren wir?«, entgegnete Falk.

Sie nannte ihm die Adresse, und Falk gab sie ins Navi ein, dann fuhr er los. Dreißig Minuten waren sie unterwegs, und Pia plapperte ohne Unterlass. Falk war in Gedanken, nur ab und an brummte er unverständlich.

»Du hörst mir ja gar nicht richtig zu«, beschwerte sich Pia, als sie von der Dorfstraße abbogen. Dann meldete das Navi, dass sie ihr Ziel erreicht hatten. Vor ihnen lag ein Bauernhof mit mehreren Nebengebäuden. Falk bog in den Hof ein und stoppte den Wagen.

»Du hast mir gar nicht zugehört«, beschwerte sich Pia erneut. Bevor Falk antworten konnte, rannte ein großer schwarzer Hund auf den Wagen zu und bellte ihn böse an.

»Steigst du zuerst aus?«, fragte Falk.

Pia blickte aus dem Wagen und schüttelte den Kopf. »Dein Fall, deine Sache.«

Zum Glück kam ein junger Mann, Falk schätze ihn auf Anfang zwanzig, aus der Scheune und rief dem Hund ein paar Worte zu, der sich daraufhin trollte.

»Also gut, gehen wir es an«, seufzte Falk. »Wie heißt der Mann noch mal?«

»Pollich, Jens Pollich. Müsste jetzt Mitte fünfzig sein.«

»Dann ist er es wohl nicht«, sagte er und öffnet die Tür. Pia zog es vor, noch einen Augenblick im Wagen zu warten.

Nach einem kurzen Gespräch mit dem jungen Mann führte der den Hund zu einer Hütte und leinte ihn an, dann verschwand er in der Scheune, um keine Minute später mit einem weiteren Mann zurückzukehren. Dieser Mann war augenscheinlich Mitte fünfzig, beinahe einen Kopf größer als Falk und kräftig. Er trug einen Blaumann und Gummistiefel. Seine schwarzen Haare waren etwas länger und gelockt. Ein Vollbart zierte sein Gesicht. Jetzt traute sich auch Pia aus dem Wagen. Sie stieg aus und ging auf die Männer zu.

»Meine Kollegin«, stellte Falk seine Begleiterin vor. »Darf ich bekannt machen, das sind Paul und Jens Pollich. Paul ist der Sohn von Herrn Pollich. Können wir uns irgendwo ungestört unterhalten?«

Jens Pollich nickte und wies auf eine kleine Sitzgruppe neben der Scheune, die im Schatten eines hohen Baumes lag.

»Ich mach am Traktor weiter«, sagte Paul, ehe er sich verabschiedete.

Jens Pollich führte seine Besucher zu der Sitzgruppe und wartete, bis Falk und Pia Platz genommen hatten, bevor er sich selbst auch niederließ.

»Ich bin sehr gespannt, was die Polizei bei mir auf dem Hof will«, sagte er und musterte Pia von oben bis unten.

»Sie haben doch sicher von den Leichenfunden in der alten Kiesgrube bei Zurow gehört«, sagte Falk ohne Umschweife. »Wir haben erfahren, dass Sie auch mal dort gearbeitet haben, bevor sie stillgelegt wurde.«

Pollich winkte ab. »Das ist schon eine Ewigkeit her«, sagte er. »Ich hab dort eine Ausbildung zum Maschinisten gemacht. Eigentlich wollte ich zur LPG, aber da gab es keine freien Ausbildungsplätze. War aber egal, LKW, Radlader oder auch Förderbänder haben wir auch auf dem Hof.«

Falk wies ins weite Rund. »Der Hof gehört Ihnen?«

Pollich nickte. »Ordentlich gekauft im Jahr sechsundneunzig, mit Notar und auch schon bezahlt, hat alles seine Richtigkeit.«

»Das bezweifle ich nicht«, entgegnete Falk. »Ist ganz schön groß hier.«

»Vierzig Hektar Ackerland, da hat man gut zu tun.«

Eine Frau schlenderte über den Hof und kam auf die Sitzgruppe zu. Sie trug einen weiten Rock und hatte ihre langen, welligen Haare zu einem Zopf gebunden.

»Hast du Gäste?«, fragte sie.

»Die Polizei«, stellte Pollich seine Besucher vor.

»Falk, Landeskriminalamt«, sagte Falk und zückte seinen Ausweis.

»Das ist Birte, meine Frau«, erklärte Pollich. »Meine zweite Frau, besser gesagt. Emma, Pauls Mutter, hielt nie viel von der Landwirtschaft und hat sich vor ein paar Jahren aus dem Staub gemacht. Ist in den Westen gegangen, wollte dort ihr Glück versuchen und hat Paul und mich zurückgelassen. Sie lebt in der Nähe von Stuttgart und ist jetzt Modedesignerin.«

Er drückte seine Frau an sich. »War wohl auch besser so«, fügte er hinzu.

»Weshalb sind die hier?«, fragte Birte Pollich ihren Mann.

Pollich lächelte verschmitzt. »Ich glaube, die halten mich für einen Frauenmörder«, sagte er und verlieh seiner Stimme einen belustigten Unterton.

»Sie werden lachen, wir hielten es durchaus für möglich.«

»Wusste ich's doch. Und jetzt nicht mehr?«

»Ehrlich gesagt, wenn ich einen Mörder sofort erkennen könnte, dann wäre ich nicht bei der Polizei, sondern in einem Zirkus als Attraktion beschäftigt«, unkte Falk. »Sind Sie denn ein Frauenmörder?«

Pollich schüttelte den Kopf. »Tut mir leid, da sind Sie an der falschen Adresse.«

»Der tut keiner Fliege was zuleide«, pflichtete ihm Birte bei.

»Schauen Sie sich um, es gibt hier außer ein paar Hühnern und Ziegen keine Nutztiere. Die hat er sofort abgeschafft, nachdem er den Hof übernahm, und wissen Sie warum?«

Falk schüttelte den Kopf.

»Weil er kein Blut sehen kann«, stellte Birte Pollich klar. »Wenn es mal einen Ziegenbraten geben soll, dann erledige ich das. Fahre zum Schlachter und verarbeite das Fleisch. Er liegt flach, sobald er rot sieht.«

Pia, die der Unterhaltung bislang schweigend gefolgt war, richtete sich auf. »Herr Pollich, wie lange haben Sie damals in der Grube gearbeitet?«, fragte sie.

Pollich überlegte. »Vier Jahre, bis ich den Facharbeiterbrief in den Händen hielt. Das war von zweiundachtzig bis sechsundachtzig, dann habe ich eine Anstellung bei den Werken der Landmaschinenbau in Güstrow bekommen und konnte mich dort zum Landmaschinentechniker weiterbilden. Kurz drauf kam die Wende, und die Firma wurde geschlossen. Ich habe mich dann zu einer Ausbildung als Agrartechniker entschieden, da war ich in Neubukow und danach noch eine Weile auf einem Hof bei Warin, bis ich hier auf diesen Hof gestoßen bin. Er stand leer und wurde von den Erben aus dem Westen zum Kauf angeboten. Hundertzwanzigtausend wollten die dafür. Elf Hektar Ackerland gehörten dazu. Ich konnte sie auf hunderttausend runterhandeln und hab ihn gekauft. Seitdem lebe ich hier und bin mein eigener Herr.«

»Haben Sie noch Kontakt zu ehemaligen Kollegen aus der Grube?«, fragte Pia weiter.

Pollich nickte. »Ja, mit dem Kalle hab ich mich gut verstanden und ab und zu noch getroffen. Er war auch oft hier.«

»Karl Heinz Oberländer?«

Pollich nickte erneut. »Leider erging es ihm nicht ganz so gut, er wurde krank.«

»Demenz?«

Pollich atmete tief ein. »Schlaganfall, vor fünf Jahren etwa, heute lebt er im Heim.«

»In Kluß«, vervollständigte Pia die Antwort.

Jens Pollich warf seiner Frau einen kurzen Blick zu, die auf dem freien Stuhl Platz genommen hatte. Er lächelte. »Das haben Sie also auch schon überprüft.«

»Klar, wir sind ja schließlich die Polizei«, mischte sich Falk ein.

»Erinnern Sie sich noch an einen gewissen Georg Ziemann?«, setzte Pia die Befragung fort.

»Der Schorsch, aber sicher kann ich mich an ihn erinnern«, bestätigte Pollich. »Ich ging ihm allerdings immer aus dem Weg, dem alten Säufer und Tunichtgut. Das war kein guter Umgang.«

»Wie meinen Sie das?«, fragte Falk.

Pollich rang nach den richtigen Worten. »Man will natürlich niemandem etwas Schlechtes nachsagen«, stellte er voran. »Aber der Schorsch war ein ganz Spezieller. Sagen wir mal so, er war dem Schnaps nicht abgeneigt und führte ein zwielichtiges Leben. Er soll mit einer Russin zusammen in der Siedlung gehaust haben. Außerdem gab es, kurz nachdem ich dort angefangen habe, eine Tote, die in der Grube gefunden wurde. Es hieß, die wäre dort abgestürzt, aber wir dachten sofort, dass der Schorsch … Sie wissen schon, was ich meine.«

»Ihm hätten Sie zugetraut, dass er seine Finger im Spiel hatte?«, fragte Pia.

Pollich nickte. »Wie gesagt, wir hielten uns von ihm fern.«

»Hatte er denn überhaupt Freunde unter den Kollegen?«, fragte Falk.

»Eher nicht. Er war bei allen verschrien, keiner wollte sich mit ihm abgeben. Der hatte keinen guten Einfluss, und man wusste, dass die Leitung auch nicht begeistert von ihm war, also hielt man sich besser zurück. Als er dann verschwand, hieß es, er wäre abgeholt worden.«

»Abgeholt, von wem?«, fragte Pia.

»Na, von wem wohl, von der Stasi«, erklärte Pollich bestimmt. »Es soll noch weitere Tote dort in seinem Umfeld gegeben haben, und ehrlich gesagt, wenn Ziemann noch leben würde und sagen wir zwanzig bis dreißig Jahre jünger wäre, würde ich wegen der toten Frauen in der Grube sofort auf ihn tippen. Aber das ist wohl nicht möglich. Er soll das Lager nicht überlebt haben, munkelte man damals. Aber das hat mich dann nicht mehr interessiert. Ich hatte meine Anstellung in Güstrow in der Tasche und war schon auf dem Abflug.«

Pia atmete tief ein. »Gab es denn irgendwelche Freunde oder Bekannte in seinem Umfeld, die heute noch leben und die man nach Ziemann befragen könnte?«, hakte Pia noch einmal nach.

»Ich sagte ja schon, er war ein Einzelgänger, und ich bin da die falsche Adresse«, gab Pollich an. »Ich wich ihm aus, wo es nur ging, und wenn wir zufällig mal zusammen arbeiten mussten, beschränkte sich das auf die Arbeit. Der Kerl war mir nicht geheuer.«

Eine halbe Stunde später fuhren Pia und Falk wieder zurück nach Wismar. »Jetzt kann ich auch den letzten Namen von der Liste streichen«, seufzte sie. »Die Akten hab ich jetzt durch, da ist nichts mehr.«

»Danke, dass du dich darum gekümmert hast«, entgegnete Falk. »Ich denke, wir sind uns einig, Pollich kommt nicht infrage.«

»Sehe ich ebenso.«

Kurz vor Kluß am Fischteich klingelte Falks Handy. Er fuhr auf die Seite, hielt an und nahm das Gespräch an. Es dauerte nicht lange, Brunner war am Apparat. Als er auflegte, warf er Pia einen nachdenklichen Blick zu.

»Was ist, was hat Brunner gesagt?«, fragte sie.

Falk seufzte. »Die haben einen menschlichen Unterkiefer aus dem Selliner See geborgen. Brunner ist auf dem Weg nach Rostock.«

»Dann gibt es also doch noch weitere Leichen«, stellte Pia mit Entsetzen fest.

»Sieht so aus.«

38

Kriminalkommissariat Wismar, Rostocker Straße

Falk war lange wach gelegen, doch diesmal war es nicht die Arbeit gewesen, die ihn wach gehalten hatte, sondern die tropischen Temperaturen der vergangenen Nacht, in der es scheinbar überhaupt nicht abkühlen wollte. Ein Zimmer mit Klimaanlage wäre von Vorteil gewesen, aber die gab es hier im Hotel nicht. Er fühlte sich wie gerädert, als er die Dienststelle betrat und sein Büro aufsuchte. Wie vom Blitz getroffen blieb er stehen, nachdem er die Tür geöffnet hatte. Willig saß hinter dem Schreibtisch und blickte auf, als Falk den Raum betrat.

»Guten Morgen, doch schon wieder fit?«, fragte Falk. »Wie ich hörte, ging es Ihnen nach der Zahnbehandlung nicht besonders gut.«

Willig nickte. »Eingliederung, vier Stunden pro Tag. Ich werde offenbar gebraucht, man rief mich an.«

»Was liegt an, gibt es schon Neuigkeiten über den frischen Knochenfund?«

Willig zuckte mit der Schulter. »Davon weiß ich nichts, bin gerade erst mal dabei, mich wieder auf den Stand der Dinge zu bringen.«

»Dann will ich nicht weiter stören«, entgegnete Falk und hängte sein Jackett an den Kleiderständer. »Ich muss sowieso mal mit der Reimann sprechen. Ich geh mal kurz hoch.«

»Die ist nicht da«, verriet Willig.

Falk runzelte die Stirn. »Wo ist sie denn?«

»In Rostock«, entgegnete Willig. »Sie ist zu einer Arbeitsgruppe zur Regelung der neuen Dienstzeiten abgeordnet.«

Falk machte große Augen. »Jetzt, wo wir mitten in den Ermittlungen stecken!« Fassungslos schüttelte er den Kopf.

»Koller sitzt auf ihrem Stuhl«, fuhr Willig fort. »Sie sollen sofort zu ihm kommen. Er hörte sich ehrlich gesagt nicht gut an.«

»Koller ist wieder hier, da wird sich Modrow freuen«, brummte Falk und ging zur Tür.

Die Sekretärin meldete ihn an, und er wurde sofort eingelassen. Koller stand hinter dem Schreibtisch von Direktorin Reimann und hatte die Arme vor der Brust verschränkt.

»Morgen«, grüßte Falk knapp. Er spürte die Spannung, die in der Luft lag. Koller sparte sich die Begrüßung und wies auf den Stuhl vor dem Schreibtisch. Falk setzte sich und schlug locker die Beine übereinander.

»Wie ich höre, treibt der Herr Falk wieder einmal sein eigenes Spiel«, eröffnete Koller das Tribunal.

»Was soll das heißen?«

»Nicht nur, dass Sie hinter meinem Rücken Ihre eigene Suppe kochen«, fuhr Koller fort, und seine Stimme wurde zunehmend lauter. »Sie torpedieren auch noch meine Ermittlungen.«

Falk verstand, worauf Koller hinauswollte. »Aha, Modrow war schon bei Ihnen. Er scheint ja ein echter Fan von Ihnen geworden zu sein. Hat er sich bei Ihnen ausgeheult?«

Koller konnte die Wut nicht verbergen, die in ihm aufstieg. »Sie vergessen, ich bin Ihr Vorgesetzter. Ich leite die Soko. Ich bestimme, in welche Richtung wir uns bewegen, und ich erwarte von jedem, dass er sich in das Team einfügt. Auch von Ihnen.«

»Aber nur, wenn das Team funktioniert und man sich einbringen kann, Herr Koller.«

»Was soll das heißen?«, blaffte Koller.

»Wenn ich in einem Bus nach Rostock sitze, der Busfahrer aber irrtümlich nach Dresden fährt, dann sollte man sich melden dürfen und auch ernst genommen und nicht einfach nur abgebügelt werden.«

»Aha, und ich bin dieser Busfahrer«, gab Koller lakonisch zurück. »Könnte es nicht sein, dass Sie sich irren und ich richtigliege?«

Falk schüttelte den Kopf. »Hoppe ist nicht der Täter!«

»Sie irren, Herr Falk.«

»Es gibt keinen einzigen Beweis, und zu den Morden in Österreich hat er sogar ein wasserdichtes Alibi. Er kann es nicht gewesen sein!«

Koller zog sich den Stuhl zurecht und ließ sich darauf nieder. »Die Morde in Österreich und unsere Fälle gehören nicht zusammen.«

»Haben Sie das Gutachten von Professor Schmieg gelesen?«

»Haben Sie die Auffindesituation der Leichen richtig bewertet?«, konterte Koller. »Die Leichen in Maurach sind in eine Folie eingewickelt. Bei uns gab es keine Folie. Die Morde gehören nicht zusammen.«

Falk schüttelte den Kopf. »Die Werkzeugspuren …«

»Hören Sie mir mit Werkzeugspuren auf«, fiel ihm Koller lauthals ins Wort. »Was glauben Sie, wie viele Engländerschlüssel liegen hier in deutschen und österreichischen Werkzeugkästen? Fünf Millionen, zehn Millionen oder mehr? Hören Sie auf, Falk, Sie spinnen sich da etwas zusammen. Frau Sonntag ist derselben Meinung.«

Jetzt war Falk kurz vor dem Explodieren. »Sitzen Sie hier, weil Ihr Vater Staatssekretär ist, oder weil Sie was auf dem Kasten haben?«

»Was soll das heißen, was hat denn mein Vater damit zu tun?«

»Das habe ich mich schon gefragt, als ich Sie das erste Mal gesehen habe«, fuhr Falk fort. »Wahrscheinlich würden Sie immer noch auf einem Revier sitzen und Hausstreitigkeiten bearbeiten, wenn Sie dieses Vitamin B nicht hätten.«

»Ich warne Sie, Falk«, entgegnete Koller bissig. »Treiben Sie es nicht auf die Spitze.«

Falk lächelte provozierend. »Ihnen ist wohl jedes Mittel recht, um Ihre Karriere voranzutreiben.«

»Aha, daher weht der Wind. Sie platzen ja vor Neid! Sie hätten eben auch das Assessmentcenter für den Aufstieg aufsuchen sollen. Oder sind Sie durchgefallen und können deswegen keine Autoritäten mehr akzeptieren?«

Falk winkte ab. »Hier geht es nicht um die Karriere und um die Selbstherrlichkeit eines Mannes, hier geht es auch nicht um die Hierarchie oder irgendeine stupide Ordnung, die längst aus der Mode gekommen ist und reformiert gehört, hier geht es einzig und allein um die Menschen dort draußen, die auf sich gestellt sind und die unsere Hilfe brauchen. Hier geht es um einen Mann, der Frauen tötet, die sich nicht wehren können und die von der Welt längst vergessen wurden.«

Koller lachte auf. »Sie reden wie ein Pfarrer, aber Sie irren sich. Hoppe ist unser Mann, und damit basta!«

Falk schüttelte den Kopf. »Eines kann ich Ihnen sagen. Dort, wo Sie hinwollen, da war ich schon lange vor Ihnen. Eine Karriere durch Arroganz ist nicht erstrebenswert. Wissen Sie überhaupt noch, weshalb Sie Polizist geworden sind?«

»Es reicht jetzt«, entgegnete Koller. »Das brauche ich mir von Ihnen nicht anzuhören. Ich habe bereits mit Frau Pauli gesprochen. Sie werden hier nicht mehr benötigt. Also, packen Sie ihre Sachen und verschwinden Sie. Fahren Sie zurück ins LKA und suchen Sie sich dort einen anderen, dem Sie auf die Nerven gehen können.«

Falk erhob sich. »Sie werden Schiffbruch erleiden, Koller, und auf irgendeiner Stelle verschwinden, wo es nicht mehr darauf ankommt. Sie werden noch an mich denken!«

Grußlos verließ Falk das Büro. Die Sekretärin warf ihm einen kurzen Blick zu. Sie hatte wohl ein paar Brocken der Unterhaltung aufgeschnappt. »Er hat wohl nicht die beste Laune«, flüsterte sie Falk zu.

»Keine Angst, er ist nicht mehr lange hier«, entgegnete Falk mit gedämpfter Stimme, ehe er das Vorzimmer verließ und zurück in sein Büro ging. Willig saß noch immer hinter dem Schreibtisch und studierte Akten. Er blickte auf.

»Haben Sie davon gewusst?«, fragte Falk.

»Lief wohl nicht so gut«, entgegnete Willig. »Er war kurz hier und ganz schön angefressen, aber gesagt hat er nichts. Nur, dass Sie sofort hochkommen sollen. Was ist denn los?«

»Ich fahre nach Hause«, entgegnete Falk.

»Er schickt Sie weg?«

Falk nickte.

Willig erhob sich. »Das ist nichts für mich«, sagte er. »Ich bin immer noch nicht fit. Ich glaube, ich muss noch mal zum Arzt. Gehen wir noch was trinken? Ich bin übrigens Ralf, ich denke, das Du ist längst überfällig.«

»Alles klar, aber ich dachte, es geht dir nicht so gut?«

»Ein Tee ist immer drin«, bemerkte Willig.

»Einen Moment, ich muss noch was erledigen.«

Falk zog sein Handy aus der Tasche und wählte die Nummer seiner Chefin. Die leitende Direktorin Pauli meldete sich sofort.

»Ich habe schon mit deinem Anruf gerechnet«, sagte sie. »In welches Fettnäpfchen bist du jetzt wieder getreten?«

Falk ging nicht auf ihre Frage ein. »Ich habe einen Sack voller Überstunden«, sagte er. »Ich nehme den Rest der Woche frei.«

»Aber Falk, wir …«

Ohne abzuwarten, beendete er das Gespräch. Willig schaute Falk ungläubig an. Dann lachten sie beide.

Unweit von Grimmen an der A 20

Der Tag war heiß – heiß und stickig. Die Mädchen, die unweit des Firmengeländes in Richtung der Berufsschule gingen, waren nur leicht bekleidet. Er saß auf einer Bank und beobachtete stumm die Umgebung. Es würde noch eine Stunde dauern, bis der Wagen gerichtet war und er seine Tour fortsetzen konnte. Er hatte es dem Chef gesagt, die Reifen waren am Ende und mussten dringend ausgewechselt werden, aber ihm wurde ja nicht geglaubt. Jetzt hatten sie das Malheur, der Reifen am Auflieger war geplatzt und hatte beinahe noch Feuer gefangen.

Egal, er musste die Rechnung ja nicht bezahlen, die jetzt ungleich höher ausfallen würde als ein normaler Reifenwechsel.

Er hatte sich in einer nahen Metzgerei eine Wurststulle und eine Cola besorgt und genoss das zweite Frühstück. Und er genoss den Ausblick. Die Schule für Hauswirtschaft war nicht weit entfernt, und alle gingen sie an ihm vorbei. Blonde Mädchen, brünette, dunkelhaarige, groß, klein, ein wenig zu füllig oder gertenschlank. Ihre feine, weiße und weiche Haut und das, was sich unter den dünnen Shirts und Blusen unzulänglich verbarg, erregten ihn. Er musste sich zusammenreißen.

Er hatte die Zeitung vom letzten Tag gelesen. Sie hatten den Mörder von Zurow gefasst. Er lag lebensgefährlich verletzt in einer Klinik in Tschechien, und wenn er sterben würde, dann würden diese Schwachköpfe den Fall zu den Akten legen.

Zurow war tabu, und auch Maurach musste er meiden. Er war gespannt, was sie noch alles finden würden, wenn sie die Grabungen fortsetzten. Aber das konnte ihm egal sein, Hoppe war der Täter, und der lag im Krankenhaus oder saß bald in Haft, wenn er es denn überlebte. Er hatte nichts mehr zu befürchten, und es gab ja noch andere Stellen, er war auf die alte Kiesgrube bei Zurow und das menschenleere Seitental im Karwendelgebirge nicht angewiesen.

Er dachte zurück an das letzte Mal. Sie war jung gewesen, eigentlich zu jung. Das junge Gemüse war nicht widerstandsfähig genug. Sie hatte beim Gürtel schlapp gemacht und ihm die Freude an der Sache verdorben. Das nächste Mal musste er besser aufpassen und etwas wählerischer sein. Aus Litauen war sie gewesen, Studentin, hatte sie gesagt. Nicht älter als achtzehn und komplett unerfahren. Aber was sollte es, auch sie war nur Treibsand. Ein einzelnes Korn auf dieser Welt, und niemand würde sie vermissen. Aus Italien war sie gekommen und auf dem Weg zu einer Freundin nach Hamburg. Semesterferien. Drei Monate lang und allein. Was sich diese jungen Dinger einbildeten. Glaubten sie, diese Welt war gut, glaubten sie, dass alle nett zu ihnen wären? Da täuschten sie sich gewaltig. Diese Welt war schlecht, die Leute waren schlecht, und selbst die Menschen, denen man am meisten vertraute, überließen einen einfach dem Schicksal.

Niemand würde sie finden. Der See lag weitab von der Autobahn, und überall standen Schilder, die darauf hinwiesen, dass dort niemand etwas zu suchen hatte. Solche Stellen gab es genügend auf der Welt. Wenn man die Welt kannte, so wie er, dann war man natürlich immer im Vorteil.

Erneut liefen drei junge Mädchen an ihm vorbei. Die dunkelhaarige in der Mitte, mit dem knappen, bauchfreien T-Shirt und dem rot karierten Rock, die wäre genau nach seinem Geschmack. Und sie sah so aus, als wäre sie nicht von hier, eher aus dem Südosten. Bulgarien, Ungarn oder Rumänien. Ob sie stöhnen oder schreien würde, wenn sich der Gürtel um ihren Hals schloss? Bestimmt würde sie aber kratzen und beißen, wenn er es zuließ.

»Wir sind soweit!«, riss ihn die Stimme eines Mannes aus seinen Gedanken. »Der Reifen ist drauf. Das nächste Mal kommen Sie früher. Die Felge war schon festgefahren.«

»Ich hab's dem Chef gesagt«, antwortete er.

»Gehen wir ins Büro und erledigen den Papierkram«, schlug der Monteur vor. Er folgte ihm.

Zehn Minuten später fuhr er vom Hof und bog auf die Landstraße ab. Er tankte noch, bevor auf die Autobahn fuhr. Richtung Westen führte sein Weg. Erneut dachte er an die Kleine mit dem Schottenrock. Geduld, sagte er zu sich. Nur noch ein paar Tage …

39

Parkhaus, Hamburg-Airport, Flughafenstraße

Die vorübergehende Genugtuung, Koller mitten ins Gesicht gesagt zu haben, was er von ihm hielt, war nur von kurzer Dauer und verkehrte sich schon kurz nach Wismar ins Gegenteil. Er ärgerte sich über Kollers Verbohrtheit und Inkompetenz. Im Grunde genommen ärgerte er sich über sich selbst. Er hätte sich nicht einfach ausbooten lassen dürfen. Hier ging es nicht um persönliche Befindlichkeiten, hier ging es einzig und allein darum, einem Serienmörder das Handwerk zu legen.

Er schob die Gedanken weg, denn was sollte er tun? Koller war der Boss, der Ermittlungsführer und Leiter der Sonderkommission Kiesgrube. Höchstpersönlich vom Polizeipräsidenten dazu ernannt und damit unantastbar. Er selbst war nur ein kleiner, unbedeutender Kommissar vom LKA, ein Quertreiber und Einzelgänger, mit dem niemand zusammenarbeiten wollte. Einer, der in dem hierarchischen Gefüge der Polizei nichts zu sagen hatte. Koller hat ihn aus seinem Team hinausgeworfen, und damit war der Fall erledigt.

Es war schon komisch, dachte er bei sich. Diese Polizei verkam immer mehr zu einer Behörde, die sich weitestgehend mit sich selbst beschäftigen konnte und in der immer mehr Bürokratie, Engstirnigkeit und Mittelmaß in den Chefetagen die Regie übernahmen. Ermittlungsarbeit wurde zur Nebensächlichkeit, der Job einiger weniger Engagierter, die sich auf der Straße die Hacken abliefen, während die Mehrheit der Beamten und Beamtinnen von den Verwaltungsbüros eingesogen wurde wie Materie, die in einem schwarzen Loch verschwindet. Das Tollste an diesem System war, dass es sich inzwischen selbst ernährte und zu einem Perpetuum mobile geworden war.

Das Zeitalter der Macher neigte sich dem Ende zu, die Schwätzer und Träumer hatten das Regiment übernommen. Es herrschte die Diktatur der Bürokratie, und es grenzte an ein Wunder, dass es überhaupt noch gelang, einige Fälle aufzuklären.

Aus seiner aufkeimenden Wut wurde Verbitterung, denn Koller würde scheitern. Irgendwann würde der Täter erneut zuschlagen und einen Menschen töten, eine junge Frau aus Osteuropa, die ihm schutzlos ausgeliefert war und die er zur Befriedigung seiner niederen Instinkte zu Tode folterte. Koller wäre schuld daran, doch der jungen Frau würde das nichts nützen.

Fieberhaft überlegte er, was er tun konnte, doch ihm fiel nichts ein. Je weiter er sich von Wismar entfernte, desto mehr drehten sich seine Gedanken um den Mörder von Zurow. Er musste etwas unternehmen. Diese dunklen Gedanken durfte er nicht mit nach Hause nehmen. Er musste irgendwie abschalten.

Als Falk auf der 106 durch Zickhusen fuhr, klingelte sein Handy. Er warf einen Blick auf das Display und erkannte die Nummer seiner Chefin. Er zögerte kurz, doch dann drückte er sie einfach weg.

Es machte keinen Sinn, mit Direktorin Pauli zu sprechen. Sie konnte ihm nicht helfen. Es war nicht mehr seine Sache. Er hatte sich frei genommen, er musste Abstand zwischen sich und den Fall bringen. Mitten in Crivitz blieb er auf dem Parkplatz eines Einkaufsmarktes stehen. Ihm war eingefallen, dass sein Kühlschrank nahezu leer war. Doch dann entschied er sich anders, griff zum Handy und rief Steffi an, die gerade zu bilateralen Gesprächen über die länderübergreifende Zusammenarbeit in Paris weilte. Ihm wurde klar, dass er zu Hause keinen Abstand von diesem Fall bekommen würde. Wie ein wilder Tiger im Käfig würde er hin und her irren und vergeblich Ruhe suchen. Ablenkung brauchte er, Abstand und Ablenkung. Er griff zum Handy und rief Steffi an.

»Hast du Zeit?«, fragte er.

Steffi hatte Zeit, und sie war begeistert, denn am morgigen Samstag sowie am Sonntag gab es keine Sitzungen. Erst am Montag wurden die Gespräche fortgesetzt.

Falk fuhr nicht nach Hause, er fuhr nach Hamburg und flog von dort aus mit einer Lufthansamaschine nach Paris, wo ihn Steffi am Flughafen abholte. Er genoss mit ihr das Wochenende, mitten in Paris in einem sehr guten Hotel. Und er fand den notwendigen Abstand, den er zu Hause vermutlich vergebens gesucht hätte.

Als er am Sonntagabend zurück nach Hamburg flog und in seinen Wagen im Parkhaus stieg, schaltete er sein Handy wieder ein, das kurz darauf wilde Töne von sich gab. Er schaute auf das Display. Insgesamt elf Anrufe in Abwesenheit waren eingegangen. Direktorin Pauli hatte vier Mal versucht ihn zu erreichen, aber auch Brunners und Pias Nummern waren vermerkt. Außerdem gab es mehrere SMS und Sprachnachrichten. Eine der Nummern auf dem Display fiel ihm auf, weil er sie nicht zuordnen konnte. Eine Sprachnachricht war auf der Mailbox hinterlegt. Er betätigte das Lautsprechersymbol, und die Nachricht startete.

»Hallo, Falk, ich rufe an wegen der Festplatte. Wir mussten die Überwachungsaktion auf Anweisung von oben einstellen. Ich habe die Harddisk mit der Dienstpost an das LKA geschickt. Müsste am Montag ankommen.«

Falk runzelte die Stirn. Die Festplatte hätte er beinahe vergessen.

RMZ – Regionalbüro Wismar, Krämerstraße

Mehrfach hatte Pia versucht, Falk auf seinem Handy zu erreichen, doch schließlich hatte sie aufgegeben. Es war jetzt schon das zweite Mal, dass er sich auf ihre Anrufe nicht meldete. Dabei hätte sie gerne mit ihm über den menschlichen Unterkiefer gesprochen, den man im Selliner See gefunden hatte. Albert Scheu machte Druck. Die Story wird langsam kalt, hatte er sich beklagt. Über weitere Suchmaßnahmen zu schreiben würde die Leser nicht an das Thema binden. Nur wenn neue, aufregende Fakten dazukämen, würde sich die Aufmerksamkeit der Leser wieder auf die Kiesgrube richten.

Dieser menschliche Knochen war genau das, was sie jetzt brauchte. Der Knochen und die Geschichte dazu. Doch Falk schwieg. Wie sollte sie ohne Hintergrund den Fund des Unterkiefers in der Samstagsausgabe als Aufmacher verwenden?

Dafür, die staubigen Akten aus der Grube durchzuackern, war sie gut genug gewesen, aber jetzt, wo sie mal etwas von ihm haben wollte, rief er einfach nicht zurück

Die Zeit lief ihr davon, also blieb ihr nichts weiter übrig, als zu improvisieren. Sie war nicht zufrieden, nachdem sie ihren Artikel noch einmal durchgelesen hatte. Zu viele Spekulationen und zu wenig Fakten, das war kein guter Journalismus. Aber was blieb ihr anderes übrig, dachte sie bei sich, nachdem sie die Zeilen an die Druckerei gesandt hatte.

Den Samstag verbrachte Pia verabredungsgemäß mit ihrer Mutter, die sie zu einer Shopping-Tour nach Rostock eingeladen hatte. Auch an diesem Tag hatte sie mehrfach vergeblich versucht, Falk zu erreichen. Die Wut auf ihn wuchs. Noch nicht einmal einen Rückruf hatte er für sie übrig!

Am Sonntagmorgen, gleich nachdem sie aufgewacht war, joggte sie von Großströmkendorf bis zum Hof Redentin und wieder zurück. Falk hatte sich noch immer nicht gemeldet.

Sie duschte, als ihr Handy klingelte. War auf Falk doch noch Verlass?

Als sie das Handy in die Hand bekam, verstummte das Klingeln. Sie schaute auf das Display, doch es war nicht Falks Nummer, die dort geschrieben stand. Sie aktivierte den Rückruf.

»Mahler«, meldete sich eine männliche Stimme.

Kurz überlegte sie, dann fiel ihr der alte Mann aus der Seniorenresidenz wieder ein, den sie damals zur Grube befragt hatte.

»Guten Morgen, Herr Mahler, Sie haben mich angerufen?«

»Richtig, Frau Stein«, bestätigte der Mann. »Ich habe den Artikel in der Samstagsausgabe gelesen. Mir hat das keine Ruhe gelassen.«

»Offenbar gibt es dort noch mehr Tote.«

»Ich habe gestern gleich meinen Freund Gerd angerufen«, fuhr Mahler fort. »Als ehemaliger Mitarbeiter der Grube bin ich natürlich sehr an dieser Geschichte interessiert und will schon wissen, was dort alles passiert ist.«

»Das kann ich verstehen«, pflichtete ihm Pia bei, die sich gut vorstellen konnte, dass Mahler gerne mehr darüber erfahren wollte.

»Wir haben uns gestern Mittag noch einmal Gedanken darüber gemacht.«

»Ist Ihnen noch etwas eingefallen?«, fragte Pia interessiert.

»Eingefallen nicht, aber …«

»Das ist schade«, fiel ihm Pia ins Wort. »Mehr als ich in dem Artikel darüber geschrieben habe, kann ich Ihnen derzeit auch nicht sagen. Die Polizei hält sich da sehr bedeckt.«

»Das glaube ich«, entgegnete Mahler. »Aber das ist nicht der Grund meines Anrufs.«

»Ach, ja?«, bemerkte Pia.

»Also … Sie waren doch an Ziemann interessiert, richtig?«

Pia bejahte. Jetzt wurde es spannend.

»Wir haben uns an Ziemanns Nachbarin in der Siedlung erinnert«, fuhr er fort. »Erna Pöhlke, sie arbeitete in der Kantine. Eigentlich hatten wir gedacht, dass sie längst schon nicht mehr unter uns weilt, aber das war ein Irrtum. Sie ist zwar schon neunzig, aber immer noch quicklebendig. Wir haben sie über eine gemeinsame Bekannte ausfindig gemacht.«

»Erna Pöhlke«, wiederholte Pia. »Die weiß über Ziemann Bescheid?«

»Zumindest mehr als wir. Sie lebte im gleichen Haus, direkt in der Wohnung neben Ziemann.«

Pia klemmte ihr Handy zwischen Ohr und Schulter und verließ das Badezimmer. Im Flur neben dem Festnetzapparat lagen ein Zettel und ein Stift.

»Wo kann ich diese Frau Pöhlke finden?«

»Sie lebt inzwischen in Bad Doberan in einem Pflegeheim«, antwortete Mahler. »Am Töpferberg. Sie sollten mal mit ihr sprechen, vielleicht bringt Sie das weiter.«

Pia notierte die Adresse. »Vielen Dank, Herr Mahler. Ich werde gleich morgen mein Glück versuchen.«

40

LKA Mecklenburg-Vorpommern, Abteilung OFA

Hinter Falk lag eine kurze Nacht. Er war weit nach Mitternacht vom Hamburger Flughafen nach Zittow zurückgekehrt und todmüde in sein Bett gefallen. Nach der Morgentoilette stellte er fest, dass er nicht einmal Toastbrot im Haus hatte, also fiel das Frühstück kärglich aus und bestand nur aus einer Tasse heißem Kaffee und ein paar harten Crackern, die er mit Frischkäse bestrich. Als er gegen acht Uhr auf die Dienststelle kam und durch das Tor einfahren wollte, blieb die Schranke geschlossen. Verwundert schaute er zum Pförtner, der entgegen seiner sonstigen Gewohnheiten aus seiner Bude trat und auf Falk zukam. Falk öffnete die Seitenscheibe.

»Moin, Falk« grüßte ihn der Pförtner mit der blauen Uniform. »Die Leitende hat mir aufgetragen, dass Sie sofort zu ihr kommen sollen, sobald Sie hier auftauchen.«

Falk nickte und erwiderte den Gruß. »Habt ihr die Post schon verteilt?«, fragte er.

Der Pförtner schüttelte den Kopf.

»Okay, dann nehme ich meine Post gleich mit.«

Der Pförtner nickte, verschwand kurz in seinem Kabuff, ehe er mit einer Postkiste zurückkehrte und durchs Fenster reichte. Falk öffnete den Deckel und fand ein dickes Kuvert darin: die versprochene Festplatte mit den Filmaufnahmen von der A 20. Zufrieden legte er die Kiste auf den Beifahrersitz, ehe er das Fenster schloss und auf das Areal fuhr.

Er konnte sich schon denken, was die Pauli von ihm wollte. Koller hatte sich vermutlich längst an ihrer Schulter ausgeweint. Nun, er hatte Wichtigeres zu tun. Er setzte sich hinter seinen Schreibtisch und startete den PC. Es dauerte ein paar

Minuten, bis der Computer hochgefahren war. Er schloss die Festplatte über den USB-Stecker an und aktivierte das Eagle-Eye-Programm, das er vor einiger Zeit aus den USA mitgebracht hatte. Es war ein einfaches und selbsterklärendes Programm, das Kennzeichen entschlüsseln und vergleichen konnte, und funktionierte ähnlich wie das inzwischen in Teilen Deutschlands zulässige Automatische Kennzeichenfahndungssystem. Noch war diese Art der polizeilichen Fahndung, die in den USA flächendeckend eingeführt worden war, umstritten und wurde von einigen Datenschützern abgelehnt. Aber Eagle Eye konnte noch mehr: Es war ein Datenanalyseprogramm, mit dem sich zusätzliche Auflistungen erstellen ließen, und das überdies anzeigte, welche Fahrzeuge zu welchem Zeitpunkt den überwachten Streckenabschnitt nutzten.

Als er die aufgezeichneten Daten der einzelnen Überwachungstage zu einer Gesamtdatei zusammenfügte, fiel ihm auf, dass insgesamt 94 Stunden aufgezeichnet worden waren, bevor Koller die Überwachung eingestellt hatte. Er hoffte, dieser Zeitraum würde ausreichen, und startete die Analyse. Ein kleines Fenster mit einem Fortschrittsbalken öffnete sich, nachdem er die Entertaste gedrückt hatte. »Zwei Stunden und dreißig Minuten«, verkündete das Programm, das vollautomatisiert ablief und am Ende ein Datenblatt erstellen und automatisch in einem Ordner speichern würde.

Hoffentlich hatten sich die Kollegen von der Verkehrspolizei bei der Aufstellung der Kamera an die Vorgaben gehalten, dachte er bei sich, als er sich erhob und sein Büro verließ, um seine Chefin aufzusuchen.

Gehe nie zum Fürst, wenn du nicht gerufen wirst, dieser alte Spruch ging ihm durch den Kopf, als er vor Paulis Büro ankam. Doch diesmal hatte der Fürst oder, besser gesagt, die Fürstin gerufen, und bei so einer Unterredung kam selten etwas Gutes heraus. Er atmete tief durch und klopfte.

»Komm schon rein, Falk!«, drang Paulis Stimmer dumpf durch die Tür. Falk betrat das Büro.

»Na, wieder beruhigt?«, empfing sie ihn und wies auf den Stuhl vor ihrem Schreibtisch.

Falk nahm Platz. »Ich war nie ruhiger«, sagte er.

Pauli griff nach einem Papier und hielt es in die Höhe. »Weißt du, was das ist?«, fragte sie.

Falk zuckte mit der Schulter. »Ich nehme an, dass es nicht meine Beförderung ist«, unkte Falk.

»Sehr scharfsinnig«, entgegnete die Leitende Direktorin. »Das ist ein Schreiben von Hilmar Koller an den Leiter des Landeskriminalamts. Darin schreibt Koller, dass du dich etlicher Dienstpflichtverletzungen schuldig gemacht hast, und verlangt, das LKA solle disziplinarrechtliche Vorermittlungen diesbezüglich einleiten.«

»Was wirft er mir denn vor, außer dass ich ihm seine Inkompetenz und Dummheit zum Vorwurf gemacht habe?«

»Nicht autorisierte Gespräche mit der Presse, Verstoß gegen Geheimhaltungspflichten, Anordnung von Maßnahmen ohne Autorisierung, da kommt eine ganze Menge zusammen.«

»Bin ich suspendiert?«, fragte Falk vorsichtig an.

»Der Präsident ist der Meinung, du solltest erst einmal von der Bildfläche verschwinden«, antwortete Pauli und schüttelte den Kopf. »Er weiß, dass sich Koller in Rostock einen guten Namen gemacht hat und will erst einmal Ruhe in die Angelegenheit bringen.«

»Ich werde mich nicht bei Koller entschuldigen, falls dieses Gespräch darauf hinausläuft«, wandte Falk ein.

»Das hält der Präsident auch nicht für notwendig. Dennoch wirst du ab Mittwoch nach Brüssel fahren und dort an einem Symposium der Europol teilnehmen. Er und auch ich denken, dass sich der Rauch bis Ende nächster Woche verzogen hat.«

»Was ist mit dem Disziplinarverfahren?«

»Kein Diszi und keine Ermittlungen«, bestätigte Pauli. »Der Präsident hält das für nicht notwendig.«

»Hat er etwa seinen breiten Rücken entdeckt?«

Pauli lächelte. »Er kennt Koller und hält ehrlich gesagt nicht viel von ihm. Aber das bleibt unter uns.«

»Ist Brüssel meine Strafe?«

Pauli winkte ab. »Du fährst am Mittwoch, Anreise bis vierzehn Uhr, die Einzelheiten erfährst du morgen. Denk mal darüber nach, wie es uns gelingen könnte, die Zusammenarbeit der Polizeien in Europa zu verbessern, das ist nämlich das Thema dieser Veranstaltung.«

»Ist das alles?«

Pauli nickte. Falk erhob sich, nickte ihr zu und verließ das Büro. Sein nächster Weg führte ihn in die Kantine, wo er erst einmal ausgiebig frühstückte. Auf dem Weg zu seinem Büro lief ihm Stürmer über den Weg und fragte, ob sie in ihren Ermittlungen weitergekommen wären. Falk erzählte ihm, dass er nicht mehr dem Ermittlungsteam angehörte, aber ein Verdächtiger festgenommen worden sei. Sie sprachen noch eine Weile miteinander. Stürmer erklärte Falk noch einmal, dass es beinahe unmöglich war, gesicherte Daten über Vermisste in Europa zu erstellen, da es vollkommen unterschiedliche Meldegesetze in den einzelnen Ländern gab und vor allem Länder aus dem Osten keinen Zugang zu den westlichen Systemen hatten.

Falk schüttelte den Kopf, denn dieser Umstand war ihm zuvor nie richtig bewusst gewesen. Hier musste dringend nachgebessert werden.

»Dann hast du ja schon ein Thema für das Symposium«, scherzte Stürmer, ehe sie sich trennten.

Als Falk zurück in sein Büro kam und den Computer aktivierte, hatte Eagle Eye seine Arbeit bereits beendet, schneller als erwartet. Er öffnete den Ordner, in dem die Datenanalyse abgespeichert war.

Insgesamt waren einhundertvierzig Fahrzeuge festgestellt worden, die mehrfach den Streckenabschnitt benutzt hatten. Neunzig davon waren Personenkraftwagen, zwölf Fahrzeuge mit einer behördlichen Zulassung, die als Sonderfahrzeuge deklariert waren. Die verbliebenen Lastwagen, achtunddreißig an der Zahl, ließ er durch eine weitere Suchfunktion laufen, in der er die Farbe des Fahrzeugs abgleichen konnte. Er betätigte die

Entertaste, und diesmal erhielt er das Ergebnis sofort. Der Bildschirm teilte sich, und die gelben Lastwagen wurden angezeigt. Ein Laster der Post, der nächste ein Kühllaster, der dritte, ein LKW mit Anhänger, gehörte einer Bremer Spedition.

Als Falk den vierten Laster betrachtete, wurde ihm heiß und kalt. Es war ein MAN-Sattelschlepper mit Rostocker Kennzeichen. Interessant. Und noch viel interessanter war, dass es sich um einen Autotransporter handelte, der offenbar ausschließlich SUV auf seiner Ladefläche transportierte.

Er aktivierte das zentrale Fahrzeugregister. Halter des Autotransporters war die Firma Sala KFZ Import-Export in Rostock. Die Adresse lag im Industriegebiet bei Hinrichsdorf, in der Nähe des Hafens. Dreimal war dieser LKW an verschiedenen Tagen registriert worden. Zweimal beladen, einmal ohne Ladung.

Falk fuhr durch die Haare. »Ein Autotransporter«, seufzte er. Das war die Lösung für all das Kopfzerbrechen der letzten Tage. Er spürte die Hitze, die langsam in ihm hochstieg.

Heimstiftung, Bad Doberan

Pia hatte ihren Besuch auf den heutigen Montag verschieben müssen. Als sie am Sonntag im Heim angerufen hatte, um einen Termin mit Erna Pöhlke auszumachen, hatte sie erfahren, dass einige der Bewohner, unter anderem auch Erna Pöhlke, einen Ausflug machten und erst spät wieder zurückerwartet wurden.

Als die Pflegerin, mit der sie am Telefon sprach, nach dem Grund des Besuchs fragte, schob Pia wieder einmal, wie so oft, ihre Zeitzeugenreportage über das Leben in der damaligen DDR vor. Sie erwähnte, dass Bekannte der alten Dame dieses Interview vorgeschlagen hatten. Frau Pöhlke habe ja viel erlebt und einiges zu dem Thema der Reportage zu erzählen.

»Da sagen Sie was«, entgegnete die Pflegerin. »Erna ist unsere gute Seele, sie arbeitet sogar noch in unserer Küche mit.«

Den Rest des Sonntags hatte sie an einem Badesee verbracht. Falk hatte sich noch immer nicht bei ihr gemeldet.

Bevor sie am heutigen Montag losgefahren war, hatte sie sich noch einmal telefonisch versichert, dass Erna Pöhlke zu einem Gespräch bereit war.

»Was heißt bereit«, entgegnete die Pflegerin. »Sie freut sich darauf und ist schon ganz aufgeregt.«

Pia fuhr über die A 20 mit ihrem Wagen nach Bad Doberan. Als sie an der Rezeption des Heimes vorsprach, wurde sie umgehend in den Garten geführt, wo Erna Pöhlke, herausgeputzt in einem geblümten Sonntagskleid und mit geschminkten Lippen, unter einem Sonnenschirm saß und bereits ungeduldig auf ihren Besuch wartete.

»Pia Stein, Rostocker Morgenzeitung«, stellte sich Pia vor und reichte der alten Dame die Hand.

»Ich bin sehr aufgeregt«, entgegnete Erna Pöhlke. »Die Zeitung hat noch nie mit mir gesprochen. Man sagt, ein alter Bekannter von mir habe Ihnen empfohlen, mit mir zu sprechen. Da bin ich mal gespannt, wer das war.«

Pia nickte. »Herr Mahler war so frei …«

»Der Gottfried?«, fiel sie Pia ins Wort. »Hab schon lange nichts mehr von ihm gehört, diesem alten Schlingel.«

»Es geht ihm gut, und er lässt Sie schön grüßen.«

Sie bot Pia Platz an, und eine junge Lernschwester servierte Kaffee und Wasser und stellte einen Teller mit zwei Croissants auf den Tisch.

»Greifen Sie zu, Mädchen!«

Pia nickte dankbar.

»Jetzt bin ich aber mal gespannt, was Sie mich alles fragen werden.«

Pia nahm einen Schluck Kaffee und legte ihren Notizblock zurecht. »Es geht in erster Linie um die Grube in Zurow. Sie haben dort in der Kantine gearbeitet, hat mir Herr Mahler berichtet.«

»Dreiunddreißig Jahre«, bestätigte Frau Pöhlke. »Zuerst als

Küchenhilfe, dann als Serviererin und Beiköchin und später als Chefköchin, das ist korrekt.«

»Und Sie lebten in der Siedlung in Zurow?«

Erna Pöhlke nickte. »Sie haben Ihre Hausaufgaben ja ordentlich gemacht, junge Dame. Ich habe dort gelebt, bis die Siedlung drei Jahre nach der Schließung der Grube abgerissen wurde. Dann bin ich zu meiner jüngeren Schwester nach Boltenhagen gezogen, und als die vor zehn Jahren starb, fand ich hier meinen Platz.«

»Sie lebten allein?«

Erna Pöhlke schüttelte den Kopf. »Mein Mann hat die Wende noch erlebt, ein Jahr später war er tot. Er arbeitete als Maschinist in der Grube.«

»Das tut mir leid«, entgegnete Pia. »Ich bin eigentlich hier, um mehr über einen Mitbewohner aus der Siedlung zu erfahren. Erinnern Sie sich noch an einen gewissen Georg Ziemann?«

Erna Pöhlkes Augen wurden groß, und sie nahm die Hände vor das Gesicht. »Der Ziemann, mein Gott. Dieser Mann war mein schlimmster Albtraum, das können Sie mir glauben.«

»Sie wohnten im selben Haus, richtig?«

Erna Pöhlke atmete tief ein. »Im selben Haus und Tür an Tür. Ich kann Ihnen sagen, Zustände waren das! Aber was will man von einem Säufer wie ihm schon erwarten.«

»Er trank also.«

»Trinken ist zu wenig, gesoffen hat der wie ein Loch, und so sah es auch bei ihm aus«, bestätigte die alte Dame. »Diese Siedlung war immer grau und schmuddelig, und die Wände der Wohnungen waren so dünn, dass man alles mitbekam. Zuerst lebte er allein, doch dann hatte er immer ausländische Frauen bei sich. Die Alina, die war ja noch nett, die Zdenka kam danach, die war etwas einfältig. Diese Olga war ein Biest. Ich glaube, die hat noch mehr vertragen als er.«

»Alina, Zdenka und Olga«, wiederholte Pia. »Waren die alle aus Russland?«

»Alina stammte aus Łódź, woher Zdenka stammte, das weiß

ich nicht, aber Olga war Russin«, erklärte die alte Frau. »Sie waren Vertragsarbeiterinnen und arbeiteten, so viel ich weiß, in der Lackfabrik oder bei den Rübenbauern am Ende der Stadt. Später putzte diese Olga sogar bei uns in der Kantine, aber genauso unordentlich wie im Haus. Die hatte einfach keinen Blick für den Schmutz.«

Pia machte sich Notizen und schenkte sich das Glas mit Wasser voll. »Wissen Sie, was aus diesen Frauen wurde?«

Erna Pöhlke schüttelte den Kopf. »Alina war am längsten bei ihm, beinahe fünf Jahre. Eines Tages war sie verschwunden. Einfach weg, und keiner wusste, wohin. Ziemann behauptete, sie sei wieder zurückgegangen und hätte dort einen tödlichen Unfall gehabt. Das habe ich ihm aber nie abgenommen.«

»Weshalb nicht?«, fragte Pia.

»Weil keine Mutter einfach verschwindet und ihr Kind bei einem Säufer zurücklässt.«

Pia fiel vor Schreck beinahe der Stift aus der Hand. »Da gab es ein Kind?«, fragte sie fassungslos.

»Ja, einen kleinen Jungen«, bestätigte Erna Pöhlke. »Der war etwa sieben oder acht Jahre alt, als Alina verschwand. Severyn hieß der. Dem hab ich ab und zu was zugesteckt. Mal ein paar Süßigkeiten oder einen Kuchen. Der hatte es ja nicht leicht, lief immer in seinen alten Lumpen herum und hatte ja niemanden.«

Pia runzelte die Stirn. »Was heißt, der hatte niemanden?«

»Na ja, um den hat sich ja keiner so richtig gekümmert«, erklärte die alte Dame. »Wenn Ziemann und seine Weiber betrunken waren, dann haben sie ihn in den Keller gesperrt. Einmal sagte ich zu meinem Simon, er solle rübergehen, als es mal wieder Krach gab. Als Simon zurückkam, hatte er eine blutige Lippe. Diese Furie hatte ihn geschlagen.«

»Wissen Sie, ob Ziemann der Vater des Jungen war?«

Sie schüttelte den Kopf. »Wohl eher nicht, aber manchmal hat er sich dafür ausgegeben.«

»Die Behörden hat das nicht interessiert?«

Erna Pöhlke lächelte. »Die haben wahrscheinlich gar nichts davon gewusst, und ehrlich gesagt, war es damals besser, wenn man keine Polizei im Haus hatte, das gab nur Ärger.«

Pia verstand, was die Frau damit andeuten wollte. »Wissen Sie, was aus dem Jungen wurde?«

»Der lebte bei Ziemann und ging sogar zur Schule. Manchmal arbeitete er in den Ferien in der Grube und verdiente sich ein paar Mark. Von seinem Alten hatte er ja nichts zu erwarten. Ich frage mich heute noch, wie er es geschafft hat, den Jungen in der Schule anzumelden. Vielleicht hatte er ihn sogar adoptiert, das weiß ich aber nicht. Eines Tages kamen ein paar Männer und holten Ziemann und den Jungen ab. Das muss im Jahr fünfundachtzig oder sechsundachtzig gewesen sein. Der Junge war da schon ein halbwüchsiger Rabauke geworden, nicht viel besser als der alte Ziemann selbst.«

Pia hatte die Angaben von Erna Pöhlke mitskizziert und überflog noch einmal ihre Aufzeichnungen. »Wissen Sie, wie diese Alina mit Nachnamen hieß?«

Die alte Frau überlegte einen Augenblick. »Wysocki oder so ähnlich, wenn ich mich noch richtig erinnere.«

»Die beiden anderen Frauen hatten keine Kinder?«

»Zdenka war ja kaum ein Jahr bei ihm, bevor sie wieder verschwand, und die Russin ist auch irgendwann verschwunden. Die soll über Ungarn in den Westen geflüchtet sein, hieß es immer. Vielleicht hat man den Ziemann ja auch deswegen abgeholt. Das war nämlich die Stasi, da bin ich mir ziemlich sicher. Den Jungen haben sie in einem anderen Auto weggefahren. Ich glaube, da war auch eine Frau dabei, die war bestimmt von der Fürsorgestelle.«

Pia war mehr als zufrieden. War dieser Sohn das fehlende Bindeglied zwischen Ziemann, der Grube und den getöteten Frauen?

Dieser Ausflug nach Bad Doberan hatte sich gelohnt. Falk würde große Augen machen, wenn sie ihm davon berichtete. Mal sehen, ob sie noch weitere Details von der alten Frau erfahren würde, die nützlich für die weiteren Ermittlungen sein könnten.

»Sie sagten, der Junge wäre abgeholt worden. Das haben Sie selbst gesehen?«

Erna Pöhlke nickte. »Wir bekamen es natürlich mit, als sie den alten Ziemann holten. Wahrscheinlich musste er in eine Anstalt. In der Grube hat er immer mal wieder für Ärger gesorgt. Machte Stunk oder kam betrunken zur Arbeit. Irgendwann war das Maß wohl voll.«

»Und der Junge?«, versuchte Pia die Frau noch einmal an ihre eigentliche Frage zu erinnern.

»Ich sagte doch, der wurde auch mitgenommen«, entgegnete Erna Pöhlke. »Ich denke, der kam zur Fürsorge, so wie das ist, wenn man als Kind allein auf der Welt ist.«

»Wie alt war er da etwa?«

»Vierzehn, fünfzehn vielleicht«, antwortete die alte Dame. »Aber jetzt würde ich doch mal gern wissen, weshalb sich jemand von der Zeitung für einen Säufer und Tunichtgut wie Ziemann interessiert.«

Pia überlegte kurz, ob sie es der Frau sagen sollte, doch dann verwarf sie den Gedanken. »Ich recherchiere in dieser Sache, und Ziemann war offenbar eine, wie soll ich sagen, eine herausragende Person, die wohl sehr früh Ärger mit der damaligen Obrigkeit bekam.«

Erna Pöhlke klopfte mit dem Zeigefinger auf die Tischplatte. »Zu Recht, hören Sie, das können Sie ruhig schreiben. Zu Recht.«

Eine halbe Stunde später fuhr Pia zurück nach Wismar. Sie hoffte sehr, dass sich Falk endlich bei ihr melden würde.

41

Kiesgrube bei Ravensruh

Inzwischen hatte Brunner mit seinem verbliebenen Team fünf der von der Spezialkamera anzeigten Stellen untersucht und teils bis zu zwei Meter tief gegraben, um der ungewöhnlichen Wärmestrahlung auf den Grund zu gehen. Ein Kleinbagger einer Firma aus der Nähe, der vom Präsidium angemietet worden war, leistete ihnen dabei gute Dienste. Jedoch waren sie innerhalb des kleinen Wäldchens nach wie vor auf ihre Muskelkraft angewiesen. Zu unwegsam war dort das Gelände. Natürlich musste auch dem Naturschutz Rechnung getragen werden, und die Zerstörungen sollten sich in Grenzen halten.

Im See hatten sie trotz mehrfacher und intensiver Absuche keine weiteren menschlichen Knochenteile aufgefunden. Der ersten Untersuchung zufolge stammte der Unterkiefer von einer Frau im Alter zwischen zwanzig und dreißig Jahren. Die Liegezeit betrug zwischen dreißig und vierzig Jahren. Nähere Aussagen konnte man ohne weitergehende Untersuchungen und eine entsprechende radiologische Spektroskopie nicht treffen. Das Einzige, was Professor Dr. Schmieg bislang dazu geäußert hatte, war der Umstand, dass die Herkunft der Frau aufgrund einer festgestellten Zahnbehandlung in Osteuropa vermutet werden konnte, da derartige Zahnfüllungen vorwiegend in Polen, Russland und den Staaten des ehemaligen Warschauer Pakts eingesetzt worden waren.

Brunner seufzte, als sie sich der sechsten angezeigten Stelle auf seiner Landkarte widmeten. Sie lag zwischen zwei mittelgroßen Bäumen, die den Zugang für den Bagger verwehrten. Hier war Handarbeit angesagt. Vorsichtig trugen seine Männer den Oberflächenboden an der angezeigten Stelle auf etwa einem Quadratmeter ab, während Brunner daneben stand und Anweisungen gab. Es war kurz vor Mittag. Die hohen Temperaturen sorgten dafür, dass ihm Schweißperlen über die Stirn liefen, auch ohne dass er selbst Hand anlegte.

»Danach muss ich erst einmal etwas essen«, bemerkte einer der Beamten, der gemütlich auf seiner Schaufel lehnte.

»Diese Grube machen wir noch«, entschied Brunner und beobachtete den Kollegen, der mit einer Hacke vorsichtig den Oberflächenboden auflockerte. Die Erde war schwarz, überraschend feucht und roch nach Moder, obwohl es seit Langem nicht mehr geregnet hatte. Der dichte Wald sorgte in diesem Bereich für ausreichend Feuchtigkeit.

Sie hatten kaum einen halben Meter tief gegraben, als sich der Untergrund änderte und eine braune Lehmschicht zum Vorschein kam, die deutlich schlechter zu bearbeiten war. Der kräftige Mann mit dem Pickel machte sich fertig für seinen Einsatz, nachdem der Hacker entnervt aufgab. Schon nach dem ersten Schlag löste sich eine größere Scholle ab, und als der Pickel erneut nach unten schnellte und die Scholle komplett löste, kam eine schwarze Folie zum Vorschein.

»Halt!«, rief Brunner laut, als der Kollege mit dem Pickel erneut ausholte. Der Mann senkte den Arm, und alle starrten gebannt auf das schwarze Stück Plastik, das jetzt aus der Erde ragte.

»Komm mal her!«

Der Kollege mit dem Spaten löste vorsichtig weitere Erde ab, bis etwa ein halber Meter der Folie frei lag. Ein übler Geruch verbreitete sich, und einige der umstehenden Kollegen rümpften die Nase.

»Ich glaube, wir haben da was«, sagte einer der Umstehenden und zeigte auf einen Riss in der Folie. Verwesendes, schwarzes Fleisch war dort zu erkennen, das an einem Knochen hing. Sofort summte es in der Luft, der Geruch zog wohl die gesamten Fliegen der Umgebung an.

»Das könnte ein Stück von einer Wirbelsäule sein«, sagte einer der Kollegen.

Brunner nahm seinen Maßstab heraus und maß die Tiefe der kleinen Grube. »Knapp einen halben Meter«, sagte er. »Wir machen jetzt nur noch mit Spaten und Schaufeln weiter.«

Nachdem er mit Ästen den Bereich um die Grube gekennzeichnet hatte, an der vorsichtig weitergegraben werden sollte, rief er weitere Kollegen sowie den Fotografen herbei, um die Ausgrabung zu dokumentieren.

Eine halbe Stunde später hatten sie die Folie samt dem darin eingehüllten Leichnam geborgen. Brunner griff nach seinem Handy und verständigte die Dienststelle über den Leichenfund. Den Umstand, dass der Leichnam in einer Plastikfolie steckte, ließ er natürlich nicht aus. »Es scheint sich um die gleiche Folie zu handeln, die in Österreich verwendet wurde.«

LKA Mecklenburg-Vorpommern, Leezen

Falk saß in seinem Büro und versuchte Direktorin Reimann zu erreichen, doch die Versuche waren vergebens. Niemand wusste, wo sie sich gerade aufhielt. Schließlich rief er Willig an und berichtete ihm, was er inzwischen herausgefunden hatte.

»Was soll ich jetzt tun?«, fragte Willig.

»Du musst umgehend die Reimann informieren«, verlangte Falk beharrlich.

»Aber die ist doch in Rostock bei irgend so einer Arbeitsgruppe«, entgegnete Willig. »Ich will auch bald gehen. Ich bin ja eigentlich noch krankgeschrieben.«

»Ist denn sonst niemand im Haus?«

»Koller ist in seinem Büro.«

»Außer Koller, meine ich.«

»Modrow habe ich vorhin im Flur gesehen, der hatte wieder eine üble Laune. Die kommen mit Hoppe nicht weiter, das stinkt ihm gewaltig, weil Koller ihm vorwirft, dass er zu oberflächlich bei seinen Ermittlungen ist.«

»Darin stimme ich ausnahmsweise mal mit Koller überein«, bemerkte Falk lakonisch. »Versuch die Reimann zu erreichen, sag ihr, dass ich einen konkreten Verdacht habe. Und sag ihr außerdem, dass Koller total falschliegt und sie sich bei mir melden muss, wenn es keine weiteren Toten mehr geben soll.«

»Koller merkt das wohl gerade selbst, denn es gibt bislang keinen einzigen stichhaltigen Beweis gegen Hoppe«, berichtete Willig. »Damme ist auf hundertachtzig. Ich glaube, Koller merkt langsam, dass die Luft dünner wird.«

»Du musst die Reimann erreichen, es ist wichtig«, mahnte Falk erneut. »Sag ihr, ich weiß jetzt, wie der Täter die Leichen an diese entlegenen Orte transportiert!«

»Ich versuche es, aber Überstunden mach ich deshalb nicht.«

»Tu es einfach!«, entgegnete Falk und beendete das Gespräch. Anschließend wählte er die Nummer von Pia Stein.

Sie meldete sich mit einem abweisenden *Hallo.*

Falk merkte sofort, dass sie sauer war. »Können wir reden?«, fragte er.

»Brauchst du mal wieder meine Hilfe?«

»Was meinst du?«

»Soll ich wieder mal was für dich erledigen?«

Falk wusste, woher der Wind wehte. »Bist du böse auf mich?«

»Ich hab dich am vergangenen Wochenende hundertmal versucht zu erreichen. Aber der Herr hatte wohl Besseres zu tun.«

»Tut mir leid«, entschuldigte sich Falk. »Ich war über das Wochenende in Paris und hatte mein Handy ausgeschaltet. Ich brauchte ein klein wenig Abstand.«

»So, Abstand brauchte der Herr. Was ist mit dem Fall, was ist mit dem Frauenmörder? Ist dir das nicht mehr wichtig?«

»Du hast keine Ahnung, nehme ich an?«

»Keine Ahnung, wovon sprichst du?«

»Koller hat mich hochkant rausgeschmissen«, erklärte Falk. »Er hat mich zurück nach Leezen geschickt und mir einen Disziplinarermittler auf den Hals gehetzt.«

»Was ist denn los bei euch?«, fragte Pia betroffen. »Was ist passiert?«

»Ich habe nur einem Schwachkopf gesagt, dass er ein Schwachkopf ist.«

So langsam hellte sich Pias Stimmung wieder auf. »Du hättest mir Bescheid sagen müssen«, beschwerte sie sich. »Wir sind doch ein Team! Was willst du jetzt tun?«

»Ich muss unbedingt mit Direktorin Reimann sprechen«, erklärte Falk. »Sie muss dafür sorgen, dass ich wieder an den Ermittlungen beteiligt werde. Ich weiß jetzt, wie der Mörder die Leichen zu den Ablageorten transportiert.«

Er erklärte Pia, was er nach Sichtung der Überwachungsvideos herausgefunden hatte.

»Ein Autotransporter«, wiederholte sie. »Das klingt logisch.«

»Es ist so, glaub mir!«, betonte Falk.

»Ich war in der letzten Zeit auch nicht untätig«, fuhr Pia fort. »Ich habe inzwischen herausgefunden, dass Ziemann einen Sohn hatte, der bei ihm aufgewachsen ist, bevor man Ziemann abholte.«

Jetzt war Falk überrascht.

Pia erzählte ihm von ihrem Besuch bei Erna Pöhlke und was sie von ihr über Ziemann und den Jungen erfahren hatte.

»Bist du im Büro?«, fragte Falk.

»Wo soll ich denn sonst sein?«

»Dann bleib dort, ich komm zu dir«, antwortete Falk entschlossen. »Wir bleiben am Ball, zusammen. Wenn ich das nächste Mal vor Koller stehe, werde ich es nicht mit leeren Händen tun.«

42

Kiesgrube bei Ravensruh

Sie hatten die Leiche geborgen. Diesmal war sie komplett in eine schwarze Plastikfolie eingehüllt. Brunner hatte die Folie genau unter die Lupe genommen. Er hoffte darauf, einen Hinweis, eine Markierung oder eine Produktionsnummer zu entdecken, doch er konnte nichts entdecken. Es war einfach nur eine schwarze, blickdichte Palettenfolie mit einer Bahnbreite von fünfzig Zentimetern, die man in jedem Baumarkt oder auch über das Internet beziehen konnte. Sie war leicht dehnbar und außergewöhnlich stabil, und sie glich der Folie, die bei den Leichen in Österreich verwendet worden war. Diese Übereinstimmung war ein weiteres Indiz dafür, dass die Fälle zusammengehörten und nicht, wie Koller behauptete, vollkommen isoliert zu betrachten waren.

Die Leiche, nach dem Körperbau zu urteilen wohl eine Frau, war aufgrund der fortgeschrittenen Verwesung mit einfachen Mitteln nicht zu identifizieren. Der Umstand, dass die Leiche nackt in die Folie eingewickelt worden war und dass die gesamte Kleidung sowie auch sämtliche Utensilien fehlten, erschwerte natürlich die weiteren Ermittlungen. Dies lag mit Sicherheit auch in der Absicht des Täters, da war sich Brunner sicher: eine weitere Parallele zu den anderen Fällen.

Brunner untersuchte gerade den beinahe blank liegenden Fußknochen der Leiche, als ein Kollege herbeieilte. »Weiterer Fund!«, stammelte er atemlos. »Markierung zehn, auf einer Tiefe von knapp zwei Metern. Die Leiche ist in schwarzer Folie verpackt.«

Brunner richtete sich auf. »Ich komme!«, sagte er und folgte dem Kollegen, der auf dem Trampelpfad vorausging.

Als Brunner die Stelle des weiteren Leichenfunds erreichte, standen die Helfer um eine kleine Grube, in der ein Kollege der Spurensicherung die Folie mit einem Skalpell aufgetrennt hatte. Ein menschlicher Unterarm war zu erkennen. Diese zweite Fundstelle lag kaum hundert Meter von der ersten entfernt, und der Geruch, der aus der Folie strömte, war kaum zu ertragen.

Brunner schob die Helfer beiseite. »Wir machen hier weiter«, sagte er. »Schaut ihr nach den anderen Markierungen. Denkt daran, auch die Folie ist ein Spurenträger. Hört auf zu graben, wenn ihr etwas findet, und holt einen von uns dazu!«

Die Männer quittierten die Anweisungen und trollten sich. Brunner stieg zu seinem Kollegen in die Grube. »Wie sieht es aus?«, fragte er.

»Lange Liegezeit, schätzungsweise fünf, sechs Jahre, würde ich sagen«, entgegnete der Angesprochene.

»Graben wir sie aus, aber vorsichtig«, seufzte Brunner.

Eine halbe Stunde später hatten sie die Leiche freigelegt. Erst nachdem der Leichnam außerhalb der Grube auf einer Sicherungsfolie lag, schnitt Brunners Kollege die schwarze Folie komplett auf.

»Ganz sicher eine Frau«, bemerkte Brunner, nachdem er den Beckenbau und den Haarwuchs betrachtet hatte. An eine Identifizierung über das Gesicht und körperliche Merkmale war nicht zu denken; dafür war der Verwesungsprozess zu weit fortgeschritten.

»Schmieg wird sich freuen, da kann er heute eine Sonderschicht einlegen«, bemerkte Brunner. »Machen wir sie zum Transport fertig.«

Erneut wurde die Leiche verpackt und mitsamt der schwarzen Folie in die Sicherungsfolie eingewickelt, um auszuschließen, dass Spuren beim Transport zerstört oder verändert wurden. Das Auspacken musste zwangsläufig unter Laborbedingungen stattfinden.

Nachdem die Leiche transportbereit war, griff Brunner zu

seinem Handy und wählte Falks Nummer. Auch wenn Falk inzwischen von den Ermittlungen entbunden war, so würde es ihn sicher brennend interessieren, dass er mit seiner Einschätzung komplett richtiggelegen hatte. Vielleicht würde ihm dieser Umstand sogar zugutekommen, denn jeder auf der Dienststelle wusste, dass Koller ein Disziplinarverfahren gegen Falk verlangt und ihm erhebliche Dienstpflichtverletzungen vorgeworfen hatte.

RMZ Regionalbüro Wismar, Krämerstraße

Als Falk Pia im Büro der RMZ aufsuchte, hatte sie bereits ihre Jacke übergezogen. Sie war angespannt und ungeduldig.

»Ich hab diese Firma mal gegoogelt«, sagte sie, als Falk vor ihr stand. »Das ist eine große Firma, die Autos in die ganze Welt exportiert.«

»Guten Tag, erst einmal, wie geht es dir?«

Pia ignorierte die Frage und verschwand hinter der Tür. Als sie wieder auftauchte, reichte sie Falk einen Fotoapparat. »Du kannst sicher damit umgehen, oder?«

Falk betrachtete die Spiegelreflexkamera. »Ist da auch ein Film eingelegt?«

»Blödmann!«, bekam er zur Antwort, ehe Pia an ihm vorbeistürmte.

»Warte, ich komm mit!«, rief Falk.

»Davon gehe ich aus.«

Als sie im Wagen saßen und sich anschnallten, fuhr Pia fort. »Wir machen es so, wie ich es sage, klar!«

»Okay, Chefin«, entgegnete Falk. »Aber ich bin nicht offiziell hier, das weißt du?«

»Ich mache für die RMZ eine Reportage über Firmen mit Weltruf, und du bist mein Fotograf«, erklärte sie, ohne auf Falks Bemerkung einzugehen.

»Und diese Firma ist eine Firma mit Weltruf?«

»Klar!«

»Sagt wer?«

»Sagt Google«, entgegnete Pia schnippisch. »Der Inhaber heißt Sascha Landmann, deswegen auch Sala. Er baut Autos um, sodass aus normalen Geländewagen alle möglichen Sonderfahrzeuge werden. Krankenwagen für die Wüste, Polizeifahrzeuge für den Dschungel oder Spezialtransporter, mit denen man selbst die Sahara durchqueren kann. Hauptabnehmer sind Kunden aus dem arabischen und afrikanischen Raum oder auch Hilfsorganisationen, die dort drüben arbeiten.«

Falk runzelte die Stirn. »Wie muss ich mir das vorstellen?«, fragte er.

»Du nimmst einen dieser Geländewagen, schneidest das Dach herunter und entfernst die Innenausstattung und baust daraus einen Krankenwagen, der dann in Mauretanien für den Roten Halbmond Verletzte aus den Wüstendörfern in die Krankenhäuser der Städte karrt.«

»Ich verstehe.«

»Die Firma Sala hat zahlreiche Partnerfirmen, unter anderen die Firma Maschnitz aus Wörgl am Inn«, fuhr Pia fort. »Da liegt Maurach in der Nähe, keine zwanzig Kilometer entfernt. Die sind offenbar auf den Ausbau von Geländewagen als Kleintransporter spezialisiert. Mitsubishi, Mercedes und Nissan, heißt es auf der Homepage. Klingelt da was?«

»Das klingt sehr interessant.«

»Du kannst dort auch einen gepanzerten G-Klasse-Mercedes bestellen«, entgegnete Pia.

»Ich hab's auf dem Video gesehen«, sagte Falk. »Ich glaube, so etwas in der Art hatte der Transporter geladen, als er gefilmt wurde.«

»Sie verschiffen die Fahrzeuge über den Rostock-Port oder auch über Gdańsk, also Danzig. Weltweit, wenn man das nötige Kleingeld hat.«

»Mit einem solchen Geländewagen könnte man ganz leicht die Toten an diese abgelegenen Stellen bringen«, sinnierte Falk und setzte den Blinker, als er an der Auffahrt Wismar Mitte auf die A 20 auffuhr. Er beschleunigte den Wagen und ordnete sich auf der rechten Spur ein. Es herrschte nur mäßiger Verkehr.

Sie hatten kaum einen Kilometer hinter sich gebracht, als Falks Handy klingelte. Falk meldete sich über die Freisprecheinrichtung. Brunner war am Apparat.

»Schön, dass man dich auch mal erreicht«, beschwerte sich Brunner.

»Tut mir leid, ich brauchte etwas Abstand. Du hast sicherlich mitbekommen, was los ist.«

»Hab ich, deswegen rufe ich ja auch an«, bestätigte Brunner. »Ich wollte dir nur sagen, dass wir zwei weitere weibliche Leichen in der Grube gefunden haben. Diesmal in schwarze Folie eingehüllt. Ich glaube, das wird Koller überhaupt nicht schmecken.«

»Weiß er darüber schon Bescheid?«

»Ich wollte zuerst mit dir sprechen«, entgegnete Brunner.

»Dann tu mir einen Gefallen.«

»Der wäre?«

»Ruf Oberstaatsanwalt Damme an und vergiss Koller erst einmal«, bat Falk. »Ich glaube, das wird ihn sehr interessieren.«

»Willst du nicht einfach hier vorbeikommen?«

»Ich kann nicht, bin unterwegs.«

»Wohin?«

Falk setzte den Blinker und wechselte auf die linke Spur.

»Zum Täter«, sagte er knapp. »Und jetzt muss ich Schluss machen, ich melde mich bei dir.«

Nachdem Falk das Gespräch beendet hatte, seufzte Pia. »Zwei weitere Leichen! Diese armen Frauen, ich darf gar nicht daran denken.«

»Genau deswegen müssen wir ihn schnappen«, entgegnete Falk entschlossen und warf Pia einen kurzen Blick zu. Lange genug jedoch, um zu bemerken, dass ihr noch etwas auf der Zunge lag.

»Was ist?«, fragte er.

»Dich interessiert wohl überhaupt nicht, was ich sonst noch herausgefunden habe.«

Falk zuckte mit der Schulter. »Was meinst du damit?«

»Ziemann und sein angeblicher Sohn«, half ihm Pia auf die Sprünge.

»Ich bin ganz Ohr.«

Sie wandte sich ihm zu. »Nachdem Ziemann im Mai fünfundachtzig abgeholt wurde, kam der Junge tatsächlich in ein Fürsorgeheim nach Rostock.«

Falk ordnete sich wieder auf der rechten Spur ein, nachdem er einen Lastwagen überholt hatte.

»Was wurde aus ihm?«, fragte er.

Pia verzog ihre Mundwinkel. »Keine Ahnung«, sagte sie. »Er blieb ein halbes Jahr dort, und als feststand, dass Ziemann nicht der leibliche Vater ist und der Junge wie seine Mutter wohl im polnischen Toruń geboren wurde, hat man ihn den polnischen Behörden in Szczecin überstellt. Was dann aus ihm wurde, weiß ich nicht.«

»Wie alt war er da?«

»Fünfzehn.«

»Okay, jetzt schauen wir erst mal zu dieser Firma, und dann versuchen wir rauszukriegen, was mit dem Jungen geschehen ist«, entgegnete Falk. »Woher weißt du das alles schon wieder?«

Pia lächelte. »Schon vergessen? Ich hab so meine Quellen.«

43

Firma Sala KFZ-Sonderfahrzeuge, Rostock

Das Industriegebiet lag östlich des Hafens zwischen Hinrichsdorf und Nienhagen. Falk fuhr über die A 19, die Hinrichsdorfer Straße und die Große Rampe auf das Areal der Firma. Neben der Zufahrt standen in Reih und Glied zehn sandfarbene Unimogs, an deren Türen das Emblem der WHO prangte. Auf der gegenüberliegenden Seite parkten mehrere Hummer H2 Stretchlimousinen, deren verchromte Kühlergrills in der Sonne funkelten.

»Jetzt glaub ich auch, dass dies hier eine Firma mit Weltruf ist«, sagte Falk und lenkte seinen BMW auf einen der freien Parkplätze vor dem verglasten Gebäude, in dem weitere edle Geländewagen in schimmernden Farben ausgestellt waren.

Pia griff nach der Kamera und reichte sie an Falk weiter. »Lass mich reden, du bist nur der Fotograf, verstanden!«

Falk nahm den Fotoapparat an sich und nickte stumm.

Nachdem sie ausgestiegen waren, folgten sie dem Wegweiser, der sie zur Anmeldung führte, die sich im dreistöckigen Verwaltungsgebäude neben der Ausstellungshalle befand. Über dem gläsernen Portal mit den elektrischen Schiebetüren prangte das Firmenschild, das in Gelb mit schwarzer Schrift gehalten war. Als Emblem für seine Firma hatte der Inhaber einen säenden Landwirt gewählt, der über einen Acker schritt und Samenkörner aus einem geflochtenen Korb ausstreute.

Falk wies nach oben, als sie am Eingang ankamen. »Wie sinnig«, bemerkte er.

Pia schaute ihn fragend an.

»Landmann«, erklärte Falk.

Pia lächelte und betrat das Gebäude durch die automatische

Tür. Das Foyer war modern eingerichtet. Marmor auf dem Boden, die Wände mit Klinker-Riemchen verkleidet und großflächige Poster edler Fahrzeuge mit Spezialaufbauten an den Wänden, die durch eine indirekte Beleuchtung beinahe wie real wirkten. In einer Ecke lederne Garnituren mit hellem Holz und vor dem Treppenaufgang ein Empfangspult aus Buche mit matt geschliffenen metallenen Verzierungen, dahinter eine hübsche, freundlich lächelnde Empfangsdame in einem gelben Kostüm und mit einem hellblauen Tuch um den Hals. Sie musterte ihre Besucher aufmerksam.

»Guten Tag, meine Herrschaften, was kann ich für Sie tun?«

Pia trat vor das Pult, öffnete ihre Handtasche und zog ihren Presseausweis hervor. »Pia Stein, RMZ«, sagte sie. »Ich bin hier, um mit Herrn Landmann zu sprechen.«

Die Empfangsdame runzelte die Stirn. »In welcher Angelegenheit?«

»Wegen des Features«, entgegnete Pia. »Meine Redaktion hat letzte Woche angerufen. Es geht um die Serie über weltweit operierende Firmen aus unserer Region. Sie habe doch sicher schon davon gelesen.«

Die Dame schien verwirrt. Sie blickte suchend auf ihren Computerbildschirm. »Tut mir leid, davon ist mir nichts bekannt. Wann wurde dieser Termin vereinbart?«

»Anfang letzter Woche«, antwortete Pia kaltschnäuzig.

»Mit wem haben Sie gesprochen?«

»Das hat unser Sekretariat erledigt. Ich bin nur hier, um das Interview zu führen, und mein Kollege macht ein paar schöne Fotos dazu.«

Die Empfangsdame schüttelte den Kopf. »Das ist ja sonderbar, ich finde hier keinen Termin. Herr Landmann ist auch gar nicht im Haus.«

»Ich kann warten.«

»Sie verstehen nicht, er ist im Urlaub.«

Pia wandte sich Falk zu. »Da haben die im Sekretariat wohl wieder alles durcheinandergebracht. Was machen wir denn jetzt? Das Feature ist für den kommenden Samstag vorgesehen. Im Vertrauen, es ist meist auch eine gute Werbung, und Herr Landmann schien wohl sehr interessiert daran. Unsere Leser verfolgen diese Serie …«

»Moment, ich verständige unseren Prokuristen, vielleicht kann er helfen«, fiel ihr die Empfangsdame ins Wort. »Warten Sie bitte dort. Darf ich Ihnen in der Zwischenzeit einen Kaffee servieren?«

Pia winkte ab. »Nicht nötig«, sagte sie. Pia und Falk wandten sich der Sitzecke zu und nahmen dort Platz.

»Du lügst, ohne rot zu werden«, flüsterte Falk Pia zu.

»Nur geschäftlich, privat bin ich ein Engel.«

Zehn Minuten später saßen sie im dritten Stockwerk in einem gediegenen Büro mit postmodernen Glasmöbeln dem Prokuristen namens Glasner gegenüber, der ebenfalls nichts von einem Termin wusste, sich aber sehr bemühte, das Interview nicht platzen zu lassen, das dem Geschäftsinhaber offenbar so wichtig gewesen war.

Pia, inzwischen mit reichlich Hochglanzbroschüren der Firma ausgestattet, musste sich zusammenreißen und Interesse heucheln, als Glasner über die Firma, die Bilanzen und natürlich die erfreuliche Umsatzsteigerung von beinahe elf Prozent in diesem Jahr referierte.

»… unsere Kunden sind auf der ganzen Welt verteilt. Vorwiegend ist der arabische sowie der afrikanische Markt für uns relevant. Nehmen Sie zum Beispiel die Unimogs draußen auf dem Gelände. Eine Bestellung der Weltgesundheitsorganisation, die bis zum Ende des Monats über den Rostocker Hafen an die westafrikanische Küste geht. Jedes dieser Fahrzeuge ist mit einer autarken Notfallstation ausgerüstet, quasi einem mobilen Krankenhaus, in dem sogar Operationen durchgeführt werden können. Es gibt in dieser Welt immer noch Regionen, in denen die Städte für Kranke unerreichbar sind. Also muss das Krankenhaus zu den Menschen kommen.«

Falk räusperte sich. »Das heißt also, wenn ich Sie richtig verstanden habe, die Firma kauft geeignete Fahrzeugmodelle auf und gestaltet sie je nach Bedarf oder besser gesagt, je nach Bestellung entsprechend um.«

»Genau richtig«, bestätigte Glasner. »Ob mobile Krankenstationen, Spezialtransportfahrzeuge oder auch Expeditionsfahrzeuge. Mit unseren Partnerfirmen rangieren wir inzwischen unter den drei größten Anbietern solcher Spezialfahrzeuge in der Welt.«

»Diese Fahrzeuge werden aber nicht hier umgebaut«, wandte Pia ein und wies aus dem Fenster auf das Areal.

Glasner lächelte und schüttelte den Kopf. »Nein, hier finden bei den hochwertigeren Einzelbestellungen nur noch ein paar Aufbereitungen statt, wir haben natürlich Partner.«

»Wörgl am Inn und Kösching in Bayern, habe ich auf der Homepage gelesen«, bemerkte Pia.

»Und in der Nähe von Rendsburg, nicht zu vergessen«, fügte Glasner hinzu. »Dort haben wir eine Partnerfirma für die Innenausstattung und eine Lackiererei.«

Falk schaute auf die Uhr. Beinahe eine Stunde saßen sie bereits in diesem Büro, ohne dem Kern ihres Besuchs auch nur einen Schritt näher gekommen zu sein. »Sie fahren mit eigenen Transportern?«, fragte er.

»Teils, teils. Wir haben acht Fahrzeuge laufen, aber die Auftragslage bedingt oft den Einsatz von Fremdfirmen. Wir arbeiten mit Mosolf oder auch der CarTrans in Hamburg zusammen. Das sind Speditionen, die sich auf Fahrzeugtransporte spezialisiert haben.«

»Ihre Fahrzeuge sind wahrscheinlich rund um die Uhr unterwegs?«, hakte Falk nach und handelte sich dafür einen bösen Blick von Pia ein.

Glasner nickte. »Wir beschäftigen hier über sechzig Mitarbeiter, davon sind vierzehn Fahrer im Pool.«

»Richtig, und einen dieser Fahrer sollten wir ja auch interviewen, einen Herrn Ziemann«, ließ Pia einen Versuchsballon steigen.

»Ich verstehe das nicht, dass uns Herr Landmann nicht informiert hat«, entgegnete Glasner nachdenklich.

»Er hat sicherlich sehr viel um die Ohren«, versuchte Pia diesen Umstand zu entschuldigen.

»Das kann sein«, pflichtete Glasner Pia bei. »Wie war der Name noch mal?«

»Ziemann«, wiederholte Pia.

Glasner runzelte die Stirn. »Tut mir leid, ein Herr Ziemann sagt mir leider gar nichts.«

»Sie kennen Ihre Angestellten wohl persönlich«, sprang ihr Falk zur Hilfe.

»Sicher, als Prokurist sollte man natürlich den Überblick behalten.«

Pia hatte unterdessen ihr Notizbuch umgeblättert. »Oh, entschuldigen Sie, Ziemann ist natürlich falsch. Der gehört zu einer anderen Geschichte. So langsam brauche ich ein neues Notizbuch.«

Glasner lächelte. »Tja, das ist eben so, wenn man viel zu tun hat.«

Pia blätterte weiter. »Wysocki, meine ich. Severyn Wysocki, das ist der Fahrer, der uns genannt wurde.«

»Der Seven, ja klar, den haben wir«, bestätigte Glasner »Der ist schon lange bei uns. Aber da muss ich Sie leider enttäuschen. Der macht gerade die Tour mit den Jeeps nach Rendsburg und ist erst Ende der Woche wieder zurück.«

Als Falk und Pia die Firma verließen, waren sie natürlich in Eile. »Wir brauchen ein Bild von ihm«, sagte Falk, als er den Wagen startete.

»Er hat einen Führerschein, da wird es wohl kein Problem sein, ein Bild von ihm zu kriegen.«

»Weißt du, wo er wohnt?«

Pia überlegte kurz. »Ich habe zwar keine Ahnung, würde es aber zuerst einmal in Rostock versuchen.«

»Gute Idee«, entgegnete Falk, ehe er über die Freisprecheinrichtung die Nummer der Dienststelle in Wismar wählte.

Kiesgrube bei Ravensruh

Brunner hatte sich an Falks Anweisung gehalten und direkt bei Oberstaatsanwalt Damme angerufen, um ihn über die weiteren Leichenfunde und den jetzt nicht mehr zu ignorierenden Zusammenhang mit den österreichischen Mordopfern zu informieren. Damme war nach Brunners Bericht sprachlos. Zwei weitere Leichen, diesmal in Plastikfolie gehüllt und ebenfalls auf dem Gelände der Kiesgrube vergraben, das war zu viel. Dieser Fall nahm inzwischen Ausmaße an, die mit Sicherheit einen Aufschrei in der Bevölkerung hervorrufen würden und den Druck auf die Ermittlungsbehörden ins Unermessliche steigerten.

»Weiß Herr Koller schon Bescheid?«, fragte der Oberstaatsanwalt.

»Ich wollte Sie zuerst informieren«, erklärte Brunner.

»Dann werde ich das persönlich übernehmen.«

Brunner bemerkte den wütenden Unterton in Dammes Stimme. Als er das Gespräch beendete, lächelte er in sich hinein. Koller würde Einiges zu erklären haben, doch sein Mitleid hielt sich in Grenzen.

Umso überraschter war er knapp eine Stunde später, als ein Dienstwagen auf dem Feldweg heranfuhr und unmittelbar hinter dem Leichenwagen stoppte, in dem Brunner die zweite geborgene Leiche einladen ließ.

Oberstaatsanwalt Damme höchstpersönlich stieg auf der Beifahrerseite aus. Als sich die Fahrertür öffnete und Direktorin Reimann auftauchte, traute Brunner seinen Augen kaum.

»Ich dachte, Sie sind nach Rostock abkommandiert«, begrüßte Brunner die unerwartete Besucherin.

»Jetzt bin ich wieder hier«, antwortete sie.

»Also, Herr Brunner, weisen Sie uns bitte in die Details ein«, ergriff der Oberstaatsanwalt das Wort und blickte auf das Gelände. »Ich will mir selbst einen Überblick verschaffen. Der Fall nimmt inzwischen ja ungeahnte Dimensionen an.«

Brunner berichtete von den weiteren Leichenfunden und erklärte, dass es weitere verdächtige Stellen gab, die beim Überwachungsflug des Marinehubschraubers aufgefallen waren.

»Gibt es weitere Erkenntnisse zu dem Knochenfund im See?«, fragte Damme, nachdem Brunner seinen Bericht beendet hatte.

»Bislang nicht, aber das wird ohnehin schwierig«, entgegnete Brunner. »Mit zwei Tauchern alleine kommen wir nicht weiter. Der See ist verschlammt. Auf dem Grund liegt allerlei Unrat herum und vermodert dort. Umgestürzte Bäume, Schilf und natürlich jede Menge Schlingpflanzen.«

Damme schüttelte den Kopf. »Das hier ist ein Friedhof, direkt vor unserer Nase. Ich kann nicht verstehen, dass uns das nicht aufgefallen ist. Diese armen Frauen! Unvorstellbar, dass so etwas in der heutigen Zeit noch passieren kann.«

»Es ist ganz einfach«, antwortete Brunner. »Er hat sich Opfer ausgesucht, die weit unter unserem Radar fliegen. Deswegen fielen die Taten nicht weiter auf. Selbst wenn eine Vermisstenmeldung vorlag, wie im Fall Iunescu, wurden, wenn überhaupt, nur ein paar oberflächliche Ermittlungen durchgeführt, und man kam zu dem Ergebnis, dass die Vermissten einfach weitergezogen sind.«

Damme nickte und ging ein paar Schritte den Weg entlang, um einen besseren Ausblick auf die Grube zu haben. Brunner stand neben Direktorin Reimann. »Was ist denn passiert, weshalb kommt er persönlich hierher?«, flüsterte er ihr zu.

Reimann wandte sich Brunner zu. »Er ist stinksauer auf Koller«, entgegnete sie leise. »Die Österreicher haben gestern eine Mail an die Soko geschickt. Sie haben eine weitere Leiche gefunden. Diesmal unverpackt, also ohne Folie, und Koller hat die Mail einfach unterschlagen.«

»Kommen Sie!«, rief Damme. »Ich will mir die Fundstellen mal aus der Nähe betrachten.«

Brunner nickte. Er führte Damme und die Direktorin quer durch das Gelände und erklärte im Einzelnen, wo sich die Leichen befunden hatten. Ihre Exkursion endete am See, wo sich die Taucher gerade zu einem weiteren Tauchgang fertig machten.

»Hören Sie, Kollege Brunner«, sagte Damme. »Ich will, dass diese Sache ein Ende hat und wir hier in dem sicheren Gefühl gehen, dass wir jeden Stein zweimal umgedreht haben. Holen Sie sich die Verstärkung, die Sie brauchen. Und vergessen Sie dabei den See nicht.«

Brunner nickte zufrieden. »Es gibt in Hamburg eine Spezialtauchergruppe, die uns bestimmt helfen könnte«, sagte er.

Damme fuhr sich über seine welligen Haare. »Dann ziehen Sie diese Spezialisten hinzu und suchen Sie den See ab. Am Ende des Tages will ich sicher sein, dass wir nichts unversucht gelassen haben.«

Nachdem Brunner seine Besucher zu ihrem Wagen geführt hatte, griff er nach seinem Handy. Er hatte einen klar formulierten Auftrag von Oberstaatsanwalt Damme erhalten, und er würde ihn erfüllen, egal, wie viele Tage er noch hier in dieser Grube zubrachte.

44

Kriminalkommissariat Wismar, Rostocker Straße

Willig saß an seinem Schreibtisch und las die Tagesberichte des vergangenen Wochenendes, als sein Telefon klingelte. Falk war in der Leitung. Er war überrascht, als sich Willig am Telefon meldete.

»Ich dachte, du bist schon zu Hause«, sagte Falk. »Du machst doch Eingliederung, dachte ich.«

Willig lächelte. »Hier war es viel zu spannend, um nach Hause zu gehen.«

»Spannend? Hab ich was verpasst?«

Willig presste den Hörer ans Ohr und flüsterte, obwohl er alleine im Büro war. »Brunner hat zwei weitere Leichen gefunden, diesmal in schwarzer Folie verpackt. Er hat Damme angerufen, und der ist hier wie eine Bombe eingeschlagen. Obwohl er sich mit Koller im oberen Stockwerk unterhielt, drang seine sonore Stimme durch die Flure, und, was soll ich sagen, es ging dort oben nicht gerade gemütlich zu.«

Das Spötteln in Willigs Stimme war nicht zu überhören.

»Und was ist jetzt?«

»Was soll ich sagen, eine halbe Stunde später schlich Koller durch die Gänge, stieg unten in seinen Wagen und machte sich wie ein geprügelter Hund davon«, berichtete Willig. »Ich habe alles durch das Fenster beobachtet.«

»Hast du die Reimann erreicht?«

»Es geht noch weiter«, fuhr Willig fort. »Kaum war der Koller vom Hof gefahren, kam die Reimann hier an und ging in ihr Büro.«

»Du solltest ihr doch ausrichten, dass ich angerufen habe!«, beschwerte sich Falk.

»Dazu kam ich gar nicht. Kaum war sie oben, verschwand sie schon wieder, und zwar mit Damme im Schlepptau. Modrow hat mir gesagt, dass sie mit Damme zur Kiesgrube gefahren ist und dass die Österreicher einen weiteren Leichenfund gemeldet haben. Diesmal war die Leiche bei denen in Maurach nackt und ohne Folie. Koller und wohl auch du, ihr habt wohl eine Mail aus Tirol erhalten, aber Koller hat sie einfach ignoriert. Hast du sie noch nicht gelesen?«

»Ich bin unterwegs.«

»Wo bist du?«

»In der Nähe von Rendsburg.«

»Was willst du denn dort, um Gottes willen?«

»Ich suche einen Mörder, und ich glaube, ich bin ganz dicht an ihm dran. Du musst etwas für mich überprüfen.«

»Das verstehe ich nicht, wieso in Rendsburg?«

»Vollkommen egal, hör mir jetzt nur genau zu!«, entgegnete Falk. »Hast du was zu schreiben?«

Willig zog einen Notizblock unter den Tagesberichten hervor, schaltete den Lautsprecher ein und nahm einen Stift zur Hand. Falk nannte Namen und Geburtsdatum Wysockis und wartete, bis Willig die Daten noch einmal wiederholt hatte.

»Pass auf, das ist wichtig!«

»Ich bin ganz Ohr.«

»Versuch herauszufinden, wo der Kerl wohnt, und schau mal, ob du ein Bild von ihm bekommst.«

»Bild … wie soll ich an ein Bild …?«

»Er hat einen Führerschein und lebt schon eine Weile in Deutschland.«

»Okay, ich tue, was ich kann.«

»Ich bin noch nicht fertig«, antwortete Falk. »Das Bild brauch ich auf meinem Handy, und dann musst du in Polen anrufen. Wysocki ist in Deutschland aufgewachsen und war der Ziehsohn eines Mannes, der im Jahr neunzehnhundertfünfundachtzig von der Stasi abgeholt wurde. Damals sind offenbar vier Frauen in dieser Gegend verschwunden oder zu Tode gekommen. Vertragsarbeiterinnen aus Osteuropa. Es gab allerdings nie offizielle Ermittlungen. Im Gegenteil, die Todesfälle wurden als Unfälle deklariert und die verschwundenen Frauen sind den Berichten nach entweder wieder zurück in ihr Heimatland oder in den Westen geflüchtet. Du musst herausfinden, wo dieser Wysocki damals abgeblieben ist. Er wurde den polnischen Behörden überstellt, da war er fünfzehn oder sechzehn Jahre alt. Hast du mich verstanden?«

Willig hatte sich Notizen gemacht und überflog noch einmal die Zeilen. »Wysocki, fünfundachtzig, Polen«, murmelte er. »Ich hab alles und stelle sofort eine offizielle Anfrage über die Grenzstelle …«

»Quatsch!«, fiel ihm Falk ins Wort. »Ich will das Ergebnis so schnell wie möglich!«

»Ich kann dort anrufen.«

Falk nannte ihm eine polnische Telefonnummer. »Das ist die Nummer von Kapitan Matuczek von der województwo pomorskie in Gdańsk. Er ist mir noch einen Gefallen schuldig. Sag ihm Grüße von mir. Ich brauche das Ergebnis sofort, dann weiß er schon, was zu tun ist. Hast du mich verstanden?«

»Hab ich!«

»Sobald er zurückruft, informierst du mich, egal, wie spät es ist. Auch mitten in der Nacht. Hast du mich verstanden?«

»Aber …«

»Verstanden?«

»Klar hab ich dich verstanden, ich bin doch nicht blöd. Und was sage ich der Reimann, wenn sie nach dir fragt?«

»Dann sag ihr das, was ich auch schon dir gesagt habe.«

»Was meinst du?«

»Ich bin auf der Jagd nach dem Mörder von Zurow, und wenn es gut läuft, werde ich ihn heute noch festnehmen.«

Jevenstedt bei Rendsburg

Die Fahrzeugbau-Firma hatte ihren Sitz in Jevenstedt bei Rendsburg an der Bundesstraße 77 in einem kleinen Industriegebiet an der Jevenau. Pia und Falk waren über die A 7 und die B 202 angefahren und hatten bereits auf ihrer Anfahrt auf den gelben Autotransporter der Firma Sala aus Rostock geachtet, doch bislang war er ihnen nicht aufgefallen. Falk hoffte, dass sie auf dem Firmengelände in Rendsburg auf den Wagen stoßen würden, doch auch daraus wurde nichts. Als sie von der B 77 in das Industriegebiet abbogen, fiel ihnen das Areal der Firma ins Auge, das aus zwei großen Hallen und einem dazwischen gebauten, gläsernen Verwaltungstrakt bestand. Auf einem großen Parkplatz standen vier saharabeige Land Rover, die durch einen Kastenaufbau modifiziert worden waren. Das Emblem des Roten Kreuzes prangte auf den Türen. Gegenüber, wie an einer Kette aufgereiht, waren acht schwarze Lamborghini Urus SUV geparkt, deren Zierfelgen aus Chrom in der Sonne blitzten. Als Falk in Schrittgeschwindigkeit an dem Gelände vorbeifuhr, entdeckte Pia hinter den Hallen weitere modifizierte geländegängige Trucks, die gerade auf einen Autotransporter aufgeladen wurden. Allerdings war das Führerhaus des Sattelschleppers weiß und blau lackiert.

»Vielleicht steht er hinter der Halle«, mutmaßte Pia. Falk bog auf das Gelände einer Spedition ab und wendete, doch auch hinter den Gebäuden war kein gelber Truck zu entdecken.

»Vielleicht ist er schon weitergefahren?«

Falk stoppte und wies hinter das Gebäude. »Das sind Jeeps, dann muss er schon hier gewesen sein.«

»Wir sollten fragen«, entgegnete Pia.

Falk nickte. »Du hast recht, aber diesmal bin ich am Zug, klar?«

Pia lächelte. »Natürlich, Großer.«

Falk bog auf das Gelände der Firma ab und suchte einen

Parkplatz. Er fand ihn hinter den noblen schwarzen Lamborghinis.

»Das Geschäft scheint gut zu laufen«, sagte er, nachdem er ausgestiegen war.

Pia beachtete den Ausspruch nicht und schnappte ihre Handtasche. »Willst du mit der Tür ins Haus fallen oder diplomatisch vorgehen?«

»Lass mich mal machen«, entgegnete Falk.

Im Verwaltungstrakt gab es wie bei Sala in Rostock einen Empfang, nur weitaus nüchterner und als Verkaufsraum ausgebaut, in dem es neben Lackierspray und Lackschadenschwämmen noch weiteres KFZ-Zubehör zu kaufen gab. Hinter der Ladentheke lümmelte ein junger Mann und beschäftigte sich mit dem Computer. Falk trat näher und zeigte seinen Dienstausweis.

»Oh, die Polizei«, stammelte der junge Mann. »Ist was passiert?«

»Das will ich meinen«, erwiderte Falk. »Wir suchen einen Autotransporter, der auf der A 7 in einen Unfall verwickelt war.«

Der junge Mann zuckte mit der Schulter. »Was für einen?«

»Gelbes Führerhaus?«

Der junge Mann schüttelte den Kopf. »Hinten ist noch einer von CarTrans, aber die sind weiß.«

Falk lehnte sich locker an den Tresen. »Ein gelber war aber heute schon hier, richtig?«

Der Angestellte richtete sich auf. »Gelb«, wiederholte er. »Hatte der Jeeps geladen?«

»Jeeps, richtig«, bestätigte Falk.

»Der war da, so gegen neun«, bestätigte der junge Mann. »Firma Sala aus Rostock, ist aber schon wieder weggefahren.«

»Wo kann ich ihn finden?«

Der junge Mann wandte sich um und ging zur Innentür, die in einen Nebenraum führte. »Der Seven war heute doch früh da, hier ist die Polizei, die suchen ihn. Wo ist der hin?«

»Hamburg, Freihafen«, erklang die Stimme einer Frau aus dem Büro. »Bringt vier von den Lambis weg. Weshalb suchen die ihn, was hat er angestellt?«

»Da war ein Unfall auf der Autobahn«, antwortete der junge Mann.

»Soll ich ihn anrufen?«

Das wurde Falk jetzt zu heikel. »Ist nicht nötig, wir brauchen nur seine Nummer und seine Adresse. Er war möglicherweise Zeuge bei einem Unfall, aber genau wissen wir das nicht.«

»Ich kann ihn anrufen«, erklang erneut die Stimme einer Frau, und kurz darauf erschien eine Blondine im leichten Sommerkleid im Türausschnitt.

»Das ist für die Kollegen unten in Bad Bramstedt«, entgegnete Falk. »Uns reicht der Name, die Telefonnummer und die Firma. Das sollen die Kollegen aus Bad Bramstedt selbst erledigen, sonst ist das nur ein Hin und Her.«

Die junge Frau lächelte. »Schlimm?«

Falk runzelte die Stirn. »Was ist schlimm?«

»Der Unfall?«

Falk lächelte. »Ein paar Verletzte, glaub ich.«

»Und da kommt die Kripo?«

»Nein, Zivilstreife, Geschwindigkeitskontrolle. Wir waren nur zufällig in der Nähe.«

Die junge Frau schlenderte zum Tresen. »Dann hat er nichts bemerkt, sonst hätte er davon erzählt. Er war gegen neun hier und ist jetzt mit vier Lambis auf dem Weg in den Hamburger Hafen. Die müssen morgen bereitstehen, das Schiff läuft morgen in der Nacht aus.«

»Lambis?«, fragte Falk.

Die Angestellte zeigte nach draußen auf die schwarzen Geländewagen. »Lamborghini Urus, gehen nach Riad, die Scheichs fahren so was. Können sich das ja auch leisten, haben ja ne eigene Ölquelle.«

Sie schob einen Zettel über den Tresen, auf dem der Name von Severyn Wysocki, dessen Telefonnummer und die Anschrift der Firma Sala in Rostock nebst Festnetzanschluss standen.

»Teuer, oder?«

»Ne Viertelmillion«, bestätigte die junge Frau. »Aber die haben ja Kohle.«

»Früher haben die Scheichs die Pferde rennen lassen, und jetzt sind es die Fußballspieler aus England«, wandte der junge Kollege der Bürokraft ein.

Falk zuckte mit der Schulter.

»Na ja, Manchester und Chelsea«, schob der Verkäufer nach.

Falk winkte ab. »Ja, klar, ich interessiere mich nicht so für Fußball.«

Er griff nach dem Notizzettel und hielt ihn in die Höhe. »Aber vielen Dank dafür.«

»Keine Ursache, ich hätte ihn auch angerufen«, säuselte die junge Frau und lehnte sich lasziv an den Tresen.

»Was ist das eigentlich für ein Typ, der Fahrer?«, mischte sich Pia ein.

»Der Seven?«

Pia nickte.

Die junge Frau schaute ihren Kollegen an. »Ein Ruhiger, würde ich sagen. Aber verlässlich. Kommt immer pünktlich. Wenn er in Hamburg fertig ist, kommt er wieder rauf und nimmt die Land Rover mit. Die gehen über Polen hinunter nach Ghana.«

»Viel internationaler Verkehr hier«, unkte Falk.

»Ja, wir haben jeden Tag ein paar Transporter hier«, bestätigte der junge Mann.

»Dieser Seven, ist der oft hier?«, fragte Pia.

»Hin und wieder schon.«

Die junge Frau hob den Zeigefinger an die Stirn. »Hat einen kleinen Hau«, sagte sie. »Dem möchte ich in der Nacht nicht alleine begegnen.«

»Der Seven ist okay«, widersprach ihr Kollege.

»Aber glotzen tut der, als wollt er dich auffressen. Ich glaube, der hat ein Rad ab. Pennt immer in seiner Karre und stinkt am nächsten Tag wie ein Iltis.«

Ihr Kollege grinste breit. »Was gibt es Schöneres als Männerschweiß.«

»Da fällt mir sehr viel ein, wenn du mich so fragst.«

Falk hob noch einmal den Zettel in die Höhe. »Trotzdem, vielen Dank dafür. Ich gebe es an die Kollegen von der Autobahnpolizei weiter. Die sollen ihn dann mal anrufen. Vielleicht hat er ja auch gar nichts gesehen.«

»Glaub ich auch, sonst hätte er was davon gesagt«, bestätigte der junge Mann, ehe sich Falk und Pia verabschiedeten. Bevor sie in den BMW einstiegen, warfen sie noch einen Blick in einen der Lamborghinis. Zwar waren das Heckfenster und die Seitenfenster getönt, dennoch war durch die Frontscheibe die schwarze Plastikfolie zu erkennen, mit der das Fahrzeuginnere bezogen und ausgelegt war.

»Siehst du das?«, sagte Pia.

Falk nickte. »Wir sind auf der richtigen Spur.«

Hamburg war ihr nächstes Ziel, und die Handynummer Wysockis konnte auf der Suche nach ihm noch sehr hilfreich sein.

45

Tonis Truckstop, Landstraße bei Diekendörn

Noch war es taghell, als er abseits der A 7 auf der Landstraße bei Diekendörn anhielt und den Transporter weitab von der Straße in einem kleinen Waldgebiet auf einen verdeckt liegenden Waldparkplatz nahe dem Methorstteich lenkte.

Hier war er schon ein paar Mal gestanden und hatte Pause gemacht, die ihm als Berufskraftfahrer durch die Vorschriften auferlegt war. Nicht auffallen, den Kopf gesenkt halten, immer schön im Hintergrund bleiben, das waren die Parameter, auf die es ankam. Das hatte ihm Vater eingebläut. Und genau das hatte er vor. Er hatte endlich wieder freie Bahn. Ein anderer stand unter Verdacht, von ihm hatte niemand Notiz genommen. Die Jagd war eröffnet.

Nachdem er den Lastwagen so postiert hatte, dass er durch die Bäume und Sträucher vor den Blicken der Menschen auf der vorbeiführenden Straße geschützt war, stieg er aus. Routiniert zog er die mechanischen Auffahrrampen aus, umrundete den Anhänger und öffnete den Werkzeugkasten, der mit einem doppelten Boden ausgestattet war. Den zweiten Innenboden hatte er selbst angebracht, niemand würde ihn auf den ersten Blick entdecken. Er öffnete den Zwischenboden und zog die Diplomatenkennzeichen hervor, die er sich über dunkle Kanäle aus Polen besorgt hatte. Er ging zurück zum Anhänger, stieg hoch und brachte sie am Heck des schwarzen Lamborghini an. Berliner Kennzeichen mit der Länderkennung 21 wiesen den Wagen als Dienstfahrzeug des belgischen Corps Diplomatique aus. Er hatte seine Erfahrungen damit gemacht. Kein Polizist war bislang auf die Idee gekommen, ihn mit derlei Kennzeichen anzuhalten und zu kontrollieren. Ein weiterer Pluspunkt seines ausgeklügelten Plans. Er startete den Wagen. Der durchzugskräftige Lamborghinimotor lief ruhig. Vorsichtig steuerte er den Wagen von der Plattform. Es konnte nichts passieren, mehr als tausend Mal hatte er das bereits gemacht. Der Tank war zu einem Viertel gefüllt. So war es immer, das war Standard. Einen gefüllten Kanister mit Benzin hatte er immer dabei, und auch auf den Kilometerzähler hatte noch nie jemand geachtet. Hundert Kilometer mehr oder weniger, darauf kam es nicht an, denn keiner der Wagen stand bei null. Für den Umbau und die Veredelung mussten sie mehrfach hin und her bewegt werden. Alles unter Tausend war okay.

Das erste Mal hatte er sie vor einem Jahr gesehen, als er aus Zufall wegen eines Unfalls die Autobahn verlassen musste und bei Tonis Truckstop anhielt, um etwas zu essen. Marina hieß sie. Aus Łomża kurz vor der Litauischen Grenze stammte sie, hatte sie ihm selbst erzählt. Mitte zwanzig war sie und unzufrieden, denn Toni, der Inhaber des Grills, behandelte sie wie eine Sklavin. Grillen, putzen und servieren, sie war Mädchen für alles. Und das für noch nicht einmal zehn Euro die Stunde. In den Süden wollte sie, das war schon lange ihr Traum. In die Ferienregionen, dort wo bei den Urlaubern das Geld locker saß, doch den Absprung hatte sie bis heute noch nicht geschafft. Wie gemacht war sie für das, was er mit ihr vorhatte. Mehr als einmal hatte er es sich in seinen Träumen ausgemalt. Zeit würde er sich dafür nehmen, viel Zeit. Das war sein Geschenk an sich selbst, ein ganz besonderes Geschenk, das ihm sehr viel Freude bereiten würde. Er hatte es sich verdient. Ruhig war er geblieben, ruhig und im Schatten hatte er die letzten Wochen verbracht, denn sie hatten die Ruhestätte in Zurow entdeckt. Eines dummen Zufalls wegen hatte er zwei seiner Orte verloren. Doch das war kein Problem. Wenn man seine Welt kannte und mit offenen Augen durch die Welt ging, dann kannte man Hunderte solcher Stellen, solcher Refugien, in denen der Mensch die Ausnahme blieb.

Als er über die Landstraße fuhr, hielt er sich an die Geschwindigkeitsbegrenzungen. Es dämmerte bereits, als er an der Stelle ankam, die ideal für sein Vorhaben war.

Sie hatte ein Fahrrad und würde genau diesen Weg entlangfahren. Oft genug hatte er sie schon beobachtet. Er kannte ihre Gewohnheiten. Er tat nichts ohne gründliche Vorbereitung.

Das Rad musste natürlich verschwinden, und den kurzen Brief, den er geschrieben hatte, mit ihrer Handschrift, die er von den zahlreichen Quittungen kopiert hatte, würde niemand hinterfragen. Mehr als einmal hatte sie angedroht, alles hinzuschmeißen und einfach zu verschwinden. Jetzt hatte sie ihre Ankündigung wahrgemacht, würde Toni denken. Ärgern würde er sich, sich vielleicht sogar vorwerfen, dass er ihre Drohungen nicht ernst genommen hatte, doch bald würde er sie vergessen. Sie war Treibsand, so wie all die anderen, die einfach nur auftauchten, kurz blieben und mit dem nächsten Windhauch verschwanden.

Er hatte in einem Feldweg geparkt, an dem der Radweg vorbeiführte. Die Autos fuhren mit Licht, doch er hielt sich im Verborgenen. Er musste warten. Um zehn schloss sie für gewöhnlich den Kiosk, schwang sich auf ihr Rad und fuhr los. Noch zehn Minuten, dann wäre es dunkel. Er stieg aus, machte sich bereit. Streifte seine Handschuhe über und ging hinter einem Gebüsch neben dem Radweg in Deckung. Das getränkte Tuch schob er in seine Jacke.

Es dauerte zwölf Minuten, bis sich der Scheinwerfer eines Fahrrads näherte. Einsam und allein, so wie er es erwartet hatte. In der letzten Woche war es so gewesen, vor zwei Wochen und auch davor. Das war ihre Routine, und darin lag seine Chance. Er hatte sie studiert. In den letzten Wochen war er oft hier auf diesem Feldweg gestanden und hatte gewartet, bis sie an ihm vorbeigefahren war. Sie fuhr langsam, zudem gab es hier eine kleine Steigung. Das erleichterte sein Vorhaben.

Er duckte sich tief ins Gebüsch und wartete, bis das Rad an ihm vorbei war. Kein weiteres Licht war in der Nähe. Kein Mensch fuhr um diese Zeit auf der nahen Straße in dieses verschlafene Nest, das sich zwei Kilometer entfernt entlang der Straße erstreckte. Die Gelegenheit war günstig. Er sprang auf und rannte hinter dem Rad her. Als er es einholte, packte er zu. Sie hatte ihn nicht kommen gehört. Ein spitzer Schrei kam über ihre Lippen, als er sie vom Sattel riss, dann drückte er sie zu Boden. Das Rad rollte noch ein paar Meter weiter, ehe es krachend zu Boden stürzte. Er hielt ihr den Mund zu und spürte ihren Gegendruck, doch sie hatte keine Chance. Er zog das Tuch aus seiner Jackentasche. Sie versuchte nach ihm zu schlagen, aber es war zu spät. Kaum hatte er das Tuch auf ihren Mund und ihre Nase gepresst, erschlaffte ihr Körper. Die Gegenwehr erlahmte. Erst als er sich sicher war, dass sie ohnmächtig war, ließ er los. Er zog sie hoch und trug sie zum Wagen, legte ihr die Fesseln an und schob ihr einen Knebel in den Mund. Dann ging er zurück und holte das Rad. Auf der Straße fuhr er zu dem Kiosk, einer einfachen Holzhütte mit einem überdachten Vorbau, unter dem zwei Biergartengarnituren standen. Eine trübe Lampe spendete stumpfes Licht. Er lud das Rad aus, stellte es hinter der Hütte ab und steckte das Briefkuvert in den Gepäckträger. Er beeilte sich, denn niemand durfte ihn sehen. Bevor er den Rückwärtsgang einlegte, warf er einen Blick in den Fond. Sie lag regungslos da, ihre Atemzüge gingen gleichmäßig. Es war so weit, diese Nacht war seine Nacht. Er grinste zufrieden, als er Gas gab und Richtung Norden davonfuhr.

Bundesautobahn A 7, Ausfahrt 21 bei Quickborn, nahe Hamburg

Hamburg war nur noch wenige Kilometer entfernt. Falk war über sämtliche Parkplätze und Autohöfe gefahren, doch bislang hatten sie den gelben Autotransporter der Firma Sala nirgends entdeckt. Er war wie vom Erdboden verschluckt.

»Ob er schon im Hafen ist?«, fragte Pia, als sie über den Rastplatz Bönningstedt-West fuhren.

»Sollte er die Autos nicht erst morgen anliefern?«, fragte Falk und fuhr mit Schrittgeschwindigkeit an der langen Schlange von Fahrzeugen vorbei, den Blick nach draußen gerichtet.

»Ist richtig«, bestätigte Pia. »Er kann aber doch trotzdem heute schon in den Hafen fahren, oder geht das nicht?«

Falk zuckte mit der Schulter. »In Rostock kommst du nur in den Überseebereich, wenn du dich anmeldest. Da ist zollfreie Zone, und nicht jeder kann da einfach so herumlaufen. Aber sicher weiß ich das nicht.«

»Wir könnten fragen.«

Bevor Falk antworten konnte, klingelte sein Telefon. Er blickte auf das Display, es war die Nummer der Dienststelle. Er nahm das Gespräch an und legte es auf den Lautsprecher. »Hallo, Willig, bist du weitergekommen?«

»Falk, wo stecken Sie?«, drang es aus dem Lautsprecher. Direktorin Reimann war am Apparat.

Falk wandte sich Pia zu und hob den Zeigefinger vor den Mund. Pia verstand die Geste und nickte.

»Ich bin auf der Suche nach einem Lastwagenfahrer«, gab er zurück.

»Falk, keine Alleingänge, haben Sie mich verstanden. Ich will, dass Sie zu mir auf die Dienststelle kommen. Willig hat ja schon berichtet, was hier los war.«

»Tut mir leid, ich bin unterwegs.«

»Sind Sie allein?«

Falk verzog die Mundwinkel. »Nein, ich habe eine ganze Armee bei mir. Hat Willig was erreicht?«

»Sie meinen wegen diesem Wysocki?«

»Ja.«

»Wie kommen Sie darauf, dass er unser Täter sein könnte?«, fragte sie.

Falk suchte eine Parklücke auf dem Rastplatz und parkte dort ein. »Das zu erzählen, würde zu lange dauern. Er ist der Täter, dafür lege ich meine Hand ins Feuer. Also, was ist los, was hat Willig rausgefunden?«

Es dauerte einen kurzen Augenblick, ehe Willig antwortete. »Hallo, Falk, du hast recht, Wysocki wohnt in Rostock in einem der Blocks in Dierkow, nur haben wir kein Bild von ihm. Er hat einen schwedischen Führerschein und einen polnischen Pass, deswegen gibt es kein Bild bei der Stadtverwaltung. Laut unserem Computer hat er eine reine Weste.«

Falk atmete tief ein. »Hast du mit Matuczek gesprochen?«

Wiederum dauerte es einen kurzen Augenblick. »Klar hat er das, deswegen auch meine Frage, wie Sie auf ihn kommen«, war erneut die Stimme der Direktorin zu hören. »Er wurde damals als Fünfzehnjähriger von den Behörden der DDR an die Polen überstellt und landete dort in einem Waisenhaus bei Warschau. Als er siebzehn war, hat er in diesem Heim eine fünfzehnjährige Mitbewohnerin vergewaltigt und erwürgt.«

»Das passt!«, flüsterte Pia.

»Haben Sie was gesagt?«, fragte die Direktorin.

»Das passt!«, wiederholte Falk.

»Ein Psychologe hat ihn damals untersucht und kam zu dem Schluss, dass eine schwerwiegende Persönlichkeitsstörung vorliegt. Dann kam er nach Jablonska. Das ist eine geschlossene Anstalt für gefährliche Triebtäter. Dort blieb er beinahe vierzehn Jahre.«

»Sieh an«, bemerkte Falk.

»Nach seiner Entlassung hat er das Land verlassen. Er ist nach Schweden gegangen, in die Nähe von Malmö. Wir haben dort einen weiteren Eintrag gefunden. Offenbar kam es dort wieder zu einem sexuellen Übergriff, und er musste für zwei Jahre und sechs Monate ins Gefängnis.«

Falk wurde hellhörig. »Habt ihr nachgefragt, was er dort angestellt hat?«

»Modrow hat herausgefunden, dass er dort mit einer Schwedin zusammenlebte, die er öfter mal geschlagen hat. Jedenfalls waren die schwedischen Kollegen mehrfach wegen häuslicher Gewalt bei ihm. Zuletzt hat er seine Lebensgefährtin vergewaltigt und gewürgt. Er hat erst von ihr abgelassen, als der zweijährige Sohn der armen Frau wie am Spieß gebrüllt hat. Die Frau musste ins Krankenhaus, und er wurde festgenommen und verurteilt. Nach seiner Haft wurde seine Aufenthaltserlaubnis widerrufen und er ging zurück nach Polen. Seit 2009 lebt er in Rostock und arbeitet als Kraftfahrer bei der Firma Sala. Bei uns gilt er als unbescholten. Weder die Polen noch die Schweden haben ihre Datensätze an Europol übermittelt.«

Falk überlegte einen Augenblick. Unterdessen deutete Pia wie wild auf das Handy. Es dauerte einen Moment, bis er verstand, was Pia meinte. Schließlich zog er den Zettel hervor, den er von der Angestellten der Firma bei Rendsburg erhalten hatte. »Okay, das alles passt zu einem abartigen, aber durchaus selbstbeherrschten Täter, der seinen Trieb so weit unter Kontrolle hat, dass er nicht blindlings zuschlägt, sondern einen akribischen Plan verfolgt. Habt ihr etwas zu schreiben?«

»Klar«, entgegnete die Direktorin.

Falk nannte die Handynummer, die auf dem Zettel stand. »Ich brauche eine Ortung von diesem Handy.«

»Das … das ist nicht so einfach. Ohne triftigen Grund fehlt uns die rechtliche Voraussetzung«, entgegnete die Direktorin konsterniert.

»Sagen Sie Damme, wenn er keine weitere Leiche finden will, dann muss er den Richter überzeugen. Und einen Durchsuchungsbefehl für die Wohnung brauchen wir auch.«

»Falk, machen Sie keinen Blödsinn«, mahnte die Direktorin. »Halten Sie sich zurück. Wir werden ihn abräumen, wenn er hier bei uns ist. Irgendwann wird er ja wieder zu seiner Wohnung zurückkehren.«

»Dann kann es bereits zu spät sein«, entgegnete Falk, ehe er das Gespräch beendete.

46

Überseehafen Hamburg

Sie waren die A7 bis zur Ausfahrt an der Köhlbrandbrücke durchgefahren. Aufgrund der Verkehrslage waren sie nur langsam vorangekommen. Die Fahrzeuge schlängelten sich Stoßstange an Stoßstange über die Stadtautobahn, und noch immer war der gesuchte Autotransporter nicht aufgetaucht.

An der Ausfahrt Waltershof fuhren sie von der Autobahn ab und bogen in Richtung Containerhafen ab. Trotz der fortgeschrittenen Stunde herrschte noch immer dichter Verkehr. Lastwagen auf Lastwagen rollte in Richtung Hafeneinfahrt.

»Hier gibt es mehrere Einfahrten, wir hätten fragen sollen, auf welches Schiff die Ladung gebracht wird, sonst finden wir ihn nie.«

»Wir fragen an der ersten Einfahrt«, beschloss Pia. »Die Autos sollen in den Nahen Osten verschifft werden. So viele Schiffe wird es wohl hier nicht geben, die in diese Richtung auslaufen.«

Als sie die Brücke hinter sich gebracht hatten und der Hafen vor ihnen lag, revidierte Pia ihre Meinung. »So viele Schiffe, den finden wir hier nie.«

»Zumindest kann er hier nichts anstellen«, knurrte Falk und setzte den Blinker, um einen LKW zu überholen, der vor ihnen angehalten hatte. Als er wieder einscherte, fiel ihm ein Autotransporter auf, der zwei Lastwagen voraus in Schrittgeschwindigkeit auf die Einfahrt zum Containerhafen zurollte. Der Verkehr stoppte.

Falk griff zum Türöffner. »Ich frag den Fahrer vor uns mal, vielleicht weiß der zufällig, wo das Schiff ablegt und wie das hier vonstattengeht.«

Beinahe fünf Minuten blieb Falk verschwunden, ehe er wieder auftauchte. »Das grenzt an die Suche nach der Nadel im Heuhaufen.«

»Vielleicht weiß der Pförtner am Tor mehr«, mutmaßte Pia.

Der Verkehr rollte wieder an, und Falk legte den Gang ein. Es dauerte noch beinahe eine halbe Stunde, bis sie im Schneckentempo die Einfahrt erreicht hatten. Falk scherte aus und steuerte eine kleine Parkbucht an. Bevor er ausstieg, klingelte sein Handy. Falk nahm das Gespräch an. Direktorin Reimann war am Apparat.

»Ich habe mit Oberstaatsanwalt Damme gesprochen«, sagte sie ohne Umschweife. »Die Handyortung läuft, das Ergebnis kriegen wir in den nächsten Minuten. Ich schicke die Koordinaten.«

Falk war ein klein wenig überrascht, dass der Staatsanwalt ihm vertraute. Oder fuhr Damme auch diesmal wieder zweigleisig?

»Die Österreicher haben eine weitere Leiche gefunden«, berichtete die Direktorin weiter. »Eine junge Frau, Liegezeit unter zwei Monaten. Wohl auch eine Frau aus Osteuropa. Sie versuchen gerade ihre Identität herauszufinden. Es gibt keine Vermisstenmeldung in der Gegend.«

»In einer Folie verpackt?«, fragte Falk?

»Nein, die Frau war nackt, allerdings hat man Ölrückstande und Wollfasern an ihrem Rücken festgestellt. Sie wurde zu Tode gefoltert.«

Falk überlegte einen kurzen Augenblick. »Bei der langen Liegezeit unserer Opfer wären solche Spuren wohl nicht mehr feststellbar.«

Ein Lastwagen fuhr dicht an ihnen vorbei und hupte wild. Offenbar gefiel es dem Fahrer überhaupt nicht, dass er sich an Falks Wagen vorbeischlängeln musste, um zur Hafenzufahrt zu gelangen.

»Wo sind Sie jetzt?«, fragte Direktorin Reimann, nachdem das Hupkonzert geendet hatte.

»Ich stehe in Hamburg an der Zufahrt zum Containerhafen«, entgegnete Falk. »Wir haben den Laster bislang noch nicht ausgemacht. Habt ihr eine Ahnung, wen man hier fragen kann, wenn man nach einem bestimmten Transporter sucht?«

Falk wartete auf eine Antwort, doch er bekam nur unverständliches Gemurmel zu hören.

»Hallo!«

Noch immer keine Antwort. Er warf einen Blick auf das Display. War das Gespräch getrennt worden? Die Nummer der Dienststelle wurde immer noch anzeigt. »Hallo, hört mich noch jemand?«

Die Stimme der Direktorin erklang. »Ja, klar hören wir noch.«

»Was ist los?«

Falk hörte Reimanns tiefen Atemzug, bevor sie antwortete. »Wir haben jetzt die Koordinaten des Funkmasts, an dem das Handy eingewählt ist.«

»Wo ist das?«, fragte Falk, der die Zweifel in Reimanns Stimme hören konnte.

»Wenn wir den Daten trauen können, dann ist euer Verdächtiger immer noch bei Rendsburg«, sagte sie. »Er befindet sich in einem Umkreis von fünf Kilometern vom Funkmast am Rastplatz Ohe Nord an der A7 entfernt.«

Falk schlug auf das Lenkrad. »Verdammt, wir müssen sofort zurück!«, fluchte er und beendete das Gespräch. Er startete den Motor und wendete, auch wenn er sich dafür ein paar böse Worte und Gesten der Lastwagenfahrer einhandelte, die seinetwegen stoppen mussten.

»Ich habe ein ungutes Gefühl«, sagte Pia, als sie wieder auf die Autobahn in Richtung Norden fuhren.

Falk nickte. »Ich glaube, ich weiß jetzt auch, weshalb einige der Opfer in Folie eingewickelt sind und die anderen nicht.«

Pia blickte ihn interessiert an.

»Wenn er aufgemöbelte Karren für seine Schweinereien benutzt, dann nutzt er die Folie, und wenn er die Karren zum Umbau bringt, reicht eine Decke. Aus den Autos wird sowieso das gesamte Innenleben ausgebaut und entsorgt.«

Pia runzelte verwundert die Stirn. »Und das fällt dir ausgerechnet jetzt ein? Wir sollten aufs Gas drücken, in ein paar Stunden wird es dunkel, dann finden wir ihn nie.«

Autobahn A 7, Rastplatz Ohe-Nord

Falk hatte das Gaspedal beinahe bis zum Anschlag durchgetreten. Nachdem er Hamburg hinter sich gelassen hatte und die Strecke zunehmend freier wurde, fuhr er an die Zweihundert und hielt erst wieder an, als sie den Rastplatz Ohe kurz vor Rendsburg erreichten.

Inzwischen waren ihm nicht nur die Koordinaten des Funkmasts auf sein Handy übermittelt worden, Modrow hatte sogar ein Bild von Wysocki im Internet ausfindig gemacht, auf dem die Belegschaft der Firma Sala zum zehnjährigen Firmenjubiläum posiert hatte. Demnach war Severyn Wysocki ein großer und kräftiger Mann.

»Hier ist er nicht«, sagte Pia, nachdem sie über den Rastplatz gefahren waren. Sie hatte ihr Handy in der Hand und die Karte der Umgebung aufgerufen.

»Wir müssen ihn finden, solange es noch hell ist«, erwiderte Falk entschlossen und blickte auf seine Armbanduhr. Die Sonne versank bereits im Westen, und der wolkenlose Himmel verfärbte sich rot.

»Eine Landkarte der Umgebung wäre ganz gut«, bemerkte Pia. »Auf dem Handy ist es viel zu unübersichtlich.«

Falk nickte und blickte auf den Sendemast, der sich abseits des Rastplatzes außerhalb des Zauns in die Höhe reckte. »Tankstellen haben Landkarten«, sagte er.

»An der nächsten Ausfahrt gibt es eine Tankstelle«, antwortete Pia, nachdem sie ihre Tankstellen-App aktiviert hatte.

Falk beschleunigte den Wagen. »Ein bis zwei Stunden ist es noch hell.«

»Er schläft im Auto, hat diese Bürokraft gesagt. Wo würdest du dich aufstellen, wenn du ungestört sein wolltest?«

Falk trat auf das Gaspedal und fädelte sich in den fließenden Verkehr ein. Nachdenklich blickte er durch die Frontscheibe.

»Was überlegst du?«, fragte Pia.

Falk fuhr sich mit der Zunge über die Lippen. »Die Fundorte der Leichen sind nicht die Tatorte«, sinnierte er. »Ich glaube, er benutzt seinen LKW, wenn er sie vergewaltigt. Der Wagen hat eine Schlafkabine, da gibt es Platz genug, und er hat Licht, denn er will seinen Opfern in die Augen sehen.«

»Du meinst, er bringt sie im Laster um?«

Falk schüttelte den Kopf. »Nein, nicht im Laster, er vergewaltigt sie dort, und dazu nutzt er eine Decke. Wenn wir den Laster finden, dann finden wir auch diese Decke, und darauf gibt es sicherlich eine Menge Spuren.«

»Er kann sie längst weggeworfen haben.«

»Wieso sollte er, er fühlt sich absolut sicher.«

Falk setzte den Blinker, das Autobahnkreuz Rendsburg lag vor ihnen. Er bog links ab. Zehn Minuten später hielten sie im Industriegebiet vor einer Team-Tankstelle. Falk kaufte eine Karte und tankte den Wagen voll. Als er bezahlt hatte und zurück zum Wagen kam, wartete Pia bereits ungeduldig auf ihn.

»Ich hab mal nach Parkplätzen außerhalb der Ortschaften gesucht, da gibt es einige in der Gegend.«

»Er könnte überall sein.«

Pia schüttelte den Kopf. »Nein, wenn er nicht gesehen werden und ungestört bleiben will, dann muss er sich westlich der Autobahn aufhalten. Da gibt es ein paar Waldparkplätze, die sollten wir zuerst überprüfen.«

Falk reichte Pia die Landkarte. »Schau mal auf der Karte nach, die ist genauer.«

Sie fuhren über die Dorfstraße zurück in Richtung Autobahn und nutzten die Landstraße von Schülldorf nach Haßmoor.

Hier gab es einige Stellen, an der man einen LKW gut hinter ein paar Büschen verstecken konnte. Als sie von Haßmoor nach Diekendörn abbogen, übernahm Pia die Führung. Jeder mögliche Rastplatz, jede Lichtung, die auf der Karte verzeichnet war, wurde überprüft. Doch von dem Laster fand sich keine Spur.

Sie fuhren durch Diekendörn, ein kleines, verschlafenes Nest, und weiter in Richtung Emkendorf. Es dämmerte bereits.

»Da ... da vorne!«, rief Pia und zeigte mit dem Finger die Richtung an.

Ein blaues Verkehrsschild stand neben der Straße. *Waldparkplatz* stand darauf geschrieben. Es war schon älter und ein wenig verblasst. Falk bremste ab und bog nach rechts auf einen breiten, geschotterten Feldweg ab, der in ein kleines Waldstück führte. Nach hundert Metern, rechts vom Weg, lag von Bäumen und Büschen umrahmt ein großer Parkplatz. Und im Schatten der Bäume stand der gesuchte gelbe Autotransporter.

Falk fuhr an dem Parkplatz vorbei weiter in den Wald hinein. In sicherer Entfernung stoppte er den Wagen und schaltete den Motor ab.

»Du bleibst hier!«, sagte er zu Pia. »Ich schau mal nach, ob er im Wagen sitzt.«

»Bist du verrückt? Ich komm natürlich mit!«

Sie stiegen aus und schlossen leise die Türen. Quer durch den Wald schlichen sie auf den Parkplatz zu, wobei sie hinter den wuchtigen Bäumen immer wieder Deckung suchten.

»Da fehlt ein Wagen«, flüsterte Pia.

Falk nickte. »Richtig, es müssten vier Lambis sein. Bleib hier, ich schau mal nach, was da los ist.«

»Das ist viel zu gefährlich, wir rufen Verstärkung!«, mahnte Pia.

»Ich will erst wissen, ob er überhaupt da ist.«

»Und was machst du, wenn er wirklich da ist?«

Falk richtete sich auf. »Der Wagen ist nicht einfach heruntergefallen. Entweder er ist irgendwohin zum Essen gefahren, oder er tut es heute Nacht wieder. Wenn wir jetzt Verstärkung rufen und er plötzlich hier auftaucht, dann gibt er einfach Gas, und wir sehen ihn nie wieder.«

Pia atmete tief ein. »Was willst du also tun?«

»Ich will mir nur mal den Wagen aus der Nähe anschauen.«

»Hast du wenigstens deine Waffe dabei?«

»Klar, ich bin doch Polizist.«

»Ich finde das trotzdem eine blöde Idee.«

»Du bleibst hier und hältst dein Handy griffbereit, und ich gehe mal rüber und werfe einen Blick in den Laster.«

»Was machst du, wenn er kommt, während du dort drüben bist?«

»Dann muss ich eben improvisieren«, entgegnete Falk. »Du kannst dann immer noch Verstärkung rufen.«

47

Waldparkplatz nahe Diekendörn

Es war schneller dunkel geworden als erwartet. Ein schwarzer Teppich hatte sich über die Erde gelegt, und die einzige Lichtquelle war die kleine Mondsichel am Himmel, soweit es die vorbeiziehenden Wolken erlaubten.

Falk hatte eine kleine Taschenlampe bei sich. Bevor er losgegangen war, hatte er Pia noch einmal eindringlich aufgefordert, in Deckung zu bleiben, egal, was auch immer geschah. Sie kauerte hinter einem aufgehäuften Holzstapel, von dem aus sie den Parkplatz beobachten konnte.

»Wenn sich was rührt, dann ruf Verstärkung und bleib, wo du bist, hast du mich verstanden?«

»Ich halte das immer noch für eine dumme Idee«, flüsterte Pia. »Wir sollten deine Kollegen rufen, ich habe ein ungutes Gefühl bei der Sache.«

»Ich schau nur kurz im LKW nach, dann komm ich zurück und wir rufen die Reimann an, bevor die Kavallerie hier auftaucht und ihn für immer verscheucht.«

Falk prüfte die Dienstwaffe im Schulterholster. Dann schlich er am Waldrand entlang auf den Lastwagen zu. Leise und vorsichtig umrundete er das Heck des Autotransporters und tastete sich dicht an der Beifahrerseite voran. Als er am Führerhaus ankam, verharrte er einen kurzen Moment und horchte in die Nacht. Außer dem Ruf eines Nachtvogels war nichts zu hören. Vorsichtig ging er weiter. Als in der Ferne ein Motorgeräusch zu hören war, blieb er stehen. Das Geräusch kam näher. Falk duckte sich. Der Lärm wurde lauter und lauter. Einen Augenblick lang überlegte Falk, sich in die Büsche zu schlagen, doch dann duckte er sich vor dem LKW und wartete. Mit lautem

Donnern fuhr auf der nahen Straße ein Motorrad vorbei. Für einen kurzen Moment fiel das Abblendlicht durch die Büsche. Falk wartete, bis der Lärm verklungen war, ehe er weiterging, bis er die Beifahrertür erreichte. Der Mond hatte sich erneut hinter einem dichten Band von Wolken versteckt. Ein kurzer Griff an den Außenspiegel, dann trat er auf das mittlere Trittbrett und zog sich hoch, vorsichtig und leise. In der Dunkelheit war nichts zu erkennen. Mit der kleinen, aber lichtstarken Taschenlampe leuchtete er in den Innenraum. Die Fahrerkabine war wie erwartet leer. Der Blick in die Schlafkoje wurde ihm von einem Vorhang verwehrt. Er stieg vom Trittbrett und umrundete die Fahrzeugfront.

Erneut war ein Motorengeräusch auf der nahen Straße zu hören, diesmal leiser und gedämpfter als zuvor. Er blieb stehen und wartete, bis der Wagen auf der Straße vorbeigefahren war und der Lärm abebbte. Auf der Fahrerseite ergriff er erneut den Außenspiegel und zog sich auf dem Trittbrett hoch. Dasselbe Ergebnis wie zuvor. Die Kabine war leer, nichts war zu sehen. Wysocki war unterwegs.

Falk stieg vom Trittbrett herunter. Die Fahrertür war abgeschlossen wie zuvor auch die Beifahrertür. Vielleicht ließ sich in der Werkzeugkiste etwas finden. Allzu gern hätte er einen Blick in das Innere des Wagens und vor allem in die Schlafkabine geworfen.

Warum fehlte ein Wagen von der Ladefläche, was hatte Wysocki vor? Unternahm er nur eine Spritztour zum nächsten Imbiss oder führte er Schlimmeres im Schilde?

Falk fand die Werkzeugkiste seitlich hinter den Achsen, doch auch sie war verschlossen. Zwischen LKW und Auflieger entdeckte er eine weitere metallene Kiste, die nicht zur normalen Ausstattung des Aufliegers gehörte und wohl nachträglich unterhalb des vorderen Querträgers eingebaut worden war. Er hielt sich an der vorderen Strebe des Aufbaus fest und stieg nach oben. Es bedurfte einiger Anstrengung, denn hier gab es keine Stufen, und er musste den seitlichen Unterfahrschutz nutzen. Als er oben war, entdeckte er das Vorhängeschloss, das den Bügel sicherte. Er fluchte, denn alle Anstrengung war umsonst gewesen. Er machte sich an den Abstieg und hielt sich erneut an der Strebe fest, als plötzlich ein Wagen von der Straße her in den Feldweg einbog. Er hing beinahe noch in der Luft, als ihn die Scheinwerfer des Wagens erfassten. Er ließ los und sprang auf den Boden. Der Wagen stoppte, und die Fahrertür wurde aufgerissen.

Falk überlegte, was zu tun war, doch schon kam der Fahrer des Wagens auf ihn zu. »Was machst du hier?«, zischte er gefährlich.

Falk hob abwehrend die Hände. Der Mann, der vor ihm stand, war groß und kräftig. Er stand mitten im Scheinwerferlicht, sodass nicht mehr als seine Umrisse zu erkennen waren.

»Ich hab dich was gefragt!«, zischte der Mann erneut. »Willst du hier klauen, du Bastard?«

»Entschuldigung«, stammelte Falk. »Ich … ich habe mich verlaufen und wollte nur nach dem Weg fragen.«

»Willst du mich verarschen?«

»Ich bin hochgestiegen, weil ich dachte, da ist jemand drinnen.«

»Klauen wolltest du!«, raunte der Kerl und kam langsam auf ihn zu.

»Nein, ehrlich«, entgegnete Falk. »Ich mache hier Urlaub und hab mich in diesem verdammten Wald verlaufen. Da sah ich den LKW und dachte, ich könnte nachfragen, wo es hier langgeht.«

»Das ist Blödsinn!«

»Nein, wirklich, ich mache Urlaub auf einem Bauernhof bei Emkendorf«, sagte er. »Ich habe zu viel gegessen und wollte noch einen Abendspaziergang machen, da wurde es plötzlich dunkel, und jetzt weiß ich nicht mehr, wie ich nach Hause komme. Ehrlich.«

Falk glaubte selbst nicht daran, dass Wysocki ihm die Geschichte abkaufte, aber so konnte er zumindest etwas Zeit gewinnen. Bestimmt hatte Pia längst die Verstärkung gerufen.

Langsam kam der Mann näher.

»Das sind tolle Autos«, versuchte Falk die Situation zu entspannen. »Porsche, richtig?«

Wysocki blieb die Antwort schuldig und ging weiter auf Falk zu. Nur noch wenige Meter trennten die beiden, und so wie es aussah, hielt der Kerl etwas hinter seinem Rücken verborgen. Falk trat einen Schritt zur Seite, doch der Mann folgte seiner Bewegung.

»Ehrlich, ich will keinen Ärger«, sagte er. »Ich werde jetzt einfach gehen, und alles ist gut.«

Er trat einen Schritt vor. Für einen kurzen Moment drehte sich Wysocki zur Seite, sodass trotz der aufgeblendeten Scheinwerfer sein Gesicht zu erkennen war. Falk wusste, dass ihm Wysocki kein Wort glaubte und ihn schon gar nicht ungeschoren davonkommen lassen würde. »Du bist der Fahrer, Severyn Wysocki, richtig?«, sagte er und änderte damit seine Strategie. Es war an der Zeit, in die Offensive zu gehen.

»Wer bist du?«, fragte Wysocki perplex.

»Ich weiß, was du getan hast«, fuhr Falk fort. »Bist du deshalb unterwegs gewesen? Liegt die Frau da drüben im Auto?«

»Wer zum Teufel bist du?«, fragte Wysocki kalt.

»Ich bin die Polizei, und ich nehme dich jetzt fest, hast du mich verstanden?«

Plötzlich zog Wysocki seine Hand hinter dem Rücken hervor. Falk erkannte nicht, was Wysocki in der Hand hielt, doch es konnte wohl nichts Gutes sein. Falk griff in seine Jacke und zog seine Pistole. Wysocki rannte auf ihn zu. Falk versuchte auszuweichen und nahm die Pistole vor seinen Körper, doch es war zu spät. Ein harter Schlag traf ihn am rechten Oberarm. Er taumelte ein Stück zurück. Erneut schlug Wysocki zu. Eine Woge des Schmerzes raste durch Falks Körper, als das Eisen gegen seinen Ellbogen krachte. Es war, als hätte ihm jemand den Arm ausgerissen. Die Pistole fiel zu Boden, und Falk taumelte zur Seite. Schließlich stürzte er und schlug mit dem Kopf gegen den Hinterreifen des Lasters. Halb benommen blieb er liegen.

Wysocki bückte sich und nahm die Pistole in die Hand.

»Was haben wir denn da«, sagte er und richtete die Waffe auf Falk, der mit dem Oberkörper gegen den Reifen gelehnt auf dem Boden saß und sich den Arm hielt, der infernalisch schmerzte.

Mit der Waffe in der Hand baute sich Wysocki vor ihm auf. »Du bist also von der Polizei«, raunte Wysocki. »Und was willst du von mir?«

»Das weißt du genau«, stammelte Falk mit schmerzverzerrter Stimme. »Wir haben die Leichen gefunden, und wir wissen, dass du die Frauen umgebracht hast. Du hast keine Chance mehr.«

Wysocki hielt die Waffe auf Falk gerichtet und blickte sich um. »Bist du allein?«

»Ja, aber meine Kollegen kommen bald.«

Erneut ließ Wysocki seine Blicke durch die Dunkelheit schweifen. »Das ist Blödsinn, ihr Bullen seid doch nie allein. Ihr seid immer zwei. Wo ist dein Kollege?«

»Ich bin allein«, entgegnete Falk. Schweiß lief ihm aus allen Poren.

»Du lügst!«

»Wir haben nach dir gesucht.«

Wysocki ging nicht auf Falks Worte ein. Er trat einen Schritt näher und zielte mit der Pistole demonstrativ auf Falks Kopf.

»Komm raus, sonst knall ich ihn ab!«, rief er in die Dunkelheit. Außer dem sanften Schnurren des laufenden Motors war nichts zu hören.

»Dein Kollege soll kommen, sag es ihm!«, forderte er Falk auf.

»Ich bin allein«, entgegnete Falk.

»Ich zähle auf drei, wenn du nicht rauskommst, knall ich ihm eine Kugel in den Kopf!«, rief er erneut in den nahen Wald.

Er wartete und schaute sich um, doch nichts war zu erkennen.

»Ich glaub dir nicht«, raunte er Falk zu und rief eine laute *Eins* in die Dunkelheit. Die einzige Antwort, die er zu hören bekam, war das Aufheulen eines Achtzylinders.

*

Pia hatte sich hinter den Holzstapel geduckt und beobachtet, wie Falk auf den Lastwagen zuging. Als der Mond hinter den Wolken verschwand verlor sie ihn aus den Augen. Nur ab und zu blitzte das Licht der Taschenlampe auf. Hier konnte sie nicht bleiben, von hier aus war nichts zu sehen. Sie erhob sich und schlich bis zum Waldrand, um einen besseren Blick zu haben. Nur schemenhaft war Falk noch zu erkennen, und als er den LKW erreichte, verschwand er vollends im Schatten der Nacht. Wie sollte sie aus dieser Position auf ihn aufpassen? Sie tastete sich am Waldrand entlang und erstarrte, als der Lärm eines Motors erklang, der sich auf der Straße näherte. Sie duckte sich hinter einen Baum. Was, wenn Wysocki plötzlich auftauchte und auf den Parkplatz gefahren kam? Sie entspannte sich, als sich der Lärm wieder entfernte. Es war nur ein Motorrad gewesen, das hinter den Büschen auf der Straße vorbeifuhr. Sie erhob sich und ging weiter. Beinahe wäre sie über einen Ast gestolpert, sie konnte sich gerade noch fangen. Erneut vernahm sie ein Motorengeräusch. Diesmal war es ein Auto, doch auch das fuhr vorbei.

Als sie auf Höhe des Lasters war, drang erneut Motorenlärm an ihr Ohr, doch diesmal fuhr der Wagen nicht vorüber, sondern bog in den Parkplatz ein. Die Scheinwerfer erhellten die Szenerie. Der Wagen bremste und hielt knapp dreißig Meter hinter dem Laster an. Plötzlich war die Umgebung in grelles Licht getaucht. Sie duckte sich im Schatten hinter einen Baum und sah die Gestalt, die aus dem Wagen sprang und auf Falk zuging, der direkt neben dem Laster stand.

Der Mann, der aus dem Geländewagen stieg, war groß und kräftig. Kein Zweifel, es musste sich um Wysocki handeln, der sicher nicht erfreut über seinen nächtlichen Besucher war. Das konnte niemals gut enden. Sie zog ihr Handy hervor und drückte die Notruftaste.

»Notruf der Polizei«, war eine männliche Stimme zu vernehmen.

»Hören Sie gut zu«, flüsterte sie, während sie aus ihrer Deckung heraus Falk und seinen Widersacher beobachtet. »Ich bin auf einem Waldparkplatz zwischen Diekendörn und Emkendorf. Hier gibt es gleich eine Schießerei. Kommen Sie schnell! Es ist ein Mörder hier unterwegs!«

»Wie ist …«

Bevor der Polizist am Notruftelefon antworten konnte, beendete sie das Gespräch. Falk und Wysocki sprachen miteinander. Dabei ging Wysocki langsam auf Falk zu. Als sich Wysocki ein Stück zur Seite drehte, sah sie die Eisenstange, die er hinter seinem Rücken verborgen hielt. Verdammt, was konnte sie tun?

Der Wagen, mit dem Wysocki unterwegs gewesen war, stand mit laufendem Motor auf dem Parkplatz. Ganz sicher würde er Falk nicht so einfach von dannen spazieren lassen, sie musste etwas unternehmen! Von dem Gespräch der beiden bekam sie nichts mit, dazu war sie zu weit entfernt, aber aus den Gesten der Männer war zu erkennen, dass die Situation eskalierte. Plötzlich griff Falk in seine Jacke. Genau in diesem Moment sprang Wysocki auf Falk zu und schlug ihm mehrfach gegen den Körper. Falk stürzte zu Boden, die Pistole fiel ihm aus den Händen. Verdammt, was sollte sie bloß tun? Noch bevor sich Wysocki nach der Waffe bückte, rannte sie zum Wagen hinüber und schwang sich auf den Fahrersitz. Sie erschrak, als sie die Frau erblickte, die leblos im Fond auf der Sitzbank lag. Dann hörte sie Wysockis Stimme, der etwas in den Wald rief, während er mit der Waffe in der Hand auf Falk zielte.

Das Herz klopfte ihr bis zum Hals. Sie musste etwas unternehmen, sonst würde der Kerl Falk töten.

»Ich zähle auf drei, wenn du nicht rauskommst, knall ich ihm eine Kugel in den Kopf!«

Wysocki ahnte wohl, dass Falk nicht allein war. Wenn sie nichts unternahm, würden weder Falk noch sie noch die Frau hinten im Wagen diese Nacht überleben. Sie legte den Gang ein.

»*Eins!*«

Wysockis Stimme war laut und übertönte den Motor. Breitbeinig stand er da, knapp zwei Meter von Falk entfernt, die Waffe auf seinen Kopf gerichtet. Pia zweifelte keine Minute, bei drei würde er die Pistole abfeuern, und das würde Falk nicht überleben. Sie gab Gas. Der Wagen machte einen gewaltigen Satz nach vorne. Im letzten Moment sah sie, dass sich Wysocki dem Wagen zuwandte und mit aufgerissenen Augen in ihr Gesicht starrte, da krachte es auch schon. Wysocki knallte mit dem Kopf gegen die Windschutzscheibe und wurde über den Wagen geschleudert. Sie trat auf die Bremse, doch der Wagen schlitterte einfach weiter. Die Fahrt endete abrupt, als der teure SUV die Büsche durchschlug und gegen einen Baum krachte. Der Airbag löste aus, und Pia wurde nach vorne geschleudert, bevor sie wieder in ihren Sitz sank und für einen kurzen Moment die Augen schloss. Stille umgab sie, sogar der Motor des teuren Wagens war abgestorben. Überall lagen Splitter.

»Alles okay bei dir?«, hörte sie Falks Stimme. Sie erschrak.

»Was … was ist mit Wysocki… wo ist er…«, stammelte sie.

Falk hielt sich den Arm. Sein Gesicht war schmerzverzerrt, dennoch versuchte er ein Lächeln. »Ein klassischer Knockout, würde ich sagen.«

Pia atmete erst einmal durch, bevor sie ausstieg. Ihr Knie schmerzte, und sie zitterte am ganzen Leib. Falk half ihr, so gut es ging. Erst jetzt entdeckte er die Frau, die auf dem Boden zwischen der Rückbank und den Vordersitzen lag.

Er führte Pia durch die Schneise im Gebüsch zurück auf den Parkplatz und drückte ihr die Waffe in die Hand. Die Taschenlampe hatte er zwischen die Zähne geklemmt.

»Hat dein Handy eine Taschenlampe?«, fragte er.

Pia nickte und zog ihr Handy aus der Hosentasche. Nachdem sie die Taschenlampenfunktion aktiviert und auf den regungslos am Boden liegenden Wysocki gerichtet hatte, verschwand Falk erneut in der Schneise der Verwüstung, um kurz darauf mit der Frau aus dem Fond zurückzukehren. Sie stützten sich gegenseitig, die Frau war noch sehr benommen. In der Ferne war ein Martinshorn zu hören. Falk beugte sich zu Pia hinab, die auf dem Boden saß und mit beiden Händen die Waffe umklammerte.

»Geht es dir wirklich gut?«, fragte er und nahm die Waffe an sich.

»Ausgezeichnet, wenn man bedenkt, dass ich gerade mit einer Rakete ungebremst auf dem Mond eingeschlagen bin.«

»Da bin ich aber beruhigt.«

Die junge Frau ließ sich neben Pia nieder und nickte ihr dankbar zu, während Falk neben Wysocki kniete.

»Lebt er noch?«, fragte Pia.

»Ich denke schon, aber den hat es ganz schön erwischt. Er ist immer noch besinnungslos.«

»Falk, eine Sache noch«, seufzte Pia.

Falk wandte ihr den Blick zu.

»Lass das nächste Mal das mit dem Improvisieren bitte sein!«, sagte sie.

48

Kriminalinspektion Wismar, Rostocker Straße.

Sechs Wochen nach Wysockis Festnahme auf dem Waldparkplatz bei Diekendörn fand im Konferenzraum der Kriminalinspektion die Abschlussbesprechung statt. Falk nahm daran teil. Noch immer trug er seinen rechten Arm im Gipsverband.

Wysocki hatte es schlimmer erwischt. Eine Woche hatte er unter Bewachung auf der Intensivstation der Imland-Klinik in Rendsburg gelegen, bevor er in das Haftkrankenhaus der Justizvollzugsanstalt Bützow überführt worden war. Er hatte diverse innere Verletzungen erlitten und stand mit einem Bein im Grab, doch das Schicksal wollte es anders. Er überlebte, würde aber Zeit seines Lebens auf Hilfe angewiesen sein und einen Rollstuhl benötigen.

Pia war mit Prellungen und einer Platzwunde am Kopf davongekommen und Marina Olzewski, die Wysockis fünfzehntes Opfer geworden wäre, hätten Pia und Falk nicht eingegriffen, blieb ohne sichtbare Verletzungen einen Tag zur Beobachtung in der Klinik, denn das Chloroform, mit dem Wysocki sie betäubt hatte, wirkte noch nach.

Die Beweise gegen Wysocki waren erdrückend. Nicht nur, dass er von Pia und Falk auf frischer Tat gestellt worden war, man hatte bei der Durchsuchung des LKW in einem Zwischenboden der Werkzeugkiste auch eine kleine Schatulle entdeckt, in der Wysocki Mikrospeicherkarten seines Handys aufbewahrte. Er hatte alle seine abscheulichen Taten gefilmt. Alle bis auf seine vermeintlich erste Tat, den Mord an Anna Rogoff vor nunmehr beinahe zwölf Jahren, deren skelettierte Leiche der eigentliche Auslöser der Ermittlungen gewesen war. Doch auch hier sprachen die Indizien gegen ihn. Der Schraubenschlüssel, der Gürtel, den man bei ihm fand, Fesselwerkzeuge, die Folie, mehrere Fläschchen mit Chloroform, mit denen er seine Opfer betäubte, und am Ende sogar noch die ölverschmierte Wolldecke, die in der Schlafkoje des LKW lag. Es gab keine Zweifel mehr: Wysocki war der Frauenmörder von Zurow, und auch wenn er beharrlich schwieg, so würden all die Umstände ganz sicher zu einer Verurteilung wegen mehrfachen Mordes führen.

»Das nächste Mal erwarte ich, dass Sie uns in die Ermittlungen einbeziehen und nicht wieder auf eigene Faust einen Mörder stellen und noch dazu eine Journalistin unnötig in Gefahr bringen«, schloss Direktorin Reimann ihren Vortrag, an Falk gewandt. »Wenngleich man auch die besonderen Umstände berücksichtigen muss, die Sie dazu veranlasst haben.«

Falk lag ein bissiger Kommentar auf der Zunge, doch er verkniff sich eine Antwort.

»Wie auch immer, wir sind froh, dass dieser Fall aufgeklärt werden konnte«, schob Oberstaatsanwalt Damme nach. »Das war wirklich gute Arbeit. Es ist nur schade, dass der Tatverdächtige beharrlich schweigt, denn es wäre uns ein großes Anliegen, die bislang noch nicht gefundenen Opfer zu bergen und zu identifizieren. Irgendwo auf dieser Welt leben Eltern, ein Vater oder eine Mutter zwischen Hoffen und Bangen. Auch wenn wir nur vom Tod ihrer Kinder berichten könnten, wäre die Gewissheit wohl für alle eine Erleichterung.«

»Er muss noch andere Verstecke für seine Leichen haben«, meldete sich Brunner zu Wort. »An der Kiesgrube sind wir durch, und auch die Österreicher stellen die Suche vorerst ein.«

Direktorin Reimann schaute in die Gesichter der Anwesenden. »Dann wäre es das …«

»Moment«, unterbrach Brunner. »Eine Sache gibt es noch. Wir haben Wysocki erkennungsdienstlich behandelt und seine DNA durch den Computer gejagt. Am Ende hatten wir einen Treffer.«

»Ein weiterer Fall?«, fragte Oberstaatsanwalt Damme.

Brunner schüttelte den Kopf. »Die DNA Wysockis stimmt mit der DNA des Knochenfundes im Selliner See überein. Dieser Kieferknochen, den wir gefunden haben. Nach ersten Ermittlungen liegt er dort zwischen dreißig und fünfzig Jahre, eine nähere Eingrenzung ist leider ohne weitere Untersuchung nicht möglich.«

Falk runzelte die Stirn. »Die DNA stimmt überein?«

Brunner nickte.

Falk atmete tief ein, ehe er sich dem Oberstaatsanwalt zuwandte. »Ich muss mit Wysocki sprechen«, sagte er. »Heute noch.«

Justizvollzugsanstalt Bützow, Krankenstation

»Ich denke, wir sollten ein paar Takte miteinander reden«, sagte Falk, nachdem er mit dem linken Arm einen Stuhl neben dem Bett platziert hatte und sich darauf niederließ.

Wysocki, der regungslos auf seinem Krankenbett lag und mit zwei Gurten angeschnallt war, wandte demonstrativ den Kopf ab. »Ich habe nichts zu sagen«, entgegnete er.

»Ich möchte Ihnen einen Deal vorschlagen«, fuhr Falk unbeirrt fort. »Ich weiß, dass Sie damals von Ihrer Mutter verlassen wurden und bei Ziemann aufgewachsen sind. Und ich weiß, dass es keine einfache Sache für einen Sechsjährigen war, bei einem Frauenhasser und Säufer aufzuwachsen. Diese ganze Gewalt, tagaus, tagein, eingesperrt im Keller, wenn es ihm wieder zu viel wurde. Ich glaube, dass Sie deshalb so geworden sind. Sie hatten eigentlich nie eine Chance.«

Falk wartete und beobachtete, wie Wysocki auf diese Worte reagierte, doch dieser hielt den Kopf noch immer abgewandt.

»Ihre Mutter hat Sie nicht im Stich gelassen«, fügte Falk hinzu und wartete erneut auf eine Reaktion.

»Sie war Treibsand«, entgegnete Wysocki. »Sie wurde vom Wind einfach davongeweht und hat mich im Stich gelassen.«

»Und wenn es nicht so war?«

Wysocki wandte Falk den Kopf zu. »Was wollen Sie von mir?«

»Ich sagte es bereits«, entgegnete Falk. »Ich möchte Ihnen einen Handel vorschlagen. Die Beweise gegen Sie reichen aus, dass Sie nie mehr in Freiheit leben werden. Ein Geständnis brauchen wir nicht. Ganz im Gegenteil, ein Täter, der schweigt, selbst wenn er überführt ist, zahlt am Ende einen höheren Preis, wenn es um die Strafe geht.«

»Ich verstehe nicht …«

»Vierzehn Leichen, zehn haben wir inzwischen gefunden«, erklärte Falk. »Wir arbeiten daran, herauszufinden, wer die Toten sind, aber vier haben wir noch nicht gefunden.«

»Weshalb ist das so wichtig?«, fragte Wysocki.

»Weil es irgendwo da draußen Eltern gibt, die auf ihre Töchter warten und nicht wissen, ob sie jemals zu ihnen zurückkommen.«

»Sie waren Treibsand, so wie meine Mutter …«

»Das waren sie nicht«, fiel ihm Falk ins Wort. »Sie waren Menschen, und sie wollten leben, sie wollten lachen, weinen, den Tag genießen, Familien gründen, Kinder bekommen. Alles das haben Sie zerstört, nur weil Sie damals Ziemann geglaubt haben oder ihm einfach glauben wollten. Obwohl Sie es längst schon geahnt hatten, habe ich recht?«

Wysocki runzelte die Stirn. »Ich weiß nicht, was Sie von mir wollen.«

»Sagen Sie mir, wo wir nach den Leichen suchen müssen, und ich führe Sie zu Ihrer Mutter.«

Wysocki schüttelte den Kopf. »Meine Mutter ist weggegangen.«

Falk erhob sich und schob den Stuhl wieder zurück. »Gut, dann eben nicht«, sagte er und ging zur Tür.

»Warte!«, rief Wysocki.

Falk blieb stehen und wandte sich um.

»Woher weiß ich, dass ich dir vertrauen kann?«, fragte er.

Falk zuckte mit der Schulter. »Ich weiß es nicht, aber ich kann dir eines ganz bestimmt sagen. Wenn ich damals auf dem Parkplatz etwas schneller gewesen wäre, dann würden wir uns jetzt nicht mehr unterhalten, und du würdest nicht hier liegen, sondern in einem tiefen Grab.«

Wysocki entspannte sich und blickte an die Decke. »Du bist ehrlich«, sagte er nach einem kurzen Augenblick des Schweigens.

Falk nickte.

»Wir haben noch eine Zweigstelle in Kösching, in Bayern. Nahe Ingolstadt«, sagte er. »Dort gibt eine Höhle mitten im Wald. Das ist ein Naturschutzgebiet. Ich würde östlich davon suchen, nicht weit, keine fünfhundert Schritte, in einer kleinen Schonung.«

Falk griff in seine Jackentasche und zog ein paar Bilder hervor, die er vor Wysocki auf das Bett legte. Wysocki nahm die Fotos in die Hand und warf einen langen Blick darauf. Es war ein Foto vom Selliner See. Das nächste Bild zeigte den Unterkieferknochen, den man aus dem See gefischt hatte.

»Was soll das?«, fragte Wysocki.

»Deine Mutter ist nicht weggelaufen«, entgegnete Falk. »Sie war kein Treibsand. Sie wurde umgebracht. Wir gehen davon aus, dass sie Ziemanns erstes Opfer war. Er hat sie vermutlich in den See geworfen. Mehr haben wir bislang nicht gefunden, aber das hier ist ganz sicher der Unterkieferkochen deiner Mutter.«

Falk überließ Wysocki die Fotos und verließ das Zimmer. Bevor er die Tür schloss, wandte er sich noch einmal um. »Übrigens müsste es Flugsand heißen, nicht Treibsand.«

Wysocki warf ihm einen fragenden Blick zu.

»Flugsand nennt man den Sand, der vom Wind verweht wird«, erklärte Falk. »Treibsand ist eine sumpfige, beinahe flüssige Masse, in der man versinkt, wenn man da hineingerät. Sie sind ganz tief in diesen Treibsand geraten, und es ist gut, dass es für Sie daraus kein Entrinnen mehr gibt.«

Falk schloss die Tür und ließ Wysocki zurück, der ihm mit fragender Miene nachblickte. Als er das Krankenhaus verlassen hatte, blieb er stehen und griff nach seinem Handy. Er wählte die Nummer der Dienststelle.

Nachwort

Ein paar Monate später

Im Köschinger Forst, unweit der Gump-Höhle in einer frisch eingepflanzten Fichtenschonung bargen Spezialisten der Spurensicherung die letzten Opfer des Frauenmörders von Zurow.

Elf der Frauen waren inzwischen identifiziert, und man war zuversichtlich, dass man auch die Identitäten der weiteren Opfer würde feststellen können.

Sieben Monate nach der Festnahme Wysockis fand eine Anhörung vor dem Landgericht in Schwerin statt. Wysocki saß im Rollstuhl und wurde von zwei Justizbeamten bewacht. Ein Pflichtverteidiger war ihm zur Seite gestellt. Pia und Falk waren als Zeugen geladen und machten pflichtgemäß Angaben zu Sache.

Das Verfahren gegen Pia war inzwischen eingestellt worden. Sie hatte aus Notwehr gehandelt und mit ihrem beherzten Eingreifen Falk das Leben gerettet, als sie Wysocki über den Haufen fuhr. Daran gab es keinerlei Zweifel. Die Firma Sala verzichtete angesichts der Umstände auf sämtliche Ansprüche. Der Wagen war gut versichert gewesen.

Nachdem das psychiatrische Gutachten verlesen worden war, in dem der Gutachter von einer verminderten Schuldfähigkeit aufgrund gravierender Entwicklungsstörungen ausging, wurde Wysocki durch den Richter in die Klinik für forensische Psychiatrie in Rostock eingewiesen.

Nach Lage der Dinge würde er keinen Tag seines Lebens mehr in Freiheit verbringen.

»Gehen wir noch was essen?«, fragte Falk, nachdem er zusammen mit Pia das Gerichtsgebäude verlassen hatte. Falks Arm war inzwischen verheilt, dennoch verspürte er hin und wieder noch einen dumpfen Schmerz, wenn sich das Wetter änderte.

»Ich hätte schon ein klein wenig Hunger«, entgegnete sie.

»Dann ist es ja gut, dass ich im Stadtkrug einen Tisch für zwei Personen bestellt habe. Du bist natürlich eingeladen.«

»Das ist wohl das Mindeste, was ich von dir erwarten kann. Schließlich hättest du ohne mich ein kleines Loch im Kopf.«

»Dafür danke ich dir sehr, dein Timing war genial.«

Pia lächelte und zeigte auf seinen malträtierten Arm. »Was macht der Arm?«

Falk klopfte auf seinen rechten Ellbogen. »Ab und zu tut es noch weh, aber das geht vorbei, hat der Arzt gesagt.«

»Dann ist es ja gut.«

»Ja, das ist es wohl«, entgegnete Falk. »Lass uns gehen, ich habe Hunger wie ein Wolf.«

Dank

Christiane, Geli und Benno: Herzlichen Dank für eure Unterstützung!